二 見 文 庫

その腕のなかで永遠に

スーザン・エリザベス・フィリップス／宮崎　槇＝訳

Heroes Are My Weakness
by
Susan Elizabeth Phillips

その腕のなかで永遠に

登　場　人　物　紹　介

アニー・ヒューイット	女優の卵
テオ・ハープ	ホラー小説作家
マリア・ヒューイット	アニーの亡き母親
エリオット・ハープ	テオの父親。マリアの元夫。 ペレグリン島の地主
リーガン・ハープ	テオの双子の姉妹。故人
ケンリー・マドラー・ハープ	テオの元妻。故人
ハンニバル	テオの飼い猫
スキャンプ	アニーの裏の人格
クランペット	アニーの人形劇に登場する人形
ディリー	アニーの人形劇に登場する人形
ピーター	アニーの人形劇に登場する人形
レオ	アニーの人形劇に登場する人形
ジェイシー・ミルズ	アニーとテオの友人
リヴィア・ミルズ	ジェイシーの娘
バーバラ・ローズ	ペレグリン島の役場職員
リサ・マッキンリー	バーバラの娘
ナオミ	ロブスター船の船長
ティルディ	土産物屋の経営者

1

アニーもさすがに普段スーツケースに向かって話しかけることはないが、思えばここのところ平常心を失ってしまっている。車の前方に向けたハイビームをもってしても、黒い渦を巻きながら荒れ狂う真冬の暴風雪にかろうじて一条の光を当てるのが精いっぱいだった。このような古い車キアは島を襲った嵐の猛威に立ち向かうにふさわしい車とはとてもいえない。

「たいした雪じゃないわよ」アニーは助手席に無理やり押し込んだ超大型の赤いスーツケースに話しかける。「この世の終わりと感じるだけで、じつは想定内」

あたしは寒さが苦手なのを知ってるくせに。まるで足を踏み鳴らしながらすねた声で自己主張するのが好きな子どものように、スーツケースは答えた。よくもあたしをこんなとんでもない場所に連れてこられたものね。

その理由は文字通り万策尽きてしまったからにほかならない。

氷のような突風が車に吹きつけ、古いモミの木の枝が未舗装の地面の上を舞い、魔女の髪のようにピシピシと地面を鞭打つ。地獄は炎の燃えたぎる炉のような場所だとする説は大間違いだったのだ。この荒涼たる、人に対して敵意をむきだしにするこの島こそが地獄なのだ。

どうせならマイアミビーチにすればよかったのよ。スーツケースのなかの我がまま女クランペットが言い返す。それなのに、あんたときたらよりにもよって北大西洋のどまんなか、それこそ白熊に襲われそうな孤島を選ぶんだもの！

ポンコツ車は滑りやすい狭い島の道でギアをきしませながら、どうにかこうにか進んでいく。アニーは頭痛を覚え、咳き込むたびに肋骨が傷み、また、フロントガラスをにらんでどこか見通せる場所がないものかと首を伸ばすたびに眩暈を覚えた。孤立無援とはこんな状態をさすのか。唯一の道連れである腹話術の人形たちだけがかろうじて正気を保たせてくれている。こんなに心乱れてはいてもその皮肉さに気づく余裕はあった。

アニーは喉から絞り出すようにしてクランペットの相棒、現実派のディリーの落ち着いた声で自分に語りかける。ディリーは後部座席の赤いスーツケースに押し込んである。ここは北大西洋のどまんなかじゃないわ。ニューイングランド沿岸から十マイル沖の島なの。それに私の記憶違いじゃなければ、たしかこの島にホッキョクグマなんていない。おまけにペレグリン島は孤島じゃないわよ。

まあ、孤島といってもさしつかえないちっぽけな島であることは間違いないわね。もしクランペットを腕に抱いていたとしたら、きっとつんと顎を上げてそう言い放ったことだろう。真夏でさえろくな食べ物がないぐらいだもの、冬は推して知るべしよ。人間の遺体を食料にしてるにきまってるわ。

車の後部がかすかに左右に揺れた。アニーは横滑りを修正し、手袋をつけた手でハンドルを強く握りしめた。ヒーターがほとんど作動していないにもかかわらず、ジャケットの下は汗ばみはじめた。

文句ばかり並べ立てるのはやめなさいよ。ディリーは不機嫌な相方を諭した。ペレグリン島は夏の避暑地として人気の土地よ。

今は夏じゃないでしょ? クランペットが言い返す。二月の第一週よ。さっき降りたフェリーで船酔いしちゃったわよ。こんな時期に島に残っているのはきっと五十人以下よ。とんでもない物好きな変わり者だけ!

アニーにはこれが最後の手段だって、知ってるでしょ。ディリーがいった。

でも、ここへ来たのは彼女の大いなる失敗さ。不機嫌そうな男の声が聞こえた。

レオはアニーの深層心理の不安を口にするという悪癖があり、彼には否応なく本心を見抜かれてしまうのだ。腹話術の人形のなかでは一番好きになれないキャラなのだが、どんなストーリーにも悪役は必要というものである。

冷酷な言い方よね、レオ。ディリーはそういってアニーを庇ってくれたが、レオの指摘は的を射ている。

生意気なクランペットがなおも愚痴をこぼす。ディリー、あんたってば、なんておめでたい人間なのかしらね。能天気そのものよ。でも誰もそんなのんきなこと考えていられない。並の人間はね。あたしたちはもう破滅なの、破滅！　あたしたちってずうっと——。

アニーが咳き込んで、腹話術の声がとぎれた。しつこい肺炎の名残りもそのうち治るだろう。少なくとも自分ではそう信じている。だが、体より心のほうが問題だ。もはや自分自身を信じられなくなり、齢《よわい》三十三にもなってこの先挽回のチャンスがあるとはとても思えなくなっているのだ。体力は落ち、気力も減退し、メイン州の孤島であと二カ月間過ごすしかないという境遇にふさわしいコンディションとはとてもいえない。

たった六十日間じゃないの。ディリーが懸命に諭した。それに、アニー、あなたにはほかに行くあてなんてないんだから。

そのとおり。これが過酷な現実なのだ。アニーには身を寄せるべき家もなく、亡き母が遺したかもしれない遺産を探すことしか生きるよすががないのだ。

車が雪に埋もれたわだちにぶつかり、シートベルトが体を締めつけ、ふたたびアニーは咳き込んだ。せめて宿で一泊できたらよかったのだが、宿は五月まで営業しない。どちらにせよ宿をとる金はない。

車はかろうじて丘の頂上に達した。腹話術の人形劇の興行で各地を転々としてきたアニーはありとあらゆる天候下での移動に慣れているが、このような道路状況ではかなりの腕前のドライバーでも四苦八苦してしまうだろう。しかも車がこんなポンコツときている。ペレグリン島の住民がピックアップ・トラックで移動するのも頷ける。

慎重にやるんだ。後部座席のスーツケースのなかから男の声が響いた。ゆっくりと一定のスピードで走った者がレースを制するものだろう?

アニーの人形劇のヒーローであるピーターは輝く鎧《よろい》をまとった騎士。己を元気づけることしか頭になかった俳優の元彼と違い、ピーターの声を聞くと励まされる。

アニーは一旦車を完全に停止させ、ゆっくりと降下を始めた。半分ほど降りたったところで、それは起きた。

いずこからともなく亡霊が現れたのだ。

少し先で、漆黒の馬にまたがる黒服の男性が道を駆け抜けていくのが目に飛び込んできた。腹話術の人形と話ができるぐらいだから、アニーの想像力はたくましい。だから今しがた見たものは自分の想像の描き出したものだという気もした。しかしそれにしては妙にリアルなのだ。馬に乗った人物は吹雪のなかを駆け抜けながら、たなびく馬のたてがみに添うようにして首を低く下げている。あれこそ悪魔の化身に違いない。男はよく悪夢に登場する馬上の狂人さながらに、吹き荒れる雪の嵐に向かって駆けていった。

馬上の男は現れたときと同様、一瞬のあいだに姿を消した。その拍子でアニーは思わずブレーキを踏みしめ、はずみで車がスリップしはじめた。道の反対側へと横滑りし、吐き気さえ催すほど車体が大きく傾いたかと思うと、雪の積もった側溝の上でようやく止まった。

とことん情けないやつだ。悪役のレオが嘲笑《あざわら》うように鼻を鳴らした。

精も根も尽き果て、アニーの目から涙がこぼれた。手もぶるぶると震えている。さきほどの馬上の男は現実だったの、それとも想像力のもたらした妄想だったの？　いまはそんなことを考えている場合ではない。アニーはギアをバックに入れ、車を側溝から脱出させようと試みた。しかしタイヤはかえって深みにはまるばかり。頭部は座席の背に沈みゆくいっぽうだ。このまま待っていれば、そのうち誰かが見つけてくれるだろう。しかし問題はそれがいつになるかということ。唯一の望みは道の先に見えるコテージと屋敷だ。

アニーは懸命に思考をめぐらせた。彼女と島をつなぐ唯一の接点はハープの屋敷とコテージの管理人を務める男性だ。しかしアニーは唯一持っているEメールアドレスから管理人宛に、これから島に到着するのでコテージの電気や水道を使えるようにしておいてほしいと知らせただけである。たとえウィル・ショーとかいう管理人の電話番号を知っていたにせよ、こんなところで携帯電話が通じるとは思えない。

とんまなやつだ。レオはまず普通の声ではしゃべらない。常にせせら笑う。

アニーはしわだらけの箱からティッシュを一枚引き出したが、この窮地について思案をめぐらすことなく、先ほどの馬に乗った男性のことばかり考えていた。こんな天候のなか動物を外に連れ出すなんて、なんてふざけた男なのだろう。アニーはまぶたをぎゅっと閉じて、こみ上げる吐き気をこらえた。願うのはただ横になって眠ること。人生に裏切られたとそろそろ認めてもいいのではないか？

いい加減にしなさいよ。分別のあるディリーがいった。

アニーは疼くような頭痛に襲われた。なんとかしてショーと連絡をつけ、車を側溝から救出してもらわねば。

ショーなんて構うな。ヒーローは明言した。おれに任せておけ。

しかし元彼がそうであったように、ヒーローが活躍できるのは、虚構の世界で危機に瀕しているときだけだ。

コテージまでは約一マイル。健康な人間が恵まれた天候のもとで歩めば、たやすく行き着ける距離だ。だが天候は最悪であり、アニーは心身ともにボロボロの状態にある。

あきらめろ。レオがあざけるようにいった。おまえだって降参しちまいたいだろ？

そんな冷酷な言い方やめなさいよ、レオ。今度はスキャンプが声を上げた。彼女はディリーの親友でもあり、かつアニーの第二の人格でもある。ヒロインのディリー、ヒーローのピーターなど人形たちをあらゆる面倒事に巻き込んでいる張本人はスキャンプにほかならないのだが、それでもアニーはスキャンプの勇気と度量の広さに惚れ込んでいる。

落ち着きなさい。スキャンプが命じるようにいった。車から降りなさいよ。

馬鹿いわないでよとアニーは言い返したかったが、反論したところで仕方なかった。アニーは風になびく髪をキルティングの上着の襟のなかに押し込み、ジッパーを上げた。ニットの手袋の親指の部分には穴が空いており、そこからはみ出た肌がドアの取っ手に触れ、まるで氷のように感じられた。アニーはしゃにむにドアを開けた。

強烈な寒気に襲われ呼吸もままならない。無理やり足を踏み出してみる。

市街地向きの履き古した茶色いスウェードブーツのヒールが雪にズブズブと沈み込む。ジーンズもこの天候にはふさわしい衣類とはいえない。風を避けるように頭を低くし、もう少し厚手のコートを取り出そうと車の後ろにまわってみると、トランクが丘陵地の斜面に張りつく形で寄りかかっているため開かないことが判明した。意外でもなんでもなかった。長きにわたる不運続きで、いまとなっては幸運にめぐり合えた嬉しさの記憶などかけらもなくなっているほどだ。

アニーは運転席側に戻った。人形たちを車中で夜明かしさせることに問題はないと思いたいが、万一彼らがいなくなったらどうする。かけがえのない存在なのだから。もはや自分に残されたものは彼らしかない。彼らの身に何かあったら、自分自身が消滅するも同然なのだ。

惨めなやつだ。レオがさげすむようにいった。

アニーはレオをズタズタに切り裂いてやりたいと思った。

おまえなあ……おれがいなくなったら困るのはそっちじゃないのか。レオが念を押すように指摘した。おれがいなきゃ、ショーが成り立たねえだろ。

アニーはレオを無視することにし、激しい息遣いでスーツケースを車から引っ張り出し、鍵の類を取り出しヘッドライトを消して、ドアを閉めた。

するとたちまち濃密な渦巻く暗黒に引きずり込まれた。ピーターがアニーの胸ぐらをつかんだ。

いいからおれに任せとけ！　彼はきっぱりといった。

アニーはスーツケースの持ち手をいっそう強く握りしめ、恐怖で体を麻痺させないようにした。

何も見えない！　クランペットが甲高い声でわめいた。暗いのはいや！

アニーの旧式の携帯電話にはフラッシュライトの機能はついていないが、あれが使えるのではないか……スーツケースを雪の上に置き、ポケットに手を入れキーリングにはめ込まれた小さなLED照明を取り出した。ここ数カ月使ってみる機会がなかったので、作動するかどうかは不明だった。

死ぬほど胸をドキドキさせながら、アニーはスイッチを入れた。

青白く細い光線が雪上のうっすらとした小道を照らし出した。歩き出しても簡単に道をそれてしまいそうな幅の狭さだ。

ふらつかないで。スキャンプが命令口調でいった。

やめとけよ。レオが鼻を鳴らした。

アニーは雪上に一歩を踏み出した。薄い上着の隙間から風が吹き込み、髪をなびかせ、乱れた髪の毛の房が顔をたたいた。うなじには雪が吹きつけ、咳が出はじめた。肋骨が圧迫されるような痛みに襲われ、スーツケースが脚にぶつかる。何歩も進まないうちに、スーツケースを地面に置き、へたり込んでしまうだろう。

アニーは冷たい風から肺を守るために上着の襟に首を埋めた。ふたたび歩み出しながら、道連れとして想像の産物でしかない腹話術の人形たちの声を呼び出した。

クランペットはいう。あたしを落としてきらきらした紫色のドレスを台無しにしないでよ。

ピーターはいう。おれは誰より勇敢で強い男なんだぞ。なぜおれに任せない?

レオは嘲笑うようにいった。どうせおまえはまともにできることなんて何ひとつないじゃないか。

ディリーが諭すようにいう。レオのことなんて無視しちゃいなさい。ただ歩きつづけるの。きっと目的地に行き着けるわよ。

アニーの第二の自我であるスキャンプもいう。スーツケースを運びながら障害に向かって突き進む女か……。

氷のような涙がまつげに張りつき、視界がにじんだ。風がスーツケースをとらえ、運び去ろうとしていた。スーツケースはあまりに大きすぎ、重すぎて腕が抜けてしまいそうだった。こんなものを持ってくるなんて愚かだった。ただもう愚かとしかいえない。でもこの子たちを置き去りにするわけにはいかなかった。

一歩進むだけで一マイルの距離に感じられ、気温は人生この方経験したことがないほど低かった。ここに来るまではやっとツキに恵まれはじめたのかも、などと呑気に考えていた。本土からのフェリーに乗れたというだけでもよかったと。フェリーは毎週決まって運行される島行きのロブスター漁船と違い、不定期にしか運行されていないからだ。だが船がメイン州の沿岸から遠ざかるにつれ、嵐は激しくなっていった。

アニーは重い足取りで雪の上を一歩、二歩と進んだ。腕は悲鳴を上げ、咳き込まないようこらえるたびに肺が燃えるように苦しかった。ダウンコートを座席に置かず車のトランクに仕舞い込んだことが悔やまれてならなかった。それをいえばこの半生は後悔の連続だった。安定した職業につかなかったこと。金銭に関して慎重ではなかったこと。まともな男性と交際しなかったこと。

島に到着して長い時間が経っていた。道路はかつてコテージとハープ館《やかた》に行く道への分岐点で行き止まりになっていたはず。でも見落としてしまった可能性もなくはない。あれから後に変わってしまったかもしれない。

アニーはつまずき、膝をついた。鍵が手から滑り落ち、灯りが消えた。アニーは体を支えるためにスーツケースにしがみついた。体は凍えていた。同時に燃えるように熱くも感じた。喘ぎながら半狂乱でまわりの雪を手探りした。もし鍵をなくしてしまったら……。

指先の感覚が麻痺して、指を失ってしまったようにさえ感じた。ようやくフラッシュライトをつかんだ瞬間、点灯した。すると、昔ハープ館への道しるべだった林が視界に入ってきた。光線を右に向けてみると分岐点に巨石が立っていた。

アニーはどうにかゆっくりと立ち上がり、スーツケースを持ち上げ、よろよろと雪の吹き溜まりをよけながら進んだ。

分岐点を見つけたというういっときばかりの安堵感は消えうせた。数世紀にも及ぶメイン州の厳しい気候のせいで、この土地には丈夫なトウヒの木以外の植物は生えない。防風林がないため、大西洋から突風がじかに吹き込み、アニーのスーツケースをヨットの帆のように揺らした。アニーはスーツケースを持って行かれないように風に背を向けた。一歩また一歩と高い雪だまりをよけつつ、スーツケースを引きずり、いっそ倒れ込んで雪に身を任せたいという衝動と闘いながら雪を踏みしめて進んだ。

そうして風のなかで頭を下げながら進んでいたせいで、あやうく見落とすところだった。ただスーツケースの角が、雪をかぶった低い石の壁にゴツンと当たって、はじめて気づいた。ようやく〈ムーンレイカー・コテージ〉に着いたのだ。

灰色の屋根板を張った小さな家は雪に覆われて形すらわからなくなっている。玄関への小道は雪かきもされておらず、人を出迎える灯りひとつ点いていない。最後にこのコテージを訪れたとき、ドアの色はクランベリーのような赤色に塗られていたが、いまは温かみのない青紫だ。玄関の窓の下には不自然な雪の小山ができており、それは雪に覆われた古い木製のロブスター捕獲用の罠だった。このコテージに最初漁師が住んでいたことを窺わせる名残のひとつだ。アニーは体を引きずるようにして寒風を逃れ、ドアに行き着き、スーツケースを置いた。ぎこちなく鍵を鍵穴に差し込むときになってようやく、島の住民はめったに錠をかけないことを思い出した。

ドアが風に押し開かれた。アニーはスーツケースを内側に運び入れ、残された力を振り絞って格闘しながらドアをふたたび閉めた。肺がぜいぜいと音を立てていた。彼女は近いほうのスーツケースにぐったりと倒れ込んだ。喘ぎ声はまるですすり泣きのようだった。

やはりこの冷え切った部屋のかび臭さが気になりはじめた。鼻を袖に押し当て、手探りで電灯のスイッチをオンにした。反応はなかった。もしかして発電機を作動させ、小さなかまどに火を焚いておいてほしいと頼んだEメールが届かなかったのか、あるいはまったく無視されてしまったのかしら？　彼女は雪でこわばった手袋をドアのすぐ内側に置かれていた小さなキャンバス地の敷き物に落とした。しかし千々に乱れた髪の毛の雪を払い落とす余裕はなかった。脚も凍るほど冷え切っていたが、ジーンズを脱ぐためにはブーツを先に脱がねばならず、それは寒すぎてできなかった。

だがどれほど惨めな気持ちだとしても、雪で固まったスーツケースから人形たちを救出してやらねばならない。母がいつも懐中電灯の類を置いていた場所を探した。学校と図書館の予算が削減される以前から人形たちはうまくいかない女優業やパントマイム、犬の散歩役、カフェのウェイトレスといったアルバイトなどより、よほど生活費を稼ぎ出してくれていた。

アニーは寒さに震えながら、管理人を罵倒した。猛吹雪のなか馬を走らせることに良心の咎《とが》めなどなく、真の任務を怠っている。馬にまたがっていたのはショーに違いない。冬のあいだ島のこんなはずれに住んでいるのは彼ぐらいしかいない。アニーはスーツケースを開け、五体の人形たちを出した。透明のポリ袋に入れたまま、ひとまずソファーの上に並べ、フラッシュライトを手に、つまずきながら木の床を進んだ。

ムーンレイカー・コテージの室内は、伝統的なニューイングランド漁師のコテージのイメージとは似ても似つかぬものだった。母のエキセントリックな存在の痕跡がそここに見受けられる。ぞっとするような動物の頭蓋骨の鉢やら、母マリアが黒の背景にスプレーした落書き文字が描かれた銀細工のルイ十六世時代のチェスト。アニーはもっと居心地の良い部屋のほうが好きだが、その昔マリアは全盛期に若いファッションデザイナーや色々な世代のデザイナーたちのパトロンをしていて、このコテージとマンハッタンのアパートメントはよく富裕層向けのインテリアマガジンの記事で取り上げられたものだった。

その後しばらくして、マリアはマンハッタンの若い年代の芸術家たちから相手にされなくなっていき、彼女の全盛期は終わった。富豪のニューヨーカーたちは個人の芸術作品の収集を手伝ってほしいと要請していたが、マリアは生活レベルを保つために価値のある作品を手放してしまっていた。病気に倒れたころ、手元には何も残っていなかった。

母は結局何も遺さなかった。ただし、このコテージに何かひとつだけ、アニーにとって唯一の未知なる〝遺産〟らしきものがあるらしいのだ。

〝それはコテージにあるの……かなりの額になるはず……〟マリアは死の数時間前、こういったのだ。死に瀕したその数時間だけは母もかろうじて意識があった。

遺産なんかあるわけねえよ。レオがフンと鼻を鳴らした。おまえの母親はいつだって大袈裟な言い方をする女だったじゃないか。

もしかすると、アニーがもっと島で過ごしていたら、母親が真実を口にしているかどうか判断できただろうが、アニーはここが嫌いだったので十一年前の二十二歳の誕生日以来、めったにここを訪れることはなかった。

フラッシュライトが母の寝室を照らし出した。目に飛び込んできたのは、実物大の精巧に彫られたイタリアの木製ヘッドボード。これは実際にダブルベッドのヘッドボードとして使われていたものだ。クローゼットのドア付近の壁には一対の壁掛けが見える。煮沸《しゃふつ》した羊毛と金属製品のくずらしきもので編み込んである。クローゼットやベッドのあたりには母のサインをロゴにした香水のかおりが漂う。それなりに知られた、日本の男性用コロンだ。輸入にはとてつもない費用がかかった。匂いを吸い込みながら、ほんの五週間前に片親を亡くした娘の深い悲しみを感じないものかと願ったが、そうした思いは涸《か》れはててしまっていた。

しばらくしてアニーは母の真紅のウールのマントと分厚いソックスを探し出してから、着替えをした。さらには母のベッドにありったけの毛布を重ね、かび臭いシーツの下に潜り込み、フラッシュライトの灯りを消し、眠りについた。

体温がふたたび上昇するとは予想もしていなかったが、午前二時あたりに咳の発作で目が覚めたとき、汗をかいていた。わき腹が折れてでもいるかのように痛み、激しい頭痛もあり、喉が腫れたように痛かった。おまけに尿意も感じたが、トイレはやはり水がないと使えない。咳がようやく治まると毛布の下からもがくようにして抜け出た。真っ赤なマントを体に巻きつけ、フラッシュライトを点け、体を支えるために壁に手をつき、トイレに向かった。

旧式のシンクの上に掛けられた鏡に自分の姿が映らないようにフラッシュライトを下向きにしなければならなかった。自分がどのような姿になっているか、見なくともわかっていた。病気でやつれた面長な青白い顔、とがった細い顎、大きなハシバミ色の瞳、逃げる馬のたてがみのようにてんでによじれ、渦を巻く薄茶色の髪。子どもたちから慕われる顔ではあるが、ほとんどの男性の目には魅力的ではなく、一風変わった面立ちと映るようだ。髪と顔の造作は名も知らぬ父親から受け継いだものだと母から聞いている。〝あなたの父親は妻子のある男性だったわ。赤ん坊とは一切関わりたくないって認知もしてくれなかった。もう他界しているわ。幸いなことに〟体型は母譲りのものだ。背が高く痩せ型で、節くれだった手首や肘、大きな足、指の長い手が特徴だ。

〝女優として成功するには抜きんでた美貌と才能を兼ね備えていなければならないの〟マリアはかつてそう話したことがある。〝あなたは充分きれいだし、物まねの才能はあるわ。でももう少し現実を直視しなきゃね……〟

あなたの母親は子どもを褒めて育てるタイプじゃなかったわね。ディリーがいわずもがなことを口にした。

おれがおまえを支持してやる。ピーターが声高らかに言い放った。おれはおまえを永遠に守り、愛してやる。

ピーターのヒーローらしい宣言にはいつも心和むアニーだったが、今夜ばかりは自分の理想の男性像とこれまで愛を捧げた男たちとの隔たりを思い起こすばかりだった。隔たりといえば――自分が思い描いていた人生と現実とのあまりの違いもそうだ。

マリアの反対にもかかわらず、アニーは演劇を専攻し、その後十年間オーディションを受けつづけた。それなりに披露の場を得て地元の劇場で演じたり、ブロードウェイのカフェや小さなホールでの芝居で役を射止めたことも何度かあった。だが結果が出ないも同然だった。去年の夏を過ぎ、さしものアニーもマリアの見解は正しかったと認めざるを得なくなった。女優よりも腹話術のほうにまだ才能があるということだ。そうわかってもお先真っ暗だった。

凍った状態で放置されていた朝鮮人参の入った水を発見した。飲み込むだけで喉が痛い。水を持ったままリビングルームに戻った。

マリアはがん発症直前の夏以来コテージに戻ることはなかった。だがそれにしてはほこりがたまっていない。管理人は少なくとも最低限の任務は果たしているということだ。ほかの務めもこなしてくれていたら、と思いたくなる。

人形たちがピンクのヴィクトリア朝風ソファーに並んでいた。自分にはこの人形たちと車しか残されていないのだ。

ほかにもあるでしょ？　ディリーが指摘した。

そのとおりだ。返済の目途もつかない巨額の負債もある。この半年で母の要望をその都度叶えようとしてできた負債だ。

そうやってようやく母親に認められたわけだ。レオが皮肉っぽくいった。

アニーは人形を保護するためにくるんでいた袋をはずしはじめた。どの人形も二・五フィートあり、動く目と口、取り外しできる手足を持っている。ピーターを持ち上げて彼のTシャツの下に手を入れてみる。

いとしのディリー、おまえはなんて美しいんだろう。ピーターは男らしい声でいった。まさに理想の恋人だよ。

あなたも最高の男だわ。ディリーはため息まじりに答えた。勇敢で大胆不敵で。

アニーの空想のなかだけよ。スキャンプが柄にもなく恨みのこもる口調でいった。さもなければ、あなたは彼女の元彼としての存在意義がない。

交際した相手はふたりだけ。ディリーは反発して言い返した。男性への恨みをピーターにぶつけるのはやめてちょうだい。本気でいったんじゃないんでしょうけど、最近あなたの口調は傲慢になってきているわ。傲慢な人間に対して感じるものはあなたも私も同じはず。

アニーは論争指向の人形劇を専門にしており、なかでも弱い者いじめに関して焦点を絞った劇をいくつも上演している。アニーはピーターを下に置き、レオをひとり離れた位置に動かした。頭のなかにレオのささやきが響いた。まだおれのことが怖いのか。

ときどき人形にみずからの意思があるように感じられる。

真紅のマントを体に密着させるようにして、家の前面にある張り出し窓に向かってぶらぶらと歩いていった。嵐はおさまり、窓枠のあいだから月の光が差し込んでいた。寒々とした冬の景色。荒涼たる平原にくっきりと落ちるトウヒの林の黒々とした影。やがてアニーは視線を上げた。

離れた位置に、ハープ館が草も生えない絶壁の真上にそびえ立っていた。半月から放たれるくすんだ光に照らされ、鋭角的な屋根とドラマティックな小塔が浮かび上がる。小塔の上部に見えるかすかな黄色い光を除けば、屋敷は真っ暗だった。その眺めはいまでも古本屋で見かける昔の怪奇小説の表紙を思い起こさせた。想像力の豊かなアニーの脳裏にはヒロインが幽霊屋敷から薄いネグリジェのまま裸足で逃げ出す様子が容易に描き出された。きっと不気味な小塔の灯りがギラギラと背後を照らしているだろう。ああした小説は現代の官能的な刺激的要素を盛り込んだ吸血鬼や狼男、何かに変身できる人間などを描いた小説と比べるといかにも古風ではあるが、アニーはそれらを愛読したものだった。そんな小説の世界観がアニーの空想の糧《かて》となっていることは確かだ。

ハープ館のぎざぎざした屋根の輪郭の上にかかる月を横切るようにして、雨雲が吹き抜けていく。そんな激しい雲の流れは先刻猛吹雪のなかを荒々しく駆け抜けていった馬上の男の姿を思い起こさせた。アニーは鳥肌が立つのを感じた。寒さのためではなく、みずからの想像力にぞっとしたからだ。そして窓から目をそらし、レオのほうに視線を向けた。

半開きの目……酷薄そうな薄い唇……完全に悪党の顔だ。こうした陰鬱な男たちとの恋愛をロマンス化しなければ、心の傷はもっと浅かったかもしれない。ひとりは詐欺師、もうひとりはナルシストだという現実を直視せず、相手がおとぎ話のヒーローだと勝手に思い込んでしまったのだ。しかしレオの場合は違う。布地と編み糸を使って彼を作り出したのは自分だ。だから彼を支配できる。

それこそ思い込みじゃないのか。レオがささやく。

アニーは身震いして寝室に引きあげた。だが布団のなかに潜り込んでも、脳裏にこびりついた崖の上の暗い屋敷の様子を消し去ることができなかった。

〝昨日の夜、またマンダリーに行った夢を見たの……〟ヒッチコックの『レベッカ』のシーンが蘇る。

翌朝目覚めたとき空腹感はなかったが、湿気たグラノーラを用意して食べた。コテージは冷え切っており、外は曇天で暗く、ただもうすぐにベッドに戻りたかった。だが暖房と水道がなくてはコテージで暮らせない。管理人のことを考えれば考えるほど、怒りが増してくる。唯一登録してある島関係の電話番号に電話をかけてみる。町役場、郵便局、図書館からなる合同庁舎である。しかし電話の充電はしてあるのにつながらない。アニーはピンクのベルベットのカウチに座り込み、頭を抱えた。こうなればなんとしてでもウィル・ショーをつかまえないと。そのためには崖の上のハープ館まで出向くしかない。二度と近づくまいと心に決めていたあの場所へだ。

アニーはできるかぎり暖かい衣類を何枚も重ねて着こみ、母の赤いマントを纏い、古いエルメスのスカーフを首に巻きつけた。気力と意志力をふり絞って出発した。空は彼女の未来に似て暗く、潮風が冷たかった。コテージから崖上の屋敷への道のりもとてつもない距離があった。

おれがおまえを運んでやるよ。ピーターがきっぱりといった。

スキャンプが吹き出した。

波は低かったが、しかしこんな時期に岸に沿って続く凍った岩の道を歩くのは危険きわまりないので、遠回りだが塩水の沼を通ることにした。しかし恐怖とともに心を満たしているのは屋敷への道のりのことだけではなかった。

ディリーは励ましてくれようとした。最後にハープ館まで登っていったのは十八年も前のことよ。幽霊も小人の妖精もとっくにいなくなってるわよ。

アニーはマントの縁で鼻と口を覆った。

心配するな。ピーターがいった。おれがおまえを見守っているから。

ピーターとディリーは役目を果たしてくれている。スキャンプの引き起こした面倒な出来事を解決したり、レオが意地悪な態度をしたときに仲裁したりする役目を担っているのだ。ふたりは麻薬撲滅運動のビラ配りをしたり、野菜を食べよう、歯を磨こう、他人の体に手を触れるのはやめよう、と周囲を啓蒙する優等生なのだ。

でも、そんなこと気にしないほうが楽なんだよな。レオが皮肉な口調でそういい、にやりと嗤った。たまにレオなど作るんじゃなかったと悔やむこともあるが、彼ほど悪役に適したキャラはない。意地悪で傲慢で、麻薬を勧め、ジャンクフードを礼賛するタイプである。遊戯場にいる子どもを誘拐しようとしたりするよそ者でもある。

そこのみんな、ついておいで。好きなだけキャンディをあげるよ。

アニー、やめなさいよ。ディリーがいった。ハープ家の人は誰ひとり夏になるまでこの島へ来ることはないわ。屋敷に住んでいるのは管理人だけよ。

レオはアニーを構うのをやめなかった。ゲームもあるし、チョコレートも、棒キャンディもね……こういう言葉を聞くと昔のいろんな失敗をいやでも思い出すだろ？　大事な大事な演劇のキャリアはいったいどうなったっけ？

アニーは首をすくめた。いまここで瞑想を始めるかヨガの練習でもしないことには気持ちを落ち着かせることもできないし、心があてもなく好き勝手な方向へと流れていくのを止められない。そんなふうに感じてしまうのは屋敷に行きたくないからなのかもしれない。結局のところ演劇の世界で思うような成果を得られなかったとしても、いいではないか。人形劇は子どもたちに大人気なのだから。

雪を踏みしめると、氷が砕ける音が響く。冬眠中の沼地の凍った表面のあいだに枯れた蒲やしなびた葦の先端が垂れている。夏のあいだ沼地はありとあらゆる生命体で溢れ返っているが、いまは荒涼たる景色が広がるばかりで、この自分の希望と同じく灰色にくすんでいる。

ふたたび足を止めて一休みすると、目の前に雪かきしたばかりの坂になった車道があった。ショーが雪かきのできる男なら、きっと雪のなかに置き去りにしてきた車も救出してくれるだろう。アニーは体を引きずるようにして歩きつづけた。肺炎を患《わずら》う前は坂道も駆け上がれるほどだったのに、頂上に着くころには肺が火のように熱くなり、ぜいぜいと息が切れていた。はるか眼下であのコテージが、入り組んだメイン州の海岸線をバックに荒れる海で波にさまよう玩具のゴミのように見えた。我が身に鞭打つ思いで、アニーはようやく顔を上げた。

目の前にハープ館がそびえ立っていた。土台に花崗岩を据えたこの屋敷は、夏の突風や冬の寒風など取るに足りないとばかりに堂々とそそり立っている。島にあるほかの別荘はより防風林の多い東部に建てられているが、ハープ館は安楽さを嘲笑うかのように、あえて岩場の多い西部の崖のてっぺんという厳しい場所を選んで建てられた。こけら板の屋根、ただでさえ不気味な褐色の木の要塞の片側にはさらに人を寄せつけない小塔がそびえている。

何もかもすべてが鋭角的なのだ。とんがった屋根、くっきりした陰影をもたらすひさし、不吉な印象を与える切妻造り。母親がエリオット・ハープと結婚した夏、ここへ移り住んだ自分はなぜこんなゴシック風の陰気な家を気に入ってしまったのだろう。くすんだグレーのドレスに細長い革の鞄を持った自分自身の姿を想像してみる。家柄は良いが貧しいため、やむなく身分の低い住み込み家政婦という職に就くしかない境遇。凛《りん》として臆することなく、ひどく粗野な――しかしきわめて美しい――館の主に立ち向かう。その勇気と度胸に、主も最後はどうしようもなく惚れ込んでしまうのだ。ふたりは結婚。そうなったらこの屋敷を改装しよう。

本ばかり読み実経験の少ない、地味な十五歳の少女のロマンティックな夢が厳しい現実に直面するのにそう時間はかからなかった。

いまとなってはプールも不気味で恐ろしい奈落のように思える。屋敷の裏や側面に通じる何の変哲もない木の階段も石の階段に造りかえられ、ゴシック建築によく取り入れられる、石でできた怪物像《ガーゴイル》の水落とし口で護られている。

厩舎の前を通り過ぎ、おおざっぱに雪かきされた小道に沿って裏口へと向かう。ショーはエリオット・ハープの馬に乗って雪の上を走らせたりせず、ここにいるべきだったのだ。ベルを押したが、家のなかで音は響かなかった。家が広すぎるからだろう。しばらく待ってふたたびベルを押してみる。しかし応答はなかった。ドアマットを見ると雪を落とした形跡がある。今度はドアを激しくたたいてみる。

ドアがきしみながら開いた。

あまりに寒かったのでアニーは躊躇《ためら》いもせず勝手口から中に入った。

ありとあらゆる類の外套類、種々のスコップ類、ほうき類がフックからぶら下がっている。メイン・キッチンへ通じる角を曲がり、足を止めた。

すべてが変わっていた。この十八年間、記憶のなかのキッチンにあった、クルミの木ででき た戸棚やステンレスの調理器具類はもうなかった。代わりに存在するのはまるで十九世紀からタイムスリップしてきたようなものばかり。かつて朝食室として使われていた場所とのあいだにあった壁がなくなり、その結果、キッチンは昔の二倍の広さになってしまっている。高く幅のある窓から日差しは入ってくるものの、窓が床から少なくとも六フィートの位置に設置されているため、よほど身長のある人物でなければ窓から外を眺めることはできないだろう。壁の上の部分は目の粗い漆喰で覆われ、下の半分は四インチ角のかつては白かったであろうタイルが貼ってあり、タイルのいくつかは角が欠け落ち、ほかのタイルも古びてひびが入っている。床には寒々とした石が敷き詰められ、暖炉はすすに覆われている。それはまるで洞窟のようで、野生の猪でもローストできるくらいの大きさがある。いっそのこと館の主の土地に勝手に侵入しているところを迂闊《うかつ》にも目撃されてしまった愚かな男でも丸焼きにしてもいい。

戸棚のあった場所にはおおざっぱな造りの棚があり、陶磁器のボウル類や甕《かめ》が置かれている。支えなしで立っている黒っぽい木製の食器棚が、くすんで黒い産業用サイズのアメリカガス協会製コンロを挟むようにして両側に設置されている。炻器《せっき》製の流し台の中には汚れた皿が何枚も折り重なるように置かれている。壁に掛けられた銅製深鍋やシチュー鍋はぴかぴかに磨かれてはおらず、使い古されてあちこちへこんでいる。その下の長くて傷のある木の台は、館の主の食事を用意するのに料理人が鶏の頭部を切り落としたり、羊肉を切ったり、またデザート用のクリームを泡立てたりするための作業台と思われる。

キッチンが改修されたのは間違いないが、二世紀も昔のスタイルに戻す改修などあるものだろうか？　その理由は？

逃げるのよ！　クランペットが甲高い声で叫んだ。ここは尋常な場所じゃないわ。おかしいって！

クランペットが興奮した状態に陥ったときには、アニーはディリーの現実的な視点に立った発言に頼ることが多いのだが、今はディリーは黙り込み、スキャンプでさえ冗談ひとつ飛ばさなかった。

「ショーさん?」そう呼びかけはしたものの、アニーの声にはいつもの勢いはなかった。

応答がなかったので、キッチンの奥へ進んだ。石の床には濡れたアニーの足跡が点々と残った。しかしブーツを脱ぐわけにはいかなかった。逃げ出すことになれば、ソックスでは無理だからだ。

物音は一切しなかった。

アニーは食料庫を通り過ぎ、狭い裏手の廊下を横切った。ダイニングルームを迂回し、アーチ型の入り口からロビーへ出た。ほの暗い灰色の灯りが玄関の上の六個の四角い窓枠を照らしていた。重厚なマホガニーの階段室から上ったところにはいまもステンドグラスのある踊り場があるのだが、カーペットは昔の色彩豊かな花柄とは打って変わって暗い印象の栗色になっている。家具類にはうっすらとほこりがたまり、隅には蜘蛛の巣がかかっている。壁は重厚感のある黒っぽい板で覆われ、壁にあった海の油絵は衣服から想像するに十九世紀の富裕な男女と思われる陰気な油絵の肖像画に変えられている。モデルは、アイルランドの農民だったというエリオット・ハープの祖先とは無縁な人々のようだ。通路をなおいっそう陰気にしているものがまだある。甲冑と大鴉の剝製だ。

上で足音がしたので、アニーは階段の近くに移動した。「ショーさんですか? アニー・ヒューイットです。ドアが開いていたので、入らせてもらいました」そして視線を上に向けた。「これからの滞在に関してお願いがありまして――」そこまでいって言葉を失った。

この屋敷の主が階段の上に立っていたからだ。

2

彼はゆっくりと降りてきた。まさしくゴシック小説の主人公かと思えるようないでたちだ。パール・グレーのベスト、純白のスカーフ。黒いズボンをふくらはぎまである乗馬用ブーツにたくし込んでいる。脇からだらりと下がっているのは銃身が鋼《はがね》でできたピストルだ。アニーは背筋を氷のような指先で撫でられたように感じた。ひょっとして肺炎がぶり返したのか、あるいは自分の想像力がついに現実の崖っぷちから落ちてしまったのかという疑問が胸をよぎった。しかしこれは幻想ではない。幻想にしてはあまりにリアルすぎる。

アニーはひたすら時間をかけて、ゆっくりとピストルやブーツ、ベストから目を離し、その人物そのものを見つめた。

ほの暗い光のなかでもはっきり見える濡れたように艶《つや》やかな黒髪。威厳に満ちた淡いブルーの瞳。面立ちは彫刻作品のように無表情で、口元は引き締まっている。彼のすべての要素が十九世紀の高慢の化身を思い起こさせる。アニーは膝を曲げてお辞儀し、逃げ出したかった。やっぱり家政婦になるつもりなどなかったんです、と言い残して。

彼は階段の下に降り立った。そのときアニーは彼の眉の端に黒ずんだ傷痕があるのに気づいた。彼女が彼に負わせた傷だ。

テオ・ハープ。

最後に彼を見てから十八年の年月が流れていた。

十八年間、アニーは忌まわしいあの夏の記憶をひたすら心の奥底に埋めてきた。

逃げて！　できるだけ速く逃げなさい！　頭のなかに響いたのはクランペットではなく、理性的で現実的なディィリーの声だった。

さらにほかの誰かの声も……。

そうか……とうとう再会してしまったんだな。常時繰り返されるレオの嘲笑的な口調は影を潜め、畏怖めいたものが感じられた。

テオの凍るような男性的な美貌はこうしたゴシックふうの環境にはこの上なくふさわしかった。長身で痩せ型、にじみ出る気品にそこはかとなく混じりあう放縦さ。純白のスカーフがアンダルシア出身の母親譲りの浅黒い肌を際立たせている。十代のころの華奢な体型の名残はもうない。だが、いかにも富豪の跡取り息子といった高慢さのにじむ雰囲気は変わっていない。彼は冷ややかにアニーを見た。「用はなんだ？」

アニーは先ほど名前を名乗った。彼女が何者であるのかは承知しているはず。それなのにあたかも見知らぬ他人が家に侵入してきたかのような口ぶりである。

「ウィル・ショーさんを探しているの」そういいながらも、声がわずかに震えたのは不本意だった。

彼はダイヤモンド型のオニキスをはめ込んだ大理石の床に降り立った。「ショーはもうここで働いてはいない」

「だったら、コテージの管理は誰がしているの？」

「うちのおやじにでも尋ねればよかったんだよ」

南フランスでアニーの母マリアとはまったく個性の異なる三番目の妻と過ごしているエリオット・ハープにただ電話をかければいいとでもいうのか。母は強烈な個性の持ち主で、性別不明のスタイルを好んだ。細いパンツに白の男性用のシャツ。美しいスカーフ。そうした個性に惚れ込んだ愛人は何人もいた。エリオット・ハープもそのひとりだ。きわめて保守的な人生を歩んでいたエリオットがマリアと結婚したのは中年期の反抗の表れだ。そしてエリオットの影響でマリアは結婚前にはまるで持ち合わせていなかった保身の感覚を身に着けた。ふたりの出会いは最初から破局の要素に包まれていた。

アニーはブーツのなかでつま先をまるめ、一歩も退かない決意をみずからに課した。

「ショーの居所を教えてくれない？」

テオはかすかに肩を上げた。肩をすくめるのさえ面倒だというかのように。「知らないね」

そのときき わめて現代的な、スマートフォンの呼出音が会話をさまたげた。アニーは気づかなかったが、彼は決闘用ピストルを持っていないほうの手につやつや光る黒のスマートフォンを握っていたのだ。画面を見る彼の様子を観察していて、アニーは昨晩美しい動物への思いやりなど一切なく雪の路上で馬を走らせていた人物は彼だったと気づいた。しかし考えてみれば、テオ・ハープは昔から相手が動物であれ女性であれ、他者の幸福など一切顧みない人物だった。

アニーはふたたび吐き気に襲われた。汚れた大理石の床の上を蜘蛛が這っていく様子をじっと見た。彼は電話の呼び出し音をオフにした。彼の背後に書斎のドアが見え、エリオット・ハープの大きなマホガニー製の机が見えた。机は使用されていないようだった。コーヒー・マグも、メモパッドも、参考文献の類も置かれていない。もしテオ・ハープが次の著作を執筆中であるとしても、ここでは書いていないということだ。

「お母さんのことは聞いている」彼はいった。

お悔やみ申し上げるよという言葉は出なかった。だがそれをいえば、マリアが娘をどんなふうに扱っていたか、テオはよく知っている。

〝背筋を伸ばして立ちなさい、アントワネット。ちゃんと人の目を直視しなさい。相手の目も見られないで、まともに相手をしてもらえると思う？〟

もっとひどいこともあった。〝その本はこちらによこしなさい。駄本はもう読ませません。本物の書物しか読んではだめ〟

アニーは母の勧める小説が大嫌いだった。メルヴィル、プルースト、ジョイス、トルストイといった作家の作品は多くの読者に愛されているかもしれないが、アニーは列車の下に身投げするのではなく、あくまでも自分の立場を守る勇気のあるヒロインを描いた作品を読みたかったのだ。

テオ・ハープはスマートフォンの縁を親指で撫でた。もう片方の手で決闘用のピストルをぶらぶらと揺らしながら、彼はホームレスのようなアニーのいでたちに見入った。赤のマント、古ぼけたヘッドスカーフ、履き古したスウェードの茶色のブーツ。これは悪夢なのか？　ピストル？　彼の風変わりな服装は？　なぜこの家は二世紀も昔に遡《さかのぼ》った造りになってしまったのか？　彼はあのときなぜ私を殺そうとしたのか？

〝あの子はただのいじめっ子じゃないわ、エリオット〟母のマリアはかつて夫のエリオットにいったことがある。〝あなたの息子はたいへんな問題児よ〟

アニーもあの年の夏には判然としなかった事実をいまでは理解している。テオ・ハープは精神の病を患っており、変質者なのだ。嘘、他人への心理操作、残虐性……父親のエリオットがただの少年のいたずらとして片付けようとしたいくつもの出来事はいたずらなどではなかったのだ。

アニーの胃袋は落ち着く気配がなかった。自分がこうも怯えているのがたまらなく嫌だった。彼は決闘用のピストルを左手から右手に持ち替えた。「アニー、今後ここへは来ないでくれないか」

ふたたび彼は支配的な態度に出た。アニーは耐え難い嫌悪感を覚えた。

突然幽霊のようなうめき声が廊下に響いてきた。アニーは急いでまわりを見渡した。「あれは何？」

振り向くと、そこにはテオの驚きで茫然とする表情があった。彼はまたたく間に真顔に戻った。「古い家だからね」

「とても家のきしみとは思えない音だったわ」

「きみの知ったことではない」

彼のいうとおりだった。彼に関してこれ以上首をつっこむべきではない。すぐにここを立ち去るつもりで、ほんの数歩歩きだしたばかりのとき、今度は先刻より和らいだ、しかしより気味の悪いうめき声が違う方向から聞こえてきた。アニーは振り向いて彼の顔をしげしげと見つめた。彼はますます眉をひそめ、肩をいからせた。

「天井裏に気のふれた奥さんでもいるの？」アニーは声を絞り出すようにして尋ねた。

「風の音だよ」それは否定したきゃすればいいとでもいう強気の返事だった。

アニーは母のマントの襟もとに手を巻きつけた。「私だったら灯りぐらいつけておくわ」

彼女はロビーを通り抜け裏口の廊下に入るまではなんとか首をうなだれずにいたが、キッチンに行き着くと赤いマントを体に強く巻きつけた。キッチンの隅に、冷凍ワッフルの箱、クラッカーの空き袋、ケチャップの瓶などがぎっしり詰まったゴミ入れがあった。テオ・ハープは頭がいかれた人間だ。受けないダジャレを飛ばすようなユーモラスないかれぶりではなく、死体を地下室に保存しておくような変質者だ。ふたたび外の凍りつくような空気に包まれると、小刻みに体が震えた。寒さのせいではない。絶望からだ。

アニーは立ち尽くした。テオのスマートフォン……室内では受信できていた。ここでも受信はできるだろうか？　アニーは時代遅れの携帯電話をポケットから取り出し、さびれたあずまや近くの人目につかない場所を見つけ、電源を入れた。数秒でシグナルが立った。町役場のものとおぼしき電話番号を、震える指先で押した。

バーバラ・ローズと名乗る女性が電話に出た。「ウィル・ショーさんは先月家族とともに島を去りました」と彼女は述べた。「テオ・ハープが届け出ました」

アニーは落胆した。

「若い世代の方たちはみなさんそうなんですよ」バーバラは続けた。「ロブスター漁はここ数年不漁ですからね」

少なくとも、なぜウィル・ショーがEメールを返してこなかったかの理由はわかった。アニーは唇を舐めた。「考えていたんですけど……どなたかにお手伝いをお願いするとしたら、いくらぐらいお支払いすべきでしょうか？」アニーは車が脱輪した概況や、火炉に火をつけたり発電機を作動させたりする方法を知らないことなどをかいつまんで話した。

「私の主人が戻り次第そちらに向かわせます」バーバラはきはきした口調でいった。「この島ではそんなふうにやりくりしているんです。困ったときはお互いさまです。一時間程度で伺いますよ」

「ほんとうに？　それは……この上なくありがたいです」厩舎のなかからかすかな馬のいななきが聞こえた。アニーがここに住んでいた夏、厩舎は薄い灰色に塗られていた。いまではすぐ近くのあずまやと同じ濃い栗色だ。アニーは屋敷をじっと見つめた。

「お母さまの訃報を聞いてみな悲しんでいました」バーバラがいった。「この先も彼女のことは忘れません。お母さまはこの島に文化をもたらしてくださいましたし、お母さまのおかげで有名人も来てくれるようになりましたもの」

「ありがとうございます」最初は光線のいたずらかと思ったが、まばたきしてみるとそれはたしかにそこにあった。淡い卵型のものが彼女を上から見下ろしていた。

「ブッカーが車の救出《レスキュー》を終えたら、火炉や発電機の扱い方をお教えしますよ」バーバラは言葉を切った。「ハープさんにまだお会いになってないんですか？」

現れたときと同様に素早く、顔は消えた。顔立ちを確かめられる距離ではなかったが、上から覗いていたのはテオの顔ではなかった。だとすると女性なのか、それとも子ども？　テオが幽閉している妻なのかしら？

「束の間会いました」アニーはひと気のない窓を見上げた。「テオは誰かを島に連れてきましたか?」

「いいえ、ひとりでいらっしゃいましたよ。お聞き及びではないかもしれませんが、あの方の奥さまは昨年亡くなられたんです」

「そうなんですか?」アニーはまたもや想像力に支配されてはいけないと、凝視していた窓から目をそらした。バーバラに手助けの礼を述べ、ムーンレイカー・コテージに向けて坂道を下りはじめた。

寒さや肺の痛み、先刻見た不気味な顔。それでもアニーの気分は少しだけ軽くなった。車ももうすぐ使えるようになる。暖房も電気も利用できるようになるのだ。そうなれば、母マリアが遺してくれたはずの何かを一心に探すことができる。コテージは狭い。見つけるのにそう手間取ることはないだろう。

あらためて、コテージを売却できたらと思わずにはいられなかった。しかしマリアとエリオット・ハープに関係する事柄は何もかも複雑なのだ。アニーは足を止めて休んだ。エリオットの祖父が二十世紀初頭にハープ館を建て、エリオットが周辺の土地を取得した。ムーンレイカー・コテージもその一部である。どういうわけか、マリアはコテージを非常に気に入っていた。そしてエリオットとの離婚調停の過程でエリオットにコテージを自分に譲るよう求めたのだ。エリオットはそれを断ったが、最終の離婚判決の書類作成までに双方が折衷案に歩み寄った。マリアが毎年六十日間連続してコテージに滞在したらコテージはマリアの所有と認めるという案だ。その条件を満たさないと、コテージはハープ家の所有に戻される。中断はだめ。やり直しもだめ。六十日が過ぎる前に去ったら、また来て滞在の再開を始めることは許されないのだ。

マリアは都市型の人間だから、エリオットはしてやったりとほくそえんだはずだ。二カ月間のあいだに一晩でも島を離れれば、所有権は永久に失われる。しかしエリオットにとって肝をつぶすほどの驚きだったのは、この取り決めがマリアにとってまたとない案だったことだ。マリアはエリオットとはどうであれ、この島を愛していた。友だちに会えないので、マリアは友人たちを招待して泊まらせた。世に認められた芸術家たちや、彼女が応援している新進気鋭の芸術家たちもやってきた。彼らはみな招待を喜び、コテージのアトリエで絵を描いたり、執筆したり、創作したりした。マリアは我が子の子育てより芸術家を育てるのがはるかにうまかった。

アニーはマントを体に巻きつけ、ふたたび歩きはじめた。アニーは母親が同意した条件とともにコテージを相続した。六十日間連続して滞在しないと、コテージはハープ家に戻されるのだ。しかし母親と違い、アニーは島が大嫌いだ。とはいえ、いまはほかに行くところがない。アニーが働いていたコーヒーハウスの裏手にある貯蔵庫のカビだらけの布団を数のうちに入れなければの話だが。母親の病気と自分の病気のあいだ、仕事を続けられなかったので、ほかの滞在場所を探す体力も資金もないのだ。

凍った沼地に着くころには、足がいうことを聞かなくなっていた。気晴らしにさまざまな気味の悪いうめき声を練習した。笑い声に似たうめきを声帯から絞り出してみた。女優としては落第かもしれないが、腹話術はなかなかだ。テオ・ハープはわたしが出した気味の悪い声を疑いもしなかった。

翌朝には水も電気も使えるようになり、家は寒いがなんとか生活できる状態になった。バーバラ・ローズのおしゃべりな夫ブッカーのおかげで、テオ・ハープの帰還は島でも話題になっていることがわかった。「悲劇、彼の妻に何が起きたか」ブッカーはパイプの凍結を防ぐ方法、発電機の使い方、プロパンガスの節約法を教えたあと、そういった。「みんな彼のことを気の毒がっているんだ。変わり者ではあったけど、ほとんど毎年夏はここへ来ていたしね。彼の本は読んだかい？」

読んだといいたくないので、アニーは曖昧に肩をすくめた。

「読んだあとスティーブン・キングより読後悪夢にうなされると妻もいってるよ」ブッカーはいった。「いったいどこからあの想像力は生み出されるんだろうね」

『サニタリウム』という小説はいたずらに薄気味悪さをかき立てる作品だ。刑事事件を起こした精神病患者のための病院が舞台で、その病室の一部は隔離室になっており、とくに虐待で大きな快感を得るタイプの患者に過去への回帰を体験させる部屋なのだ。アニーには受け入れられない内容だった。テオは祖母から潤沢な信託資金を相続した。だから生計を立てるために小説を書いているわけではない。だからこそ、たとえベストセラーでも彼がことさらに不埒な作品を書いているように思えてならないのだ。彼はいま続編を執筆中と思われるが、アニーは絶対それを読むつもりはない。

ブッカーが去ると、本土から持ってきた食料品の包みを開け、窓をすべてチェックし、ドアの前にスチール製のアクセント・テーブルを押しつけ、十二時間眠った。いつものように咳き込み、お金のことを考えながら目を覚ました。借金まみれになっており、金の心配はほとほと嫌になっていた。布団のなかに横たわったまま、天井を見上げ、この苦境をどうやって抜け出すか、懸命に考えた。

病気の診断後、母親は初めてアニーを必要としはじめた。そしてアニーはそばにいた。母親を放っておくわけにはいかないという結論に達した時点で、看護のために自分の仕事をあきらめるしかなかった。

〝私の育てた娘はなんとまあ臆病者になってしまったのかしら〟母親は昔よくそういった。しかし最後には自分自身がすっかり怯え、行かないでくれとアニーにすがるようになっていた。

アニーはわずかな貯金をおろしてマリアが愛するマンハッタンのアパートの家賃を払った。マリアがそこを出ていかなくてもいいように。そして生まれて初めてクレジットカードに頼る生活が始まった。マリアが効くというので漢方薬も買った。母親の芸術家魂の糧となる書物やマリアの体重減少を防ぐための特別な食物も調達した。

体力が衰えるにつれ、マリアはアニーへの感謝をはっきり口にするようになった。〝あなたがいなかったら、私はどうなっていたかしら〟その言葉は、大人になっても心の奥底に残る少女時代の悔恨を慰めた。子どものころから厳しかった母親の是認を求めつづけ、ことごとく拒まれたみじめさが心の底にこびりついていた。

もしロンドンへの渡航という母親の最期の夢を叶えてあげようと決断しなければ、どうにかアニーの破産はまぬがれたかもしれなかった。だがさらにクレジットカードを頼って、マリアを車椅子に座らせ、一週間ものあいだ母が愛してやまない美術館をめぐって歩いた。テート美術館で画家ニーヴン・ガーの巨大な赤とグレーのキャンバスの前で止まったとき、アニーの犠牲は報われた。マリアはアニーのてのひらに唇を当て、アニーが物心ついて以来求めつづけてきた言葉を口にしたのだ。〝あなたを愛してる〟

アニーは体を引きずるようにしてベッドから降り、コテージの五つの部屋をくまなく見てまわった。リビングルーム、キッチン、浴室、マリアの寝室、客用寝室も兼ねた芸術家たちのアトリエ。何年にもわたってここに宿泊した芸術家たちはマリアに絵画や彫刻などの作品を寄贈した。そのなかでも最も価値のあるものは、母がかなり以前に売却してしまった。しかしまだ売らずにいたものがあるという。それはなんだろう?

何もかもが目につき、どれに価値があるのかわからなくなった。背に綴《と》じ糸の房飾りのついた鮮やかなピンクのヴィクトリア王朝ふうのソファー、超現代的な茶色を帯びた灰色の肘掛け椅子、石で作られたタイの女神像、鳥の頭蓋骨、楡の木をさかさまに描いた壁面大の絵画。ごたまぜのものやそれぞれ様式の異なる家具類が、見間違えることのない絶対的な母の色彩感覚により統一されている。ヴァニラ色の壁、明るい紫を帯びた青、オリーブ色、茶色がかった灰色といった色を配した堅牢な室内装飾の数々。ソファーの鮮やかなピンクと人魚の形をした真珠光沢の塗装が施された漆喰の椅子との組み合わせは見る者をはっとさせるような価値がある。

二杯目のコーヒーで休憩を取りながら、アニーはもっと整然とした探し方をしなければ、と決意した。リビングルームを皮切りにすべての芸術作品をリストにして、それらの特徴を細かくノートに書き記していった。探すべきものが何かをマリアが教えてくれてさえいたら、ことはもっと簡単だっただろう。あるいはコテージを売却できさえすれば。

クランペットがふくれっ面をした。お母さんをロンドンに連れていく必要はなかったんじゃないの？　それよりあたしに新しいドレスを買ってくれればよかったのよ。ティアラも。おまえのしたことは正しい。常にアニーを支持してくれるピーターがいった。マリアは悪い人間ではなかった。母親失格ではあったけどね。

ディリーがいつもの優しい口調で語りかけた。それでもやはりその言葉はアニーの心に突き刺さった。旅はお母さんのために行ったの？　それとも自分自身のため？

レオはただ鼻で笑っただけだった。すべては母親の愛情を勝ち取るためなんだろ、アントワネット？

人形たちの言葉はいつもこうだ……彼らはアニーが直面したくない現実や事実を語ってくれるのだ。

窓の外に視線を向けると、遠くで何か動くものが見えた。白とグレーの海を背景に馬と馬上の人間の姿がくっきりと浮かび上がる。地獄の悪魔から追われてでもいるように、真冬の景色を切り裂きながら、彼らは走り抜けていく。


翌日も呪われたような咳の発作は続き、うたたねをしたり、自分を元気づけるためにグーフィに似た漫画の子どものスケッチを描くといういつもの趣味に耽ってはみたが、携帯電話が使えないという問題をもう無視することはできなくなっていた。昨晩さらに雪が積もったために、すでに危険な道路はとうとう通り抜け不能の状態になってしまった。つまりそれは、シグナルを求めてふたたび崖の上まで登らなくてはならないことを意味する。しかし今回は、屋敷には一切立ち寄らない。

厚いダウンジャケットを着込んでいるので、前回よりは登山向きの装備である。まだ肌を刺すような寒さだが、時たま陽も射し、新雪がきらめきを散らしたように輝いている。しかし悩みが大きすぎて雪の美しさを愛でる心境ではない。携帯電話のシグナルが一本では足りない。インターネットへのアクセスが必要だ。売買業者のカモにされたくなければ、ノートに書きつけた在庫リストの品物について自分でリサーチしなくてはならないのだ。それをどうすれば実行できるのか？　コテージでは衛星電波サービスは使えない。夏のあいだならホテルや宿屋でも無料で公共のインターネットサービスが受けられるが、ホテルも宿屋も冬季休業中で、たとえ車で町へ出向くことができたとしても、あてどなく見知らぬ住民の家を訪ね室内でネットサーフィンをさせてもらうことなど考えられない。

コートや乱れ切った髪にかぶせたニットキャップ、空気が侵入しないよう鼻と口を覆うためのスカーフといった重装備にもかかわらず、崖のてっぺんに登りつめるころには体が震えていた。屋敷のほうに視線を投げ、テオの姿が見えないことを確認するとあずまやの後ろに陣取り、電話をかけた。最後の報酬が未払いになっているニュージャージーの小学校、マリアの遺品のうちまともなものを委託販売のために預けた店。自分のみすぼらしい家具は売る価値もないので道端まで運んで捨ててきた。金の心配はもういやだ。

借金はおれが返すよ。ピーターが言明した。おれが助けてやる。

物音がして気が散った。あたりを見まわすと、子どもがひとりアカトウヒの木の下でしゃがんでいる。見たところ年齢は三歳から四歳。ひとりで外に出るには幼すぎる感じだ。服装はピンクの上着にコーデュロイのズボンのみという軽装。手袋やブーツ、明るい褐色の直毛を覆うキャップも身に着けていない。

アニーは窓から覗き込んでいた顔を思い出した。これはテオの子どもに違いない。テオが人の親だと考えるだけで恐怖でぞっとした。可哀そうな幼子。暖かい衣服さえ着せてもらえず、目も行き届いていないようだ。テオの過去を考えれば、親としてもっと罪深いことをしていても不思議はない。

子どもはアニーに見られたことに気づき、枝の下に戻った。アニーはしゃがんだ。「ねえ、驚かせるつもりじゃなかったの。私は電話をかけていただけ」

子どもはただじっと見つめ返すだけだったが、アニーは内気な子どもならいやというほど接してきた。「私はアニー。本名はアントワネットよ。でも誰も本名で呼んでくれないの。あなたはだあれ？」

幼い子どもは答えなかった。

「あなたは雪の精なの？　それとも雪うさぎちゃん？」

まだ返事はない。

「きっとリスね。でもこのあたりには木の実がないわ。もしかしてクッキーを食べる雪うさぎかな？」

こうしたばかげた質問を投げかければ、どんなに人見知りの子どもでも反応を見せるものだが、幼い女の子は反応を示さなかった。鳥が友を呼ぶ声に振り向いたところをみると、聴力に問題はなさそうだ。しかしこの大きく見開かれた目をよくよく観察してみて、何か問題があるとアニーは感じた。

「リヴィア……」それは女性の声だった。屋敷のなかにいる誰かに聞かれたくないとでもいうようなくぐもった声だ。「リヴィア、どこにいるの？　いますぐここへ来てちょうだい」

アニーは好奇心に逆らえず、じりじりとあずまやの前に出た。

女性はさらりとした長い金髪を横わけにした美人だった。ジーンズとぶかぶかのスウェットシャツを着ていてもメリハリのあるボディラインは隠せていない。女性はぎこちなく、松葉杖につかまった。「リヴィア！」

この女性にはどこか見覚えがある気がした。アニーは物陰から足を踏み出した。「ジェイシー？」

女性は松葉杖があるにもかかわらずよろめいた。「アニー？」

ジェイシー・ミルズとその父親はエリオットが買い取る以前にムーンレイカー・コテージに住んでいたのだ。長年会っていなかったが、誰でも命の恩人のことは忘れないものだ。

ピンク色のものが目の前をさっと通り過ぎたかと思うと幼いリヴィアという名の女の子が雪に覆われた赤いスニーカーを履いた足で飛ぶように、キッチンの入り口に走り去った。

ジェイシーは松葉杖のあいだでふらついた。「リヴィア、私は外に出ていいと許した覚えはないわよ」ジェイシーはふたたび叱るようなささやき声でいった。「このことは前に何度も話し合ったことでしょう？」

リヴィアはジェイシーを下からにらんだが、何もいわなかった。

「あっちで靴を脱ぎなさい」

リヴィアがいなくなると、ジェイシーはアニーのほうを見た。「あなたが島に戻ってきているのは聞いていたけど、まさかここで会えるなんて思わなかった」

アニーは数歩ジェイシーに近づいたものの、木の陰にとどまった。「コテージでは携帯電話の送受信ができなくて。何件か連絡が必要だったからここへ」

子どものころ、ジェイシーはテオ・ハープと同じくブロンドだったが、テオの双子の妹の髪の色は黒褐色だった。ジェイシーはあいかわらずブロンドだ。十代のころのように痩せっぽちではないが、整ったその面立ちには昔と変わらずどこかぼんやりとした印象がある。まるで息で曇ったレンズの後ろで生きているかのようなのだ。だがそれにしても、なぜジェイシーはここにいるのだろう？

そんな心のうちを読まれてしまったのか、ジェイシーは説明した。「いま私はここで家政婦をしているの」

アニーにとって家政婦ほど気の滅入る仕事はない。ジェイシーはぎこちない仕草でキッチンの方向を示した。「なかへ入りましょう」

アニーは屋敷に足を踏み入れるわけにいかなかった。それを断るための格好の口実もあった。「屋敷の主テオから、ここに近づくなと命じられているの」彼の名前は変質した油のように唇に嫌な味を残した。

少女のころから愚直なほどまじめだったジェイシーは、軽蔑のこもるアニーの表現に反応しなかった。大酒のみのロブスター漁師を父親に持っていたせいで、大人の責任を肩代わりすることに慣れていた。だからアニーより一歳下で、ハープ家の双子より二歳下と、四人のなかでも一番年下だったにもかかわらず、一番分別があった。「テオがここまで下りてくるのは真夜中だけなの」ジェイシーはいった。「彼はあなたがここに来ていることすら気づかないはずよ」

どうやらジェイシーはテオが一階に下りてきて、夜の散歩を楽しんでいる程度にしか認識していないようだ。「無理よ」

「お願い」ジェイシーはなおもいった。「たまには大人との会話をしたいのよ」

ジェイシーの誘いはむしろ嘆願のようだった。アニーがこうして生きているのも彼女のおかげなので、誘いを断りたいのはやまやまだったが、強引に立ち去るのは間違っている気がした。気力をふり絞り、万が一テオが外を見ているかもしれないと、急いで広い裏庭を横切った。怪獣像のある階段を上りながら、テオに威嚇されたのは昔のことだと自分に言い聞かせねばならなかった。

ジェイシーは開いた裏口の内側に立っていた。片側の腋の下から彼女に似つかわしくない紫のカバが顔を覗かせ、反対側の脇の下にはテディベアが挟まっている。「娘のよ」

リヴィアはジェイシーの娘なのね。つまりテオの子ではないということだ。

「松葉杖を使うと腋が痛むの」ジェイシーはアニーを勝手口から中に入れるため後ろに下がりながら説明した。「このぬいぐるみをクッションにすると楽なの。ちょっとした話のタネにもなるしね」

ジェイシーはただ頷いた。ジェイシーの生真面目さにぬいぐるみは似つかわしくなかった。かつてある年の夏ジェイシーがアニーのために何かをしてくれたという点を除けば、ふたりは親しくもなかった。アニーは母親の離婚後二度ほど短期間この島を訪れたとき、ジェイシーを探し出したのだが、命の恩人の態度がよそよそしく、せっかくの再会は気まずいものになった。

アニーはドアのすぐ内側でブーツをマットにこすりつけた。「どうして怪我をしたの？」

「二週間ぐらい前に氷の上で滑ってしまったの。ブーツは気にしないで」アニーが前にかがんでブーツを脱ごうとしていると、ジェイシーがいった。「床はどうせひどく汚れているから少しぐらい雪がついていたってかまわないわよ」ジェイシーは不慣れな様子で勝手口からキッチンへ移動した。

とりあえずアニーはブーツを脱いだが、ソックスを通して石の床から冷たさが伝わり、靴を脱いだことをたちまち悔やんだ。咳が出て、鼻をかんだ。キッチンは暖炉のすすに至るまで、アニーの記憶以上に暗かった。二日前に訪れたときより、流し台にはより多くの鉢が重ねられ、ごみ容器は溢れ返っていた。床も掃除が必要だった。この場所にいるだけで心が落ち着かなくなる気がした。

リヴィアの姿はなく、ジェイシーはキッチンの中央に置かれた長いテーブルの端にある背が直角の木の椅子に力なく座り込んだ。「家じゅうがとり散らかっているのはわかっているわ」と彼女はいった。「でも事故に遭ってから仕事を片付けるのが苦痛になってしまって」

ジェイシーにはどこか張りつめたものが感じられ、それは過去にはなかったものだとアニーは感じた。嚙み跡のある指の爪だけではなく、そわそわと手を動かすのも気にかかる。

「足が痛そうね」アニーはいった。

「最悪のタイミングよ。松葉杖でも快適に過ごせる人たちも多いらしいんだけど、私は全然だめ」ジェイシーは両手を使って片脚を持ち上げ、足を隣の椅子の上に乗せた。「テオはどちらにしても私をここに置きたくないの。こうして何もかも収拾がつかなくなってしまっては……」ジェイシーは両手を上げたが、その動きを忘れたらしく、すぐまた膝の上に戻した。

「座ってよ。コーヒーでも勧めたいところだけど、今の私には無理な作業なの」

「おかまいなく」アニーがジェイシーの対角線上の席に着くと、リヴィアがキッチンに戻ってきた。薄汚れたピンクと白の縞模様でできた、子猫のぬいぐるみを大事そうに抱いている。上着と靴は脱いでおり、コーデュロイのズボンの裾が濡れている。ジェイシーも気づいたが注意するのはあきらめたようだ。

アニーは子どもに微笑みかけた。「おいくつなの、リヴィア?」

「四歳よ」ジェイシーが娘に代わって答えた。「リヴィア、床が冷たいからスリッパを履きなさい」

子どもは言葉を一度も発することがないまま、ふたたびいなくなった。

アニーはリヴィアについて質問したかったが、訊くことが詮索のように思え、キッチンについて尋ねることにした。「ここには何が起きたの? すっかり様変わりしてしまったのね」

「最悪でしょ? エリオットの妻シンシアは何もかも英国風にすることにこだわっていたの。ノース・ダコタの出身なのにね。この屋敷のすべてを十九世紀の領主の邸宅にしたいという思いに取り憑《つ》かれ、なんとかエリオットを説得し、大金を投じてこのキッチンも含めた全館を改装してしまったの。あんなにお金をかけたのに、こんな不格好なものが残ったわ。ふたりは去年の夏ここを訪れもしなかった」

「たしかに正気の沙汰じゃないわね」アニーはかかとを床から離すために椅子の横木に掛けた。

「私の友人のリサ——あなたは知らないわよね。あの夏、彼女は島にいなかった。リサはシンシアの改装が気に入ったみたい。でもそれはここで働く必要がないからなのよね」ジェイシーは嚙み跡のある爪をじっと見下ろした。「ウィルがいなくなってから、リサがシンシアに家政婦として私を推薦してくれたとき、すごくわくわくしたわ。この島で冬の仕事を探すのは不可能だから」ジェイシーがもっと楽な姿勢をとろうとして、椅子がきしんだ。「でも足を骨折してしまったから、テオに解雇されてしまう」

アニーは口元を引き締めた。「それが典型的なテオ・ハープの流儀よ。誰かが行き詰まっているときに追い払うの」

「彼は別人になったみたい。よく知らないけど」哀愁を帯びたジェイシーの表情を見ていて、アニーはほぼ記憶から消えかけていたあることを思い出した。ジェイシーはあの年の夏にこんな表情でテオを見つめていた。まるで彼がこの世のすべてであるかのように。「もっと会えるかと期待したのに。会話も交わせるかと」

つまりまだジェイシーはテオを思っているわけだ。アニーはジェイシーの柔和なブロンドの美貌がうらやましかったことを思い出した。だが、テオはジェイシーにあまり関心がなかった。アニーは気転を利かせようとした。「そういう状況でよかったと思ったほうがいいのかもしれないわよ。テオは間違いなくロマンスの相手として期待できる人じゃないもの」

「そうかもね。彼はある種の変人よ。ここを訪れる人もいないし、彼はほとんど町に出向かないわ。一晩中屋敷内を歩きまわり、昼間は馬に乗るか小塔にこもって執筆しているのよ。何日間も母屋ではなく小塔だけが彼の居場所よ。作家なんてみんな変人なのかもしれない。何日間も姿を見ないこともあるわ」

「二日前にここに来たけど、すぐ彼と会えたわよ」

「あらそう。きっとリヴィアと私が病気で寝込んでいたときね。じゃなければ、きっと私があなたを見かけていたはずだから。ほとんど一日中眠っていたの」

アニーの脳裏に二階の窓から小さな顔が覗いていた光景が蘇ってきた。ジェイシーは眠り込んでいたかもしれないが、リヴィアはぶらぶらと歩きまわっていたのかもしれない。「テオはお祖母《ばあ》さまがかつて寝起きしていた小塔で暮らしているの？」

ジェイシーは頷き、椅子の上で足の位置を直した。「小塔には専用のキッチンがあるのよ。足を骨折する前、私が食料の在庫管理をしていたの。階段を上がれなくなったから、すべて食品運搬用の小型エレベーターを使って食料を上に運んでいるの」

アニーはその食品運搬用の小型エレベーターについて、克明すぎるほど記憶している。ある日テオはアニーをそのなかに閉じ込め、フロアとフロアの途中で止めたのだ。壁に掛かった古い時計のまるい面をちらりと見上げる。あとどのくらいでここから帰れるのだろう？

ジェイシーはポケットから携帯電話を取り出した。これもまたハイテクのスマートフォンだ。ジェイシーはそれをテーブルに置いた。「何かが必要になると、彼はメールで知らせてくるの。でも足を骨折してからは、その役目もあまり果たせなくなったわ。彼はそもそも私をここに置いておきたくなかったのよ。シンシアが言い分を通しただけ。今度こそ私をお払い箱にする口実を彼に与えてしまったわけよ」

アニーは希望を込めた一言で人を励ますのが好きなたちだが、ジェイシーもテオは自分の望んだことは必ず実行する人間だと充分知る必要があると思った。ジェイシーは使用人用の雑な造りのテーブルに貼られた〈マイ・リトル・ポニー〉のステッカーを指でつついた。

「リヴィアだけが私のすべてなの。私に残されたすべてよ」ジェイシーの言葉には自己憐憫の響きはなかった。それより事実を述べたという感じだった。「もし解雇されると職にあぶれてしまうわ」ジェイシーはおぼつかない動作でテーブルから立った。「あなたに心の内をさらけ出してしまってごめんなさい。話し相手が四歳児しかいないことが多いからね」

それも、四歳になるのに話せないらしい子どもだ。

ジェイシーは片足を引きずりながらとても大きい時代遅れの冷蔵庫に向かった。「もう夕食の支度にとりかからなくちゃ」

アニーは立ち上がった。「お手伝いさせて」疲れてはいるが、他人のために何かをすると気分がよくなるかもしれない。

「大丈夫よ」ジェイシーは冷蔵庫の把手を引っ張り、ドアを開けた。すると内部はきわめて現代的な冷蔵庫になっていた。ジェイシーはその中身をじっと見つめた。「子どものころはただ島を出たいとしか願っていなかった。それなのにロブスター漁師と結婚してこの島から離れられなくなってしまったわ」

「相手は私の知っている人なの？」

「世代が上だからたぶん知らないでしょう。ネッド・グレイソン。島一番の美男よ。しばらくはこの島が大嫌いだったことも忘れられたわ」ジェイシーはラップをかけたボウルをさっと引っ張り出した。「去年の夏に亡くなったの」

「お悔やみ申し上げるわ」

ジェイシーは悲しみに満ちた笑い声をあげた。「やめて。結婚してみてわかったことがあるの。彼は卑劣な性格の持ち主で、大きなこぶしをためらうことなく使う男だったわ。主に私に対して」

「ああ、ジェイシー……」

彼女の無防備さを思うと、暴力行為がいっそう忌まわしく感じられる。

ジェイシーは空いたほうの腋の下にボウルを挟み、それを胴体にきっちりと押し当てた。

「皮肉よね。彼が死んだときにも私は骨を折り、それが私の味方をしてくれたと思ったわ」

ジェイシーは尻で冷蔵庫の扉を閉めたが、最後の瞬間にバランスを崩した。松葉杖は床に落ちた。ボウルも一緒に床に落ち、割れた。そしてガラスとチリソースが飛び散った。

「むかつく！」彼女の目が不快さと悔しさの涙で曇った。チリソースは石の床にぶつかり、食器棚にもジーンズにもスニーカーにも飛び散っていた。

アニーはジェイシーのそばに駆け寄った。「片付けましょう。私に任せて」

ジェイシーは冷蔵庫にぐったりともたれかかり、目の前の混沌をまじまじと見つめた。

「人任せにはできないわ。自分のことは自分でやらなきゃ」

「いまは例外だわ。人に頼ったっていいのよ」アニーはできるかぎり断固とした口調で語りかけた。「バケツがどこにあるか教えて」

アニーは夕方まで屋敷に留《とど》まった。疲れてはいたものの、こんなジェイシーをひとりにして帰るわけにはいかなかった。チリソースの汚れを拭き、シンクにたまっていた汚れた皿を洗った。ジェイシーが近くにいるときはできるだけ咳が出ないように我慢した。そのあいだもずっと外にいるテオ・ハープの様子を窺っていた。すぐ近くに彼がいるとわかると、気持ちが乱れたが、ジェイシーにそのことを悟られまいとした。帰るまでに、想像だにしなかったことを経験する結果となった。この私がテオの夕食の準備をしたなんて。

アニーはドクター監修の市販トマトスープの入った鉢、残り物のハンバーガー、インスタントの白米、冷凍のコーンをしげしげと見下ろした。「まさかこの家に殺鼠《さっそ》剤なんてないでしょうね」片足を引きずりながらキッチンを横切るジェイシーにアニーはいった。「嘘よ、冗談を言っただけ。いくらこの食事がまずくても、気づかれてしまうわね」

「気づきゃしないわよ。彼は食べ物にこだわらないもの」

彼がこだわるのは、他人を傷つけることだけなのだ、とアニーは思った。

アニーは夕食を載せたトレイを食品運搬用のエレベーターまで運びながら、あの狭い空間のなかに閉じ込められた恐怖を思い起こしていた。まわりは真っ暗闇で、体を球状にまるめ膝を胸に押し当てたままだった。テオは罰として自室で二日間謹慎を命じられたが、双子の妹リーガンがこっそり忍び込んで一緒に過ごしたことはアニーしか知らない。

テオが卑劣で利己的なのに反して、リーガンは優しく内気だった。しかしリーガンがオーボエの練習をしたり、双子の兄と妹はいつも一緒だった。もしテオが未遂に終わったあのことを決行したりしなければ、リーガンとほんとうの親友になれたかもしれないとアニーはひそかに思っていた。

アニーがいとまを請うと、ジェイシーは涙ぐんだ。「あなたになんとお礼をいえばいいかわからないわ」

アニーは疲労を隠した。「こちらこそ。十八年前、あなたには恩ができたわ」アニーはためらった。意には反するもののそうするしかない。アニーは結局自分の信条に沿った選択肢を選んだ。「明日もここへ来てあなたのお手伝いをするわ」

ジェイシーは目を見開いた。「そんなことしなくていいわよ！」

「私のためでもあるの」アニーは嘘をついた。「気が滅入らずにすむんだもの」ふとある考えが湧いて出た。「この家にはＷｉＦｉがあるの？」ジェイシーが頷いたので、アニーは笑顔をつくろった。「よかったわ。私のノートパソコンをここへ持ってくるわ。あなたも手伝って。調べたいことがあるの」

ジェイシーはティッシュをつかみ、目に押し当てた。「ありがとう。助かるわ」

ジェイシーはリヴィアを探すため、キッチンを出ていったので、アニーはコートをつかんだ。疲労困憊《こんぱい》しているにもかかわらず、昔の恩返しが少しでもできたと思うと嬉しかった。手袋をはめかけて、ふとためらった。あの食品運搬用の小型エレベーターのことが頭から離れない。

続けなさいよ。スキャンプがささやく。そうしたいんでしょ？

ちょっと子どもじみていると思わないの？　ディリーが反論した。

確かにね。スキャンプがいった。

アニーは少女時代の自分を思い浮かべていた。テオに取り入ろうと必死だった。キッチンをすり抜け、極力急いで移動し裏の廊下に入り、狭い通路を端まで進んだ。そして小型エレベーターのドアをまじまじと見つめた。エドガー・アラン・ポーは『大鴉《おおがらす》』で一躍人気作家となったが、『市民ケーン』はホラー小説ではない。映画『ザ・リング』はあまりに特殊だった。しかし病気のあいだアニーはテレビをずっと観ていた。『地獄の黙示録』もそのとき観た作品だが……。

アニーはエレベーターのドアを開け、頭を下げ、静かで不気味なうめき声を出した。「おそろしや……」言葉は威嚇する蛇のようにほどけてほとばしり出た。「あなおそろしや……」いいながら鳥肌が立った。

頭がいかれてるわ！　嬉しそうにスキャンプが叫んだ。

子どもじみてるけど、溜飲《りゅういん》を下げたわね。ディリーがいった。

アニーは急いで勝手口に戻り、外へ出た。小塔から見つけられないように物陰を通って車道へ向かった。

ハープ館にもようやく、幽霊屋敷にふさわしい霊が宿った。

3

翌朝目覚めると、わずかに心理状態が前向きになっていた。テオ・ハープの心をじょじょに狂気へと駆り立てていくという思いつきは歪んだ満足感をもたらし、会心の笑みさえ漏れる。よほどの想像力がなければあんな恐ろしい小説は書けないはず。だからその想像力が仇になるという流れこそ最適の仕返しなのだ。ほかにもっと妙案はないかと考えたあと、しばし拘束衣を着せられたテオが精神病院の柵の後ろに閉じ込められている姿を思い描き、空想にふけって楽しんだ。

おまけに床には蛇がうようよ這いまわっているのよ！　スキャンプが言い添えた。

そんなに簡単にやっつけられる相手じゃないぞ。レオがせせら笑うようにいった。

アニーは髪がもつれて引っかかり、櫛を投げ出した。ジーンズを穿き、キャミソール、長袖のグレーのTシャツを重ね、一番上に大学時代からなぜか愛用しているスウェットシャツを着た。寝室を出てリビングルームに行き、前の晩寝る前に自分がしたことの結果にあらためて見入った。有刺鉄線で縁どられた鉢にマリアが置いた小動物の頭蓋骨はゴミ袋の底に押し込められている。母親とジョージア・オキーフは骨を美しいものと認めていたかもしれないが、アニーは違う。それにもし二カ月間ここで過ごさなくてはならないのなら、せめてくつろいで過ごしたいのだ。残念ながらこのコテージはとてもコンパクトなので、玉虫色の漆喰でできた人魚の椅子をしまう場所がない。一度座ってみたが、人魚の乳房に背中をぐいと押されてしまった。

二点ばかり気がかりなことを発見した。ちょうど一週間前の日付のポートランド・プレス・ヘラルド新聞と、挽きたてのコーヒーの袋がキッチンにあったのだ。それは誰かが最近ここにいたというあかしだ。

アニーはその同じコーヒーを淹《い》れて飲み、ゼリーを塗ったトーストを一枚焼いて食べた。またハーブ館へ出向くことは考えるのも恐ろしいことだった。しかし少なくともＷｉＦｉが使える。木をさかさまに描いた油絵をつぶさに観察した。Ｒ・コナーとは誰なのか、そしてその作品にどれほどの価値があるのか、今日のうちには判明するだろう。

これ以上先延ばしにはできなかった。在庫目録のノート、ノートパソコンなどをバックパックに詰め、しぶしぶハーブ館へ向かった。沼地の東側の縁を通りながら、木製の歩道橋が目に留まった。そこを迂回すると行程は長くなり、いつまでも避けてばかりはいられない。でも橋を渡るのは今度にしよう。今日はやめる。

マリアとエリオットが一緒にカリブ海に行き、結婚して帰ってきてから二週間後に、アニーはテオとリーガンに初めて会った。双子はちょうど浜辺から崖の上に上ってきたところだった。最初に現れたのはリーガンだった。脚はすっかり小麦色に焼け、美しい顔のまわりで長い黒髪が揺れていた。やがてテオが姿を現した。まだ十六歳で体も痩せており、ひたいにはニキビがあり、立派な鼻筋も通りきらないほど顔も小さかったが、それでも人の注意を引く、超然とした雰囲気のある少年だった。アニーは一瞬で魅了された。しかし彼はあからさまに退屈そうな様子を見せ、アニーに視線を向けただけだった。

アニーは双子たちに好かれたいとひたすら願ったが、自信にみちたふたりの前では萎縮して口もきけないありさまだった。リーガンはおおらかで優しい性格だったが、テオは粗暴で言葉も辛辣だった。エリオットは子どもたちが五歳のときに母親が出ていったという不幸の埋め合わせをしようとして、双子を甘やかす傾向があった。それでも遊ぶときはアニーも仲間に入れてやりなさいと力説した。テオはしぶしぶヨットに乗るから一緒に行こうと誘った。だがハープ館とムーンレイカー・コテージとのあいだに突き出たドックに行ってみるとテオ、リーガン、ジェイシーの三人はアニーを残して船出していた。翌日、前の日より一時間前に行ってみたところ、誰も姿を現さなかった。

ある日の午後テオは、岸辺からそう遠くないところにロブスター漁の漁船が打ち上げられているから見にいけといった。その難破船は島のカモメたちの巣だまりになっていると判明したが、遅きに失した。カモメたちに急降下攻撃を受け、翼で殴られ、まるでヒッチコックの『鳥』さながらに頭を直撃されたのだった。あれ以来アニーは鳥には用心深くなった。しつこく続くテオの悪行は終わることがなかった。ベッドに魚の死骸を置かれたり、プールでの悪ふざけが過ぎたり、夜砂浜にひとり置き去りにされたこともあった。アニーはそうした記憶を振り払った。幸い十五歳に戻ることはないのだから。

咳が出はじめ、やがて止まったとき、それが午前中初めての発作であることに気づいた。ようやく回復期に入ったのかもしれない。アニーは暖かいオフィスで暖まった机とパソコンの前に座っている自分を想像した。涙の出るほど厳しい仕事をせっせとこなせば、安定した給料がもらえる。

でもそうなったら、あたしたちはどうなるの？　クランペットが哀れっぽく鼻を鳴らした。アニーにはほんとうの仕事が必要なの。賢明なディリーがいった。いつまでも腹話術師でいるわけにいかないわ。

スキャンプが忠告するような独自の口調で話に割り込んできた。ポルノの人形を作ればよかったのに。そしてもっとショーの観劇料を高くすべきだったのよ。

ポルノ人形は肺炎で高熱を出したとき浮かんだアイディアだ。

ようやく崖のてっぺんにたどり着いた。厩舎の前を通り過ぎるとき、馬のいななきが聞こえた。急いで林のなかに隠れると、テオがちょうど厩舎の扉から出てくるのが見えた。

こうしてダウンを着ていてもまだ寒いというのに、テオはチャコールグレーのセーターにジーンズ、乗馬用ブーツという薄着だ。

テオは足を止めた。アニーは彼のすぐ後ろにいたのだが、隠れた林の木がまばらだった。彼が振り向きませんように、とアニーは心で祈った。一陣の風が吹いて雪が舞いあがり、踊り狂う幽霊のように見えた。彼は胸の前で腕を交差させ、セーターの裾をつかみ、それを頭の上へ引っ張り上げた。彼は下に何も着ていなかった。

アニーは驚き、目を見張った。彼は胸をむき出しにしてそこに立っていた。メイン州の風に立ち向かう彼の豊かな髪の毛はかき乱されていた。微動だにしないその姿は、ヒーローが何かというとすぐシャツを脱ぐ昼ドラの一コマのようだった。ただし気温は低く、肌を刺すような寒さ。テオ・ハープはヒーローなんかではない。唯一説明がつくとしたら、それは彼が正気ではないからだ。

テオは両脇におろしたこぶしを強く握りしめ、顎を上げて屋敷をにらんでいる。こんな姿の美しい人物が、あんなに残酷だなんて。固く引き締まった背中……筋骨たくましい肩……天に立ち向かうような姿勢……すべてがきわめて異様だった。ひとりの人間ではなく、景色の一部のようで、暖かさや食物……愛情といった人間の楽しみを必要としない原始生物のように見えた。

アニーはダウンコートのなかで震えながら、彼がスウェットシャツを脇にぶら下げつつ小塔のドアから中へ入る様子を見つめていた。

ジェイシーはアニーの姿を見て感激し、喜んだ。「まさかまた来てくれたなんて、信じられないわ」ジェイシーはアニーがバックパックをつるし、ブーツを脱ぐそばでそういった。アニーも満面の笑顔を返した。「ここへ来ないと楽しみを見逃すことになるもの」そしてキッチンをぐるりと見まわした。いまだ薄暗いが、昨日よりはいくぶんましになっている。しかしまだひどい状態だ。

ジェイシーは重い足音とともにレンジ台からテーブルに向かってきた。「テオは私を解雇しようとしているわ」ジェイシーはささやいた。「私にはわかるの。彼はいつも小塔にこもっているから、ほかの人間が屋敷にいる必要はないと思っているの。シンシアがいなければ……」ジェイシーが松葉杖を強く握りしめたので、こぶしが白くなった。「今朝はリサ・マッキンリーがここにいるのを見られてしまったわ。リサは私の代わりに郵便船に出向いてくれているの。彼には知られていないと思っていたけど、そうじゃなかった。彼は他人がこの敷地に足を踏み入れることを極端に嫌うの」

じゃあ、彼はどこで次の生贄を見つけるの？　スキャンプが尋ねた。ジェイシーがいなくなったら……。

彼女のことはおれに任せておけ。ピーターが高らかにいった。弱い女性の世話をするのがおれの務めなんだから。

ジェイシーは松葉杖のあいだで体勢を直した。ピンクのカバの頭が彼女の腋のあたりを場違いな感じで動く。ジェイシーは眉をひそめた。「彼が……今後はリサをここに入れるなとメールをよこしたの。郵便物は自分が取りに行くまで保管してもらえと。でもリサは毎週食料をここまで運んでくれてもいるんだもの。私はどうしたらいい？　この職を失ったら私には何も残らない」

アニーは励まそうとした。「足はそのうち治るでしょうし、そしたら自分で車を運転できるようになるでしょ？」

「それでは問題の一部しか解消しないわ。彼は子どもがここにいるのを嫌がるの。おとなしい子どもだから、お邪魔はしないからと約束したんだけど、リヴィアはこっそり外へ出るようになってきたの。私もいまにテオに見つかるのではないかとはらはらしているのよ」

アニーは持参したスニーカーに足を入れた。「確認したいんだけど、領主テオのせいで四歳の子どもが外へ出て遊べないというの？　それは間違っているわ」

「彼はすべてを意のままに仕切っているわ。ここは彼の家だし、私が松葉杖に頼らなきゃ歩けないから、どちらにしても私はあの子を外へ連れ出すことはできない。でもひとりで外に出てほしくないの」

アニーはジェイシーがテオを庇うような言い訳ばかり並べるのが嫌だった。ジェイシーもこれだけときが流れ、そろそろ彼の本性を見抜くだけの厳しい判断力を持つべきなのに、いまだもって彼に夢中らしい。

子どもはみんな誰かに夢中になるわ。ディリーがいった。ジェイシーは大人の女性よ。これはただの片思いじゃないでしょうよ。

それはまずいわ。スキャンプがいった。最悪だわ。

リヴィアがキッチンに出てきた。昨日と同じズボンを穿き、靴箱ぐらいの大きさの透明なプラスティックの箱を抱えている。なかには折れたクレヨンが入っており、ほかに犬の耳がついた画用紙も持っている。アニーは子どもに微笑みかけた。「こんにちは、リヴィア」

リヴィアは首をひょいと下げた。

「人見知りなの」ジェイシーがいった。

リヴィアはお絵かきの道具をテーブルまで運び、椅子の上に上り、絵を描きはじめた。

ジェイシーは洗濯用品の保管場所へ案内してくれたが、その間ずっと詫びつづけていた。

「あなたがこんなことする必要はないのよ。ほんとに。私の問題なんだから、あなたには関係ないの」

アニーは言葉をさえぎった。「雇い主の食事に何か仕込んでしまえばいいと思わないの？殺鼠剤がだめなら、毒キノコぐらい見つけてよ」

ジェイシーは苦笑いした。「テオはそれほど悪い人じゃないわよ、アニー」

それは大間違いだ。

アニーはほこり払いの布とほうきを表玄関の廊下へ運ぶ際、不安な気持ちで階段に視線を向けた。ジェイシーがいったことは正しく、四日前ここに彼が姿を現したのは例外だったのだと祈りを込めて考えた。もしジェイシーの代わりにアニーが家事をやっていると彼が知ったら、きっと別の家政婦を雇うだろう。

一階の部屋はすべて温度維持のためドアが閉まっている。だがロビーとエリオットの書斎、陰鬱なサンルームだけは手入れが必要なのでドアは開いている。

体力は限られているので、アニーはまずロビーを優先することにした。だが蜘蛛の巣を払い、パネルを貼った壁の拭き掃除を終えるころにはぜいぜいと喘いでいた。キッチンに戻るとリヴィアがひとりでいた。まだせっせとクレヨンを動かしている。

リヴィアのことが気がかりなまま、勝手口へ行き、バックパックに入れてきたスキャンプを見つけた。人形たちの衣装はほとんどアニーの手作りで、スキャンプの虹色のタイツ、ピンクのミニスカート、ぴかぴか光る紫色の星がついた鮮やかな黄色のTシャツも手製である。はためく緑色のケシの花をあしらったヘアバンドで、変てこなオレンジ色の編み糸で作ったカールのある髪をまとめてある。アニーは人形を手と腕の上にするりと乗せ、指を人形の口と目を動かすレバーに当てた。アニーは人形を後ろに隠し、テーブルに戻った。

リヴィアが赤のクレヨンの紙を剝がしたとき、アニーはテーブルの斜め前の席に座った。その瞬間スキャンプがテーブルの横から顔を覗かせ、リヴィアを見つめた。「ラー……ラー

……ラー……ラー！」スキャンプはとびきり印象的な声で歌った。「あたしスキャンプ。またの名をジュヌヴィエーヴ・アデレード・ジョゼフィーヌ・ブラウンというの。なーんて素晴らしい日なのかしら！」

リヴィアははっと顔を上げ、人形をまじまじと見つめた。スキャンプは乱れたカールの髪を顔のまわりで揺らしながら体を前に倒し、リヴィアの作品を覗き込もうとした。「あたしもお絵かき大好き。絵を見せてくれる？」

リヴィアは人形をじっと見つめながら、腕で紙を隠した。

「誰にも見せたくないものはあるわよね」スキャンプがいった。「でもあたしはこの才能を誰かに見せたいの。たとえば歌の才能とか」

リヴィアは興味をかき立てられたのか、顔を上げた。

「あたし、歌が上手なの」スキャンプがさえずるような高い声でいった。「どんなに素敵な歌だって、相手かまわず歌うわけじゃないのよ。あなたの絵と同じでね。誰かと分かち合う必要はないんだから」

リヴィアは即座に描いたものから手をどけた。スキャンプがその絵をしげしげと眺めているあいだに、アニーは片目の視界の隅でとらえたものを頼るしかなかった。それは大まかに描いた家の近くに立つ人間の姿のようだった。

「すーばらしいじゃない！」スキャンプはいった。「あたしもね、偉大な芸術家なのよ」今度はスキャンプが顔を上げた。「あたしの歌を聴きたい？」

リヴィアが頷いた。

スキャンプは両腕を広げ、童謡『ちっちゃなクモさん《ジ・イッツィー・ビッツィー・スパイダー》』のオペラ風バージョンを歌い出した。いつも幼稚園の観衆に大爆笑が起きる曲だ。

リヴィアはじっと聴き入っていたが、にこりともせず、スキャンプが替え歌を歌っても口元がほころぶことはなかった。「お月さまがでてきて、バッタくんのジュース飲んで……ちっちゃなくもはまた気がおかしくなっちゃった。オレ！」

歌ったせいでアニーは咳き込んだ。スキャンプを激しく踊らせ、その場をしのいだ。最後にスキャンプはテーブルに倒れ込んだ。「素晴らしい歌を披露するって、とーっても疲れるわ」

リヴィアはまじめくさった顔で頷《うなず》いた。

アニーはこれまでの経験から、子どもとやりとりするとき、自分が先行しているとわかった時点で引き下がるべきだということを学んだ。スキャンプはひょいとカールした頭を起こした。「お昼寝の時間だわ。さよなら《オウ・ルヴオワール》。ではまた会う日まで……」スキャンプはテーブルの下に消えた。

リヴィアはすぐに、テーブルの人形がどこに消えたのかと頭を下げ、体を曲げて捜した。

アニーは立ち上がってリヴィアに人形が見えないよう隠した。そして床を通って人形をバックパックに戻した。アニーはリヴィアを振り返って見はしなかったが、キッチンを出る際、子どもの視線を背中で感じた。その後しばらくして、テオが乗馬のために出掛けているあいだ、アニーは彼の不在をこれ幸いとばかりに、溜まったゴミの山を厩舎の裏のドラム缶に運んだ。室内に戻る途中、空のプールにふと目を向けた。汚らしい氷片がプールの底に積もっている。真夏でさえ、ペレグリン島周辺の海水はとても冷たい。だからリーガンとアニーはプールで泳いだ。かたやテオのほうは大海原での水泳を好んだ。テオは磯波が立つと、ジープの後部にサーフボードを積んで、ガル・ビーチへ向かった。アニーは彼についていきたかったが、拒まれるのが怖くてとても頼めなかった。黒猫が一匹、厩舎の角を這うように進んできて、黄色の瞳でアニーを見上げた。アニーは体をすくませた。頭のなかで警鐘が鳴り響いた。「あっちへ行って!」と叱りつける。

猫はアニーを食い入るように見つめた。

アニーは猫に向かって突進し、腕を振った。「行って! いなくなってよ! 二度と来ないで。そのほうが身のためよ」

猫はこそこそと小走りで走り去った。

なぜか突然瞳が涙に濡れた。アニーはまばたきして涙をこらえ、家のなかに入った。

アニーはその夜ふたたび十二時間眠り、起きてから午前中いっぱいかけてコテージのリビングルームのリスト一覧を調べ、家具類、絵画類のほか、タイの女神像のようなものについてもリストを作った。前の日はハープ館まで出向いたため、調査する時間がなかったが、今日は時間をかけてやってみよう。マリアは自分の収集品の価値を判断するのに骨董商の鑑定に頼ることはなかった。まずは自分で下調べをする主義だった。なので、アニーもそのやり方を引き継ごうと思っている。午後になるとバックパックにノートパソコンを入れ、ハープ館に向かって坂を登りはじめた。慣れない運動で筋肉が痛んだものの、一度しか咳の発作に襲われることなく、どうにか頂上にたどり着けた。

アニーはエリオットの書斎を掃除した。銃を入れるクルミの木でできた不恰好なキャビネットもきれいに拭き、昨日の汚れた皿を洗っているあいだ、ジェイシーはテオの夕食について悩み事を口にした。

「私は料理があまり得意じゃないの」ジェイシーはいった。「これもまたテオが私をクビにしたい理由のひとつよ」

「私もその分野では力になれそうもないわ」アニーがいった。

アニーはふたたび黒猫を見かけ、上着をはおらず外へ飛び出して、追い払った。その後キッチンのテーブルにノートパソコンを置き、座ったが、この家のＷｉＦｉシステムはパスワードを入れないと使用できないようになっている。当然予測しておくべき事柄だったことが悔やまれた。

「私はテオがくれた電話を使っているから」ジェイシーがテーブルに座り、ニンジンの皮を剥きながらいった。「パスワードが必要だったことはないの」

アニーはありとあらゆる名前の組み合わせや、誕生日、船の名前まで使ったがうまくいかなかった。アニーは肩をほぐすため腕を頭上に伸ばし、ゆっくりと〝Ｒｅｇａｎ０６３０〟と入力してみた。あの夏、島の沿岸から離れたときヨットが突風にあおられて転覆し、リーガンは溺死してしまったのだ。リーガンは当時二十二歳で、大学を卒業したばかりの若さだった。しかしアニーの心のなかでは、彼女は永遠に十六歳の黒髪の天使のまま。オーボエを吹き、詩を書く無垢な少女の面影が変わることはない。

ドアが勢いよく開き、アニーは椅子に座ったまま、振り向いた。テオが腕でリヴィアを吊り下げながら入ってきた。

4

テオはまるで荒々しい北風にあおられでもしたような様子をしている。だがアニーが最も警戒心を抱いたのは、突如姿を現した彼の威嚇するような表情ではなく、彼の腕で押さえつけられ、小さな口を開き声にならない叫びを発する幼い女の子の様子だった。

「リヴィア！」ジェイシーはよろめきながら娘のほうへ駆け寄った。だがバランスを崩し松葉杖もろともに石の床に倒れ込んだ。

アニーは椅子から勢いよく立ち上がった。ジェイシーが立ち上がるのを待っていては取り返しがつかなくなると思うとじっとしていられず、気づけば跳ねるようにして彼のそばに近づいていた。「それはいったいなんの真似？」

彼は黒々とした眉をひそめた。「なんの真似？　この子どもが厩舎にいたからさ！」

「その子をこっちへよこして！」アニーはリヴィアを彼から引き離した。しかしリヴィアはアニーに対しても同じように恐怖心をあらわにした。ジェイシーがどうにか娘を座らせた。アニーはリヴィアをジェイシーの膝の上に預け、直感的に親子とテオとのあいだに入り込む位置に立った。「そこから一歩も動かないで」アニーはテオに警告した。

おい、おれを差し置いて何をしている？　ピーターが文句をつけた。人を守るのはおれの役目だ。

「この子は厩舎に入り込んでいたんだぞ」テオが大声でいった。

テオの存在感で洞窟のようなキッチンが息苦しく感じられた。少しばかりの空気を吸い込むと、アニーは足を床の上で踏ん張った。「お願いだから、体内の声帯を使っていただける？」

ジェイシーは息を呑んだ。テオの声量は変わらなかった。「戸口にいたのならまだしも、この子は厩舎のなかへ入りダンサーと一緒にいた。厩舎のなかでな。あの馬は怯えやすい繊細な馬なんだ。あそこにいたらこの子の身に何が起きるかわかるか？　それにきみには、ここにはもう近づくなといったはずだ。なぜここにいる？」

アニーは威圧されるなとみずからに言い聞かせた。絶対にこの場面で押しつぶされてはいけない。だがこと残忍性において、アニーがテオに太刀打ちできるはずもなかった。「この子がどうやって厩舎に入り込んだというの？」

テオの目が咎めるようにぎらりと光った。「知るか、そんなこと。かんぬきがかかっていなかったのかもしれない」

「それはつまりあなたがかけ忘れたということね」アニーの脚は震えはじめていた。「猛吹雪のなか馬を走らせることで頭がいっぱいだったから忘れたのかもね」

アニーはジェイシーとリヴィアから彼の気持ちをそらそうとしたつもりだったが、あいにく彼の関心はアニーに集中してしまった。彼はいまにも鉄拳をふるうぞとばかりに両手を握りしめた。「いったいここで何をしている？」

人形が窮地を救った。「下品な言い回しだこと」それは非難するようなディリーの声だったが、アニーはかろうじて唇を動かすことを忘れなかった。

「なぜきみがおれの家にいる？」テオは彼ならではの流儀で一句ずつ区切るように言葉を発した。

アニーはジェイシーの手伝いにきたとは口が裂けてもいえなかった。「コテージではＷｉＦｉが使えないし、使う必要があるからよ」

「どこかほかの場所を探せ」

いまここで彼に立ち向かわなきゃだめ。スキャンプがいった。またまた彼に打ち負かされてしまうわ。

アニーは顎を上げた。「パスワードを教えていただければ助かるわ」

テオはアニーが下水からぬっと姿を現したかのように、じろじろとにらみつけた。「ここに近づくなといったはずだ」

「そう？　覚えてないわ」アニーはジェイシーを庇《かば》っていった。「ジェイシーからもここにいてはいけないと止められたわよ」とアニーはいった。「でも、彼女の忠告を無視したの」どうしても彼を納得させたかった。「いまでは昔のようにいい子じゃないのでね」

黙っていればよいものの、ジェイシーは小さな声を上げた。そのため、テオの関心はふたたびジェイシーに向いた。「取り決めの内容については、きみもよく承知しているはずだろ、ジェイシー」

ジェイシーはリヴィアを胸に抱き寄せた。「この子がお目障りにならないよう、私も努力したのよ。でも……」

「この状態を受け入れるわけにいかない」彼はにべもなくいった。「これについては今後対処法を講じなければならないだろう」彼は尊大に言い放ち、これ以上の会話は無用とばかりに背を向けて立ち去ろうとした。

そのまま行かせるのよ。クランペットが説得した。

しかしアニーは納得できず、彼の前に走り寄った。「くだらない映画の世界に浸っていたからそんなふうになったの？　彼女を見なさいよ！」アニーはジェイシーを指差した。しかしその実、指先の震えが止まらないことに気づかれないことを祈るしかなかった。「まさか貧しい未亡人と子どもを雪のなかに放り出そうと本気で考えてはいないんでしょうね？　あなたの心は石になったというの？　撤回するわ。いまのは大袈裟な質問だったわね」

テオはうるさく飛び回る蚊でも見るような表情でアニーを見た。「きみになんの関係があるというんだ?」

他人と対決するのが嫌いなアニーだが、スキャンプは違う。アニーは仕方なく別の人格にチャンネルを切り替えた。「私には人への思いやりという部分があるの。もし〝思いやり〟という言葉の意味が理解できなかったら、いってちょうだい」テオの尊大な青の瞳が翳《かげ》った。「リヴィアは二度と厩舎に入らないわ。だってあなたはまたかんぬきをかけ忘れたりしないでしょうから。おたくの家政婦は足を骨折しているにもかかわらず、立派に仕事をこなしているわよ。だってあなた、ちゃんと食事がとれているんでしょう? このキッチンを見てよ。ちりひとつ落ちてないわ」それはかなりの誇張だったので、今度は彼の弱点らしきものに集中攻撃を加えた。「もしあなたがジェイシーを解雇したら、シンシアはまた別の家政婦を雇うはず。考えてもみて。また他人があなたのプライバシーに侵入してくるのよ。ハープ館じゅうを詮索してまわるでしょうね。あなたの様子を四六時中窺い、仕事の邪魔をするわ。あなたと会話しようとするかもね。それがあなたの望みなの?」

アニーは苦しげに息を吸い込みながらも、彼のまぶたが引き締まり、美しすぎる唇の口角がかすかに下に傾いたのを目にして、このやりとりの勝利を確信した。

テオは床の上でまだリヴィアをあやすように抱いているジェイシーをちらりと見た。「数時間外出する」とぞんざいにいった。「留守のあいだに小塔を掃除してくれ。三階はそのままにしておくように」

彼は入ってきたときと同様に、速足で出ていった。

リヴィアは親指をくわえた。ジェイシーは子どもの両頰にキスしてから脇へ座らせ、松葉杖にすがって立ち上がった。「彼にあんな口調で話すあなたが信じられない」

アニー自身も信じがたい思いだった。


小塔には二つの入り口がある。外からと二階から入れるのだ。ジェイシーが難儀しながら階段を上る様子を見れば、この仕事をこなすべきはアニーだということに疑問の余地はない。小塔はハープ館のほかの部分よりも高い基礎の上に建てられている。だから小塔の一階はハープ館の二階と同じ高さにある。屋敷の二階の廊下の端から直接小塔のリビングに通じているのだ。ここは双子の祖母が寝泊まりしていたころと何も変わっていないように見える。長方形のベージュの壁が、一九八〇年代の厚い詰め物を施したソファなどの家具や、あちこち擦り切れ、大西洋に面した窓から入る陽射しによって色あせてしまった調度品の背景としての役目を果たしている。寄木細工の床はほとんど擦り切れたペルシャ絨緞で覆われ、房の付いたクッションが置かれた大きなロール状の肘掛けのあるベージュのカウチの上には、素人が描いたと思しき一対の油絵が掛かっている。床置きの大きな木製の燭台には長く太いろうそくが立てられ、消えたろうそくの芯とほこりの溜まった燭台の上板の真上には振り子時計があり、針は十一と四で止まったままだ。ここだけはハープ館のなかで唯一、二世紀分の時代の逆行がなかった部分らしい。どちらにしても、暗く陰気な部屋であることに変わりないが。

アニーは小塔の調理場に入った。壁の端は食品運搬用の小型エレベーターの開き口になっている。母屋のキッチンからテオの食事とともに送られてきた陶磁器が洗い上げられ、水切りかごの上にきちんと並べられている。アニーはシンクの下にある洗浄スプレーを手に取ったが、しばらくそのままでいた。ジェイシーは彼の夕食のみを用意している。黄泉の国の帝王は、朝食、昼食は何を食べているのだろう？　アニーはスプレーを下に置き、近くにある食器棚を開けた。イモリの目やカエルの足は見当たらない。眼球の炒め物も、爪のフライもない。代わりに置かれていたのは細かく砕いた小麦、シリアル、ベジタリアン用乾物。甘すぎる菓子類はゼロ。面白みもまたゼロだ。しかしそれをいうなら、乾燥した人体の一部もないというわけだ。

館内を探索できるのは今回かぎりかもしれないと感じ、アニーはなおもあちこち嗅ぎまわった。なんの変哲もない缶詰、高級な発泡性ミネラル・ウォーター、大袋に入った高価なコーヒー豆、上質のスコッチウィスキーの瓶。カウンターの上にはフルーツが少し。それを見つめているうちに、白雪姫の鏡の女王の甲高い声が頭のなかに響いた。さあリンゴをおあがり、可愛い嬢ちゃん……。

アニーは顔をそむけ、今度は冷蔵庫に向かった。なかにあったのは、血のように赤いトマトジュース、固いチーズのかたまり、ブラック・オリーブのオイル漬け、未開封の不味《まず》そうなパテの缶詰だった。アニーは身震いした。彼が内臓肉を好きだったことにいまさら驚くはずもなかった。

冷凍庫は実質的に空だった。保湿室にはニンジンとラディッシュしか入っていなかった。アニーはしげしげとキッチンを眺めた。ジャンクフードの類はどこにあるのだろう? トルティーヤの袋やベン&ジェリーズのアイスクリーム、ポテトチップスやピーナツバターの買い置きは? 塩辛くてパリパリした食べ物が一切ないじゃない。甘ったるいお菓子も。これはこれで、このキッチンもほかの場所と同様不気味だった。

アニーは洗浄剤のスプレー缶を手にしたが、躊躇した。どこかで、何かを拭く際は上から下へせよと書かれていなかったっけ?

詮索されるのは誰でも嫌がるものよ。スキャンプが横柄な声でいった。

まるで自分は欠点もないとでもいわんばかりじゃないの。アニーが言い返した。

虚栄心は欠点ではないわ。クランペットが反論した。強い衝動のもたらすものよ。

そのとおりかもしれない。自分も詮索したい衝動に駆られており、やめるつもりもないのだから。彼が完全に留守をしているあいだに、彼のねぐらを探るのだ。

二階に向けて階段を上ろうとするも、ふくらはぎの筋肉がいうことをきかなかった。首を上げると閉まったドアが見えた。その向こうには三階の屋根裏部屋につながる階段があって、彼はそこにこもって次のサディスティックな作品を執筆中なのだろう。あるいはそこで死骸を切り刻んでいるのか。

寝室のドアは開いていた。なかを覗いてみる。ベッドメイキングもきちんとされていないベッドの足元にジーンズとスウェットシャツが置かれている点を除けば、いまでも老婦人が住んでいるような印象を受ける。オフホワイトの壁、花キャベツのプリント柄のカーテン、ラズベリー色の短い小型の椅子、房飾りのあるオットマン。ベージュ色のカバーのかかったダブルベッド。彼がここを居心地のいい自分らしい部屋に変えてはいないのは間違いない。

そこから狭い廊下に戻り、束の間ためらった後、禁断の三階に向けて残りの六段の階段を上った。そしてドアを押し開けた。

五角形の部屋は木の天井がむき出しになっており、幅が狭く鋭角的なアーチのついた五つの窓がカーテンもなく並んでいる。ハープ館のあらゆる場所で一度も感じることのなかった人間の痕跡というものが、ここにはちゃんと感じられる。ひとつの壁からL字型の机が突き出し、机上には紙切れが散らばり、空のCDケース、数冊のノート、デスクトップ・パソコン、ヘッドホンなどが乱雑に置かれている。部屋の反対側には黒い金属製の業務用の棚があり、サウンドシステムや薄型テレビなどの家電製品が設置されている。いくつかの窓の下には床に直接何冊もの本が積まれ、ゆっくりできそうな安楽椅子のそばにはノートパソコンが置かれている。

ドアがきしみ音とともに開いた。

アニーははっと息を呑み、振り返った。

テオは黒のニットのスカーフを手にしてなかへ入ってきた。

おまえを一度殺そうとした男だぞ。レオが冷笑とともにいった。もう一度そうなってもおかしくない。

アニーは生唾をごくりと呑み込んだ。

彼の眉に残る白い傷痕から目をそらす。あの傷は私がつけたものなのだ。

彼はニットの黒いスカーフをつかんでいるだけではない。これから絞め殺すのか、またはさるぐつわを噛ませるつもりか、クロロホルムを染ませたさるぐつわか何かを探るように、スカーフのなかに手を滑り込ませた。意識をなくすにどのくらい嗅がせればいいのだろうか？

「この階は立ち入り禁止だ」彼はいった。「しかしわざわざ指摘するまでもない。きみはそれを承知しているはずだから。それなのにここにいるとは」

彼はスカーフの両端をこぶしにおさめ、首に巻きつけた。アニーは舌が凍りついて言葉を発することもできずにいた。そこでふたたび勇気を奮い立たせるためにスキャンプを呼び出した。「ここにいるはずがないのは、そちらのほうじゃないの」いつもなら安定している声がうわずっていることに、彼が気づかなければいいが。「出かけるといっておきながら、ほんとうは出かけないなんて。詮索できなくなるじゃないの」

「それは冗談なんだろ？」彼はスカーフの両端を引っ張った。

「こうなったのは、あなたのせいなのよ」ここで何か言い訳を急いで思いつかなくては。

「あなたがパスワードを教えてくれてさえいれば、私はここまで来る必要もなかったのよ」

「あいにくだが、おれにはそんな言い訳は通じない」

「パソコンにＷｉＦｉの暗証番号を貼りつけておく人は多いわ」アニーは背中の後ろで両こぶしを握りしめた。

「おれは貼りつけることはない」

自分の立場を断固として守るのよ。スキャンプが命じた。相手はもうか弱い十五歳の小娘じゃなく、大人の女性だと彼に認識させるのよ。アニーは演劇の上級クラスで学んだ経験を発揮した。「それはちょっとばかりおバカっぽいと思わない？」

「おバカ？」

「不適切な表現だったかしら」アニーは早口でいった。「でも……もしもパスワードを忘れてしまったら？　通信会社に電話をしたいと本気で思う？」アニーは途中で咳き込み、空気を吸い込んだ。「そういう経験あるでしょ？　電話の重要性についてくどくど述べる録音の音声を延々と聞かされるのよ。メニューが変わったとかいって、注意深くその録音音声に聞き入らなくてはならないことも。つまりメニューの変更は会社側の問題であって、利用者には関係ないはず。私はそういう録音をものの数分聞いていただけで、死にたい気分になるわ。

ちっぽけな付箋紙があれば、簡単に解決する問題なのに、わざわざそんな目に遭いたいわけ？」

「メール一通で解決する問題だがね」テオはとりとめないアニーの長い話を揶揄するかのような皮肉を込めて、いった。

「なんですって？」

テオはスカーフに当てていた両手を下に垂らし、一番近い窓にゆったりと歩いていった。そこには大西洋に向けた望遠鏡が置かれている。「パスワードの件は了解した。〝Dirigo〟だ」

「なんなの、そのパスワードは？」

「メイン州の標語だよ。ラテン語で〝先駆者〟、支配者は我なりという意味だ。それはまた他人の詮索を許さないという意味でもある」

アニーは返す言葉がなかった。そしてじりじりとドアのほうへ後退した。

彼は電話の台から受話器を取り、別の窓のほうへ移動した。「きみがジェイシーの仕事を肩代わりしてやっていることぐらい見抜かれないとでも思ったのか？」

その点は迂闊だったとアニーは悔やんだ。「いいじゃないの。仕事が片付けられればどっちだってかまわないでしょ？」

「きみにここをうろついてもらいたくないんだ」

「わかったわよ。だったらジェイシーを解雇したら？」

「誰にもここにいてほしくない」

「そうでしょうね。あなたが棺のなかで眠っているあいだに訪問者があればどうするの？」

彼はそんな言葉を無視し、望遠鏡の光学レンズを覗き込み、倍率の調整をした。彼が移動した先の窓はコテージを見下ろす位置にある。

悪党相手にはむかった挙句がこのざまだ。レオが薄ら笑いを浮かべ、いった。

「こいつは最新鋭の望遠鏡だ」テオがいった。「光線の具合がちょうどいいと、驚くほど鮮明に見えるんだ」彼はほんの少しだけ望遠鏡を動かした。「きみが動かした家具の重さは体にこたえなかったかな」

アニーは足のつま先まで悪寒が走るのを覚えた。

「寝室のシーツ交換を忘れるなよ」テオは振り向くことなく、いった。「むきだしの肌には清潔なシーツが最高に気持ちいいからね」

アニーはどれほど自分が恐れおののいているか彼に悟られたくなかった。だからゆっくりと踵《きびす》を返し、階段に向かった。もうこんなことは続けられないとジェイシーに告げる理由は揃っている。ただし、テオ・ハープに対する恐怖心のために命の恩人を見棄てれば自分を許せなくなるのははっきりしていた。

アニーはきびきびと作業をこなした。リビングルームの家具のほこりを払い、絨緞に掃除機をかけ、キッチンを磨き上げ、重苦しい不吉な予感を抱えつつ、最後に彼の寝室へ向かった。清潔なリネンは見つけ出したものの、彼のベッドから使ったシーツを剝がしとるのはあまりにプライバシーを侵略しすぎだ。アニーは奥歯を嚙み締め、とにもかくにも作業をこなした。

ほこり取りの布を持ってこようとしたとき、頭上で屋根裏部屋のドアの閉まる音が聞こえ、続いて錠をかける音がして、足音が階段を下りてきた。振り向いてはだめだとみずからに言い聞かせたものの、やはり後ろを見てしまった。

テオが一方の肩をドアの側柱にもたせかけながら立っていた。彼の視線はまとまりのないアニーの髪から厚いセーターで輪郭もはっきりしない胸元へと移動した。さらに腰のあたりに長居して、なおも移動した。こうした念入りな観察にはどこか打算めいたものが感じられる。何かプライバシーの一線を踏み越えるような、侵略的で心をかき乱す要素が含まれているのだ。ようやく彼は目をそむけた。

その瞬間、それは起きた。

この世のものとも思えない音——なかばうめき声のような、唸り声のような、ぞっとするような音が部屋に響いてきたのだ。

彼ははたと足を止めた。アニーは首をねじって屋根裏部屋を見上げた。「なんなの?」

彼は眉をひそめた。そしてあたかも説明しようとでもするように口を開いたが、言葉はなかった。しばらくして彼はいなくなった。

階下でドアの閉まる音がした。アニーは歯を食いしばった。

ばか！　いまに見ていらっしゃい。

厩舎の扉のかんぬきをはずすテオの息が白く曇った。考え事があるといつもここへ来る。これまではすべてが予想通りに運ぶと思い込んでいた。だが彼女がこの島へ戻ってくるとは想定していなかった。こんな状況は耐え難い。

厩舎の内部には干し草と厩肥《きゅうひ》、ほこりのにおい、冷気がこもっていた。昔から父親は四頭もの馬を飼育してきた。家族がペレグリン島に滞在していない期間は島の厩舎に預かってもらっていた。いまではテオの黒い去勢馬しかいなくなった。

ダンサーは低くいななき、馬房の上から顔を覗かせた。二度と彼女と顔を合わせる必要がないと思っていた。だが現実はどうだ。彼女は家のなかに、この人生にふたたび姿を現した。過去を連れて戻ってきたのだ。彼はダンサーの鼻先を撫でた。「おまえとふたりきりだよ」彼はいった。「おまえとおれ……おれたちにとり憑こうとして現れる悪魔たちのなんと多いことか」

馬は頭部を振り上げた。テオは厩舎の扉を開けた。この状況を打開しなければ。彼女を追い払うのだ。

5

真夜中にコテージでひとり過ごすのは当初から気味の悪い体験だったが、その夜は最悪だった。コテージの窓にはカーテンがないので、いつ何時でもテオが望遠鏡を通してこちらを観察している可能性がある。灯りを消し、暗闇のなかつまずきながら移動し、寝るときも布団を頭からかぶった。しかし闇に包まれていることで、すべてが変化してしまったあの日の記憶がかき乱された。

それは食品運搬用の小型エレベーターの事件から間もないころに起きた。リーガンはもっぱら乗馬のレッスンを受けるか部屋に閉じこもって詩を書いていた。アニーは砂浜の岩の上に座り、美しく才能もある女優になって大作映画に出演するという空想に浸っていた。そのとき、テオが近づいてきた。彼はアニーの隣に座った。彼の長い脚が少しサイズの大きすぎるカーキ色のショートパンツからにょっきり出ていた。ふたりの足元では、ヤドカリが素早く潮の水たまりを走り抜けた。彼は海の波がうねりはじめる境目をじっと見つめた。「いろいろなことが起きてしまった。そのことできみに謝りたいんだ、アニー。なんだか奇妙な具合になっちゃってさ」

お人よしのアニーは、即座に彼を許した。

それ以降、リーガンが何かに熱中しているとき、テオとアニーはふたりきりで過ごすようになった。彼は島でお気に入りの場所を案内してくれ、次第に心の内を明かすようになった。最初は戸惑いながらも、やがてじょじょに率直に話すようになった。全寮制の学校が嫌でたまらないこと、誰にも見せないが短編小説を書いていること。好きな本についても語り合った。彼が心を割って話せるのは自分だけだとアニーは確信するようになった。アニーもマリアにこき下ろされるのが嫌でこっそり描いている絵を何枚か彼に見せた。そしてついにテオはアニーにキスをした。ひょろ長い痩せっぽちの、顔が長すぎて目が大きすぎる、巻き毛だらけの十五歳、アニー・ヒューイット、彼女にキスしたのだ。

その後リーガンがいないとふたりはいつも一緒だった。引き潮の洞窟にこもって濡れた砂の上でいちゃついた。彼は水着ごしにアニーの胸をさわった。アニーは幸福すぎて死ぬとまで思った。彼が水着のトップを下ろしたとき、アニーは発育していない乳房が恥ずかしかったので、手で覆い隠した。彼はその手をよけて、指先で乳首を撫でた。

アニーは喜びで天にも上る気持ちだった。

間もなくふたりは互いの体をすみからすみまで触るようになった。彼はアニーのショートパンツのジッパーをおろし、パンティのなかに手を入れた。ほかの男の子に触らせたことはなかった。彼の指が内部に入り、アニーはあふれ出るホルモンですぐにエクスタシーに達した。

アニーも彼の体を触った。最初手が濡れたので、彼を傷つけたと思った。アニーは恋をしていた。

しかしやがて変化が訪れた。わけもなく彼はアニーを避けはじめた。妹やジェイシーの前でアニーをこきおろすようになった。「アニー、きみはほんとに馬鹿でノロマだよな。まるでガキみたいなふるまいじゃないか」

アニーはふたりきりで話そうとし、なぜ彼の態度が変わったのか理由を知ろうとしたが、彼はそうなることを避けた。アニーが大切にしていたゴシック小説が何冊もプールの底に沈められたこともあった。

ある晴れた七月の午後、沼地の橋を渡っているとき、アニーは双子よりわずかに先を歩き、ジェイシーは一番後ろを歩いていた。アニーはテオにマンハッタンでの生活を語ることで自分がいかに洗練されているかを示そうとしていた。「私は十歳のころから地下鉄を使っているの、それに――」

「自慢話はやめろ」そのときテオがいい、アニーの背中を片手でドンと押した。

アニーは歩道橋から転落し、濁った水面に顔を下にして落ちた。両手と前腕は堆肥に沈み、樹皮の汁が脚にへばりつくのが感じられた。抜け出ようとしても、ウナギのような茎の長いコードグラスや青緑色の藻類が髪や衣服に絡みついた。口から泥を吐き出し、目をこすったが、泥を拭いきれず、泣き出した。

リーガンとジェイシーも同じぐらいショックを受けていた。最後はふたりが力を合わせてアニーを沼から引っ張り出した。アニーの膝はひどい擦り傷ができ、お小遣いで買ったサンダルも失くしていた。歩道橋の上にホラー映画の怪物さながらの様子で立ち尽くすアニーの泥だらけの頰を涙がしたたり落ちた。「なぜこんなことしたの?」

テオは冷酷な表情でアニーを見た。「威張るやつは嫌いだ」

リーガンの瞳に涙が溢れた。「誰にも内緒にして、アニー！ お願いだからいわないで。テオが困った立場に追い込まれるわ。こんなことは二度とさせないから。約束して、テオ」

テオはなんの約束もしないまま、怒ったように立ち去った。

アニーはこの事件について誰にも話さなかった。少なくとも当時は胸の奥にしまい込んでいた。長い歳月が流れてもその秘密を守りとおした。

翌朝、とぎれとぎれの眠りから体を目覚めさせるため、アニーはコテージのなかをうろうろと歩き、ハープ館に向かう恐怖の旅程に備えた。最終的にテオの望遠鏡では見えないアトリエに落ち着いた。マリアはコテージの裏に広々として明るい作業空間を増築していた。むき出しの木の床に飛び散った油彩は、長年のあいだ多くの画家がここで作品を描いたというあかしだ。ベッドの上に所狭しと積まれた十個以上の段ボール箱の下からは鮮やかな赤のベッドカバーが覗いている。ベッドの隣には座部が籐製の黄色い椅子が一対置かれている。

この部屋の淡いブルーの壁や赤のベッドカバー、黄色の椅子はヴァン・ゴッホの油絵『アルルの寝室』を彷彿させる。最も長い壁面には店の前面のウィンドウに突っ込んだタクシーの実物大の写実的な壁画が描かれている。アニーは、この壁画が母の遺言のお宝ではないことを神に祈らずにはいられなかった。壁一面を売ることは考えられないからだ。

アニーはこの部屋にいる母の姿を思い描いた。母は芸術家たちの自尊心を育てながらも、我が娘の自我については厳しかった。芸術家には養育が必要だというのが母マリアの信念であったが、いくらアニーが絵画や演技に熱中しようと、反対した。

〝芸術の世界は毒蛇の穴よ。たとえあなたがとてつもない才能の持ち主だとしても――現実にはそうではないけれど――毒蛇はあなたを生きたまま丸呑みにしてしまうわ。あなたをそんな目に遭わせたくないの〟

マリアも、娘であるアニーが、よくいる他人の意見など気にしない元気のよい幼い女の子だったら、もっとうまくやれただろう。しかし生まれてきたのは内気で夢見がちな子どもだった。とはいえアニーも結局は、自分の生活もままならなくなった母を支えるまでに強く成長した。

アニーは聞きなれない車の近づく音を聞き、コーヒー・マグを脇に置いた。リビングルームに行き、窓越しに外を眺めてみると、古びた白のピックアップ・トラックが歩道の端に停車するのが見えた。ドアが開き、六十代前半と思われる女性が降り立った。大きな体をグレーのダウンコートで包み、実用的な黒の長靴を履いた足で雪を踏みしめた。太った大きな顔の上に帽子はかぶらず、菱形の模様が入ったニットのスカーフを首に巻いている。女性はトラックのなかで身をかがめ、上からラズベリー色のティッシュの箱が覗くピンク色の贈り物を入れる袋を取り出した。

アニーはハープ館と無関係な人物の登場があまりに嬉しくて、油絵のキャンバスの敷物につまずきそうになりながらドアまで走った。ドアを開くと屋根に積もった雪が舞い散った。「バーバラ・ローズです」女性は親しげに手を振りながら、そう名乗った。「この島にいらして約一週間がたちました。そろそろご様子を伺ってもいいころかと思いまして」鮮やかな赤の口紅が雪のように白い肌に対してくっきりと目立つ。階段を上る女性の下まぶたのかすかなふくらみにマスカラが付着しているのにアニーは気づいた。

アニーは女性を迎え入れ、コートを受け取った。「到着したその日に、ご主人の手をお借りすることができて、感謝しています。コーヒーでもいかがですか?」

「ご馳走になります」コートを脱ぐと、太った体に伸縮性のある黒のパンツ、ロイヤル・ブルーのセーターを着ていた。女性はブーツを脱ぐと、アニーの後ろからキッチンに入った。プレゼントの箱と一緒に強い香水の匂いもついてきた。「この島で女性のひとり暮らしはただでさえ寂しいものですが……こんな人里離れた土地では……」素早く肩が盛り上がったと思うと、身震いに変わった。「ひとりでは片付かない問題がいろいろと起きるでしょうから」

それはアニーにとって、島の定住者から聞かされたい言葉ではなかった。

アニーがコーヒーを用意しているあいだに、バーバラはキッチンをしげしげと見まわし、俗悪趣味のソルト&ペッパーシェイカーや壁に掛かった白黒の連作リトグラフに見入った。その表情には哀愁さえ漂っていた。「夏のあいだありとあらゆる有名人がこの島を訪れたものでしたが、あなたを見かけた記憶はあまりないんですよね」

アニーはコーヒーメーカーのスイッチを入れた。「私はどちらかというと都会の人間なので」

「ペレグリン島はたしかに都会が性に合う人にとって真冬は暮らしにくい場所でしょうね」

バーバラはおしゃべり好きのようで、コーヒーメーカーがブクブクと音をたてるころには、きわめて寒冷な気候や、夫が荒海に漁に出ているあいだ妻たちがどれほど苦労するかについて語っていた。ロブスター漁に関しては、いつどこで罠を仕掛けていいかについて複雑な条例が定められているが、アニーはよく覚えていなかった。バーバラは嬉々としてその内容を解説してくれた。

「漁が許可されるのは十月の初旬から六月第一週までなんです。その後は観光業に集中します。ほかの島々では漁は五月から十二月なんですけれどね」

「もっと暖かい時期に漁をしたら楽なんじゃないんですか？」

「もちろんそうです。でも罠を引き上げるのはなかなか大変なの。天候がいくら良好でもね。とはいえロブスターは冬に高値を呼ぶので、いまの時期を選んで漁に出ているんです」

コーヒーを淹れ終わり、ふたりはマグを持って湾に向けて置かれたテーブルに運んだ。バーバラはアニーにピンクの袋を手渡し、アニーとテーブル越しに向かい合う席に座った。袋にはバーバラとお揃いの白黒のニットのスカーフが入っていた。

バーバラはアニーの朝食のパンくずを手ですくい上げた。「忙しい冬に編み物をする女性は少なくないんです。編み物でもしていないと、イライラしてしまうものですから。うちの息子はバンゴーに住んでいます。以前は私もよく孫の顔を見にいったものですが、いまでは数カ月に一度会えればいいほうです」バーバラの目は泣き出すのではと思えるほど翳りを帯びていた。バーバラは急に立ち上がり、パンくずをキッチンへ運んだ。席に戻ってもバーバラの落ち着きは完全には戻っていなかった。「娘のリサもこの島を出るといっています。そうなればふたりの孫とも会えなくなってしまう」

「お嬢さんはジェイシーの友だちですよね？」

バーバラは頷いた。「学校の火災が娘のわずかな望みも断ってしまったみたいです」

アニーは島の校舎として使われていた小さな建物の輪郭をうっすらと思い出した。波止場を登った丘の上に止まり木のように建っていた。「火事があったことは知りませんでした」

「十二月のはじめに起きたんです。テオ・ハーブが島に来て直後のことでした。漏電による火災でした。校舎は全焼しました」バーバラは漆のように赤い爪の先でテーブルをたたいた。「あの学校は五十年にわたって島の子どもたちの教育を続けてきました。本土の高校に進学するまではみなあの学校で学んだんですが、いまは二台連結の移動住宅を校舎代わりに使っています。町の予算ではそうするしかなくて。リサは娘たちをトレイラーの校舎に通わせるつもりはないといってるんです」

アニーも島を出たいという女性を責められなかった。小さな島での暮らしは概念のなかではロマンティックでも、現実の生活は厳しい。

バーバラは結婚指輪を指先でいじった。ごく小さなダイヤが入った帯状の指輪だ。「私だけじゃないのよ。ジュディ・ケスターの息子もバーモントにある実家で両親と同居したいと妻から迫られているそうよ。ティルディも――」バーバラはもうこんなことは考えたくないというように手を振った。「いつまで滞在なさるの?」

「三月の終わりまでです」

「冬だから、それは長いわね」

アニーは肩をすくめた。コテージの所有権をめぐる条件についてはあまり知られていないらしい。とりあえず、あえて触れないでおくことにした。さもないと、まるで操り人形のように誰かのいいなりになる人間だと思われかねない。

「夫にはいつも他人のことに首を突っ込むなと戒められているんだけどね」バーバラはいった。「こんなところでひとり滞在を続けるのは難しいことだとあなたに忠告しなかったら、きっとあとで悔やむでしょうから」

「私は大丈夫」アニーはそれが本心であるかのように断言した。

バーバラの懸念に満ちた表情を見ると、気が沈んだ。「町から遠く離れているし、さっき見たあなたの車は……舗装された道路もないこんな土地では、真冬には使い物にならないわ」

これはアニーにもうすうすわかっていた。

帰り際、バーバラは島で催すバンコー・ゲーム（ただダイスを振るだけのゲーム）にアニーを誘った。「私たちおばあちゃんばかりの集まりなんだけど、リサも参加させるわよ。歳があなたに近いから」

アニーは即座に快諾した。バンコー・ゲームなどに参加したくはなかったが、腹話術の人形やジェイシー以外の誰かと話をしたかった。ジェイシーは心優しくはあるものの、気持ちを刺激する対話ができる相手ではない。

テオは物音で目を覚ました。今度は悪夢にうなされたのではなく、耳慣れない音がしたのだ。目を開け、耳をすましてみる。

まだ寝ぼけていたものの、聞こえてきたのが何かはすぐにわかった。階下の時計のチャイムの音だ。

三……四……五……

彼はベッドの上に座った。あの時計は六年も前、祖母が亡くなって以来動かなかったはず。布団を押しやり、耳をすます。旋律的なチャイムの音は弱くはあったが、はっきりと聞き取れるものだった。チャイムの回数を数える。七……八……音は続く。九……十……最後に十二を数えたとき、チャイムは鳴りやんだ。

テオはベッドサイドの時計を見た。時計の針は午前三時を指している。いったい何事だ? 彼はベッドを出て、下の階に向かった。一糸まとわぬ素っ裸だが、冷気は気にならなかった。苦痛にさらされているほうが好きなのだ。そのほうが生きている実感があるからだった。窓を通して、上弦の月からこぼれる光がカーペットの上に刑務所の檻のような影を落としている。リビングルームはほこりのにおいがして、人が入った気配はない。だが祖母ヒルディの壁掛け時計の振り子はリズミカルに揺れ、時計の針は深夜零時を指している。何年間も動くことのなかった時計だ。

時間旅行をする悪人の話でも書いていればよかったのだろうが、彼自身は超常現象など信じていない。だが、寝る前にたしかにこの部屋を通ったのだから、時計が時を刻んでいたら気づいていたはずなのだ。にもかかわらず、時計の鳴る音が響いたとは。

これらの事象には何か理由があるはずだが、皆目見当もつかない。今夜はもう眠れそうもないから、考える時間はたっぷりあるではないか。かえって好都合だ。眠ることが苦しみをもたらすようになっている。睡眠は過去の亡霊の棲む忌まわしい場所となり、アニーが現れて亡霊はなおいっそう不気味さを増してきた。

アニーが八日前の晩通ったときと比べると道路はそこまで凍りついてはいなかったが、路面のくぼみはよりいっそう深くなっており、女性たちのバンコー・ゲームの集まりに参加するのに町まで十五分で着く予定のところを四十五分もかかってしまった。運転しながら極力考えまいとしても、ずっとテオ・ハープのことが心から離れない。小塔で面と向かって話をしてから三日。彼の姿を遠くから一度見かけたきりだ。この状態を保ちたいとは思うが、そう簡単ではないだろう。

コテージから出られるチャンスを得られて、アニーは嬉しかった。ハープ館への道を登っているにもかかわらず、精神面はともかく体力面では回復してきた気がする。持っているなかで一番上等のジーンズを穿き、母の形見の白い紳士用シャツを着てきた。いうことを聞かない髪を、乱れた巻き毛だらけのアップにねじり上げ、キャラメル色の口紅をひと塗りし、まつげにマスカラを塗りたくった。持っているもので工夫できるお洒落はせいぜいこの程度だ。瞳を目立たせないために、マスカラを塗るのはやめるべきかと思うことがあるが、友人たちは見る目が厳しすぎるという。ハシバミ色の瞳は顔の造作のなかで最も美しいらしい。

道路の右側には大きな石の波止場が港に突き出ており、港にはロブスター漁の船が係留されていた。たしかここは以前、開放式の船置場だったが、格納式の船小屋に改造されている。もし事情が昔と変わっていないなら、ロブスター漁の罠や色の塗り替えを待つブイなどと一緒に、夏の滞在客の遊覧船はこのなかに収められているだろう。

道路をはさんで船着き場の反対側に、冬季休業中の小さな食べ物屋や土産物店、画廊などが並んでいる。島の町役場はグレーの屋根板を持つ、小規模な多目的の建物だ。郵便局と図書館としても使われ、年中無休である。町の後ろにそびえる丘の上にある共同墓地の、雪をかぶった墓石が垣間見える。坂道をさらに上ると、港を見渡せる位置に屋根板が灰色の〈ペレグリン・アイランド・イン〉があった。宿は暗く、ひとけもなく、五月のオープンまで冬眠中といった感じで静まり返っている。

集落の家々は道路に接するようにして建てられている。それぞれ側庭にワイヤー製のロブスター用罠や、ケーブルの釣り用リールが重ねてあり、廃棄の受け入れ先が決まっていないボロ車も停めてある。ローズ家もほかの家々と似通った造りになっていた。角ばっていて、屋根板があり、機能的だ。バーバラがアニーを出迎えてくれ、コートを受け取った。そして燻製《くんせい》と女あるじの強い香水の香りが漂う、来客をもてなしやすいリビングルームを通ってキッチンへ案内した。シンクの上には結んで後ろによけたカーテンが窓を飾り、黒っぽいキャビネットの上には土産の皿がまとめて並べられている。バーバラの孫たちに対する誇らしさは冷蔵庫に貼った写真の数々からも見て取れる。

高い頬骨、幅の広い鼻梁からアフリカとアメリカ先住民の混血と思われる八十代ぐらいのいまだ矍鑠《かくしやく》とした女性が、アニーを除けば唯一の若い女性とキッチン・テーブルに座っている。小柄なブルネットでずんぐりした鼻、長方形の黒縁メガネ、中くらいの長さの髪。バーバラはこれが私の娘ですと、リサ・マッキンリーを紹介した。これがジェイシーを家政婦にどうかとシンシアに推薦した女性なのだ。

リサがボランティアの図書館司書として活動しながらも、島唯一のコーヒーハウス兼パン屋のオーナーであることをアニーは早々に知った。「パン屋は五月の第一週まで閉店中よ」リサはアニーにいった。「私もバンコーなんて大嫌いだけど、あなたに会いたくて来たの」

バーバラは冷蔵庫に貼った写真の数々を身振りで示した。「リサの可愛い娘たちよ。私の孫。ふたりともこの島で生まれたの」

「ジミー・ティムキンスと一緒に島を出るチャンスもあったのに、ロブスターの漁師と結婚したからこんな罰を受けているの」リサはいった。

「リサの言葉を本気にしないで」バーバラはそういって、別の女性にアニーを紹介した。

「コテージでずっとひとりぼっちで暮らすのは辛くないの？」こんな質問を投げかけてきたのはマリーという女性だ。口角から下へ深いしわが刻まれているため、不機嫌そうな表情に見える。「間近に住む隣人がテオ・ハープなんだからなおさらよね」

「私はこう見えて肝が据わってるんです」アニーは答えた。

アニーの脳裏に笑い転げる人形たちの姿が浮かんで見えた。

「飲み物をお取りください」バーバラは勧めた。

「私ならお金をもらってもあんなところに泊まりたくないわ」マリーがいった。「テオがハープ館にいるあいだはね。リーガンは優しいいい子だったわ」

バーバラはワインの箱に載せたディスペンサーを揺すった。「マリーは疑り深い性格なのでね。気にしないでちょうだい」

マリーはそんな言葉で話をやめたりしなかった。「私がいいたいのはね、リーガンは兄と同じぐらい船の扱いには慣れていたということ。リーガンが突風のさなかに船を出したのを変だと思っているのは私ひとりじゃないわよ」

アニーがこの言葉の意味を理解しようとしていると、バーバラが二つのテーブルのひとつにお座りなさいと勧めた。「ゲームをした経験がなくても心配ご無用よ。覚えるのはむずかしくないから」

「バンコーは私たちにとってワインを飲む口実なの。男たちに隠れてね」ジュディ・ケスターの発言は大きな笑い声をまじえてもさほど意味合いの変わるものでもなかったが、どうやら何事につけ笑い声をともなった反応を見せる女性のようだ。明るいユーモアと道化がかぶる毛糸のかつらのような真っ赤に染めた髪のせいで、ジュディに好感を抱かずにはいられない。

「真の知的刺激はペレグリン島では許されないの」リサが辛辣な口調でいった。「少なくとも冬のあいだは」

「あなたは去年の夏にハープ夫人が戻ってこなかったのをまだ根に持っているのね」バーバラがダイスを転がした。

「シンシアは私の友だちなんだもの」リサがいった。「彼女についてよくない噂は聞きたくないわよ」

「たとえばシンシアが上流気取りの俗物とかいう話？」バーバラはふたたびダイスを転がした。

「彼女は俗物なんかじゃないわ」リサが反論した。「教養があるからといって上流気取りとは限らないわよ」

「マリア・ヒューイットのほうがシンシア・ハープよりずっと教養があったわ」マリーは苦々しい表情を浮かべた。「でもシンシアみたいに他人を見下すようなことはなかった」

アニーは自身の母親への感情がどうであれ、母の良い評判を耳にするのはいい気分だった。

今度は代わってリサがアニーに説明した。「シンシアと私は共通の趣味があったから親しくなったの」

その趣味のなかに室内装飾は含まれるのだろうか、とアニーは思った。

「ミニ・バンコー」隣のテーブルで誰かがいった。

ゲームはバーバラのいったとおり簡単だった。アニーはじょじょに二つのテーブルに座る女性たちの名前と性格を区別できるようになった。リサは自分を知的だと思い込んでいる。八十代の女性ルイーズは島へ嫁入りしてきた。マリーは性格も顔と同じでひねくれていて、ジュディ・ケスターは根っからのひょうきん者でとにかく明るい。

島の図書館司書をボランティアで務めるリサがテオ・ハープの話題に触れた。「彼は才能ある作家よ。『サナトリウム』みたいな駄作で時間を無駄にしてもらいたくないものだわ」

「あら、私はあの作品が大好きよ」ジュディがいった。彼女のはてしなく陽気なユーモアセンスは紫色のスウェットシャツのロゴ〝世界一のおばあちゃん〟宣言でもわかる。「読んだあと眠るのが怖くなって、一週間は灯りをつけたまま寝たぐらいよ」

「あんなひどい拷問の話、ほかの誰も書けないわ」マリーはくちびるをすぼめ、いった。

「あれほど身の毛がよだつような恐ろしい話、いままで読んだ覚えもないわね」

「あの本がそこまで売れるのは性描写のおかげよ」こんな感想を漏らしたのはナオミという赤ら顔の女性だった。そびえるほどの身長、真っ黒に染めたマッシュルーム・カットの髪。大きな声から察するに人を威圧する人物に見えた。だからナオミがロブスター漁の漁船の船長だと聞いても、意外ではなかった。

グループ一お洒落なメンバーは、地元で土産物店をやっているナオミのバンコー・パートナーのティルディだ。六十歳だというティルディは薄くなったブロンドの髪を刈り込み、赤のVネックセーターに幾重ものシルバーネックレスを合わせている。「性的描写は秀逸ね」彼女はいった。「たいした想像力の持ち主だわ」

リサはアニーと同年代だが、マリーと同じく清教徒的なストイックさが感じられる。「あんなのはハープ家の恥だわ。うまく書けた性的描写をけなすつもりはないけれど――」

「でも」ティルディが口を挟んだ。「読者の性欲をかき立てるセックス・シーンの描写は嫌なんでしょ?」

リサは笑って済ませる慎み深さは持っていた。

バーバラがダイスを転がした。「あなたがそれを好きでない唯一の理由は、シンディが認めていないからでしょ」

「彼女の名前はシンシアよ」リサは間違いを指摘した。「誰も彼女をシンディなんて呼んでないわ」

「バンコー!」ジュディがテーブルのベルを手でたたき、耳たぶにつけた銀の十字架が揺れた。ほかのメンバーは唸った。

パートナーを交換し、話題はプロパンガスの値段から最近頻発する電力不足やロブスター漁へと移った。ナオミが漁船を所有していることに加え、ここにいるほとんどの女性が過去に何度か夫の船の船尾に乗った経験を持っているとわかった。重量のある罠の中身を出して空にし、保存容器に移し、グロテスクで臭い餌を罠に仕掛け直さなくてはならない。船尾担当助手は面倒な作業を伴う危険な仕事である。もしアニーが島の生活についていまだ甘い夢を描いていたとしても、彼女たちの話を聞けば厳しい現実に目を向けざるを得なくなっただろう。

それでも主な話題は海洋の天気予測と、それによって影響を受ける物資の輸送にもっぱら集中した。アニーを島に運んできた大型フェリーは冬のあいだは六週間に一度運行されているのだが、それより小型の船が週に一度、食料品や郵便物、物資を運んでくるという。不運なことに先週は十二フィートの高波のため、船が本土から出航できず、島民は次の運行予定まで一週間待たされることになった。「誰かバターのストックがある人いない？　買い取りたいの」ティルディが銀のネックレスを引っ張りながらいった。

「うちはバターならあるけど、卵がないの」

「卵はないけど、冷凍庫にズッキーニのパンが余分にあるわ」

ティルディがぐるりと目玉をまわした。「ズッキーニのパンなら捨てるほどあるわよ」

一同が爆笑した。

アニーは残り少なくなった食料品について考え、食料雑貨の注文についてもっと慎重にならなくてはいけないと感じた。冬中缶詰だけ食べて過ごすつもりがないなら、明日朝一番に注文をしなくてはいけない。その支払いでさらにクレジットカードの債務が増えてしまう……。

ジュディがダイスを転がした。「もし来週もフェリーが来ないなら、孫たちの飼っているモルモットを窯《かま》で焼いてしまうつもりよ」

「孫がみんなここにいるんだから、あなたはまだ幸せよ」マリーがいった。

ジュディは持ち前の陽気な表情を曇らせた。「あの子たちがいなくなるなんて想像もできない」

八十代のルイーズは何もいわなかったが、ティルディは手を伸ばしてジュディのか弱い腕を撫でた。「ジョニーはいなくなったりしないわよ。見てなさい。嫁のいいなりになって本土についていくぐらいなら離婚するわよ」

「あなたの予想が当たればいいのにね」老女はいった。「神のみぞ知る、よ。そうなればいいけれど」

夜の集いは終了し、女性たちはコートを手に取りはじめた。バーバラがドア近くにいるアニーに、こっちへ来てと仕草で促した。「コテージを訪問して以来、あなたのことが気になっていてね。もっとちゃんとあなたに注意しておかないと、あとで悔やむでしょうから……。この島の住民はほとんど、お互い大家族のような付き合い方をしているけれど、島には暗い一面もあるのよ」

　ぜひそれを教えて、とアニーは内心で思った。

「何もリーガン・ハープの死について強迫観念にとりつかれているマリーのことを語るつもりじゃないの。誰ひとりテオに責任があるとは思っていないわ。でもペレグリン島は細かいことは気にしない人たちの島なの。漁船の船長だってあまり調べもせず助手を雇うし。あなたのお母さんのコテージにも何度か押し込み強盗が入ったことがあるわ。喧嘩もあれば刃《にん》傷沙《じょうざ》汰《た》もある。タイヤに切り込みを入れられたりもする。定住者たちも全員が信用できる人間ばかりじゃない。もしあなたが他人の漁区に罠を仕掛けることがたびたびあったとすると、縄が切られ、海底の備品が壊されることもありうるのよ」

　アニーはどこにもロブスターの罠を仕掛けるつもりはないと指摘しかけたが、バーバラの話は終わらなかった。「そうしたトラブルは日常茶飯事なの。私はこの島の人のほとんどを好きだけど、酔っ払いや有害な人間も間違いなく存在している。ジェイシーの夫のような。ネッド・グレイソンは恵まれた容貌と三代続いた家柄の出身だから、何をやっても許されると高をくくってたわ」

　テオにそっくりだ、とアニーは思った。

　バーバラはアニーの腕をさすった。「私がいいたいのは、あなたが人里離れた場所で孤立しているということなの。支援を頼もうにも距離があって時間がかかるし。もっと警戒心を持ってちょうだい。呑気に構えていてはだめ」

その点については心配ご無用だ。

アニーはことのほかびくびくしながら家路についた。後部座席を二度も調べてから運転席に座り、運転中もミラーを絶えずチェックした。何度か少しタイヤが道路で滑ったり、車のフロントが深い穴にはまりそうになったことを除けば、事故もなく無事に帰りついた。そのことで自信がつき、三日後にはまた町に出向き、本を借りてこようと思うほどだった。

アニーが小さな図書館に足を踏み入れると、リサ・マッキンリーは机の前に座り、リサの娘のひとりが館内を駆けまわっていた。リサはアニーに挨拶し、机の隅でプレキシガラスのフレームに収められたリストを指さした。「二月のお勧めよ」

アニーは題名を調べた。それらは母から無理やり読まされた分厚くて気の重くなる本を思い起こさせた。「私はもう少し楽しい話が好きなの」彼女はいった。

リサは失望で肩をがっくりと落とした。「ジェイシーも同じなの。シンシアが島にいたときは、ふたりで毎月推薦書のリストを作成していたけど、誰ひとり注目しなかった」

「人の好みは千差万別だからね」

そのときリサの娘が重なった児童用書物をひっくり返した。リサは慌てて飛んでいき、散らかったものを片付けた。

アニーはリサの反対を押し切って何冊かのペーパーバックを持って帰った。コテージまでの道のりを半ば過ぎたころ、地面にぱっくりと開いた穴が突如目の前に現れた。「しまった！」ブレーキを踏もうとした瞬間、またもや愛車はスライドしはじめ、脱輪してしまった。なんとか道に踏みとどまろうとするも、前回同様失敗した。外へ出て眺めてみると、車は前回ほど深く沈んでいない。それでも、救援なしには脱出できないだろう。しかもその救援をどうやって求めるかが問題だ。非常用キットをしまい込んでいたりしないかしら？　あるいはひょっとして知恵のある島民のように土嚢を数個トランクに積んではいない？　自分は違う。自給自足に頼るしかない場所に住むには能力の乏しい人間だ。

まぬけなやつ。レオがささやいた。

ヒーローのピーターは沈黙したまま。

アニーは道路をにらみつけた。衰えそうにもない風が体に激しく吹きつけた。「こんなところ、大嫌い！」そうわめいてみても、咳き込むばかりだった。

アニーは歩きはじめた。今日も相変わらずの曇天だ。神に見棄てられたこんな島に太陽が照りつけることがあったとは信じられない。手袋をはめた両手をポケットに入れ、肩をいからせ、コテージのベッドの上に置いてきた暖かいニット・キャップのことは極力考えないようにした。テオはきっといまごろ望遠鏡でそれを覗いているのだろう。

木の枝が折れる音がして、きわめて大きな動物の蹄が作り出すとしか思えない、地響きのような音が聞こえてきた。それは猫や犬、せいぜい真夜中の黒い馬以外、動物が生息しない島では聞きなれない音だった。

6

馬と馬上の人物はトウヒの原生林から現れた。アニーを見て、テオは馬を止めた。アニーは喉の奥に冷たい金属を呑み込んだような気持ちだった。自分はいま、無法状態のこの島の、ひとけのない路上で、かつて自分を殺そうとした人間に遭遇したのだ。

そしていままた殺意が彼の心に宿っているかもしれないのだ。

わあっ！　わあっ！　クランペットの無言の叫びはアニーの心臓の鼓動のリズムと合っている。

弱気になっちゃだめ。スキャンプの命令が聞こえたとき、テオが近づいてきた。

アニーは普段は馬を怖いと思わないが、この馬は巨大な上、その眼の表情には狂気が宿っているように見えた。まるで昔の悪夢が蘇ったように感じ、アニーはスキャンプの命令に逆らって数歩後ろに後ずさりした。

弱虫。スキャンプがなじった。

「どこかへ出かけるのか？」彼の服装はこれほど寒い日にはふさわしくないものだった。身に着けているのは黒のスウェードのジャケットと手袋だけだ。帽子もかぶらず、暖かいマフラーを首に巻いてもいない。しかし少なくともすべてがほっとできる二十一世紀風だ。アニーはいまでも最初の晩に見たものが解せないでいる。

バンコー・ゲームのとき聞いたマリーの言葉が思い出される。〝私がいいたいのはね、リーガンは兄と同じぐらい船の扱いには慣れていたということ。リーガンが突風のさなかに船を出したのは変だと思っているのは私ひとりじゃないわよ〟

アニーは好きな人形を登場させることで、怯えを撃退した。「たくさんいる島の友だちと一緒にこれから夜会に出かけるところよ。私が姿を現さないと、みんな心配して私を探しにきてくれるはずよ」

テオは顔を上げた。

アニーは急いでいった。「困ったことに私の車が側溝に脱輪したんだけど、救援を頼めるあてはあるわ」彼の手を借りることは最悪の咳の発作よりもっと嫌だった。なんとしてもそんなはめに陥らないようにしなくては。「もしかしたら、もっと筋力のある誰かを探したほうがいいわよね？」

筋力なら申し分のないテオをこうして煽《あお》るのは馬鹿げた行為だった。

テオはアニーの車のあるほうをにらみ、アニーの全身を上から下まで熟視した。「そんな態度は気に入らないな」

「そういわれるのには慣れているわ」

テオはまつげをピクピク動かした、これこそアニーの思い描く変質者が、時間の経過とともに陥る顔面の痙攣に違いない。「人にものを頼むのに、そんなやり方はないだろう」

「誰にでも癖はあるものよ。押してもらえる?」彼に背中を向けるのは怖かったがとにかく、踵を返した。彼がアニーの傍らで彼女の車へ向けてダンサーを跑足《だくあし》で走らせ、馬の力強い蹄が小石にぶつかる音が鳴り響いた。もしかするとテオはハープ館に悪霊が棲《す》みついていると気づきはじめたのだろうか、という疑問が湧いた。そうであってほしい。あの時計が時を刻むようになっているのだから。

「取り決めを設けよう」彼はいった。「きみが協力してくれれば、おれもきみを助ける」

「喜んで。でも、死体を切り刻むのは苦手なの。人骨も」

ああ、やってしまった。人形しか話し相手がいない状態が続いたから、こんな成り行きに至ったのだ。人形たちの人格に乗っ取られてしまったのだ。

私たちの人格はもともとあなたのなかにあったものじゃないの。ディリーが指摘した。

テオは怪訝《けげん》そうな顔をしてみせた。「なんの話だ?」

アニーは前言を撤回することにした。「あなたはどんな手助けが必要なの?」精神科の領域だけは勘弁してほしい。

「きみからコテージを借りたいんだ」

アニーははたと立ち止まった。彼の返事に何を期待していたか自分でもよくわからなかったが、これでないことだけははっきりしていた。「で、私はどこに泊まればいいわけ?」

「きみはニューヨークに帰れ。ここはきみの住むようなところじゃない」

彼は私をそこまで愚かと見くびっているのか? アニーは両手をポケットにつっこんだ。

「私がそんなにとんまだと本気で思ってるの?」

「きみをとんまだなんて思ったことはないよ」

アニーは歩調を速めたが、彼との一定の距離は保っていた。「私が約束の六十日を過ぎる前にコテージをなぜ出なきゃならないの?」

テオは上から彼女を見おろし、最初は訝しむような表情を浮かべ、やがてああそうだったとばかりに思い出し、困惑したようなそぶりを見せた。「あれのこと、忘れていたよ」

「そのようね」アニーは足を止めた。「なぜあなたはコテージを借りたいの? 管理しきれないぐらい多くの部屋を所有しているというのに」

テオはレオそっくりの冷笑を浮かべた。「屋敷の部屋にいたくないからだ」

こいつをぶん殴ってやろうか? ピーターが不安さをにじませながらいった。だが相手は、大き過ぎて勝負にならない。

テオはアニーのキアのポンコツ車をすみずみまで見て、鞍からおり、馬を道路の反対側の木の枝につないだ。「こんな車はここじゃ使い物にならない。そんなこともわからないのか？」

「すぐ買い替えるつもりなの」

彼はアニーの顔をしげしげと眺め、車のドアを開けするりと乗り込んだ。「後ろから押せ」

「私が？」

「自分の車じゃないか」

人でなし。こちらにそんな体力がないことぐらい、よく知ってるくせに。

それでも彼は車の後部をアニーに押させながら、命令を出しつづけた。アニーが咳き込みはじめて、ようやく運転席を離れ、外からの一押しで車を側溝から押し出すことに成功した。

アニーの服は汚れ、顔にも泥のしみがついているというのに、彼は手ひとつ汚していない。幸いだったのは彼がアニーを林のなかへ引きずり込んで喉を切り裂くことはなかったこと。だからアニーには文句をいう理由もなかった。

翌日アニーはハープ館の裏口でバックパックをフックに掛け、ブーツをスニーカーに履き替えながら、昨日のテオとの出会いについてまだ考えていた。あのとき彼が肉体的危害を与えなかったからといって、今後もそうとは限らない。はっきりとはわからないが、女性の遺体が砂浜に打ち上げられたりしたら、警察の家宅捜索など面倒事につながるので危害を与えるのはやめたのかもしれない。

そう、ちょうどリーガンのように……。アニーはそんな思いを振り払った。リーガンはテオが唯一大事にした女性だ。

アニーは角をまわって、キッチンに向かった。するとジェイシーがテーブルで身じろぎもせず座っているのが目に入った。服装はありふれたいつものジーンズにスウェットシャツだ。これ以外の服装でいるのも見たことがないが、こうしたカジュアルウェアが似合うタイプではない。ジェイシーはもっと浮わついた感じの夏のドレスを着てサングラスをかけ、赤のコンバーチブルの屋根をおろしてアラバマの道路でも走っているほうが似合う。

アニーはノートパソコンをキッチンのテーブルに置いた。ジェイシーはアニーの顔も見ないまま、弱々しい声でいった。「もうおしまいよ」ジェイシーはテーブルに肘をつき、こめかみあたりをこすった。「今朝乗馬を終えた彼からメールが来たの。町に用があって出かけるけれど、その後契約内容を変える相談をしたいと」

アニーは反論衝動をかろうじてこらえた。「それだけじゃ、彼があなたを解雇するとは限らないじゃないの」言葉の上ではまさしくそのとおりだった。

ジェイシーはようやく目を上げ、アニーを見た。長いブロンドの髪がひと房、血色の良くない頬にかかっている。「あなただって、彼がそういう意向であることは知ってるはずよ。あと数日はリサのところに泊めてもらえる。でもその後はどうしたらいいの？　大切な我が子……」ジェイシーは顔を歪めた。「リヴィアはこれまでにも、何度も辛い目に遭っているのに」

「私が彼と話をしてみるわ」ほんとうはアニーの最も避けたいことではあったが、それ以外にジェイシーを慰める方法が思いつかなかった。「彼は……まだ町にいるの？」

「彼はリサイクルできるゴミを施設に持ち込んでいるの。私ができなかったから。私をクビにしたい彼の立場もわかるわ。私、以前はできたことがまるっきりできなくなってしまったんですもの」

アニー自身はそれを理由にジェイシーを解雇しようというテオを許せなかったし、どこか哀愁を帯びた思い焦がれるようなジェイシーの表情も嫌だった。残酷な男に憧れるのが彼女の性分なのだろうか？

ジェイシーはテーブルにつかまるようにして立ち上がり、松葉杖に手を伸ばした。「リヴィアの様子を見てこなきゃ」

アニーはテオを懲らしめてやりたかった。鬼のいぬ間がチャンスだ。彼を本土に帰してしまえばいい。アニーは冷蔵庫から一本の瓶を出し、二階に上がり、廊下の端にある小塔の入り口を通り抜けた。小塔にひとつしかないバスルームに入ると、シャワー室の隣に濡れたタオルが掛けてあった。

朝彼が髭剃りをしたはずの洗面台はまるで拭き掃除でもしたようにきれいだった。アニーは持ってきたケチャップの瓶をさかさまにし、中身をてのひらに少し振りかけた。大量ではなく、ほんの数滴だけ。そして指先を開き、鏡の左下の角あたりに下に向けて擦りつけた。あとにはかすかな赤い汚れが残った。明瞭な痕跡は残さない。見ようによっては血のついた手形と見えなくもない。あまりにもかすかなので、朝見逃したと思うか、自分のいないあいだに何かがあったと考えるか、だ。

これは彼のベッドの枕にナイフを突き刺すよりずっと、気分的にせいせいした。しかしやり過ぎれば、彼は幽霊の存在を信じるのをやめ、アニーのことを疑いはじめるだろう。彼に自分の精神状態がおかしくなったのではないかと疑わせるのが目的であって、犯人捜しをさせてはならない。そうなると先週祖母の時計に細工を施した犯人が誰かわかってしまう。

あの晩アニーは漆黒の闇を抜けてハープ館へ戻った。辛い行程ではあったが、なんとしてもと自分に言い聞かせながら坂を登った。いくら目的のためとはいえ怯えや戦慄は抑えようもなかった。その日早い時間に、アニーは小塔の外部からの入り口の蝶番《ちょうつがい》がきしまないことを確認したが、結局チャンスに恵まれず、やっと中に入ることができたのは間もなく午前二時になろうかというタイミングだった。テオが上で就寝中にリビングルームに入り込むのはわけもないことだった。アニーは時計を壁から充分離し、前もってはずしておいた切れた電池の替わりに、持参した新しい電池をはめ込んだ。それが終わると真夜中十二時のチャイムが鳴るように時刻をセットした。それも自分が姿を消したあとで鳴るように設定したのだ。天才だわ。

しかしそんなことを思い出してみても、気持ちは晴れなかった。彼のその後の行動を考えると、あの悪ふざけは相手を恐怖に陥れることもできず、ただ子どもじみた行為としか思えなくなっている。もうゲームをやめたいのだが、彼に見つかることなくやめるにはどうすればいいのかわからずにいる。

背後で音を聞いた。アニーは息を吸い、振り返った。

それは黒猫だった。

「もう、勘弁してよ……」アニーはがっくりと膝をついた。猫は金色の瞳でアニーをじっと見つめた。「どうやってここへ入ってきたの？　彼におびき寄せられたの？　あの人には近づかないほうがいいわよ。ここへ入ってはいけないの」

猫は首の向きを変え、テオの寝室に跳び込んだ。アニーは追いかけたが、猫はベッドの下に潜ってしまった。アニーは腹這いになり、猫の説得にかかった。「おいで、猫ちゃん。こっちへおいで、ニャンコちゃん」

猫はびくともしない。

「あの人から餌をもらっているのね？　違う？」彼女はいった。「あの人からごはんをもらっちゃだめなの。素敵なご馳走に何を入れられるかわかったものじゃないんだから」

必死の努力にもかかわらず、知らん顔を続ける猫に、アニーは苛立ちをつのらせた。「おバカな猫！　こっちは助けてあげようとしているのに」

やがて猫は絨緞に爪を立て、伸びをして、アニーの前であくびをした。アニーはベッドの下に腕を伸ばした。猫は顔を上げ、アニーのほうへ這ってきた。アニーは息をひそめた。猫はアニーの手に近づき、匂いを嗅いで、指先を舐めはじめた。

この猫はケチャップが好物なのだ。

猫がわずかなケチャップの残りを舐めているあいだに、猫を抱きかかえ、母屋のキッチンへ戻った。ジェイシーはまだリヴィアと一緒で、アニーがひどく暴れる動物と格闘するようにして食料庫で見つけた蓋のあるピクニック・バスケットに押し込んだのを誰にも目撃されることはなかった。それをコテージに運ぶあいだじゅう、猫は車のサイレンのように吠えた。猫を室内に運び込むころには、神経はすり減り、腕にはあちこちひっかき傷ができていた。

「いっとくけど、こんなことするのは私だって嫌なの」アニーは蓋を開けた。猫は飛び出し、背中を丸めながら、しゃーっと威嚇した。

アニーは鉢に水を注ぎ、トイレの代わりに重ねた新聞紙を置いた。それぐらいが精いっぱいだった。夜は自分の夕食にしようと思っていたツナ缶の最後の一つを猫に与えるつもりだった。

もう眠りに就きたかったが、軽率なことにテオに談判してあげるなどとジェイシーに約束してしまった。スカーフで鼻と口を塞ぎふたたび崖の頂上に登るあいだに、つくづくと考えた。あとどのくらい頑張ればジェイシーへの恩が返せるのだろうか?

冗談じゃない。まだ恩返しは始まってさえいない。

ガレージの裏のゴミ容器のドラム缶から煙が上がっているのを見る前に、火を焚く匂いが漂ってきた。あれほど凍った小道にジェイシーはとても入れるはずもなく、テオが町から戻って、不健全な火遊びにふけっているのだろう。

子どものころ、テオはいつでも好きなときに砂浜で焚火をするため、流木を波の届かない砂浜に溜めていた。〝炎を覗き込むと〟よく彼はそういっていた。〝未来が見えるんだよ〟しかし、ある日砂浜でひとり焚火をするテオを見かけ、こっそり様子を窺っていたところ、てっきり燃やしているのは流木だと思っていたもののなかに、紫色のものが一瞬見えた。テオはリーガンが大切にしている詩のノートを炎に投げ込んでいたのだ。

その夜テオの部屋で双子が言い争う声が聞こえてきた。〝あなたがやったのね!〟リーガンが叫んだ。〝あなたに決まっている。あなたはなぜそうも卑怯なの?〟

テオがその質問にどう答えたかは階段の下で繰り広げられるエリオットとマリアの論争にかき消されてしまった。

数週間後、リーガンの愛するオーボエがなくなっていた。結局屋敷を訪れていた客がゴミ入れのドラム缶のなかでオーボエの断片を見つけた。そうした経過からみて、リーガンの死にテオが関わったと信じるのはそう突拍子もないことでもないのでは?

ジェイシーを慰めようとしてテオに談判してあげると請け合った前言を撤回したかったが、

アニーは仕方なくガレージをまわった。ジャケットが木の切り株に掛けてあり、彼はジーンズに長袖のグレーのTシャツという軽装だった。近づきながら、アニーはいまこの瞬間コテージから登ってきたばかりの状態で彼と対面するのは有利な状況ではないかと気づいた。これがアニーにとって二度目の登頂だということを、彼は知らない。だから鏡に付着する手の跡とアニーを関連づける理由がないわけだ。ジェイシーは階段を上れないし、リヴィアは体が小さ過ぎて、鏡に手が届かない。そうなると、あの世からやってきた歓迎しがたい霊の仕業としか思えなくなるはず。

ドラム缶から火花が飛び散った。燃え盛る炎を通して見る彼の姿は、ドラマティックな髪や野性的な青い瞳、研ぎ澄まされた鋭さのある美しい目鼻立ちから、悪魔の中尉が雪とたわむれる様子を垣間見た気がした。

アニーはポケットに入れた手を丸めた。「あなたに解雇されるとジェイシーがいっているわ」

「そうか」テオは地面に落ちた鶏の死骸を拾い上げながらいった。

「先週私はジェイシーの手助けをするとあなたにいっておいたはずよ。現にやってるわ。家のなかはきちんとしているし、あなたの食事も用意している」

「きみらふたりが送りつけているものを〝食事〟と呼べるならだよ」彼は死骸を炎に投げ込んだ。「きみみたいに社会的弱者に過剰に同情するやつにとって、世の中はさぞや厳しいんだろうな」

「冷酷無比な人間よりずっとましだわ。もしあなたが彼女に多額の解雇補償金を支払ったとしても、そのお金がいつまでもつかしら？　次の仕事はおそらく見つからないでしょうね。それに彼女は幼なじみじゃないの？」

「今朝はリサイクル品を町まで自分で持ち込むはめになってしまったよ」彼はしおれたオレンジの皮を集めながらいった。

「私が行ってもよかったのに」

「そうだな」彼はオレンジの皮を投げ込んだ。「きみの昨日のドライブがどんな結果をもたらしたか、いうまでもないよな」

「常軌を逸してたわね」アニーは本気だと示すため真顔でいった。

テオは食い入るような視線で彼女をじっと見つめた。疑う余地のない頰の紅潮、赤いニット帽の下から出ている乱れきったカール。こんなふうに彼から見つめられるとはきまりが悪かった。威圧感は覚えなかったが、心の奥底まで見透かされているようだった。心のこぶや内出血、ひっかき傷。さらには……。アニーはそんな印象を振り払おうとした。清純無垢な部分でさえ見通されてしまいそうに思えたからだ。

恐怖ではなく、彼の詮索に対する嫌悪感が湧いてくるのが当然だったが、自分でも戸惑うような奇妙な欲望にとらわれた。十五歳のあの夏に戻ってしまったかのように、木の切り株に座り、自分の悩みを打ち明けたくなってしまったのだ。彼に囚われてしまったあの瞬間と同じように。アニーは憤りをぶちまけた。「なぜあなたはリーガンの詩集を焼き払ったの?」

炎は燃え盛っていた。「覚えてないな」

「リーガンはいつでもあなたを庇っていたわ。あなたにどんな意地悪をされても、あなたを守ろうとした」

「双子って奇妙なものなんだよ」彼は鼻で嗤うようにいい、その様子があまりにレオとそっくりなので、アニーは身震いした。「きみにひとつ提案がある」彼がいった。「もしかしたら双方が納得するような」

彼のどこか打算的な目の表情に、アニーは自分がまた彼の罠に落とされてしまうのではないかという疑念を抱かずにはいられなかった。

彼は肩をすくめた。「わかったよ」彼は大きなゴミのかたまりを炎に投げ込んだ。「ジェイシーと話してくる」

罠が音をたてて閉まった。「あなたは全然変わってない! 何を要求するつもり?」

テオは悪魔のような目をアニーに向けた。「おれはコテージを使いたい」

「私は島を出ていったりしないわよ」木立のあいだに広がる平地にプラスティックの燃える匂いが漂うなか、アニーはいった。

「問題ない。おれは昼間だけしか使わないから」燃え盛る炎を通して彼の顔が歪んで見えた。

「きみは昼間ハープ館で過ごす。Ｗｉ‐Ｆｉも使っていいし、なんでも好きにやっていい。つまり居場所の交換だ」

彼が罠をかけただけで蓋が音をたてて閉まったのだ。ジェイシーを解雇すると実際に彼はいったのか、それともアニーとジェイシーが勝手にそう思い込んでいただけなのか？　これは相手をいいなりにするための駆け引きなのかという可能性について思案をめぐらせていると、はっと思い当たることがあった。「私が島に来る前、コテージを使っていたのはあなただったのね。あそこに置いてあったコーヒーはあなたのものね。新聞も」

彼は最後のゴミをドラム缶に投げ入れた。

「母はこの世を去ったの」アニーは話しつづけた。話しながらくだんの新聞の日付がアニーの到着の数日前だったことを思い出した。「私がここに来る日がいつなのか、あなたは知っていたはずよ。この島の人は誰でも知っていたみたい。でも私がここに着いたとき、水も電気も止められていたわ。あれは故意ね」

「きみに滞在してもらいたくなかったから」

彼は不面目さなどみじんも表すことはなかったが、アニーはそうした率直さを評価するつもりはなかった。「なぜそうもコテージを特別視するわけ？」

彼は木の株に掛けてあったジャケットをつかんだ。「ハープ館じゃない場所だから」

「でもそれほど屋敷が嫌いなら、なぜこの島にいるの？」

「こっちも同じ質問を返したいね」

「私には別の選択肢がなかったの」アニーは帽子をグイと引っ張って耳を覆った。「あなたはそうじゃないでしょう」

「そうかな？」彼はジャケットを肩に掛け、家に向かった。

「唯一の条件が満たされるなら、受けてもいい」アニーは彼の背中に向かって声を張り上げた。自分が条件を出す立場にはないということは承知の上だった。「いつでも好きなときにレンジローバーに乗れること」

テオは足を止めることはなかった。「キーは裏口の脇のフックに掛けてある」

アニーは寝室に散らかしてある下着類やカウチの上に広げて置いたポルノグラフィックな芸術写真集のことを思い出した。そして黒猫のことも。「いいわ。でも契約の発効は明日付よ。朝、コテージの鍵を持っていくわ」

なかば強請《ゆす》られるようにして取り決めを交わしたが、アニーにとってプラスの面もいくつかある。信頼できる移動の道具が手に入っただけではなく、昼間テオに出くわす心配もしなくてよくなったのだ。浴室の鏡に残した手形に、はたしてテオは気づいただろうか、という疑問が頭をよぎる。

今夜は小塔のドアにひっかき傷でも作ってみよう。今度はしっかり彼に確認させるのだ。

ハープ館に入っていくと、ジェイシーがテーブルの前で干しあがった洗濯物の山を種類分けしている最中だった。リヴィアは床に置いたジグソーパズルから目を上げた。この子がこうしてしっかり注視するのははじめてのことだ。アニーは微笑み、今日じゅうにもう一度スキャンプを登場させようと心に決めた。

アニーはテーブルに近づいてジェイシーを手伝った。「テオと話してきたの。もう心配いらないわ」

ジェイシーはうぶなお嬢さまのような瞳を輝かせた。「ほんとに？　信じていいの？」

「ええ」アニーはバスタオルを手に取り、たたみはじめた。「ちょっと用があって、町まで出かけるの。だからやることがあったらいって」

「もっと彼のことを信じてあげるべきだったわよね」ジェイシーは息をひそめるようにしていった。「これまでだって優しくしてくれたんだから」

ふたりはしばし黙々と手を動かした。アニーはシーツやタオルをたたんだ。そうすれば彼個人のものに手を触れずにすむからだ。ジェイシーは丁寧に生地を指で撫でるようにしてボクサーブリーフをたたんだ。「これはずいぶん値が張るものよ」

「こんな繊細な布地があんなに大勢の女性の手につかまれても無傷だったなんて驚きよね」

ご立派な体の部分についてはあえて触れない。

ジェイシーはアニーの言葉を冗談とはとらなかった。「そうじゃないでしょう。一年前に妻を亡くしたばかりだから、彼の周囲にいる女性といえばせいぜいあなたと私と、リヴィアぐらいのものよ」

アニーは四歳の幼い女の子を見つめた。リヴィアはひたいにしわを寄せ、大きなジグソーパズルのピースを正しい位置にしっかり置くことに集中している。知的な障害もないと思われ、またひとりで静かにハミングしていたことから声帯も正常に機能するようだ。なぜこの子は言葉を発しないのか？　内気というだけなのか、もっと複雑な理由があるのか？　何が原因であれ、口がきけないことで、平均的な四歳児よりずっと無防備といえる。

リヴィアはパズルを終え、キッチンを出ていった。アニーはこうしてそばにいるのにリヴィアのことを知らなすぎると思った。「リヴィアが数字を書いているところを見たわ。すごく頭のいい子よね」

「逆さまに覚えている数字もあるんだけどね」ジェイシーはそういいつつ、明らかに誇らしげだった。

アニーは露骨な言い方を避けていては、この状況を打開できそうもないと感じた。

「あの子が話すところを見たことがないんだけど、私がいなくなればあなたと話したりするの？」

ジェイシーは唇をこわばらせた。「私も言葉が遅かったらしいの」

ジェイシーの口調にはそれ以上立ち入るなといいたげなきっぱりしたものがあったが、アニーはあきらめるつもりはなかった。「出しゃばるつもりはないけれど、もっと知っておきたいの」

「あの子は大丈夫」ジェイシーはぐいと体を持ち上げるようにして松葉杖につかまった。「テオの夕食に牛ひき肉のソースあえ《スロッピー・ジョー》を作ろうかしら？」

ジェイシーの作ったスロッピー・ジョーのことをテオがどう思うかなど、アニーは想像したくもなかった。「いいんじゃない」そう返事しながら気持ちを落ち着かせ、より難しい話題を切り出した。「ジェイシー、あなたは母親としてテオを二度とリヴィアに近づけないよう、もっと気を配るべきなんじゃないかしら」

「わかっているわ。厩舎の件で彼をすごく怒らせてしまったし」

「厩舎のことだけじゃないの。彼は……思いもよらない行動に出ることがあるから」

「それはどういう意味？」

アニーもほんとうのところどうなのかわからない時点で、テオがリヴィアに危害を与えるつもりでいるとあからさまに非難するわけにはいかなかった。しかし可能性について触れないのもおかしいと思った。「彼は……子どもが苦手なの。それにハープ館は子どもにとって安全な場所でもないわ」

「アニー、あなたは島民じゃないから、ここの事情は知らないでしょう？」ジェイシーの口調はほとんど説教じみていた。「島の子どもたちは甘やかされていないわ。私だって八歳のときすでにロブスターの罠をたぐる仕事をこなしていたしね。この島では十歳にもなって車の運転ができない子はひとりもいないと思う。本土とは違うのよ。ペレグリン島の子どもたちはみずから独り立ちを学んでいくの。だからこそあの子を室内でばかり過ごさせるわけにはいかないのよ」

では、はたして口がきけない子どもは自立しているといえるのか、という疑問をアニーは抱いた。それでも、断言はできないものの、アニーがいないとき、リヴィアがジェイシーと会話を交わしているらしいことはわかった。もしかしたら余計な心配なのかもしれなかった。テオは厩舎のなかでリヴィアが怪我をする可能性があったことで、純粋な動揺を見せていた。

アニーは皿拭きタオル類を分け集めた。「テオは昼間コテージを使いたいそうよ」

「彼はあなたがこの島に来る前、よくあそこで仕事をしていたわ」

「どうしてそれをいってくれなかったの？」

「あなたも承知しているかと」

アニーは、テオのオフィスには必要なものがすべて整っているのに、といいかけ、自分が小塔にまで足を踏み入れていることを、ジェイシーは知らないのだと思い出した。彼のために働いているのではなく、ジェイシーに借りを返しているのだと思うことで、ひとまず自分を納得させることにした。

次回テオが留守をするときのためにたたんだ洗濯物をバスケットに詰め終え、仕事は終わった。テオが留守なので、アニーはノートパソコンをかって居心地のよかったサンルームに運んだ。サンルームはいまでは暗いパネルの壁に変わり、分厚いワインカラーのカーペットに模様替えされ、ドラキュラの洞窟然としていた。エリオットの書斎とは違い大西洋が見渡せるのがせめてもの慰めだろう。アニーは深々とした革のアームチェアを選んだ。ここからは大きい玄関ポーチの向こうに海面を見下ろすことができる。今日の海は灰色にくすみ波打ち際には激しく泡立った白波が打ち寄せている。

アニーは自分で作った母の遺品の一覧ファイルを開き、作業に取りかかった。今回の検索は袋小路に入らないでほしいものだ。コテージの壁に掛かった絵の作家たちのその後については追跡することができた。壁画を制作した画家は現在大学の非常勤講師をしており、作品が人気を博したことはなく、壁ごと売る手配の面倒など心配する必要はまるでない。キッチンの壁に掛かっている白黒のリトグラフは数百ドル程度では売れるだろう。木を逆さまに描いたR・コナーは、油絵作品を夏祭りで安く売り払ってしまったという。美術商への手数料を考えると、いくらも手元に残らないだろう。

テオの名前でグーグル検索もやってみた。初めて検索したわけではなく、今回は検索ワードに妻と加えてみた。

鮮明な写真は一枚しか見つからなかった。約一年半前に撮られたもので、場所はフィラデルフィア・オーケストラのブラックタイ着用慈善公演だ。彼はタキシードを着るために生まれてきたかのように堂々と着こなしている。そしてケンリー・アドラー・ハープと書かれた写真のなかの彼の妻は、繊細なカーブを描く造作と長い黒髪が印象的な、テオにはお似合いの気品あふれる美人だ。どこか見覚えのある感じがしたが、よくわからなかった。

さらに検索すると、彼女の死亡記事にたどり着いた。彼女はジェイシーが話していたとおり、昨年の二月に亡くなっていた。彼女はテオより三歳年上だった。ブリン・マー・カレッジ卒業、経営学修士号ＭＢＡはダートマスで獲得している。才色兼備の女性だったということだ。生前は金融界で仕事をしていた。遺族は夫、母親、数人の叔母と、決して身内が多いほうではない。死因は載っていなかった。

なぜ見覚えがあると感じるのだろう？　黒髪、完全に左右対象の造作……。ようやく思い当たった。リーガン・ハープが三十代まで生きていたら、きっとこんな姿になっていただろう。

そんな薄気味の悪い想像を松葉杖の不規則な音がかき乱した。ジェイシーがサンルームの戸口に入ってきた。「リヴィアがいなくなったの。また外に出たんだわ」

アニーはノートパソコンを脇に置いた。「私が捜しにいく」

ジェイシーはドアの柱にもたれた。「もし私があの子をときどき外に連れ出せていたら、こんなことは起きないはず。私だって、あの子をここにこうやって閉じ込めるのは間違っているとわかっているの。私は悪い母親よ」

「あなたは立派な母親よ。私も外の新鮮な空気が吸いたいの」

新鮮な空気はアニーがいま最も欲しくないものだった。むしろ新鮮な空気にうんざりしているといってもいい。顔に激しく吹きつける風、猫を追って這いまわることや、日に二度もハープ館への車道を登ることによって起きる筋肉痛にも嫌気がさしていた。だが少なくとも、体力は回復しつつあった。

アニーはジェイシーを安心させるよう笑顔でキッチンへ向かい、防寒着を身にまとった。バックパックをしばし見つめ、やはりここはスキャンプを登場させるべきタイミングだと判断した。

リヴィアはお気に入りの木の枝の下でしゃがんでいた。幹から雪が溶けて流れているというのに、子どもはむきだしの地面の上で足を交差させ、松ぼっくりをまるで人形のように踊らせていた。

アニーはスキャンプを手にはめ、人形のピンクのスカートが前腕にかかるようにした。リヴィアはアニーが近づいてくるのに気づかないふりをしていた。木のそばの古びた岩棚の上に座り、アニーは肘を片脚の上に乗せ、スキャンプをゆるく支えた。「プシュ……プシュ……」

pの音はアマチュアの腹話術師が避けようとする音の一つだ。ほかにも、bやf、q、v、uは唇の動きを必要とするため難しい。アニーは長年音の置き換えの練習を積んできたので、

tの音を和らげてpの音を作り出していることに、大人でも気づかない。

リヴィアは目を上げ、人形の姿に食い入るように見入った。

「あたしの服、素敵でしょ?」スキャンプは跳ぶような動きで、カラフルなタイツと星の模様が散りばめてあるTシャツを見せびらかした。観衆の目を音の置き換えからそらすためにも、人形の動きは大事だ。たとえば〝マイ〟を〝ナイ〟と発音する。

スキャンプは散々に乱れた編み糸の髪を上下に揺すった。「ヒョウ柄のジーンズは着古してしまったみたい。スカートもでんぐり返しをしたり、片足で立つとき邪魔になるの。そんなこといってもあなたにはわからないかな。そんなに小さいんだもの、片足で立つなんて無理だものね」

リヴィアは激しく首を振った。

「小さくないの?」

リヴィアはまた首を振った。枝の下から這い出て、片脚を上げ、ぎこちない動きでもう片方の足に重心をかけた。

「素晴らしいわ!」スキャンプは小さな布の手で拍手した。「つま先に触れる?」

リヴィアは膝を曲げ、両手で足のつま先に触れた。その動きで褐色の髪の先端が地面をこすった。

こんなことをしばらく続け、スキャンプはリヴィアを自分のペースに巻き込んだ。最後にリヴィアがトウヒの木のまわりを何周もしたところで、スキャンプはもっと速く走るようにと促す意味でいった。「まだ三歳にしては、驚くほどの運動能力ね」

それを聞いたリヴィアは、つと足を止めた。スキャンプをにらみつけ、眉をひそめて指を四本立てた。

「あらごめんなさい」スキャンプがいった。「話さないから、もっと幼いかと思っちゃった」

リヴィアが恥じる様子を見せず、むしろ侮辱された怒りの反応を見せたのでアニーはほっとした。スキャンプが首を傾げたので、オレンジ色の編み糸がひとかたまり目を覆った。

「話さないって、とても難しいんじゃない？　あたしなんて話してばっかりよ。ぺちゃくちゃ、ぺちゃくちゃとね。こんなあたしって、魅力的じゃない？」

リヴィアは真顔で頷いた。

スキャンプは何か考え事でもするように、空を見上げた。「あなた、もしかして……自由《フリー・》な秘密《シークレット》のこと、聞いたことある？」

リヴィアはスキャンプに視線を注ぎながら、首を振った。アニーの存在など忘れているかのようだった。

「あたしは自由な秘密が大好きよ」人形はいった。「あたしが〝自由な秘密〟といったら、あたしはあなたになんでも話していいの。それを聞いてあなたは絶対に怒ってはだめよ。アニーとあたしはよくその遊びをするの。そうしてね、あるときなんてアニーがあたしの好きな紫色のクレヨンを折ってしまったとか、嫌な秘密を打ち明けるわけ」スキャンプは天を仰ぎ、口を横に開き、叫んだ。「自由な秘密！」

リヴィアは期待で大きく目を見開いた。

「あたしが先よ！」スキャンプはいった。「忘れないでね……。あたしの話を聞いてもあなたは怒っちゃだめなのよ。あたしもあなたの話を聞いても怒らないから」スキャンプは顔をうつむかせ、小声で秘密を打ち明けた。「あたしの自由な秘密よ……最初はね、あなたの髪がきれいな茶色であたしの髪がオレンジ色だから、あなたのこと嫌いだったの。ヤキモチね」人形は顔を上げた。「怒ってる？」

リヴィアは首を振った。

「よかったわ」それはリヴィアが腹話術師と人形との関係を受け入れるかどうかを見る機会の訪れだった。アニーは人形の耳元でささやくふりをした。

スキャンプがアニーのほうを向いた。「そうしなきゃだめなの、アニー？」

アニーが初めて口を開いた。「ええ、ほんとにそうなの」

スキャンプはため息をつき、子どものほうを向いた。「アニーがなかへ入らなきゃだめだって」

リヴィアは松ぼっくりを拾い、立ち上がった。

アニーはためらいつつも、スキャンプを子どものほうに向け前に倒し、大きなささやき声でいった。「アニーがね、もうひとつ注意したの。ひとりでいるときもしテオを見かけたら、ママのところへ急いで戻るのよって。あの人は小さな子どものことをよくわからないからって」

リヴィアは急ぎ足で室内に戻ったため、子どもがどう感じたのかはアニーにもつかめずじまいだった。

日も暮れるころ、アニーはハープ館をあとにした。しかし、今回は鮮明な想像力に対抗する武器として懐中電灯だけを頼りにコテージまで歩いて戻るのはやめた。そのかわりにキッチンのフックに掛かっているレンジローバーのキーをつかみ、その車を運転してコテージに戻った。

コテージに駐車場はなく、家の側面近くに砂利を敷いたスペースがあるのみだ。車をそこに停め、サイドドアから室内に入り、灯りを点けた。

キッチンはゴミだらけだった。

7

アニーはそのすさまじい光景をまじまじと見つめた。食器棚や引き出しは開けっ放しで、銀器やふきん、箱、缶などが床に散乱している。アニーはバックパックを下に置いた。ひっくり返ったゴミ入れの中身や紙ナプキン、ラップ、麺の袋などもあたり一面に散乱している。マリアのキッチュなソルト&ペッパーのシェイカーはいつもどおり窓台の上に置かれているが、水切りボウルや計量カップと料理の本がこぼれた米の上に広げられている。

暗いリビングルームに目を投じたとき、首の後ろがチクチク痛んだ。もし誰かがまだ室内にいたとしたら？　アニーは入ったばかりのドアへと戻り、走って車のほうへ向かい、乗り込んでロックをかけた。

荒く不規則な呼吸音だけが車内に響いた。この島に緊急通報用電話番号《911》はない。保護を頼める親しい友人も近くにいない。どうすればいい？　町まで車で行って、助けてもらうべきか？　現実に警察もない無法状態のこの島で誰が助けてくれるというのか？　もし深刻な犯罪事件が起きれば、警察は本土から来ることになる。

警察もない。近隣住民の見守りもない。地図上でどんな扱いになっていようとも、自分はメイン州を出て無政府状態のこの地にやってきたのだ。

ハープ館に戻る手もあったが、あの家にだけは救援を求めてはならない。自分でも気味の悪い物音や幽霊のいたずらには敏感だと思っているが、これは明らかに違う。間違いなくテオの仕業だ。彼の仕返しなのだ。

自分もほかの島民のように銃を持ちたいと思った。もしそれが自分自身を撃つ結果となってしまったとしても、心細さは和らぐはずだ。

アニーはテオの車のなかを調べはじめた。高級なサウンドシステム、GPS、電話の充電器、車検証と自動車の使用説明書が入ったグローブボックス。助手席の床にはフロントガラス用の車用氷削器《アイス・スクレーパー》が、後部座席には傘が置かれている。どれも役に立たない。

いつまでもここに座っているわけにはいかない。

あたしならこのままでいる。クランペットがいった。誰かが助けに来るまでここに座っているわ。

そうはいかない。アニーはトランクオープナーのスイッチを操作し、ドアを少しだけ開け、外へ出た。忍び寄る怪しい人物がいないことを確認して、這うようにトランクのほうにまわった。トランクのなかには取手の短い小さなシャベルがあった。車が立ち往生した際車を掘り出すための道具。知恵のある島民なら必ず所持しているアイテムだ。

あるいは、死体を埋めるのに使うのかもよ。クランペットがいった。

猫は無事だろうか？　まだコテージのなかにいるのか、勝手な想像で危険な場所から救出したつもりが却って猫を現実の死に追いやってしまったのだろうか？

アニーはシャベルをつかみ、コートのポケットに入れていた懐中電灯を取り出し、そっとコテージに向かった。

ここはとんでもない真っ暗闇だな。ピーターがいった。おれなら車に戻るよ。

雪が溶けて昨日凍結し、いくら灯りを持っていても氷の張った地表の足跡はうまく照らせそうもなかった。アニーは家の玄関にまわった。こんなことをしでかしたあと、いくらなんでもまだテオが残っているはずはないだろう。しかし確信はなかった。アニーは玄関ドア近くに置かれた木製のロブスターの罠をひらりとかわし、リビングルームの窓の下にうずくまった。ゆっくりと頭を上げ、室内を覗き込んだ。

室内も暗かった。しかしこの部屋だけ被害を免れたわけではないことだけは見通すことができた。飛行機の座席に似たダークグレーのアームチェアは横に倒れ、カウチは歪み、クッションは散らばり、壁に掛かった木の絵は斜めになっている。

アニーの息でガラスが曇った。慎重に灯りを上げ部屋の奥に光を向けた。本は書棚から投げ出され、ルイ十六世時代のアートが施された戸棚の引き出しはぱっくりと開いている。生死にかかわらず、猫の姿はどこにも見当たらない。

アニーは首を下げ、手探りでコテージの裏手にまわった。そこにはさらに深い暗闇が広がっており、よりいっそう孤立感が増した。少しずつ頭を上げ、ようやく寝室がきちんと見通せる状況になった。しかしあまりに暗すぎて何も見えなかった。おそらくテオは反対側の窓の下に身を潜めているのだろう。アニーは気を引き締め、懐中電灯を上げ、部屋の中を照らした。室内に変化はなかった。朝自分が残した乱れ以外は、まるきり元のままだった。

「いったいそこで何をしている？」

アニーは悲鳴を上げ、シャベルを落とし、素早く振り向いた。

テオが二十フィートぐらいしか離れていない暗闇のなかに立っていた。

アニーは走り出した。来た道を逆に走った。家の角をまわり、車に行き着こうと必死だった。足はもつれ、脳は悲鳴を上げつづけた。足を滑らせ、倒れる際に懐中電灯を落とした。なんとか這い上がり、また走りつづけた。

なかに入って。ロックをするの。捕まる前に逃げなさい。必要なら彼の足を轢《ひ》いてもいい。轢いてしまおう。

胸の鼓動が高まる。コテージの玄関をまわり、向きを変える。ふと目を上げると……。

彼はレンジローバーの助手席側ドアにもたれて立っていた。腕組みをした彼の様子はこの上なく落ち着いていた。

アニーは急停止した。彼は厚いスウェードのジャケットにジーンズという軽装だ。帽子も手袋もなし。「おかしいな」彼は冷静な口調でいった。キッチンの窓から漏れる光が彼の顔に鋭い影を落としていた。「おれの記憶じゃ、子どものころは、きみもここまで頭がいかれていなかった」

「私が？　あなたこそ変質者じゃないの！」アニーは甲高い声を出すつもりも、そこまで露骨な表現を使うつもりもなかった。その言葉がふたりのあいだで宙に浮いていた。

しかし彼は追及しなかった。ただ、静かにいった。「こんなことはやめよう。きみだってわかっているんだろ？」

彼にとってすべてを終わりにする最も確実な方法は、私を殺すこと。アニーは深呼吸した。

「そのとおり。何をいおうとあなたは正しい」アニーは後ずさり、ゆっくりと注意深く動きはじめた。

「わかったよ」テオは組んでいた腕をほどいた。「たしかにおれは十六歳のころ、始末に負えないガキだった。おれがそれを忘れているとは思わないでくれ。でも数年間精神科の治療を受けたおかげで、治ったんだ」

しかし精神科医は彼の病的な部分は治せない。アニーは震えながら頷いた。「よかった。素晴らしいわ。私も嬉しい」アニーはもう一歩、後退した。

「はるか昔のことなのに、きみがそこまでこだわるのは変だ」

その言葉でアニーの怒りが全身を駆けめぐった。「もう消えてよ！　ここまでやれば気が済んだでしょ?」

テオは車から体を離した。「おれは何もしていない。立ち去るべきなのはそっちだろう!」

「私はコテージのなかにいたの。あなたのメッセージは理解しているわ」アニーは気持ちを落ち着かせようと、必死で声量を落とした。「正直にいってほしいの……」アニーはさらに声を落とした。声はわずかに震えていた。「あなたは──猫を傷つけたの?」

テオは顔を上げた。「マリアが亡くなって、きみもさぞ辛かっただろう。もしかしたらカウンセリングが必要かもしれないぞ」

精神的な問題を抱えているのはそちらだろうと、彼は本気でいっているのだろうか? ここはなんとか相手をなだめておく必要がある。「ええ、誰かに話を聞いてもらうわ。だからもう家に帰ってちょうだい。車も持っていって」

「車とはおれの車のことか? 許可もなくきみが乗り去った車のことなのか?」

彼は必要なときいつでも車を使っていいとたしかにいった。しかしそのことで彼と言い争うつもりはなかった。「もうしないわ。さあ、時間も遅くなったし、あなたも仕事があるんでしょ? また明日の朝会いましょう」こんなことがあったのに、それはあり得なかった。ジェイシーへの恩返しについては別の方法を考えなくてはならないだろう。なぜならもう二度とハープ館を訪れることはできないからだ。

「きみがコテージのまわりをなぜこそこそ歩きまわっていたのか、その理由を聞いたら退散するよ」

「こそこそなんて歩いてないわ。ただ……少し運動していただけ」

「嘘つけ」彼はコテージのサイドドアまで行き、扉を開くとなかへ入った。

アニーは車のほうへと駆け寄った。だが間に合わなかった。彼が家のなかから走り出てきたからだ。「家のなかでいったい何があったんだ？」

彼の憤りがあまりに真に迫っていたので、もし彼のことをもっと深く知っていなければその言葉を鵜呑みにしていたことだろう。「大丈夫よ」アニーは落ち着いた口調でいった。「誰にもいわないから」

彼はコテージを指さした、「おれがやったとでも？」

「いいえ。そんなこと思ってないわ」

「間違いなくそう思っているな」眉間にしわを寄せた顔が憤怒の表情に変わった。「おれがたったいまどれほどここを立ち去りたいかきみには想像もつかないだろうよ。この件をきみひとりに解決させることにしてさ」

「じ、自分の本能に従ったほうがいいわ」

「誘惑しないでくれ」テオはたった二歩でアニーの横に立った。彼の指に手首をつかまれ、アニーは飛び上がった。アニーはもがきながら抵抗したが、彼に戸口まで連れていかれた。

「黙れといっているだろう」彼はいった。「鼓膜が破れるから。その声じゃカモメの集団でさえビビるだろうよ」

険悪さのない誇張を含んだ彼の口調が、アニーの心理に奇妙な影響を与えた。怯えは消え、情けないほどばかばかしくなってきた。自分が昔の白黒映画でジョン・ウェインやゲーリー・クーパーたちに振り回される間抜けなヒロインにでもなったように感じたのだ。それは決して好ましい状況とはいえないので、室内に入るとアニーはジタバタするのをやめた。

彼は手を離したが、目はアニーを見据えていた。ふたりのあいだに恐ろしいほどの緊張感があった。「これは誰の仕業だ?」

騙されないで、とアニーは自分に命じたが、騙されている気はしなかった。しかも真実を隠す言葉も思いつかなかった。「あなたの仕業だと思ったの」

「おれの?」彼は心底困惑しきった表情を見せた。「きみは頭痛の種だし、きみがこの島にやってこなければどんなによかったかとは思うけど、この家で仕事をしたいおれがなぜこんな破壊行為をするというんだ?」

そのとき、ニャーという声が聞こえた。猫が這うようにしてキッチンに入ってきた。

謎がひとつ解決された。

数秒ほどテオは動物に見入った。そしてその目をアニーに向けた。ようやく口を開いた彼は、人が子どもや精神障害者と対話する際見せる大げさなほど寛容な口調でいった。「おれの猫をどうしようというんだ?」

裏切り者の猫は彼の足首に体を擦りよせた。「この子が……勝手についてきたの」

「そんなわけない」彼は猫を抱き上げ、耳の後ろを掻いてやった。「この狂ったご婦人はまえに何をした、ハンニバル？」

猫は彼の胸に頭を押しつけ、目を閉じた。テオは猫を抱いたまま、リビングルームに移動した。ますます頭が混乱し、アニーは仕方なく彼の後をついていった。彼は灯りのスイッチをつけた。「何かなくなっているものはないのか？」

「さ、さあ――どうかしら。携帯電話とノートパソコンは携帯していたけど……」人形だ！

スキャンプはバックパックに入ったままだが、残りはどうだろう？

アニーは彼の前を走り抜け、アトリエに向かった。絵画の用具をしまっておく低い棚が窓の下にある。アニーは先週棚を掃除し、人形たちをそこに置いたのだ。あの日の朝とまったく変わらない状態で、人形たちはそこにいた。ディリーとレオをクランペットとピーターから離して置いた。テオがドアから覗き込んだ。「素敵な友人たちだね」

アニーは人形を抱き上げ、話しかけたかったが、彼の見ている前では無理だった。彼は寝室に向かい、アニーもついていった。

整理し終えていないマリアの遺品の衣類が乱雑に重ねられていた。自分の居場所を少しでも広くするため、片隅に押しやっていたのだ。窓と窓のあいだに置かれた椅子の上にはブラジャーと昨日の夜着たパジャマが掛けてある。いつもはベッドメイクをするのだが、あいにく今朝はしそびれ、おまけにバスタオルをマットレスの端に置きっぱなしにしてしまった。何より最悪なのは、床の上、それもどまんなかに鮮やかなオレンジ色のパンティが脱ぎ捨ててあったことだ。

彼はしげしげとあたりを見まわした。「ここは見事にやられたね」

これは気の利いた冗談のつもり？

猫は彼の腕のなかで眠り込んでしまったが、テオはそれでも猫の背中を撫でつづけている。彼の長い指が黒い被毛に埋もれている。彼はゆっくりとリビングに戻り、キッチンへ向かった。アニーはポルノグラフィックな芸術写真集をソファーの下に向けて蹴り、彼のあとを追った。

「何かおかしなことはないか？」彼が尋ねた。

「ええ！　私の家が荒らされたんですもの」

「そういう意味じゃない。あたりを見まわしてみろ。異変はないのか？」

「私の命が目の前でチカチカしてる」

「ふざけるのはやめろ」

「仕方ないわ。私って、恐怖を感じると冗談をいってしまうんですもの」アニーは彼が示そうとしているものの正体がなんであれ、直視しようとした。だが頭が混乱していた。テオはほんとうに無実なのか、それとも演技が上手いのか？　こんなことをしでかす人物がほかに思い当たらなかった。バーバラは島のよそ者に注意するよう忠告してくれたが、よそ者が何かを盗んだりするだろうか？　ここに金目のものはほとんどないけれど。

ただしマリアの遺産がある。

マリアの遺産について誰かほかの人物が知っているかもしれないと思ったとき、アニーは、つと立ち止まった。じっとキッチンを見つめる。もっとも散らかっているのはひっくり返ったゴミ入れと、中身がこぼれた米と麺の袋だ。壊れたものは見当たらない。「場合によって被害はもっと大きかったかもしれないわね」アニーはいった。

「そうだな。ガラスも割れていないし。きみの見るかぎりなくなっているものもない。これはどうやら、意図的なものらしい。この島できみに悪意を抱くものはいるのか？」

アニーは彼の顔を凝視した。数秒たち、彼がようやく気づいた。

「おれを見るな」彼はいった。「悪意を持っているのはそっちだろう」

「悪意を持って当然でしょう！」

「そういわれても仕方ないとは思うよ。おれはたしかに腐りきったガキだったさ。ただこんなことをする動機がないといってるだけだ」

「動機ならあるでしょう？　それも複数。あなたはコテージを手に入れたい。私は嫌な思い出を運んでくるし。あなたは――」思わず心の内をさらけ出しそうになって、口ごもった。

彼はそんなアニーの心理を読み取った。「おれは変質者じゃない」

「そうだとはいってない」だがじつは、そう思っていた。

「アニー、あのころのおれはまだ未熟で大きな問題を抱えていた」

「あなたの考えではね」アニーはもっといいたいことがあったが、ここはそんな場面ではなかった。

「一時的にきみの容疑者リストからおれをはずしてくれないか」彼が片手を上げ、猫の眠りを妨げた。「ほんの手慣らしに、だ。この件が解決したら、リストの一番上に載せてもいい」

彼にからかわれているのだ。ほんとうなら腹が立つはずなのに、アニーはかえって奇妙な楽しさを覚えた。「容疑者はほかにいないわ」アニーはいった。ただしそれが誰であれ、ここに価値あるものが存在するらしいことを知る者がほかにいるはずだ。犯人はそれを発見したのだろうか？　アニー自身本棚は調べ尽くしたが、アトリエの箱の中身やクローゼットの内部については整然とした在庫リストを作成していない。だから犯人の目的は見当もつかない。

「きみがこの島に来て以降、誰かと口論になったことはないか？」またしても彼は片手を上げた。「おれ以外に」

アニーは首を振った。「でも浮浪者には気をつけるよう忠告されたわ」

彼は猫を下におろした。「こんなことは見過ごせない。本土の警察に届け出るべきだ」

「たしか、本土の警察はここで殺人事件でも起きないかぎり、動いてくれないんじゃなかったかしら」

「それはきみのいうとおりだ」テオはジャケットのジッパーをおろした。「まずこの散らかった部屋を片付けよう」

「それは私がやるわ」アニーは慌てていった。「あなたは行って」

彼はかすかに憐れむような目でアニーを見た。「もしおれがきみを殺すなり犯すなり、きみの予想する何かを実行するなら、とっくに目的を果たしているだろうよ」

「そうならなくてよかったわ」

テオはぼそぼそと何事かつぶやき、早足でリビングルームに向かった。

アニーはコートを脱ぎながら、本能に従えと大衆に告げるセルフヘルプ団体の教祖たちについて思いをめぐらせた。しかし本能も間違えることがある。たとえばいまだ。なぜなら自分は安心しているからだ。


その夜アニーがベッドに横になると、また咳が出はじめた。そのせいでいっそう眠れなくなった。しかしそれをいうなら、そもそもテオ・ハープがピンクのカウチに寝そべっているというのに眠れるはずもないのだ。外へ出てと命じられてもなお彼は退去を拒んだ。さらに恐ろしいことに、アニーも心のどこかで彼の滞在を望んでいた。これはまさしく十五歳のときの成り行きとそっくり同じだ。彼は親しさを示し、信頼を勝ち得ると怪物に豹変してしまったのだ。

いろいろあって疲労困憊していたせいか、アニーはようやくまどろむと深い眠りに落ちてしまった。かすかな灰色の朝日がまぶたのあいだに射し込み、あの至福に満ちた、霧がかかったような半睡状態にたゆたっていた。まだ起きるには早すぎるが自分がいる場所は認識しているといった感じだ。暖かく、気持ちがよくて、膝を引き上げた。そして膝が何かに触れた。

アニーははっと目を見開いた。

テオが隣に寝ていた。すぐ目の前に、背中を向けて横たわっていた。

彼女の喉に空気がつかえ、喘ぎが漏れた。彼のまぶたは閉じたままだったが、唇は動いた。

「これから悲鳴を上げるつもりなら、いってくれ」彼はつぶやいた。「そしたら先に自殺できる」

「いったいあなたはここで何をしているの？」アニーは悲鳴を上げず、金切り声でいった。

「カウチに寝ていたら背中が痛くて死にそうだったから。短すぎてさ」

「だからアトリエのベッドを使えといったでしょ！」

「箱がいくつも載ってるし、毛布もない。片付けるのは面倒すぎる」

テオは一番上の布団にジーンズとセーターを着たまま横たわっている。昨夜アニーが手渡したキルトを胸元まで掛けている。アニーの髪は朝になるともつれて塊になってしまうのだが、彼の髪は完璧な乱れ方をしており、顎にはうっすらと魅力的な不精ひげが伸び、母親譲りの赤銅色の肌が白い枕カバーによく映える。たぶん息も臭わないだろう。彼はここを動くつもりはまるでなさそうだ。

もう一度眠りに戻りたいという衝動は消えていた。アニーはどんな言葉をぶつけてやろうかと、頭をめぐらせた。この最低男！　厚かましいにもほどがある！　しかしどちらも昔読んだゴシック小説の出来の悪い台詞のように聞こえる。アニーは歯を食いしばった。「お願いだから私のベッドから出ていって」

「布団の下に何か身につけているかい？」彼は目を閉じたまま訊いた。

「ええ、着ているわ！」アニーは当然ながら怒声で答えた。

「それはよかった。なら、双方になんの問題もない」

「もし私が何も着ていなくても、問題があるはずはないわ」

「自信をもってそういえるかな？」

彼は私を襲うつもりなの？　もし完全に目が覚めていなかったら、彼の目的は果たせていただろう。アニーは勢いよくベッドから起き上がり、その瞬間、同性の友人がふざけて贈ってくれた黄色のフランネルのサンタクロース模様のパジャマを着ていたことを思い出した。そのままマリアのローブをつかみ、昨日のソックスを履き、彼を残して寝室を出た。

アニーの足音が遠ざかっていく。テオは微笑んだ。こんなにぐっすり眠ったのはいつ以来のことだったか記憶にもない。ほぼ気力が充実したように感じる。ここで横になり、アニーをイライラさせているだけで……。

彼はそれをどう表現すべきか迷い、やっとひとつの言葉にたどり着いた。あまりに馴染みのない言葉だったので、しばし検討して、やっとそれがふさわしいいいまわしであることを確かめた。

アニーを苛立たせるのは……楽しかった。

彼女は彼を死ぬほど恐れている。当然だろう。それでも彼女は一歩も引かなかった。不器用で自信のない十代のころも、自分で思っている以上に勇敢だった。母親があれほど娘の自信を削ぐ言動を繰り返していたことを考えれば、たいへんな勇気だったといえるだろう。彼女は物事に対する善悪の判断が明確だった。アントワネット・ヒューイットにとってグレーゾーンは存在しないのだ。少年時代の自分は彼女のそんなところに惹かれていたのかもしれない。

彼女がここにいることは受け入れがたい。しかし暫《しばら》くはここにこのまま滞在する予定であることが、ますますはっきりしてきた。これはすべて、あの忌まわしい離婚調停のせいだ。いつでも好きなときにコテージを使いたいのに、彼女が現れたおかげで面倒なことになってしまった。だが、コテージのことだけではない。アニー自身にも困惑させられているのだ。あの途方もない天真爛漫さと、彼女が運んできた不愉快な過去が辛い。彼女はすべてを知りすぎている。

彼女が道で立ち往生している場面に出くわして、うんざりした。だから自力で車を押すよう促したりしたのだ。無理なことは承知の上だ。自分はハンドルの前に座り、もっと強く押せとせっつきながら、奇妙な感覚に襲われた。まるで別の人格が入り込んできたような感じさえした。他人とのやりとりにささやかな楽しみを見出す平凡な男の人格だ。それはただの錯覚だった。自分に平凡なところはまったくない。だが、今朝はほとんどそんな感覚に浸りそうになった。

行ってみるとアニーはキッチンのシンクのところに立っていた。昨夜ふたりで散乱したものはほとんど片付けたのだが、アニーは床に散らばった銀器を洗っているのだった。背中をこちらに向けている彼女のカールした蜂蜜色の髪の毛先はてんでばらばらにはねている。これまでずっと、典型的な美貌を持った女性に惹かれてきた。アニーは違う。股間のこわばりがそれを表わしている。しかし、いつからか忘れてしまうほど禁欲生活が続いているのだから、これは肉体的な反射にすぎない。

十五歳当時の彼女は——ぎこちなくて、滑稽で、おれにぞっこんだった。だから好意を勝ち得ようと努力するプレッシャーも感じないですんだ。性的なぎこちなさはいま思い出すと漫画みたいだが、欲情した十代の少年にはよくあることだ。正常だったのはその点だけだった。

アニーのローブの長さはふくらはぎの半ばまであり、その下から黄色のパジャマが覗いている。サンタが煙突に潜ろうとしている絵が描かれている。「素敵なパジャマだね」

「そろそろ帰ったらどうなの？」アニーは言い返した。

「イースター・バニーのやつも持ってるのかい？」

アニーは片手を腰に当て、振り向いた。「私はセクシーな寝間着が好きなの。文句ある？」

テオは笑った。少し錆びついたような、どこか不自然な声ではあったが、笑いには違いなかった。アニー・ヒューイットに邪悪な要素はひとつもなかった。大きな目、ソバカスのある鼻、陽気ないたずらっ子のような髪。妖精を思い起こさせる顔だ。花から花へと優雅に飛びまわるはかなげな妖精ではなく、うわのそらの妖精だ。魔法の光る粉を振りまくのではなく、うたた寝をしているコオロギの上に倒れ込んだりする類の妖精なのだ。テオは自分でも心が少しだけほころぶのを感じた。

アニーがテオの頭のてっぺんからつま先までをじろりと見まわした。彼は女性から見つめられることには慣れているが、そんなとき相手はたいていしかめ面はしていない。たしかに着替えもせずに眠り、無精ひげもはえているが、そこまでひどい様子をしているのだろうか？　アニーが眉をひそめた。「あなた、起き抜けの息が臭ったりするの？」

テオはアニーが何をいっているのか、わかりかねた。「きみの練り歯磨きを使ったから、たぶん臭わないだろう。なぜそんな質問を？」

「あなたについて、むかつく要素をリストアップしているの」

「リストの最初に〝変質者〟が来るんだから、それ以上何かを加える必要はないだろう」テオはそれをまるで冗談のように軽くいったが、そうではないことはお互いわかっていた。

アニーは箒をつかみ、昨夜片付けきれなかった米粒を掃きはじめた。「昨日の夜あなたがドンピシャのタイミングで現れたのは興味深い事実よね」

「車を取りに下りてきたんだよ。おれの車なんだぞ、忘れるな。きみが盗んだやつだよ」たしかに貸してやるとはいったが、そんなことは構わない。

アニーは喧嘩をふっかけるほど愚かではなかったので、彼のいいがかりを無視した。「やけに速く下りてきたものね」

「海岸の小道を通ったんだ」

アニーは箒を部屋の隅に突っ込んだ。「昨夜にかぎって偵察用の望遠鏡を使わなかったのは残念よね。使っていたら犯人がわかったかもしれないのに」

「今後は細心の注意を払うことにするよ」

アニーはコンロの下に押し込まれた麵のほうに箒の先を向けた。「なぜあなたは最初の晩、英国リージェンシー時代のファッション・リーダー、ボウ・ブランメルみたいな格好をしていたの？」

テオがなんと訊かれたか思い出すまで何秒か経過した。「研究さ。ああいう服装で動きまわるとどんな感じがするのかつかみたくてね」そういったあと、ふと愚かしい衝動に駆られた……。「おれは自分の人格のなかへ入り込むのが好きなんだ。それも、より歪んだ人格のなかへ」

アニーが心底恐怖におののいた様子を見せたので、テオはなぜか謝りそうになった。彼は食器棚を見つめた。「腹が減った。シリアルはどこだ？」

アニーは食器棚を箒で擦った。「切らしてる」

「卵は？」

「ないわ」

「パンは？」

「食べちゃった」

「残り物は？」

「あるといいわね」

「おれのコーヒーだけはまだあるといってくれ」

「少ししかない。分けてあげるつもりもないからね」

テオは食器棚を開けて、コーヒーを探した。「きみは島での食料の買い方にまだ慣れていないようだな」

「私のものに触らないで」

テオは冷蔵庫の上で挽いたコーヒーの残りが入った袋を見つけた。アニーは瞬時に手を伸ばしたが、彼は袋をアニーの頭上に掲げた。「人には親切にしろ」

親切？　馬鹿げた言葉だ。彼がおよそ使いそうもない表現で、倫理的な重みもない。〝親切〟という言葉を使うのに勇気はいらない。〝親切〟は犠牲を必要としない。強靭な人格も求めない。彼が親切であることだけを求める人間ならどんなにか……。

テオは腕を下ろし、空いたほうの手でアニーのローブのサッシュを引いた。両脇が開き、彼はフランネルのパジャマの上着の開いた襟元からのぞく肌にてのひらを当てた。アニーは驚きで目を大きく見開いた。「コーヒーはもういいや」彼はいった。「これを脱いで、その下にあるものがどれほど成長したのか見せてくれ」

何が〝親切〟なの？　親切の逆ではないか。

しかしアニーは当然の罰として平手打ちを食らわすことなく、ただ迷いの混じった嫌悪感のにじむ眼差しを返すだけだった。

「あなたは変だわ」アニーは顔をしかめ、足音も荒く立ち去った。

まさしくそのとおり。彼は心のなかで答えた。よく覚えておけ。

8

アニーはキッチンの窓から離れた位置に立ち、猫がみずから進んでテオの車に飛び乗り、車が走り去る様子を見つめていた。背中を見せないで、ハンニバル、とアニーは心の中でさっき知ったばかりの猫の名前をつぶやいた。

テオにローブの胸元を開かれても、少しもセクシーな雰囲気はなかった。腐った男は腐った男らしい行動をとるもの。彼は本能の命じたことを実行しただけなのだ。だが窓辺から離れても、ああした行為のさなかに計算めいたものが彼の目に宿っていたことを思い返していた。彼は意図的に私を混乱させようとしたのだが、それは功を奏しなかった。彼が正道をはずれたひねくれ者であるのは間違いないとして、危険な人物でもあるのだろうか？　本能的にいえば、違うように感じる。だが、アニーが頼みの綱としている理性は、暴走しそうな貨物列車を止めるための赤信号を出している。

アニーは寝室に向かった。彼のいうコテージの貸し出しは今日からスタートすることになっている。だから彼がここに戻ってくる前に、出なければいけないわけだ。島に来て以来制服のように毎度着ているジーンズ、ウールのソックス、長袖の上着に厚手のセーターを手にとった。軽い生地やカラフルなプリント地でできた夏用の自由奔放なドレスが懐かしい。一九五〇年代のビンテージで、上半身がぴたりとしてスカート部分がふんわりしたワンピースが恋しい。なかでもお気に入りは熟れたサクランボの模様のワンピースだ。もう一つ、一本の縞模様に踊るマティーニ・グラスが描かれたものもある。マリアと違い、アニーは彩り豊かな、奇抜な縁どりや装飾的なボタンを使った服が好きだ。しかしそれらがワードローブの鮮やかなアクセントになることはない。衣類といえば、実際に持ってきたジーンズと小汚いセーターだけなのだ。

アニーはリビングルームに戻り、窓から外を窺ってみたが、テオの車は見当たらなかった。急いでコートをはおり、在庫リストのノートをつかみ、コテージの部屋から部屋へ、なくなったものはないか調べはじめた。昨夜この作業を実行したかったが、母親の遺産のことや、今回の不法侵入がそれと関係しているのかどうか、テオには事実を知られたくなかった。

リストに載せたものはすべて元どおりの場所にあった。よくわからないが、お宝は引き出しの奥か、まだ詳しく調べ終えていないクローゼットのどこかにしまいこんである可能性がある。まだアニーすらそれがどこにあるのか特定できてもいないのに、侵入犯はすでに発見してしまったというのか？

テオはアニーのことを心配している。アニーはコートのジッパーを上げながら、今回の家宅侵入事件とマリアの遺産は無関係で、幽霊の存在を匂わす細工をしたアニーにテオが仕返ししている可能性が高いかどうか、もう一度検討してみた。時計の細工の件はばれていないと思い込んでいたが、もし見抜かれていたとしたらどうだろう？ すべてこちらの意図を察知されていて、今回のことが彼の報復だったら？ 理性と本能のどちらに従うのか？

もちろん理性だ。テオ・ハープを信頼することは毒蛇が人に嚙みつかないと信じることに似ている。

アニーはコテージのまわりを歩きまわった。彼も立ち去る前に同じことをしていた。うわべは犯人の足跡を探していたようだったのだが……ひょっとすると侵入した際に残した自分の足跡を消していたのかもしれない。降ったばかりの雪もなく、アニーの足跡と複雑に混ざり合っているので、異変は発見しにくい、と彼はいった。その言葉を鵜呑みにするつもりはないので、実際に自分でも同じところを調べてみたが、怪しい足跡は発見できなかった。アニーは海のほうを向いた。朝潮は引きつつあった。もし昨晩テオが海沿いの小道を通ったのなら、昼間も通れるはずだ。

濡れてゴツゴツした岩がコテージ近くまで迫る海岸線を保護しており、氷のように冷たい海風が塩と海藻の匂いを運んでくる。もっと暖かい季節なら水際に沿って歩くこともできただろうが、真冬のいまは波打ち際から距離をとり、夏の砂地とは打って変わって固く凍りついた細い小道を注意深く進むしかなかった。

小道は昔のように明確な道筋はなく、以前は読書用の腰掛けとして使われていた丸い岩も乗り越えなくてはならなかった。当時アニーはここで愛読中の小説の登場人物たちについて、何時間も空想にふけっていたものだ。ヒロインたちは個性の強さだけを糧に、身分の高い、野蛮なムードと鷲鼻を持つ無愛想な男たちに敢然とたち向かっていった。テオと似ていなくもない。テオの鼻は鷲鼻ではないが。そんなふうに憧れていたロマンティックな響きを持つ言葉の現実的な意味を知ったときの幻滅感は、いまでも忘れられない。

一対のカモメが吹きすさぶ風と戦っていた。アニーはふと足を止め、海岸線に打ち寄せる大海の荒々しい美しさや、泡立つ灰色の波頭が濁った暗い谷間に向けて激しく突き進む様子にじっと見入った。都市に長く住みつづけていたせいで、こうした究極の孤独感を忘れていた。夏ならそれも楽しく、夢のような感覚ととらえられるが、冬は心細く感じる。

アニーはさらに歩いた。ハープ館の砂浜に着くと、足元の氷がひび割れた。死にかけたあの日以来、初めてここに来た。

懸命に抑えようとしてきた記憶が鮮明に蘇った。

アニーとリーガンは夏が終わる数週間前に、一緒に生まれた数匹の子犬を見つけた。テオの態度が冷淡になり傷ついていたアニーは、できるだけ彼と接触しないようにしていた。そして忘れもしないあの日の朝、テオはサーフィンに出かけ、アニーはリーガンやジェイシーと一緒に厩舎のなかで生まれたばかりの子犬たちと過ごしていた。孕んだ雑種の雌犬が庭をうろついていたかと思うと、夜間に子犬を産み落としたのだった。母犬に寄り添う子犬たちはまだ生後数時間で、六個の白黒の被毛の塊でしかなく、目は閉じたままで呼吸のたびにやわらかな腹部をふくらませていた。

母犬は多くの犬種が入り混じった雑種で、血統を推測するのは不可能だった。夏のはじめに姿を現し、最初テオは自分が飼うと言い張ったが、犬が足を怪我してから興味をなくした。三人の少女たちはわらのなかで脚を組み、子犬を一匹ずつ調べながらおしゃべりに興じていた。「その子が一番可愛いわ」ジェイシーがきっぱりといった。

「島からこの子たちを連れて帰れたらいいのに」

「名前をつけてあげたいわ」

最後に、リーガンが黙り込んだ。アニーがどうかしたのと尋ねると、リーガンは輝く黒髪のひと房を指先に巻きつけ、わらで床をつついた。「この子たちのことはテオに内緒にしない？」

アニーはテオと話をするつもりはなかったが、リーガンの意図を確かめたかった。「なぜ？」

リーガンは頬にかかる絡んだ毛のふさを引っぱった。「テオはときどき――」

ジェイシーが急いで言葉を差しはさんだ。「テオは男の子よ。女の子と比べたらがさつなところもあるわよ」

アニーはリーガンのオーボエと自作の詩がぎっしり書き記された紫色の詩集のことを思い浮かべた。また自分自身が食品運搬用のエレベーターに閉じ込められたことやカモメに襲われたこと、沼地に落ちたことも思い出した。リーガンは話題を変えたいのか、すっと立ち上がった。「さあ、もう行きましょう」

三人は厩舎を離れた。だがその日の午後、アニーがリーガンと一緒にふたたび子犬たちの様子を見にいくと、テオがすでにそこにいた。

アニーがためらっているあいだにリーガンはテオのそばに行った。彼はしゃがんでわらのなかの小さなくねる体を撫でていた。リーガンは彼の隣に座った。「可愛いでしょ？」リーガンは自分の意見を彼に認めてもらいたいとでもいうように文を疑問形で表現した。

「この子たちは雑種だよ」彼はいった。「どこにでもいるような。おれは犬なんか好きじゃない」彼はそう言い残して厩舎を出ていった。アニーを一度も見ることはなかった。

翌日アニーはふたたび厩舎にいる彼を見つけた。外は雨で、すでにあたりには秋の気配がたちこめていた。リーガンは翌日に控えた本土への旅立ちの準備のため、最後に荷物をまとめるといい、同行していなかった。テオは子犬の一匹を両手の上に載せていた。リーガンの言葉が即座に思い出され、アニーは前に飛び出し、「その子を下に置いて！」と叫んだ。

テオは反論もせず子犬を仲間のところに戻した。アニーを見つめるテオの顔からいつものすねたような表情が消え、想像力豊かなアニーの目にはむしろ悲しげに映った。ロマンチストで読書家のアニーの心は彼の残酷性を忘れ、暗い秘密を持ち高貴な生まれをひた隠しにして周囲から誤解され、驚異的な情熱を燃やす、大好きなヒーローを彼に重ねてしまった。

「どうかしたの?」

彼は肩をすくめた。「夏は終わった。最後の日が雨でつまらないよ」

アニーは雨の日が好きだ。雨だからと横になって読書に没頭できるからだ。それにこの島を出るのが嬉しくもあった。ここ数カ月は過酷だった。

三人ともおのおのの学校に戻るのだ。テオとリーガンはコネチカットの全寮制の学校へ、アニーは名門のラ・ガーディア・ハイスクールの二年生として学校に戻ることになっている。

彼はショートパンツのポケットにこぶしをつっこんだ。「きみの母親とおれの父親はうまくいかないみたいだ」

アニーもふたりが言い争う声を聞いていた。エリオットは最初魅力的だと感じたマリアの突飛なところに苛立ちを感じるようになり、母マリアもエリオットの融通の利かないところをなじるようになった。それは事実で、マリアはそもそもエリオットの経済力以上に安定したところを求めていたのだった。当時マリアは、これからニューヨークに戻り、またふたりきりであの古いアパートで暮らすのだとアニーに伝えていた。荷物をまとめなさいとだけマリアはいったが、アニーは母の言葉が信じられなかった。

ほこりをかぶった厩舎の窓を雨が打った。テオはスニーカーの先をわらのなかに入れた。

「おれは……謝りたいんだ。この夏、いろいろおかしなことになってしまって」

おかしなことになったのではない。彼が変になったのだ。しかしアニーは面と向かっていうのが得意ではなかったので、ただつぶやいた。「もういいわ」

「おれは——きみと話すのが好きだった」

アニーも彼と話すのが好きで、彼とイチャイチャするのがもっと好きだった。「私もよ」

どうしてそうなったのかはっきりした記憶がないのだが、ふたりは結局厩舎の壁にもたれて木のベンチに座り、学校や親のこと、翌年読むべき本のことなどについて語り合っていた。

これは以前とまったく変わりなく、アニーはいつまでも彼と話していたかった。だがリーガンとジェイシーが姿を現した。テオはベンチから勢いよく立ち上がり、わらに唾を吐きドアに向かってグイと首を向けた。「町へ出かけよう」彼はふたりにいった。「貝のフライ《フライド・クラム》が食べたい」

彼は一緒に行こうとアニーを誘うことはなかった。

アニーは彼と会話を再開したことを無様で愚かしく感じた。しかしその夜最後の荷物をまとめ終わったとき、彼からの手紙が寝室のドアの下から差し込まれていることに気づいた。


潮は引いた。洞窟で会ってほしい。お願いだ。
T.

アニーはスーツケースのなかから清潔なショートパンツを選んで穿き、髪をふんわりさせ、リップグロスを塗り、そっと家から出た。

砂浜に彼の姿はなかったが、そこにいるとは期待していなかった。ふたりはいつも海水の水たまりが入り込むような狭い砂地で会っていたからだ。

潮について、彼は間違えていた。現実にはむしろ力強い満潮になりつつあった。しかし夏のあいだふたりは潮の変わり目に洞窟にいても、逃げ場を失う危険もなかった。潮が洞窟の奥まで満ちてきても、泳いで出ればよかったのだ。

冷たい海水がスニーカーにしみ込み、岩をよじ登って洞窟の入り口に向かうアニーのむきだしの脚に水しぶきがはねた。洞窟に着くと持ってきたピンクの懐中電灯のスイッチを入れた。「テオ?」アニーの呼び声が岩屋に響いた。

返事は返ってこなかった。

波が足首に当たってはねた。失望して引き返そうとしたそのとき、それは聞こえた。彼の返事ではなく、子犬たちの半狂乱の甲高い鳴き声だった。

最初は彼が子犬と遊ぶために連れてきたのかと思った。「テオ?」アニーはふたたび彼に呼びかけた。返事がなかったので、さらに奥へ進んだ。携帯してきた懐中電灯の明かりで照らしながら周囲を窺った。アニーとテオが愛撫しあった三日月形の砂地は水の底に沈んでいる。上の岩棚には波が打ち寄せている。岩棚の上にダンボールの箱があり、その箱の内部から鳴き声が聞こえていることがわかった。

「テオ！」アニーは胃のあたりが気持ち悪くなった。その感じは彼の返事が返ってこないことで、ますます強まった。アニーは洞窟の後ろに向けて岩をよじ登りはじめた。海水はすでに腰のところまで達している。

岩棚は彼女の数インチほどの頭上で岸壁に食い込んでいる。古いダンボール箱はすでにはねた海水がしみ込んでしまっている。箱を持ち上げれば、底が抜けて子犬たちは水に落ちてしまう。とはいえこの子たちを見殺しにはできない。このままだと間もなく波が箱を運び去ってしまうだろう。

テオ、あなたは何をしたの？

子犬たちの甲高い声が激しさを増すなか、アニーの思考力はまるで働かなくなっていた。とにかくがむしゃらにスニーカーのつま先での感触を頼りに進み、階段として使えそうなくぼみを発見した。そこを上り、懐中電灯で箱のなかを照らしてみた。子犬六匹がすべてそこにいた。子犬たちは怯えてキャンキャンと甲高い声を上げながら見境なく跳ね回り、茶色のタオルのはしきれも海水でぐっしょり濡れていた。アニーは懐中電灯を岩棚の上に置き、箱の子犬二匹をつかみ、しっかりと胸に抱き寄せ、階段を下りようとした。子犬の鋭い爪がT

シャツ越しに食い込み、手の力が緩んだ。恐怖に満ちた鋭い鳴き声を上げ、子犬たちはふたたび箱のなかに転がり落ちてしまった。

一匹ずつ救出しなくては。アニーは一番大きな子犬を抱え、腕に食い込む子犬の爪にひるみながらも、段を下りた。洞窟から出るのはとてもたやすいことなのに、暴れる子犬を抱いてうねる海水をかき分けながら進むのはひどく難しかった。

アニーは洞窟の入り口の消えそうな光を目指して、体を引きずるようにして前進した。海水は脚まで来ていた。半狂乱になった子犬の爪が食い込み、痛んだ。「お願いだから、じっとして。お願い、お願い……」

洞窟の入り口に達するころには、両腕の引っかき傷から出血していたが、あと五匹を救出しなければならなかった。だがその前に、この子犬をどこか安全な場所に置かなくてはならない。アニーはよろめきながら岩をいくつか渡り、みんなで火を焚いた場所に向かった。穴には先週燃やした木の灰がまだ残っていたが、なかは乾いていた。それにまわりを囲む石は高く積んであるので、子犬は逃げ出せない。アニーは子犬をそこに下ろし、急いで洞窟に戻り、すぐさま奥へ進んだ。そこで潮がどこまで高くなっているのか確認しなかったが、まだ水は確実に増えつづけていた。洞窟の床が下り坂になっているので、アニーは泳ぎはじめた。まだ夏なのに、水は氷のように冷たかった。両手が壁に触れ、岩棚の上で足がかりを見つけた。小刻みに体を震わせながら、ダンボール箱のなかに手を伸ばし、二匹目をつかむと、新たな爪が肌に食い込んだ。

どうにかこうにかこの子犬を無事焚火の穴に入れたものの、海水はさらに深くなり、洞窟の奥まで行き着き、三匹目を連れ出すのに四苦八苦しなければならなかった。岩棚に置いた懐中電灯の灯りは薄暗くなっていたが、ダンボール箱が壊れかかっているのは確認できた。全部を救出するには時間が足りない。でもなんとかしなきゃ。

三匹目の子犬を持ち上げ、岩棚を離れた。波が押し寄せ、子犬がじたばたと抵抗したので、手の力がゆるんだ。子犬の体が滑るように海水に落ちた。

アニーはすすり泣きながら、渦巻く海水に両腕を差し込み、小さな体を手探りした。何かが手に触れたので、すばやく子犬をすくい上げた。

洞窟の入り口に置いた、光の消えかかった懐中電灯に向かって波間を歩いていると、引き波が足に打ち寄せた。呼吸もままならなくなっていた。暴れるのをやめた子犬を、生きているのか死んだのかわからないまま焚火の穴に運び入れると、子犬は息を吹き返した。

あと三匹。まだすぐには海に戻れなかった。体を休ませなくては。だがそうすると、残りの子犬は溺れてしまう。

潮の底流は弱まるどころか、さらに勢いを増し、海水がいよいよ高くなってきた。どこかでスニーカーの片方をなくしたので、もう片方も蹴って捨てた。ひと呼吸するのが苦しい闘いだった。水のしみ込んだ箱まで行き着く前に、二度水をかぶった。二度目に大量の水を飲んだので岩に上がってもまだむせていた。

四匹目をつかむ直前に波に押し倒された。ふたたび足場を見つけ、喘ぎながら岩の上に登った。しゃにむに子犬をつかみ出した。腕や胸の引っかき傷が痛み、肺の燃えるような息苦しさは耐え難かった。脚には力が入らず、筋肉は止まれと叫んでいた。波に足元をすくわれ、子犬もろとも水に浸かったが、なんとか倒れずもちこたえた。そして飲み込んだ水を咳とともに吐き出した。腕と脚の筋肉が熱くなっていた。だがどうにかこうにか、焚火の穴にたどり着いた。

あと二匹……。

明晰な思考ができる状態だったらあきらめていただろう。だがアニーはただ本能のままに動いていた。命をかけたこの瞬間、唯一の目的は子犬の救出だったのだ。這うようにして洞窟に戻り、岩の上に倒れ込んだ。ふくらはぎには長く深い傷ができていた。氷のような海水に押し倒されながら、泳ごうともがいた。

岩棚の上からかすかに懐中電灯の光がさしていた。ダンボール箱は不安定な様子でたわんでいた。岩から立ち上がる際、膝に引っかき傷ができた。

二匹の子犬。こんなことは二度も繰り返せない。両方一緒に運び出すしかない。二匹一緒に持ち上げようとしたが、うまく持てなかった。足がまた滑り、ふたたび海水に投げ出された。喘ぎながら、水面に浮上しようともがいた。だが息ができず、方向の判断もつかなくなっていた。しかしなんとか岩棚の上にたどり着き、奥に手を伸ばした。

一匹だけ。一匹しか助け出せない。

指で被毛に覆われた体をつかんだ。心が痛み、すすり泣きを漏らしながら泳ぎだそうとしたとき、足を動かせないと気づいた。立つために胴体の下に脚を移動させようとしても、引き波が強すぎた。そのとき、外から入るかすかな光を通して、洞窟の方向に向けて怪物のような大波が押し寄せてくるのが見えた。波は刻一刻と高くなっていく。巨大な波は瞬く間に洞窟に入り込み、アニーを呑み込み、岩でできた洞窟の壁に投げ飛ばした。アニーの体はねじれ、転がった。腕を振りまわしながら自分は溺死するのだと思った。

そのとき誰かの手につかまれた。アニーは逆らい、もがいた。相手の両腕は力強く、執拗だった。その腕に引っぱられ、気づけば顔の上に新鮮な空気を感じていた。

テオ。

テオではなかった。それはジェイシーだった。「逆らわないで！」ジェイシーは叫んだ。

「犬たちが……」アニーは喘いだ。「もう一匹――」酸素不足で言葉が途切れた。

ふたたび大波が襲いかかってきた。ジェイシーは固くつかんだ手を離すことはなかった。そのまま波に逆らいながらアニーと犬を引きずり、洞窟から出した。

岩の上に着くと、アニーはぐったりと倒れ込んだが、ジェイシーは違った。アニーが座ろうとじたばたしているあいだに、ジェイシーは素早く洞窟に戻った。いくらもたたないうちに、ジェイシーは水に濡れ身をくねらせる子犬を抱えて戻ってきた。

アニーはふくらはぎにできた切り傷や腕のひっかき傷から血が流れ、Tシャツを通して真紅の薔薇のように染み出していることにおぼろげに気づいていた。子犬たちの甲高い鳴き声が焚火の穴から聞こえてきたが、それを聞いても嬉しくなかった。

ジェイシーは救出したばかりの子犬を抱えたまま、穴の上に留まっていた。アニーはじょじょに自分がジェイシーに命を救われたのだという事実を理解した。そして歯をガチガチと鳴らしながら耳障りな声で、「ありがとう」といった。

ジェイシーは肩をすくめた。「お礼をいうなら酔っ払ったうちの父さんにいったほうがいいかも。だから私、家にいられなかったんだもの」

「アニー！　アニー、そこにいるの？」

あたりは暗闇に包まれていたが、リーガンの声は聞き分けられた。「ここにいるわ」アニーが答えられずにいると、ジェイシーが代わりに上に向かって叫んだ。

リーガンは大急ぎで浅い岩の階段を下りてきて、アニーのもとへ駆け寄った。「大丈夫なの？　お願いだからパパには話さないで。お願い！」

アニーは怒りが体じゅうを駆けめぐるのを感じた。リーガンが子犬のほうに急ぎ足で近づいたとき、アニーは立ち上がった。リーガンは子犬のうちの一匹を抱き上げて頬ずりしながら泣き出した。「内緒だからね、アニー」

これまで抑えつづけてきた感情がアニーのなかで一気に爆発した。子犬たち、リーガンとジェイシーに背を向け、ぎこちなく岩を登り、崖への階段を上った。まだ脚に力が入らず、震えもあり、ロープでできた手すりで体を支えなくてはならなかった。

ひと気のないプールのまわりは照明がついたままだった。アニーの痛みと怒りは脚に新鮮な力をもたらしていた。彼女は芝生を抜け、家のなかに入った。踏みしめるたびにズキズキと疼く脚で、跳ぶように階段を上った。

テオの部屋は奥に進んだ妹の部屋の隣にあった。アニーは勢いよくドアを開けた。彼はベッドの上で寝そべりながら、本を読んでいた。アニーの濡れた髪、血の流れる引っかき傷、裂けたふくらはぎを見てテオは立ち上がった。

彼の部屋にはいつも乗馬の道具がそこここに置かれていた。アニーは無意識のうちに乗馬用の鞭をつかんでいた。自分でも抑制の利かない勢いに支配されていたのだった。鞭を手にしたアニーは彼のほうへと突進した。テオは身じろぎもせず、まるでこうなるのを予測していたかのようにそのまま立っていた。アニーは腕を振り上げ、ありったけの力を込めて鞭を振り下ろした。鞭は彼の顔の側面に当たり、眉の上の薄い皮膚を破った。

「アニー！」母親のマリアが物音に気づいて部屋に入ってきた。すぐ後ろからエリオットもついてきた。エリオットはいつものように糊のきいた長袖の青いドレスシャツ、母親は黒く細長いトルコ風のドレスに銀のイヤリングといった服装をしていた。マリアはテオの顔から流れる血とアニーのただならぬ様子に気づき、息を呑んだ。「いったい何が……」

「彼は怪物よ！」アニーは叫んだ。

「アニー、興奮するのはよせ！」エリオットが高らかにいい、息子のそばに駆け寄った。

「犬たちはあなたのせいで死にかけたのよ！」アニーは甲高い声で叫んだ。「死ななくて残念？　まだ生きていて悔しい？」アニーは涙を流しながらふたたび彼に迫った。しかしエリオットがアニーの手から乗馬用の鞭をねじるようにして奪った。「やめなさい！」

「アニー、何があったの？」母親はまるで見知らぬ他人を見るようにじろじろと娘の顔を見た。

アニーは堰を切ったように話しはじめた。テオは顔の傷口から血を流し、立ち尽くしたまま床を見つめていた。アニーは一部始終を語った。彼からの手紙のこと、子犬たちのこと。どういう成り行きで食品運搬用のエレベーターに閉じ込められたか、廃船で海鳥たちの攻撃を受けたのか、どうやって沼地に突き落とされたのか。言葉が奔流のように流れ出た。

「アニー、こういうことはもっと早く話すべきだったのよ」マリアはテオの部屋から娘を引っ張り出し、残されたエリオットは息子の傷口から流れる血を止めた。

アニーのふくらはぎの深い傷もテオの額の切り傷も縫合の必要があったのだが、島に医師はいないため、ただ絆創膏を貼るしかなかった。このことでふたりには一生消えない傷跡が残った。テオの傷跡は小さく、粋な感じさえする。アニーの傷跡は長いが、記憶と違って結局薄れていった。

その晩遅く、子犬たちが厩舎で母親の元に戻され、誰もが眠りについたあと、アニーは眠らず、大人たちの寝室から聞こえるかすかな話し声に聞き耳を立てていた。あまりに静かな話し声なのでアニーは廊下に出て立ち聞きした。

「真実と向き合うべきよ、エリオット」母親がそういっているのが聞こえた。「あなたの息子には重大な問題があるわ。普通の子はこんなことはしないわよ」

「あの子には躾《しつけ》が必要だというだけだ」エリオットが言い返した。「あの子は陸軍士官学校に入れる。もう甘やかさない」

母親は態度を和らげなかった。「士官学校なんて入れなくていい。ただ精神科での治療が必要なだけよ！」

「誇張はやめろ。きみの言い方はいつも大げさすぎる。そこが嫌いだ」

口論は熱を帯び、アニーは泣きながら眠りに就いた。

テオは小塔から下を見下ろしていた。アニーが砂浜に立っていた。洞窟のほうを見つめるアニーの赤いニットキャップの下からのぞく髪の毛が風になびいている。数年前の岩盤の崩落で洞窟の入り口は塞がれてしまったが、彼女は入り口がどこにあったのか明確に記憶しているだろう。彼は眉の上の薄い傷跡を擦った。

テオは父親に誰も傷つけるつもりはなかったと明言した。あの日の午後アニーと一緒に遊ぶつもりで子犬を砂浜に連れ出したのだが、テレビを観ているうちにうっかりそのことを忘れてしまったのだと。

その後転校させられた士官学校は精神に問題を抱えた少年の矯正に力を入れていることで知られていた。クラスメイトたちはお互いをいじめ合うことで厳しい訓練に耐えていた。群れない孤独な性格と、読書に没頭していること、新入生であることで、テオはいじめの恰好の標的となった。そうして否応なく喧嘩に巻き込まれた。ほとんどの喧嘩に勝ったが、負けることもあった。テオはどちらでも気にしなかったが、リーガンは違った。妹は兄を取り戻すため、ハンガー・ストライキを実行した。

リーガンの寄宿学校はもともとテオの元の学校を設立した修道女会が運営していたので、リーガンはテオを取り戻したかったのだ。最初エリオットはリーガンのハンガー・ストライキを無視していたが、学校側からリーガンには拒食症の恐れがあるため帰宅させると警告され、態度を軟化させた。テオは元の学校に戻された。

テオは小塔の窓から離れ、コテージに持っていくノートパソコンと黄色のノートパッドを詰めた。これまでも書斎で執筆するのは好きではなかった。マンハッタンにいるときは書斎を出て図書館の仕切りボックスのなかやお気に入りのコーヒーショップのテーブルで書いた。

妻のケンリーが仕事で留守のときは、キッチンに移動したり、リビングルームの安楽椅子を使った。ケンリーにはまったくそれが理解できなかった。一カ所に留まれば、もっと効率がよくなるのに。一日のあいだで極端な躁状態から無力感をともなう鬱状態へと気分が変動するような女性の言葉としては皮肉だった。

今日はケンリーの亡霊に悩まされるつもりはなかった。ペレグリン島に来て以来はじめてゆっくり眠れたのだから。自分には守るべき仕事がある。今日こそ書くのだ。

小説『サナトリウム』は思いがけなく大ヒットとなったが、それが父親の目には好ましい状況とは映らなかったようだ。「なぜ我が息子がそんな身の毛のよだつ話を想像できるのか、友人に説明しづらいよ。お前の祖母があんな愚かなことさえしなければ、お前も我が社で働いていただろうに。あとを継ぐべき会社があるんだから」

エリオットのいう祖母の愚かな行為とは、祖母が自分の資産をテオに相続させることにした決断のことだ。父にいわせれば、そのことでテオが真の職業に就きたい欲求を奪い去ったということらしい。

ハープ家の事業は祖父が作ったボタン製造工場から始まり、いまではブラック・ホークのヘリコプターとステルス機に爆弾をつなぐ材料の一つである、合金加工されたチタンのピンやボルトを製造している。だがテオはピンやボルトの製造に関わりたくなかった。彼は善悪の境界線が明確な小説を書きたかった。少なくとも混沌や狂気よりも善悪の順序が優先されるチャンスのある世界を描きたかった。『サナトリウム』で描いたのはまさしくこの世界観だった。このホラー小説では精神を病んだ犯罪者を収容する恐ろしい病院が舞台となっている。病院には特別な一室があり、特殊なほどの残虐性を持つ連続殺人犯ドクター・クェンティン・ピアースなど、そこに入れられた患者はタイムスリップされ、時間を遡ることになる。

テオは現在『サナトリウム』の続編を執筆中だ。一冊目で舞台設定が完成し、ピアースを十九世紀のロンドンに送り込むことは決まっているので、書くのは簡単なはずだった。それなのに筆が進まないし、その理由もはっきりわからないのだ。執筆が進まないのはコテージに移れば解決するとわかっていたので、なんとかアニーを脅してここで仕事ができるようにしたのは正解だった。

足首を擦るものがあった。見下ろすと、ハンニバルがお土産を運んできていた。ぐったりしたネズミの死骸だった。テオは顔を歪めた。「お前が愛情のしるしにやっているのはわかるけどな、やめてくれないかな？」

ハンニバルは喉を鳴らし、顎をテオの脚になすりつけた。

「明日は明日の屍骸がある」テオはつぶやいた。仕事を始める時間だった。

9

テオはアニーのためにハープ館にレンジローバーを置いて出かけていた。週に一度やってくる物資補給の船を迎えるために、不安定な道路を通って町に向かうのは、キアを走らせるより楽なはずだった。しかし朝早く目覚め、隣にテオが寝ていたのを知り、神経が高ぶっていた。波止場で車を停めながら、夕食に本物のサラダを作って食べようと考え、自分を元気づけた。

何十人もの人々が波止場で待っていた。ほとんど女性ばかりだった。年配者の数が不釣り合いなほど多いのは、バーバラから聞いた若い世代の家族が島を去っている現実を物語っている。ペレグリン島は夏のあいだは美しい景勝地だが、誰がこの地に定住したいと思うだろう？　それでも今日の澄み切った晴天や明るい陽の光が海に反射する様子は特別の美しさがある。

アニーはバーバラの姿を見つけ、手を振った。リサはおそらく夫のものと思しきサイズの大きすぎるコートに身を包みジュディ・ケスターと話し込んでいる。ジュディの明るい朱色の髪はその笑い声同様派手で陽気だった。バンコー・ゲームの仲間が集い合う様子を見て、アニーは自身の友人がたまらなく懐かしくなった。

マリー・キャメロンがまるでレモン汁を呑み込むような表情を浮かべ、急ぎ足で近づいてきた。「あんな辺鄙《へんぴ》なところでひとりぼっちだなんて。ちゃんとやっていけているの？」マリーはアニーが致命的な病にかかり死の淵にあるかのように悲痛な顔で尋ねた。

「大丈夫。困っていることはないです」アニーは前夜の押し入りの件は誰にも話すつもりがなかった。

マリーは顔を近づけた。丁子《クローブ》と防虫剤の匂いがした。「テオには気をつけなさいよ。私の勘というか、目のある人なら誰でもわかるけど、絶対ひと騒動が起きるわ。リーガンはあの天候で自分から進んで船を出したりしなかったはずなんだから」

幸い、ちょうど週一度生活物資供給用のフェリーとして運行されるロブスター船が波止場に入ってきたので、マリーに返事をする必要がなくなった。船にはプラスティックの仕切り箱に入った食料の袋、電気ケーブルや、屋根板、真っ白に光る便器などが満載されていた。島民たちは自然とバケツリレーの隊列を組み、船の荷下ろしを始めた。同じやり方で今度は本土に運ぶための手紙や小包、前回の船で食料を入れてあった空のプラスティック製仕切り箱を船に積んでいった。

すべてが終わるとおのおの駐車場に向かった。プラスティックの食料品仕分け箱には白い指示票が貼りつけてあり、受取人の名前が黒のマジックペンで記入されていた。アニーはハープ家と書かれた三個の仕切り箱をなんなく見つけ出せた。どの箱も目いっぱい物資が詰め込まれていて、アニーは四苦八苦しながら箱を車に運んだ。「フェリーが首尾よく到着する日は決まって快晴なのよ」バーバラがピックアップ・トラックの荷下ろし用扉のところから大きな声でいった。

「まず最初にすることは、リンゴを食べることよ」アニーは最後の箱をレンジローバーに積み込みながら、答えた。

アニーはふたたび戻ってまだ受け取られていない仕分け箱のなかから、自分用の乏しい注文品をもらいにいった。ひとつひとつ箱の名前を確認したが、自分の名前はなかった。もう一度確かめてみる。ノートン……カーマイン……キブソン……アルヴァレズ……ヒューイットはない。ムーンレイカー・コテージも。

三度目に調べていると、背後にバーバラの花のコロンの香りがした。「どうかしたの？」

「私の食料品がないの」アニーはいった。「ハープ館のだけしか。誰かが間違えて持っていってしまったんだわ」

「食料品担当の新人女性スタッフがまたヘマをやった可能性のほうが高いわね」バーバラがいった。「先月は私の注文を半分も間違えたの」

アニーの楽しい気分は消え失せた。まず押し入りに遭い、今度はこれだ。この島に来て二週間。パンもミルクも何もない。あるのは数個の缶詰と米のみ。どうすれば来週次のフェリーが来るまでしのげるだろう？　船が無事航海できればの話だが。

「寒いからあなたの荷物は一時間ぐらい放置しても、大丈夫」バーバラがいった。「私の家に来て、コーヒーでも飲んでいきなさいな。店にそこから電話したらいいわ」

「リンゴも御馳走していただける？」アニーはふさぎ込んだ顔でいった。

バーバラは笑顔で答えた。「いいわよ」

キッチンはベーコンとバーバラの匂いがした。バーバラはアニーにリンゴを手渡し、食料を片付けはじめた。アニーは島民の注文を担当している本土の店員に電話をかけ、事情を説明した。しかし店員は謝るどころか迷惑そうな声で答えた。「あなたが注文をキャンセルしたという伝言の電話があったんです」

「でも、私はキャンセルなんてしてないわ」

「じゃあ、きっとあなたは誰かに嫌われているんですね」

アニーが電話を切ると、バーバラが花模様のコーヒー・マグを置いた。「誰かが私の注文をキャンセルしたんですって」

「ほんとなの？　あの子のドジは毎度のことなのよ」バーバラは食器棚からクッキーの缶を取り出した。「でも……そういえば、ここらでは最近そういう出来事がひんぱんに起きているわね。人って悪意を持つと、電話を利用するものなのよ」蓋を開けると、ワックス仕上げを施した紙の下に砂糖がけのクッキーがぎっしり詰まっていた。

アニーは座ったが、食欲が失せ、リンゴでさえ喉を通りそうもなかった。バーバラは自分で食べるため、クッキーをつまんだ。片方の眉がやや歪んで描かれているせいで、ちょっとマヌケに見えるものの、まっすぐな視線に狂った要素はかけらもない。「そのうち、あなたの状況も改善するはずよ、といってあげたいけど、そうとも言い切れないでしょう？」

アニーにとっては、耳の痛い話だった。「誰かの恨みを買う理由はないはずよ」例外があるとすれば、テオか。

「それに、なぜあちこちでいがみ合いが増えているのか、わからないわ。私はペレグリン島を愛しているけど、そうじゃない人もいるということね」バーバラはアニーにクッキーを差し出し、励ますように振ってみせたが、アニーは首を振った。バーバラは蓋を閉めた。「大きなお世話といわれても仕方がないけど、あなたはリサと同じ年頃だから、この島にいても楽しくないと思えてならないの。あなたが島からいなくなるのはとても寂しいけれど、島に家族がいるわけじゃなし、こんな殺伐とした生活を続けるべきじゃないわよ」

心配してくれるのはバーバラぐらいなので、アニーはありがたかった。つい、この島であと四十六日間過ごさなくてはならないことや、返すめどさえない借金のこと、テオを信じられないこと、未来に対する不安などを打ち明けてしまいたい衝動に駆られたが、それはこらえるしかなかった。

「ありがとう、バーバラ。私は大丈夫だから」

ハープ館に車で戻る道すがら考えたのは、いかに自分が歳と借金を重ねるにつれ分別がつきはじめたかということだった。人形劇と半端な仕事を貼り合わせてぎりぎりの生活費を稼ぐのはもうやめよう。九時から五時の仕事はオーディションの予定を入れられないと心配するのはやめるのだ。定期的に報酬の入る仕事に就き、割がよくて楽のできる老後資金を得よう。

そういうの、嫌いなくせに。スキャンプがいった。

「貧乏のほうがもっと嫌いなの」アニーは言い返した。

さすがのスキャンプもこれには反論できなかった。

アニーはその後ずっとハープ館で過ごした。ゴミを捨てに行ったとき、リヴィアが隠れ家にしている場所の近くで、切り株の前に奇妙なものを見かけた。切り株の根っこあたりのふしがよじれてできたくぼみの前の地面に二本の棒が平行する形で突っ込まれているのだ。六本ほどの樹皮の端切れが屋根のような形で棒の上に置かれている。昨日こんなものはなかった。つまり、今日リヴィアがこっそりと外に出たということになる。リヴィアが話せない理由をジェイシーが打ち明けてくれたらどんなにかいいのに、とつい思ってしまう。あの子どもは大きな謎だ。

その日の午後遅く、レンジローバーがなくなっていたため、仕方なく、アニーはかなり時間をかけて坂をおり、ようやく日没前にコテージにたどり着いた。ハープ館の食料をバックパックとビニール袋に詰め込んできたので、途中何度も休まなくてはならなかった。遠くから見てもレンジローバーがコテージの前に停まっているのははっきり見えた。これは納得できない。こちらが帰る前にテオは姿を消すべきではないの？　いま何より避けたいものはテオとの口論ではあるけれど、いまこちらの言い分を通しておかないと、彼のやりたい放題になってしまう。

玄関から入ってみると、テオがピンクのカウチのアームに両脚を掛け、人形のレオに腕を滑り込ませていた。テオは足を床に降ろした。「こいつを気に入った」

「当たり前よね」アニーはいった。そっくりだもの。

テオは人形に話しかけた。「きみ、なんて名前なんだい？」

「名前はボブよ」アニーはいった。「さあ、遅番が来たから、早番が帰る時間はとっくに過ぎてるわ」

テオはレオを使ってアニーの持ち帰った食料品の袋を指し示した。「何かうまいものは入ってるのかな？」

「ええ、入ってるわ」アニーはコートを脱ぎ、キッチンに向かった。彼の買った食料品を持ち帰った事実は充分意識しながら、バックパックを床の上に降ろし、ポリ袋をカウンターの上に置いた。テオはレオに腕を入れたままついてきた。アニーはそのことで、ひどく心がかき乱される気がした。「ボブは下に置いてちょうだい。今後は私の人形たちには一切手を触れないで。大切なものだから、私以外の人には触ってほしくないの。あなたは仕事をしに今日ここに来たんでしょ？　私のものを詮索するのが目的じゃなかったはずよ」

「仕事はしたさ」テオは食料品の入ったポリ袋のなかを覗いた。「家出少女とホームレスの男を殺した。ふたりは狼の群れによって食いちぎられた。このシーンの背景が文化度の高いハイド・パークだから、かなり気分がいい」

「それ、返してよ！」アニーはレオをテオから奪い返した。狼の群れの殺戮シーンのイメージをテオから植えつけられるのはたくさんだった。

まず、喉を引き裂き……。

アニーはレオをリビングに置きにいき、キッチンに戻った。レオと一緒にいるテオを見たせいで、ちょっとした仕返しをしたくなった。「今日ハープ館で、二階にいるとき妙なことが起きたの。物音がね……いわないほうがいいかしら。あなたを動揺させてしまいそう」

「いつから？」

「ホールの端、小塔のドアのすぐそばにいるときよ。反対側から冷気が襲ってきたの」アニーはこれまで正直な人間だったので、嘘をつくことがこんなに心地よいものとは想像したこともなかった。「まるで誰かが窓を開けっ放しにしたような感じ。それも寒さは外気の十倍ぐらいなの」身震いの演技などアニーにとってなんの雑作もなかった。「よくあんな場所に住んでいられるわね」

彼は半ダース入りの卵のカートンを取り出した。「幽霊といたほうが気楽に感じる人間だっているんじゃないかな」

アニーは鋭い目でにらみ返したが、テオは幽霊にとり憑かれることなどより、食料品の袋のなかを調べることに興味がある様子だった。「おれの好みと同じブランドのものがこんなにあるなんて、偶然なのかな」と彼はいった。

彼がジェイシーに訊けばすぐわかることなので、自分の口からほんとうのことを話してしまってもいいだろう。「誰かが私の食料品の注文を勝手にキャンセルしてしまったの。来週フェリーが到着したら、返すわよ」

「これはおれの食料品？」

「たったの数品目よ。借りただけ」アニーはバックパックに詰めた食料品を出しはじめた。

テオはパッケージを自分のほうに引き寄せた。「おれのベーコンを持ってきたのか？」

「二つ注文したんだから、ひとつあれば充分でしょ？」

「おれのベーコンを取るなんて信じられない」

「あなたのドーナツだって冷凍ピザだって持ってきたかったわよ。でもそうすることはできなかった。なぜだかわかる？　あなたはそのどちらも注文していなかったからよ。あなたってどういう人間？」

「本物の食べ物が好きな人間だよ」彼はバックパックの中身を調べるためにアニーをどかせ、パルメザンチーズの小さな塊を持ち上げた。彼の注文したくさび型の塊からアニーが切り分けたものだ。「上出来だ」テオは片手からもういっぽうの手に持ち替え、それをカウンターの上に置き、食器棚を開きはじめた。「ねえ！　何してるのよ？」

テオはフライパンを出した。「これから夕食を作る。おれの食料品でな。きみが邪魔しないんなら、料理を分けてやってもいい。いらないのなら、好きにしろ」

「だめよ。帰ってちょうだい。コテージはこの時間私のものなの。忘れた？」

「そのとおり」彼は食料品をビニール袋に戻しはじめた。「こいつは持っていくぞ」

悔しい。咳の症状がおさまってくるとともに、食欲も戻ってきており、しかし朝から終日ほとんど何も食べていない。「わかったわよ」アニーはしぶしぶ折れた。「あなたが料理して私は食べる。終わったらすぐ帰ってよ」

テオはすでに、もうひとつ深鍋を取り出そうと食器棚の最下段をあさっている。

アニーはレオをアトリエまで持っていき、寝室に向かった。テオは私を嫌いだ――近くにいるのを嫌がっているのは間違いない――なのになぜこんなまねをするの？　アニーはブーツを脱ぎ、ルームシューズに履き替え、ベッドに置いた衣類をたたみ直した。少し怖いどころではない男性のそばにはいたくないと思う。さらに悪いことに、どんなに彼に不利な理由が揃っていても、心のどこかで信じたいと思っている相手だからなおさらだ。性懲りもなく十五歳のときと同じことを繰り返すのはたくさんだが。

じゅうじゅうと焼けるベーコンの香りが室内に漂い、かすかにガーリックの匂いも混じっている。胃がグーッと鳴った。「もう、どうでもいいや」アニーはキッチンに戻った。

鉄のフライパンから美味しそうな匂いが漂ってくる。シチュー鍋ではスパゲティが茹だっており、彼は大きい黄色のミキシング用ボウルで貴重な卵を泡立てている。カウンターには二個のワイングラスが載り、シンクの上棚に入っていたほこりだらけの瓶もある。「ワインオープナーはどこにある？」彼は訊いた。

アニーは上等のワインなどめったに口にしないので、マリアが貯蔵していた瓶のコルクの開け方など考えたこともなかった。ここまできてこんな誘惑に抗えるはずもなかった。アニーは整理されていない引き出しのなかをかきまわし、ワインオープナーを手渡した。「何を作っているの？」

「得意料理のひとつだ」

「人間の肝臓とそらまめにイタリア製白ワインのキャンティ？」

彼は片方の眉をつり上げた。「きみは可愛いな」

これほど簡単に何もなかったことにしてしまおうなんて、あまりに虫が良すぎる。「あなたと関わるとろくなことにならないと考える理由には事欠かないってこと、あなたも忘れてないでしょう?」

テオはワインのコルクを手際よくひねって抜いた。「全部昔の話じゃなないか、アニー。おれはどうしようもない出来損ないだったんだからさ」

「ある目論見によって作られた言葉を信じられるかしら……あなたはいまでもやっぱり普通じゃない」

「いまのおれについて何ひとつ知らないくせに」テオはアニーのグラスに血のように赤いワインを注いだ。

「幽霊屋敷に住んでるし、幼い子どもを怖がらせるし、暴風雪のさなかに馬を走らせるし。それに――」

彼は少しばかり乱暴に瓶を置いた。「おれはちょうど一年前、妻を亡くしたばかりだ。きみなら何を望む? パーティハットをかぶってドンチャン騒ぎか?」

アニーは良心の呵責を感じた。「そのことではお悔やみ申し上げるわ」

彼は受けた同情を無視した。「それに愛馬のダンサーを虐待してもいない。あの馬は天候が悪ければ悪いほど、走りたがるんだ」

アニーは雪の日に上半身裸で立っていた彼の姿を思い浮かべた。「あなたにそっくりね」

「そうだ」彼はあっさりと認めた。「おれによく似ている」彼はどこかで見つけ出したらしいチーズのすりおろし器とパルメザンの一片をつかみ、黙り込んだ。

アニーはワインを一口飲んだ。美味しいカベルネ・ソーヴィニヨンだった。フルーティで、豊かなこくもある。彼が会話を避けたがっているので、アニーは無理やり話題を振った。「新作の話を聞かせてよ」

数秒経った。「執筆中の作品については話したくないね。そのページに込めるエネルギーが削がれるから」

その覚悟は俳優が毎晩続けて同じ役を演じる際の気構えに似ているかもしれない。アニーは彼がチーズを長方形の鉢のなかにすりおろす様子を見つめた。「『サナトリウム』を嫌いな読者も多いけど」それがあまりに無礼な言い方だったので、アニーは恥じ入りそうになった。

テオは沸騰するスパゲティの鍋を火からおろし中身をシンクに置いた水切りかごに向けて落とした。「読んだのかい?」

「読む機会はなかったわね」これほどぶしつけな言い方は本来の性質に反するものだったが、十五歳の気弱な少女とは違う自分を彼に見せつけたかった。「奥さんはなぜ亡くなったの?」

彼は熱々のパスタを泡立てた卵の入ったミキシング・ボウルに移し、混ぜた。「絶望さ。妻は自殺したんだ」

それを聞き、アニーは吐き気を覚えた。予想していたよりずっと重い内容で、聞くのが辛かった。どうやって死んだの? 死ぬところを目撃したの? あなたが自殺の原因を作ったの? なかでも最後の質問については答えを知りたかった。だがそれを口にする度胸はなかったので、それ以上訊けなかった。

彼はパスタにベーコンとガーリックを加え、二本のフォークで浮かせるようにしながら混ぜた。アニーはカトラリーをいくつかとナプキンをリビングルームの出窓のところに置いたテーブルまで運んだ。ワイングラスを取りにいき、席に着いた。彼は料理を載せた皿を持ってキッチンから出てきた。そして派手に塗りたくった漆喰の人魚型の椅子を見て、眉をひそめた。「きみの母親が美術の玄人だったとはとても信じられないな」

「コテージのなかにはこれよりひどいものが十以上もあるわ」アニーはガーリック、ベーコン、荒くすりおろしたパルメザンの匂いを嗅いだ。「すごく美味しそうな匂いがするわ」

テオは皿を置き、アニーの向かいに座った。「スパゲティ・カルボナーラ」

空腹感のせいで脳が故障してしまったのか、アニーは愚の骨頂ともいえる行動を取った。無意識にグラスを上げたのだ。「シェフに乾杯」

テオはアニーをひたと見つめながらも、グラスを上げなかった。アニーは素早くグラスを下げたが、彼の視線は揺るがなかった。出窓から入る隙間風以上の何かがふたりのあいだの空気をかき乱したかのように、奇妙なチクチクした刺激を感じた。何が起きているのか、アニーは一瞬で察知した。

女性のなかには移り気な男性に惹かれる人たちがいる。ノイローゼが原因のこともあるし、ロマンティックな女性だと自分の強大な女らしさを発揮すればどんなならず者も飼い慣らせるといった天真爛漫な空想がベースにあったりもする。小説のなかでは途方もない空想がたまらなく魅力的なのだが、現実の生活となるとそんなものはただのでたらめに過ぎない。もちろんアニーはいわゆる危険なほどの男らしさに性的魅力を感じるタイプだ。ここのところ肉体的な試練が続いたが、ふたたびこんなふうに性的覚醒を感じるということは、体が回復しつつあるということのあかしなのだ。裏側から見ると、こうした反応はテオがアニーにとっていまだ破壊的な魅力を持った存在であることをも示している。

アニーは食べ物に集中し、パスタのなかでフォークをぐるぐる回転させ、入り乱れた麺を口に運んだ。味はこれまで体験したことがないほどの美味しさだった。深いこくがあり、粘り気もあり、ガーリックとベーコンの風味がよく効いている。ほんとうに心満たされる味だった。「料理はいつ覚えたの？」

「作家活動を始めたころかな。料理していると頭のなかで小説の乱れた構想を練り直せることを発見したんだ」

「殺りく者のナイフよりほかにインスピレーションを与えるものはないんじゃないの？」

テオは無傷なほうの眉を上げた。

アニーは自分の言葉がやや辛辣すぎるように感じはじめていたので、口調をやわらげた。

「これは今までで一番美味しい食事かも」

「きみやジェイシーが用意する食事と比べたらね」

「私たちの料理だって悪くはないわ」その言葉にあまり説得力はなかった。

「ああいう料理にその表現さえふさわしくないよ。あえていうなら、なんとか喉を通る、ってとこかな」

「喉を通ればよしとするわ。それで充分じゃない？」アニーはフォークでベーコンのかけらを追った。「なぜ自分で料理しないの？」

「あまりに面倒で」

それは完全に合点のいく答えではない。料理中の彼は楽しそうだからだ。しかしそれ以上問い詰めてこちらの関心を知られたくないともアニーは思った。

テオは椅子の背にもたれた。彼はがつがつ食べることなく、風味を味わっている。「なぜきみは食料品を自分で注文しなかったんだ？」

「注文したわよ」アニーは食べ物を口に入れたまま、答えた。「どうやら誰かがキャンセルのメッセージを入れたみたいなの」

テオはワイングラスを揺らした。「そこが解せないんだよ。きみがこの島に来てまだまる二週間。そんな短期間でどうやれば誰かをそこまで怒らせられるというんだ？」

ここにお宝が眠っているかも知れないことを彼が知っているのか、いないのか、アニーはなんとしても知りたかった。「理由は見当もつかないわ」アニーはフォークにパスタを絡ませながら、いった。

「おれに話してないことがあるはずだ」

アニーは口をナプキンでぬぐった。「あなたにいうつもりのないことはたくさんあるわ」

「きみも今回の件に関して思い当たることがあるんだろ?」

「ええ。でも残念ながらこの事件の背後にあなたの存在があるということが証明できないの」

「くだらん話はやめろ」彼は厳しい口調でいった。「おれがコテージ荒らしの犯人じゃないことぐらいわかるだろう? しかしひょっとするときみには犯人の目星がついているかもしれないと感じはじめたんだ」

「ついてないわ。誓って」少なくともその部分については、真実だった。

「じゃあなぜ、こんなことが起きるんだ? いくら人形と暮らしていたって、きみは案山子《かかし》じゃないんだからなんらかの疑惑を持っているんだろ?」

「かもね。でもあなたには教えるつもりはないわ」

彼は真情を窺い知れない、相手を締め出すようなまなざしでアニーを見つめた。「ほんとにおれを信じていないんだな?」

それがあまりにばかばかしい質問だったので、アニーも答える気がしなかったが、目玉を一周させずにはいられなかった。それを見た彼はニコリともしなかった。

「ありのままを話してくれないと、きみを助けることができない」彼はすぐに人に懐く人間のような声でいった。

だがそれを簡単に信じるわけにはいかなかった。記憶の蓄積を消し去るにはもっと美味しい食事やワインが必要だった。

「何が起きているのか、話してくれ」彼は続けていった。「なぜ誰かに狙われる？　何が目的なんだ？」

アニーは胸に手を当て、ゆったりとした口調でいった。「私の心の扉を開ける鍵よ」

彼の顎の筋肉がぴくりと動いた。「それなら話さなくていい。おれの出る幕はない」

「あなたが関わる理由がないわ」

ふたりは黙って食事を終えた。アニーは皿とワイングラスをキッチンに運んだ。シンクの上の食器棚は少し開いたままで、なかに詰まった瓶が覗いていた。母親はいつも上質なワインを保存していた。滞在客が土産として持ってきてくれていたからだ。希少な年代物のワイン、収集されたもののなかから探し出した特別のワインなど。どんな貴重なワインが眠っているかわからないのだ。ひょっとしたら——。

ワインだわ！　アニーはシンクの縁をつかんだ。もしこのワインの瓶が遺産だとしたら？　ずっとコテージの美術品ばかりに関心を注いできたので、それ以上のことはまるきり思い浮かばなかった。希少なワインの瓶がオークションで途方もない値で落札されることもある。一本のワインが二〜三万ドルで取引されたと聞いたことがある。もしいまテオと飲んだワインが遺産の一部だったとしたら？

ワインが喉元に戻ってきそうになった。背後でキッチンに入ってくるテオの足音が聞こえた。「あなたはもう帰りなさいよ」アニーは落ち着かない様子でいった。「料理は素晴らしかったけど、これは真剣なお願いよ。ここから出ていって」

「おれは一向に構わないけどさ」テオは自分の皿をカウンターに置いた。退去を命じられることなどなんでもない、といった平然とした口調だった。

彼が出ていくとすぐに、アニーはノートをつかみ、それぞれのワインのラベルについての情報を書き留めた。そしてそれらすべてを入念に箱に詰めた。マジックペンを見つけ、箱の上に「寄付する衣類」と書き、クローゼットの奥深くしまい込んだ。もしふたたび住居侵入をする者が現れたとしても、そうやすやすと成功させてなるものかと心に誓った。

「前からずっと考えているんだけど、もしこの部屋がもっとましな外観をしていたら」よろよろと松葉杖にすがりながら、ジェイシーはいった。「テオだってこの部屋にいてリラックスしたいんじゃないかしら」

つまりそうなれば、ジェイシーも願いどおりテオと一緒に過ごせる時間が増えるのだ。アニーはカウチのクッションを裏返した。ジェイシーはもはや片思いを続ける十代の少女ではない。少なくとも男性の選び方については痛い教訓を手に入れたはずではなかったのか？

「テオは昨夜帰ってから夕食をここでとらなかったけど？」

アニーはジェイシーの口調に疑問がこもっているのを感じたが、夕食のことは胸にしまっておくことにした。「私がコテージに帰っても少しぐずぐずしていたけど、最後は追い払ったわよ」

ジェイシーは書棚の上をクロスで拭いた。「まあ、そのほうがよかったわね」

ワイン類について調べた結果もふたたび失望をもたらすものだった。アニーはワイン一本一本の素性についてインターネットで調べていった。最も値の高いものは百ドルで、高価なワインであるのは確かだが、すべてをひっくるめても、とても遺産と呼べるレベルではなかった。ノートパソコンを閉じようとしていると、キッチンのドアからジェイシーの声が聞こえてきた。「リヴィア！　外に出ちゃだめでしょ。すぐここに戻りなさい！」

アニーはため息をついた。「私が連れてくるわ」

ジェイシーは足を引きずりながら廊下に向かった。「あの子に罰を与えるしかなさそうね」

ジェイシーは寛大すぎるのだ。その上、活発な子どもを一日じゅう家のなかに閉じ込めておくべきでないことは、ジェイシーも認識している。アニーはコートをはおり、スキャンプを出しながら、感じのいい人になるのはやめようと判断した。

リヴィアは木の切り株のそばでしゃがんでいた。空洞のある切り株の前の地面に差し込んだ二列の棒に何か新しいものを加えたらしかった。切り株の穴の入り口までの棒で作ったひさしの下に小さな石の舗道が作られていた。

アニーにもようやく、それがなんであるのか理解できた。リヴィアは妖精の家を作ったのだ。メイン州では、森林地帯に棲むといわれる空想上の生き物のために、手作りで家を建てる習慣がある。棒切れや苔、小石、松ぼっくり——自然のなかで手に入るものはなんでも使う。

アニーは冷え切った岩棚の上で脚を組み、スキャンプを膝で支えた。「あたしよ」スキャンプがいった。「ジュヌヴィエーヴ・アデレード・ジョゼフィーヌ・ブラウン、呼び名はスキャンプよ。何をやってるの？」

リヴィアは新しい石の舗道に手を触れ、あたかも何かを話したそうな様子を見せた。答えが返ってこないので、スキャンプはいった。「妖精のおうちを作ったんじゃないの？　あたしも何かを作り出すのが好きよ。前にアイスクリームの棒を使ってアルファベットを作ったことがあるわ。ティッシュで花も作るし、切り紙細工で感謝祭の七面鳥も作ったのよ。あたし、とても器用なの。でもまだ妖精の家は作ったことがないわ」

リヴィアはアニーなど存在していないかのようにスキャンプだけに注意を集中させている。

「妖精が来たことはあるの？」スキャンプが尋ねた。

リヴィアの唇が何かいいたげに動きかけた。アニーは息をひそめた。子どもは顔をしかめた。口を閉め、ふたたび口を開けた。やがて子どもの気力はすっかりしぼんでしまったようだった。肩を落とし、うなだれた。その様子があまりに哀れで、アニーは子どもにしゃべらせようとしたことを悔やんだ。

「自由な秘密！」スキャンプが叫んだ。

はっと見上げたリヴィアの目はふたたび活気を帯びていた。

スキャンプは布地でできた両手を口に当てた。「これはいいことじゃないの。聞いても怒っちゃいけない約束、覚えてる？」

リヴィアは真剣な顔で頷いた。

「あたしの自由な秘密はね……」スキャンプは声を落とし、ささやきに近い声でいった。「あるとき、おもちゃを片付けることになってたんだけど、やりたくなくてね。外に冒険に出かけることにしたの。アニーから外に出るなといわれていたんだけどね。でもとにかく外に出ちゃったの。だからアニーはあたしの居場所がわからなくて、とっても心配したの」スキャンプは息継ぎをした。「悪いことをした秘密なんだけど、それでもあなたはあたしを好きでいられる？」

リヴィアは強くはっきりと頷いた。

スキャンプはアニーの胸にもたれた。「これはフェアじゃないわね。だってあたしはあなたに二つも秘密を打ち明けたのに、あなたは何も話してくれないんだもの」

しゃべりたいというリヴィアの焦がれるような願望がアニーにも伝わってきた。張り詰めたものが小さな体を満たし、華奢《きゃしゃ》な顔に悲痛な表情が浮かんでいる。

「もういいわ！」スキャンプが声を張り上げた。「新しい歌を覚えたの。あたしが素晴らしい歌声の持ち主だということは、もう話したかしら？　これからあなたのために一曲披露するわ。一緒に歌わないでよ。ソロの歌手だから。でも曲に合わせて踊ってもいいからね」

スキャンプはシンディ・ローパーの有名な曲〈ガールズ・ジャスト・ワナ・ハヴ・ファン〉を熱唱しはじめた。一コーラス目で、アニーは立ち上がり、歌に合わせて踊った。スキャンプは組んだアニーの腕の上で体を上下に揺らした。リヴィアがすぐに踊りに加わった。スキャンプが最後のコーラスを歌うころには、リヴィアとアニーは一緒に踊っていた。アニーは一度も咳き込まなかった。


その日アニーはテオの姿を一度も見かけなかった。しかし翌日の午後、テオはみずからの存在を明らかにした。「テオからのメールだわ」ジェイシーが電話を見ながらいった。「〝暖炉はすべて掃除するように〟だって。いまの私にはこんなことできるはずないってこと、忘れたのかしら」

「何かを忘れたりする人じゃないでしょ」アニーは反論した。テオは新手の拷問を見出したのだ。

ジェイシーは松葉杖の上に留めつけた紫のカバ越しにアニーを見つめた。「それは私の仕事よ。あなたがそこまですることないわ」

「しないと、テオの娯楽を奪うことになってしまうわよ」

ジェイシーが書棚に倒れ込んだので、はずみで革張りの本が転がり落ちた。「あなたたちふたりがなぜそうも不仲なのか、理由がわからないわ。だって……何があったかは知っているけど、ずいぶん昔のことだし。彼はまだ子どもだったんだもの。あれ以来彼が揉め事に巻き込まれたなんて話は一度も聞いたことがないわ」

それはエリオットが揉み消したからだ。アニーは心中そう思った。「三つ子の魂百まで、というわ。基本的な性格は時を経ても変わらないものよ」

ジェイシーは世にも珍しい純真無垢なまなざしで、アニーを見つめた。「彼の性格に歪んだ部分なんてないわ。もしあれば、とっくに私をクビにしていたはずよ」

アニーは辛辣な反論を呑み込んだ。自分自身の皮肉癖を島でただひとりの真の友人に押しつけてはならない。もしかすると性格が歪んでいるのは自分のほうかもしれないのだ。ジェイシーが結婚生活で経験したあらゆる試練の数々を思えば、男性に対して楽観的な見方ができること自体が驚異といっていい。

アニーがその夜煤煙《すす》だらけでコテージに入ると、レオが馬に乗ったカウボーイのようにカウチの背にまたがっているのが目に飛び込んできた。ディリーは昨夜空になったワインの瓶を膝の上に乗せて、椅子に座っている。クランペットはページを開いたポルノグラフィーの美術本の前に大の字に寝転がっており、ピーターがスカートのなかを後ろから覗き込む形で忍び寄っている。

テオが布巾を手にしてキッチンから出てきた。アニーは人形たちから彼へと視線を向けた。彼は肩をすくめた。「みんな退屈していたんだよ」

「退屈していたのはあなたでしょ？　小説を書きたくなかったから、こんなことやって先延ばしにしたわけね。人形たちには触らないでと注意したはずよ」

「そうだったかな？　覚えてない」

「その点についておおいに文句をいいたいところだけど、まず入浴しなきゃならないの。あることが理由で暖炉の灰を浴びてしまったから」

彼はにやりと笑った。それは混じりけのない純真な笑顔で、陰鬱な彼の表情とはあまり似つかわしいとはいえなかった。アニーは寝室へ大股で向かった。「私が出てくるまでには帰ってもらいたいわね」

「ほんとに帰ってもらいたいのかい？」そう訊く彼の声が聞こえた。「今日、町でロブスターを二尾手に入れてきたんだけどな」

にくたらしい男！　とんでもなく空腹なのだが、だからといってそうやすやすと食べ物に釣られるわけにはいかない。ともかく普通の食べ物ならお断りだ。だけど、ロブスターとなると……？　アニーは勢いよく寝室のドアを閉めた。それが自分でもまぬけに思えた。

そんなこと感じるほうがおかしいわ。クランペットが不機嫌な調子でいった。あたしなんて毎回思い切り音をたてて閉めるもの。

アニーは汚れたジーンズを脱いだ。私もまったく同感よ。

シャワーを浴び、髪についた煤煙を洗い落とし、清潔なジーンズに穿き替え、マリアのタートルネックのセーターを着た。濡れた髪の毛をポニーテールにまとめてはみたが、巻き毛がだめになったベッドのスプリングのように跳ね出てくるのは目に見えていた。乏しいメイク用品をしげしげ眺めてはみたものの、リップグロスも塗らないことにした。

キッチンからは四ツ星レストランのような匂いが漂ってきていた。テオがシンクの上の戸棚を覗き込んだ。「ここにあったワインはどうした？」

アニーはセーターの袖を押し上げた。「梱包して今度郵便局に出かけるとき、発送するの」

あのワインは全部で数百ドルの価値がある。遺産とはいえないものの、あってよかった。

「あれは売ることにしたの。考えてみたら、数百ドルもするワインを飲める身分じゃないなと。それに招かれざる客に出すのも分不相応だし」

「おれが一本買うよ。もっといい案がある。きみがおれから盗んだ食料と交換という形にしよう」

「盗んでないでしょ。来週配達便が来たらその分は返すから」アニーは慌てて言い直した。

「あなたが食べた分を除いてね」

「返さないでいい。きみのワインが飲みたいんだ」

スキャンプが口をはさんだ。そんなのじゃなく、体をあげたら?

スキャンプのばか。お黙り。アニーはコンロの上の鍋をじろじろ見た。「値段が低めのワインでも借りた食料とは価値が釣り合わないわね」

「今夜のロブスターを忘れちゃ困るよ」

「ペレグリン島ではロブスターよりハンバーガーのほうが高いのよ。でも試してみてもいいわ」

「よし。じゃあワインを一本売ってくれ」

「わかった。価格表を持ってくるわ」

アニーが寝室に向かうとき、彼は声を出さずに何事かつぶやいた。

「いくらにしてほしい?」アニーが声をかけた。

「ふっかけてみろ」テオはキッチンから答えた。「でもきみには一滴もやらない。まるまる一本おれが飲み尽くす」

アニーはクローゼットの奥から箱を出した。「だったらワインオープナー代を加えようかしら。ふたりで分担するほどの金額じゃないから」

そのとき、咳かあるいは耳障りな笑いと思われる声が聞こえた。

テオはロブスターの付け合せにマッシュポテトを作っていた。クリーミーでガーリックの風味が効いていて、夕食を用意する申し出があらかじめ計画されていたのは疑う余地もなかった。なぜなら、今朝コテージにじゃがいもはなかったからだ。ここでのらくらと時を過ごす動機はなんだろう？　それが利他のためでないことは間違いない。

アニーはテーブル・セッティングをし、出窓から入る隙間風への対策としてスウェットシャツを取りにいき、キッチンから皿を運ぶ手伝いをした。「今日ほんとうに暖炉の掃除をしたのかい？」食べはじめると、彼が訊いた。

「ええ」

アニーのグラスにワインを注ぎ、ひとりでグラスを掲げる彼の口元にある変化が見られた。

「あちこちにいる善人の女性たちに乾杯」

アニーは彼と論争を始めるつもりはなかった。目の前にラムカン（小ぶりな陶器）に入った赤いロブスターと温めたバターをかけたチーズと卵を使った料理があるあいだは穏やかに過ごそう。そう思い、ひとりで食事をしているつもりになった。

ふたりは黙り込んだまま食事をした。アニーはロブスターの尾の特別美味しい部分を最後の一口として食べ終え、口の端についたバターを拭い、沈黙を破った。「あなたは悪魔と取引したんでしょ？　料理の腕前と魂を交換したのよね」

テオは身のないハサミを鉢に落とした。「女性の服を透視する能力もね」

彼の尊大な青い瞳は冷笑こそふさわしいはずだったが、瞳孔の生き生きした輝きにアニーは面食らった。そしてナプキンをまるめた。「お気の毒さま。ここらあたりには見る価値のあるものなんて存在しないから」

テオはワイングラスの縁に親指を当て、ひたとアニーを見つめた。「そんなことはない」

アニーは電流が全身を駆けめぐるのを感じた。皮膚が熱くほてり、十五歳のときとそっくり同じ感覚に襲われた。彼女は皿をテーブルの縁から押し戻した。「そうだわ。島一番の美しい女性があなたの家にはいるんですものね。ジェイシーのことを忘れていたわ」

テオは束の間まごつき、彼としてはかなり表情を取り繕った。アニーはポニーテールのゴムをきつく締めなおした。「あなたの性的おまじないの練習に彼女を利用しないでね。未亡人で口のきけない子どももいるし――あなたのおかげで――常に職を失う危機にさらされてもいるんだから」

「ジェイシーを解雇しようとしたことは一度もないよ。きみだって知ってるだろう?」

それはアニーのまったく知らないことだったし、彼を信じてもいなかった。だが、ふとある考えが心に浮かんだ。「私が彼女のためにどんな難題にも取り組むかぎりは、彼女をクビにしないってことね?」

「ほんとうに暖炉の掃除をするなんて信じられないよ」普段はあまり動かない眉の片方がわ

ずかに上がったところをみると、どうやらからかわれているらしい。「ジェイシーも屋敷に住み込まないで、町のどこかで泊まるようにすれば、週に二、三回は仕事から解放される」彼はいった。「おれはそれでも困らない。そうだろ?」

「町のどこよ? 誰かの家に間借りするというの? それじゃあ、いまよりずっと状況が悪くなるわ」

「おれがここで仕事できれば、問題はないだろう」テオはグラスに残っていたワインを飲み干した。「それにジェイシーの子どもはそのうち話せるようになる」

「偉大な心理学者のお言葉ね」

「おれより問題児のことがわかるやつがいると思うか?」

アニーは目を見開いてそらとぼけた。「でもリヴィアは精神病質者じゃない」

悪いやつには感情がないとでもいうのか?

アニーがワインを飲みすぎたのは間違いないようで、しゃべったその声はレオだった。「あの年の夏おれはいくつかの問題を抱えていた。それが行動に出てしまった」

感情のこもらないその言葉にアニーは憤りを覚え、テーブルから立ち上がった。「あなたは私を殺そうとしたのよ。もしジェイシーがあの夜砂浜で散歩していなかったら、私は溺死していたわ」

「おれがそのことを知らないとでも思ってるのか?」彼は相手を不安に陥れるほど激しい口

調でいった。

アニーは自分の彼に対する不安定な心理に嫌悪感を覚えた。ふたりでいればもっと脅威を感じるはずなのだが、実際に起きる感情は混乱が引き起こす不安だけなのだ。とはいえ、十五歳のときとそんなに違わないような気もする。当時ですら自分が危険にさらされていると は信じたくなかった。溺れかけるまでは。

「リーガンの話をしてちょうだい」アニーはいった。

彼はナプキンをまるめ、立ち上がった。「しても意味ないよ」

これが別の人物だったなら、同情してそれ以上訊かなかったことだろう。しかしどうしても理解したかった。「リーガンは航海術をしっかり身につけていたわ」アニーはいった。「嵐になるとわかっていて、なぜリーガンは船を出したの？　どうしてそんなことをしたの？」

彼は部屋を横切り、ジャケットをつかんだ。「おれはリーガンの話は一切しない。今後もずっとな」

数秒後、彼はドアを出ていった。

アニーはワインの残りを飲み干して眠りについた。そして、激しい喉の渇きとそれ以上に苦しい頭痛で目を覚ました。今日ばかりはハープ館に行きたくない、と思った。たしかテオはジェイシーを解雇しないといわなかったっけ？　しかし彼の言葉は信頼に値しない。それにもしあれがほんとうのことだとしても、ジェイシーが手伝いを必要としていることに変わりはない。ジェイシーを見棄てるわけにはいかないのだ。

コテージを出ながら、今後は暖炉の掃除といった無理難題をテオに命じさせてなるものかと心に誓った。ペレグリン島には繰り人形使いは自分だけでたくさんだ。

何かがヒューッと音をたてて頭のそばを通り抜けた。アニーは喘ぎ、地面に倒れた。

彼女は激しい呼吸のまま、そこに横たわっていた。頬の下には冷たくざらざらした泥があり、あたりはぐるぐると回転していた。アニーは強く目を閉じた。激しく高鳴る心臓の音が耳に響いていた。

10

アニーは手と脚をテストしてみた。手足が動きさえすれば、弾は命中しなかったことになる。懸命に聞き耳を立ててみたが、何も聞こえなかった。聞こえるのは自分の荒い呼吸と打ち寄せる波の音だけだ。一羽の海鳥の鳴き声も聞こえる。ゆっくりと、慎重にアニーは頭を持ち上げた。

銃弾は西の方面から放たれていた。トウヒの林やアニーが横たわる場所と道路のあいだにある発育不良の硬木の茂みも、普段と変わった様子はない。アニーは体を押し上げるようにして中腰になり、背中にあったバックパックの位置を少しずらし、コテージのほうを凝視した。そして海を見て、崖の上にそびえるハープ館を見上げた。すべてがいつもどおり、冷たく孤立していた。

アニーはゆっくりと膝をついた。これでは身を守る道具はバックパックだけという、あまりに無防備ないでたちだ。自分はまだ拳銃、ライフルなどの小火器を使ったことがない。だから飛んできたのは銃弾かどうか判断できないはずだ。

しかし、それがわかるのだ。

あれはハンターの流れ弾だったのか？ ペレグリン島には狩猟の対象になる動物は生息していないが、どの家庭でも銃は所有している。バーバラによると、数名の島民が自分や他人に向けて発砲したことがあるそうだ。通常は偶発的事故だそうだが、それだけではないだろう。

背後で何か物音がした。こんな場所では聞こえるはずのない音――馬の蹄の音だ。体内を新鮮なアドレナリンが駆けめぐり、アニーはふたたび身を伏せた。

テオが任務を完了させるため、追ってきたのだ。

その考えが形を成し、アニーはもがきながらも立ち上がった。地面に這いつくばっている状態で撃たれたくなかった。殺意があるのなら、引き金を引く際標的を直視しなくてはならない。勢いよく振り向き、砂浜から力強い動物が自分のほうへ駆け寄ってくるのを目にすると、予想がまるで裏切られたようで、まさかこんなはずはないと思いたい気持ちでいっぱいだった。

テオは綱を引き、ダンサーから降りた。彼の手に銃も、いかなる類の武器もなかった。もしかして落としたのか、それとも……。

彼の頬は寒さのため紅潮していたが、ジャケットのジッパーは上げられてもおらず、駆け寄ってくる際に全開になった。「何があった？ きみが倒れるのが見えた。怪我はないか？」

アニーは歯の根が合わないほど全身が震えていた。「私を殺そうとしたのはあなたなの?」

「とんでもない! いったいどうなってる? 誰かがきみを襲撃しようとしたというのか?」

「そうよ、誰かが私を撃ち殺そうとしたの!」アニーは叫んだ。

「それは確かなのか?」

アニーは歯を食いしばった。「誰かに撃たれた経験はないけれど、間違いないわ。射撃音が聞こえなかった?」

「海に近づきすぎていて何も聞こえなかった。何が起きたのか詳しく話してくれ」

手袋をはめたてのひらが刺すように痛んだ。アニーはこぶしを握りしめた。「ハープ館に向かおうとしていたら、私の頭の横を銃弾が通り過ぎたの」

「弾はどこから飛んできた?」

アニーは記憶をたどろうとした。「あそこだと思うわ」彼女は震える指でテオが来た方角とは正反対の道路を指差した。

彼はアニーの怪我の程度を確かめようと、全身をくまなく観察し、あたりの景色を素早く見まわした。「こっちから位置を確認できる場所にいてくれ。屋敷まで送り届けるよ」いうなり、彼は木々のあいだに向かっていった。

このままここにいてはあまりに無防備だが、広々とした沼地を横切って進むと、いま以上に危険にさらされることになる。アニーは脚の震えがおさまるまで待ち、ハープ館へ続く車道のふもとにある林に向かって走った。

少ししてテオが並んで馬を走らせはじめた。じっとあの場に留まっていなかったことを厳しく責められるかとアニーは思ったが、そうではなかった。彼は馬を降り、引き綱を握りながらアニーと並んで歩きはじめた。

「何か見た？」アニーは訊いた。

「何も。誰がやったにせよ、おれがあそこに行き着くずっと前に姿を消したさ」

車道を登りきると、テオは馬を落ち着かせてくるといった。「なかで話そう」彼はいった。「とにかく話し合うんだ」

アニーは邸内に入りたくなかった。入ればジェイシーに事情を説明しなくてはならなくなる。テオがダンサーを連れて庭を一周するあいだ、アニーは厩舎に入った。当然ながら厩舎のなかは動物とほこりのにおいがたちこめてはいたが、現在は一頭だけしかここで飼育していないので、においは以前と比べるとかすかに感じられる程度になっている。いまにも崩れそうな木製ベンチの上の窓から網の目状に光が漏れ入ってくる。それはアニーがあの日彼に会うため洞窟に向かう少し前、ふたりで座って話したベンチだった。

アニーはバックパックを下に置き、住居侵入のあと番号を登録しておいた、本土の警察に電話をかけた。警官は任務上仕方なく話を聞いてはくれたが、興味は示さなかった。「おおかた子どもたちの仕業でしょう。ペレグリン島は開拓時代の西部、無法地帯も同然ですから。まあ、そんなことはご存じでしょうがね」

「子どもたちは学校にいる時間でしょう?」アニーは苛立ちに気づかれないように答えた。

「今日は登校していませんよ。周辺の島々から教師がモンヒーガン島に集まり、冬季協議会をやっていますから。学校は休校です」

発砲は、悪意を持った大人によるものではなく子どもが銃をいじりまわしているうちに起きた暴発だと考えるほうが、いくらか気楽だった。警官は、次回島を警邏する際は聞き込み調査をすると約束した。「また何かあったときは」警官はいった。「必ず通報してください」

「たとえば実際に私が撃たれたときですか?」

警官は含み笑いをもらした。「ご心配には及びませんよ。島民は気が荒いやつらばかりですが、互いに殺し合うことまではしません」

「うすのろ」電話を切りながらそうつぶやいたとき、テオとダンサーが厩舎に入ってきた。

「今度はおれ、何をやらかしたんだ?」テオがいった。

「あなたじゃない。本土の警察に電話したの」

「会話がどう進んだか、想像できるな」彼はダンサーを唯一寝床のある個室に入れた。厩舎には暖房が入ってなかったが、彼はジャケットをフックに掛け、馬の鞍をはずしはじめた。

「誰かに撃たれかけたというのは間違いないのか?」

アニーはベンチから立ち上がった。「私の話を信じられないの？」

「そうはいってない」

かくいう私もあなたの話なんて信じないけど。アニーはダンサーの部屋に近づいた。「まさかあなた、足跡とかを発見したりしなかったでしょうね？　あるいは薬莢《やっきょう》が落ちていたりしなかった？」

彼は鞍用の毛布をはずした。「ああ、一目見ただけで泥や糞が地面を覆いつくしていたのはわかった。ひょっとしてあれは薬莢かな？」

「皮肉をいう必要はないわ」アニーはテオに対して毎度辛辣な応酬をする癖がつき、彼も同様の反応を見せるかと思ったが、彼は警官がよくするようにうなり声を出しただけだった。

彼が馬具をはずしているあいだ、アニーはその隣の部屋を見つめていた。ここはアニーとリーガンが子犬たちを見つけた場所なのだ。いまはただ柄の長い箒やバケツ類だけが置かれ、辛い思い出が胸に浮かぶばかりだった。アニーは目をそらした。

いつの間にか落ち着かない気分はおさまり、ただテオの動きを見守っていた。長く均一なブラシの動き、植物のとげや泥はねを見逃していないか確かめる優しい手、その合間に馬の耳の後ろを掻いたり、静かに話しかけたりする様子を見ているうちに、彼の心配りに感心し、

「犯人はあなただなんて最初から思わなかったわ」と口走り、いったとたんに悔やんだ。

「嘘だ、そう思った」テオはそういい、ダンサーの蹄を調べるために跪いた。蹄に石が付着

していないことを確かめると個室から出て、レーザーのように鋭い眼でアニーの顔をじっと見つめた。「もうたわごとはたくさんだ」彼はいった。「ほんとうの事情をいますぐ話せ」

アニーは帽子を脱ぎ、それをもういっぽうの手で持ち替えた。「私が何を知っているというの？」

「何か話していないことがあるはずだ。おれのことが信用できないか？　いいだろう。しかし、いずれ信じるしかなくなるだろう。いまきみが信頼できるのはおれしかいないからだ」

「なんか納得いかない話だわ」

「我慢しろ」

ここでちょっと思い出させておかなくてはならない。「私が島にやってきた夜……はじめてあなたを見たとき、あなたは銃を持っていたわ」

「骨董品の決闘用ピストルだ」

「お父さんの収集品のひとつね」

「そのとおり。屋敷にはキャビネットに銃がぎっしり詰まっている。ショットガン、ライフル、拳銃」彼はそこで言葉を切り、険しい目をした。「そしておれはどの銃についても、使い方に精通している」

アニーは帽子をポケットに押し込んだ。「それを聞いて、かなり安心したわ」

皮肉のつもりでいったが、じつはそれが本音だった。もし彼が何か彼しか知らない歪んだ理由で彼女を殺そうとしていたとしたら、いまに至る前すでに実行していただろう。遺産については……彼はハープ家の人間でもあり、金を必要としている兆候は見当たらない。だとすればいったいなぜ彼はこの島に住んでいるの？　ディリーが訊いた。ほかに行くあてがないならともかく。

行くあてがないのはあんたじゃないの。クランペットが指摘した。

アニーは人形たちの声を抑えた。この状況は好ましいとはいえない。いや実際困った状況だが、現実問題としてテオ以外に話せる相手はいないのだ。

十五歳のころとまったく同じね。ディリーがいった。

テオは馬の個室の扉を指先で触った。「事態は収拾がつかなくなっている。何か隠していることがあったら、話してくれ」

「犯人は子どもかもしれないの。島の教師は協議会に出かけていて、今日学校は休校なの」

「子ども？　コテージを荒らしたのも子どもの仕業だというのか？」

「可能性はあるわ」そう答えたものの、心では否定していた。

「もしも子どもの仕業だとすれば、もっと破壊の度合いが高いはずだ」

「そうとも言い切れないでしょう？」アニーは彼の前をするりと通り抜けた。「もう行かなきゃ。ジェイシーを一時間ばかり待たしてしまったわ」

一歩踏み出そうとしたとき、テオが目の前に立ち塞がった。硬い腱と堅固な筋肉の壁には太刀打ちできそうもなかった。「選択肢は二つだ」彼はいった。「島を去るか……」

彼をコテージに残して？　そのつもりはまったくなかった。

「……あるいは」彼は続けた。「腹を割ってありのままをすべて打ち明け、おれに協力させるか、だ」

その申し出はとても純粋で魅力的に思えた。そのまま彼のセーターに顔を埋めてしまいたくなったが、そうはしないで自分の最もひねくれた部分であるクランペットを登場させた。

「どうして構うの？　私を好きでもないのに」

「きみのことは大好きだよ」

彼はそれを真顔でいったが、アニーはその手に乗るつもりはなかった。「嘘！」

彼の黒い眉の片側がわずかに上がった。「信じられないのか？」

「ええ」

「だったら、いいよ」彼は両手をポケットに入れた。「きみはある意味面倒な人間だけど……」彼の声は低く、ハスキーになった。「きみは女で、おれにとって、そこが肝心なポイントなんだ。なにしろとんとご無沙汰なもので」

彼はきっと私をもてあそんでいるのだ。アニーは彼の目を見てそれを確信したが、それでも昂《たか》ぶる感覚を抑えることはできなかった。こんな状況での興奮は厄介で気持ちを乱すものだが、無理もない反応ではある。相手は愛読するファンタジーの本のなかから飛び出してきたような黒髪で青い目の美男。自分は背が高く痩せっぽちで、ひどいくせ毛と一風変わった容貌の三十三歳になる女。おまけに中身が見かけほど上品ではない男性にめっぽう弱いときている。アニーは彼の黒魔術に皮肉という十字架で対抗した。「なぜもっと早くいってくれなかったの？　いますぐ服を脱ぐわ」

彼は皮肉に気づかず愚直な答えを返した。「ここでは寒すぎる。暖かいベッドが必要だ」

「そんなことないわ」お黙り！　黙るのよ！　心の声が諭す。「私はホットな女だからそんなものは要らないわ。少なくともこれまでのお相手にはそう褒められてきたわよ」アニーは髪をかき上げ、バックパックをつかんで素早く彼の前を通りすぎた。

テオも今回は引き止めなかった。

苦笑いとしかめ面の中間といった表情を浮かべながら、テオは厩舎のドアが勢いよく閉まる様子を眺めていた。いくら彼女が冗談に合わせてくれたとしても、誘惑したのはまずかった。だがあのつぶらな瞳に吸い込まれそうになって、ちょっとしたエッチな楽しみが目的で、からかいたくなってしまうのだ。あの匂いも刺激になっている。以前嗅ぎなれていたおそろしく高級な香水の匂いではなく、どこにでもある普通の固形石鹸とフルーティなドラッグストア系のシャンプーの匂いが新鮮なのだ。

ダンサーが彼の肩を鼻先でつついた。「おまえにいわれなくてもわかってるよ。彼女に一本取られた。こちらの負けさ」馬は彼の言葉に頷くように彼の顎をつついた。

テオは馬具を運び、ダンサーのバケツに新鮮な水を注いだ。昨夜アニーが置いていったノートパソコンを開いてみようとしたが、パスワードが解けなかった。いまはまだ秘密に足を踏み入れないでおくが、このまま看過しているわけにもいかない。

彼女にちょっかいを出すのをやめなくてはいけない。それに、さっきのような誘惑は彼女を不快にする以上に、自分が平静を失ってしまう。いま裸の女性など思い浮かべるべきではない。ましてアニー・ヒューイットの裸体などもってのほかだ。

彼女がペレグリン島へやってきたことで、自分は否応なく悪夢に引き戻された。それなのに、なぜ彼女と一緒にいることがこんなにも楽しみになってしまったのだろう。もしかしたら彼女といると奇妙な安心感を抱くせいかもしれない。彼女は自分がいつも惹かれる洗練された美貌の持ち主ではない。ケンリーとは違い、アニーの顔を見ていると、まるで奇をてらったアミューズメント・パークのような楽しさが感じられるのだ。アニーは聡明で、媚びることもしないくせに、相手に譲るべきところはちゃんと譲れる余裕がある。

それらは彼女の美点だ。欠点は……。

アニーは人生をまるで人形劇のようにとらえている。魂がつぶれるほどの苦しみや、手を触れるすべてのものにまとわりつく執拗な絶望を実際に体験したことがない。アニーは否定するかもしれないが、彼女はいまでもおとぎ話のハッピーエンドの信奉者だろう。それこそが彼女と一緒にいたいと思うように仕向ける錯覚の罠なのだ。

テオはジャケットをつかんだ。小説の次のシーンについて思考をめぐらせるべきなのに、心に思い描くのはアニーの分厚いセーターやかさばるコートの下に隠れた裸体だけだ。あれでは厚着をしすぎている。いまが夏なら、水着姿も見られるだろうし、作家の想像力も満足させられ、もっと生産的な思考に移行できるというものだ。だが現実には、おぼろな記憶しかないアニーの骨ばった十代のころの体のイメージを思い起こし、いまはどうなっているのだろうと好奇心をかき立てられるばかりだ。

これではただの好色漢ではないか。

テオは最後にもう一度ダンサーを撫でた。「おまえは自分で思っている以上に幸運なんだぞ。一対の玉を持たない人生は、面倒がなくていいよな」

アニーは書棚で見つけたかなり古い画集をじっくり見たが、希少価値のあるものは何もなかった。デビッド・ホックニー、ニーヴン・ガー、ジュリアン・シュナーベルといった有名画家の画集も珍しいものではない。閉塞感が高まったので、ジェイシーの掃除を手伝った。ジェイシーは一日じゅういつもより口数が少なかった。疲れているようだったので、エリオットの書斎に入るとアニーは座ってと促した。ジェイシーは革のカウチのアームに松葉杖を立てかけ、力なくソファーに座り込んだ。「テオがメールで、必ず今夜レンジローバーをコテージに戻すよう伝えろといってきたの」

アニーは狙撃されたことをジェイシーには話しておらず、また今後も話すつもりはなかった。ジェイシーの手伝いをする目的はジェイシーの生活をいくらかでも楽にすることであって、要らぬ心配をかけることではない。

ジェイシーはブロンドの髪をひと房耳にかけた。「もうひとつ、今夜は夕食を用意しなくていいとも。今週に入って三度目よ」

アニーは掃除機を前面の窓に移し、注意深くいった。「私は彼を招いていないのよ、ジェイシー。彼が自分の好きなようにやっているだけなの」

「彼はあなたのことが好きなのよ。理解できないわ。あなたは彼についてひどい発言しかしないのに」

アニーは説明しようとした。「私を好きなわけじゃないのよ。私に嫌がらせをしているだけ。そこには大きな違いがあるわ」

「そうは思わないわ」ジェイシーは立ち上がり、ぎこちなく松葉杖をつかんだ。「リヴィアが何をしようとしているか、見てきたほうがよさそうね」

アニーは落胆の気持ちでジェイシーの後ろ姿を見つめた。自分ははからずも、最も大切な相手の気持ちを動転させてしまっているのだ。孤島に近い島での生活が日増しに複雑になってきた。

その夜、アニーがコートを取りにいくと、リヴィアがキッチンの床の上で踏み台を引っ張り、その上に上り、画用紙を巻いた筒をアニーのバックパックに入れようとしていた。アニーはコテージに着き次第よく調べようと思ったが、コテージのドアを開いて最初に目に飛び込んできたのは、麻薬中毒者の止血帯そっくりに腕に飲み物のストローを巻きつけカウチの上で大の字に寝転んでいるレオの姿だった。反対側ではディリーがのんびり寛ぎ、手からタバコのような巻紙がぶら下がっている。脚は人間の脚そっくりに足首を膝に乗せている。

アニーは乱暴に帽子を脱いだ。「私の人形には触らないでくれない?」

テオは紫色の布巾をジーンズのウエストバンドにたくし込み、悠然とキッチンから出てきた。「いままで自分がこうも衝動を抑えられない人間だとは気づかなかったな」

アニーは彼を見ただけで胸がときめくことが厭わしかった。だが血の通った人間の女なら誰しも彼のような容姿の男性を見て目を楽しませるのではないだろうか? それも紫色の布巾を腰に巻いているのだ。アニーは横柄な態度を見せることで、途方もない彼の美貌に罰を与えることにした。「ディリーは絶対タバコを吸わないの。薬物乱用の防止に特化したキャラクターだから」

「それはご立派なことだ」

「それにあなたは私が帰宅するまでに退出することになっていなかった?」

「そうだったっけ？」彼は台詞を忘れた昼興行のアイドルのようなとぼけた顔をした。ハンニバルがキッチンからゆっくりと姿を現し、彼の靴の上にまとわりついた。

アニーは猫をじろじろと見た。「あなたの仲良しちゃんはここで何をしているの？」

「仕事中はこの子が必要なんだ」

「魔法をかけるお手伝い？」

「作家は猫にこういうことを求めるものなんだよ。たぶんきみには理解してもらえないだろうがね」彼は彫像のように完璧な鼻梁ごしにアニーを見下ろした。その表情があまりにわざとらしく驕慢《きょうまん》だったので、きっと苛立たせるのが目的なのだなとアニーは察した。アニーはその手に乗らず、彼らにとって新境地ともいえる堕落行為から人形たちを救出し、アトリエに戻した。

ベッドの上にあった箱はタクシーの壁画の下に並べて置かれている。調べた結果、この壁画もほかのものと同様に、無価値であることが判明した。このところ箱の中身についても調べはじめ、在庫リストに載せているが、これまでに見つかった興味深いものとしてはコテージの来客名簿と〈夢の本〉だけだ。〈夢の本〉はアニーが十代前半に作ったスクラップブックにみずからタイトルをつけたものだ。そのページには挿絵があり、観たショーのビラや、好きな女優の写真が貼られ、想像のなかでブロードウェイのスターになった感想を述べている。とりとめもない空想を抱く若い少女が大人になってみるみる夢破れ落ちていくさまを振り返ると気が滅入るので、スクラップブックを片付けてしまった。

何か美味しそうな匂いがキッチンから漂ってきた。髪に櫛を入れ、疲れ切った顔をしていたのでリップグロスをひと塗りしてからリビングルームに戻った。そこでレオが先ほどまでいたカウチの上でテオが寛いでいた。部屋の反対側から見ても、彼が彼女の描いた絵を眺めているのがわかった。

「きみは絵が得意だということをすっかり忘れていたよ」彼はいった。

手慰みに作ったものをつぶさに見られ、アニーは落ち着かなくなった。「得意でもなんでもないわ。ただ自分の楽しみとして描いただけ」

「自分を過小評価しすぎているぞ」テオはふたたび絵を眺めた。「おれはこの子が気に入った。なかなか個性がある」

それは勉強熱心な若い少年の絵で、黒いまっすぐな髪をしていて、その頭頂部から逆毛が噴水のように伸びている。ジーンズの折り返しの下から骨ばった足首が覗き、思春期直前の急成長を窺わせる。四角い縁のメガネが少しソバカスのある鼻の上に乗っている。シャツのボタンは掛け違えてあり、手首にはゆるすぎる大人の時計をはめている。優れた絵では決してないが、未来の人形作りに役立つポテンシャルがある。

テオは紙を傾け、別の角度から絵を見た。「この子は何歳だと思う?」

「わからない」

「十二歳。思春期にもがいている」

「あなたの好きに考えてちょうだい」

彼が絵を下に下ろすと、すでにワインがグラスに注がれていたことにアニーは気づいた。アニーが文句をいいかけると。彼はルイ十六世のチェストの上の、コルクを抜いた瓶に向けて顎をしゃくった。「屋敷から持ってきたんだ。質問に答えなくちゃ、一滴も分けてやらないからな」

質問に答えるのはアニーにとって何より避けたい事柄だった。「夕食はなんなの?」

「ミートローフだよ。ただのミートローフじゃない。生のベーコン、パンチェッタと二種類の特別なチーズをくるんでギネスビール風味の特別な材料を上から塗ったミートローフだ。興味が湧いたか?」

アニーは想像しただけでよだれが出そうになった。「まあね」

「そうか。でもまず話を聞こう。つまりもう時間切れだということ。目の前には壁が立ちはだかっている。おれを信じるのか、信じないのか、たったいま決めろ」

アニーは決断できずにいた。彼のいた位置からみて、狙撃犯でないことは確かだ。しかし彼の過去を考えれば、彼が信ずるに値する相手とは言い切れない。アニーはゆっくり時間をかけて航空機の座席風アームチェアに腰をおろし、座面に横座りした。「あなたの本、批評家たちに酷評されて残念だったわね。容赦ない批評を受けて、あなたの自信が相当傷ついたことは想像にかたくないわね」

彼はスペインのコスタ・デル・ソルで寛ぐ道楽者のようにけだるい感じでワインをすすった。「そうさ、自信なんて木っ端微塵にされたよ。ほんとうにおれの本を読んでないのか？」

先刻の偉ぶった態度のお返しをするチャンスだ。「私はもっと高尚な文学を好むから」

「ああ、きみの高尚な文学作品の数々を寝室で見たよ。おれみたいな三文文士には恐れ多い作品ばかりだ」

アニーは眉をひそめた。「私の寝室で何をしていたの？」

「室内を調べていた。パソコンにログインできなかったから、まだましなやり方だといえるかな。そのうちおれにもパスワードを教えざるを得なくなる。そのほうがフェアだからさ」

「それは無理」

「だったらきみからすべて打ち明けないかぎり、詮索を続けるしかない」彼はワイングラスをアニーのほうに向けた。「ところできみはパンティを買い足したほうがいいな」

自分が屋敷の小塔でしていたことを考えると、義憤をぶちまけるわけにはいかなかった。

「私の下着にはなんの問題もないわ」

「さすが長期間情事に縁のない女性の発言だよな」

「ちゃんと縁はあるわよ！」

「嘘つけ」

アニーは曖昧な言い方ではぐらかしたい気持ちと、正直に打ち明けたい気持ちという矛盾する願望が頭のなかで交錯するのを感じた。「ちなみに、大勢のダメ男たちと付き合ったせいで、ベッド上ではかなり淫乱なタイプよ」それは事実とかけ離れた言い方だったが、テオがげらげら笑い出したので、その点を訂正するのはやめた。

テオはようやく真顔に戻り悲しげに首を振った。「やっぱりきみは自分を過小評価しすぎていると思う。ところでそうなった理由はなんなんだ？　いつになればそんな劣等感から抜け出せるんだ？」

たまにしか自分自身を省みないこの私より彼のほうが私について考えてくれていると思ったとき、アニーは驚きで茫然とした。

彼を信じなさい。スキャンプが促した。

軽率なことはやめるのよ。ディリーが諭した。

そいつのことなんか忘れろ。ピーターが叫んだ。おまえのことはおれが守るから！

気取りやがって。レオがフンと鼻を鳴らした。便利屋みたいなマネはよせ。彼女はほっといても自分の力でなんとかするさ。

傍らにいながら何も救いの手を差し伸べようとしなかった男たちを思い起こすことで、テオの言葉が心に重く響いた。変質者というものは得てして犠牲者の信頼をいとも簡単に手に入れられるものなのよ。そんな心の声を聞きながらも、アニーは床に足を下ろして、気づけば真実を語りはじめていた。「母は亡くなる直前、私への遺産として、コテージに価値のあるものを遺したと語ったの。それを探し出せば、お金が手に入るわ」

アニーは全身で注意を彼に集中させていた。彼は足を床に下ろし、背筋を伸ばした。「どんな類の遺産なんだ?」

「わからない」アニーは答えた。「母はそのとき呼吸もままならなくなって、その直後意識を失い、夜明け前に息を引き取ったの」

「で、それが何かわかったのか?」

「主な美術品の類はすべて調べたけど、母は歳月が流れるうちに所有していた名作の大半を売却してしまっていたわ。残されたのはほとんど無価値なものばかりで。ほんの数時間ばかり、遺産というのは希少なワインだったと有頂天になっていたけど」

「作家とかミュージシャンもここに泊まったんじゃないか?」

アニーが頷いた。「母が招待する相手を絞り込んでいたら、と残念な気持ちよ」

「マリアはいつもきみに難題を押しつけていたよな。そこが理解できない」

「それが母なりの愛情表現だったのよ」アニーは恨みを込めることなくいった。「母にとって私はあまりに平凡でおとなしすぎる娘だったのよ」

「古きよき時代の思い出だ」彼は淡々といった。

「母は娘があまりに自分と違うから心配したのではないかしら。色でいえばベージュと真紅ぐらいかけ離れていたから」ハンニバルがアニーの膝の上に飛び乗り、アニーは猫の頭を撫でてやった。「娘はこのままでは人生で挫折してしまう、と気を揉んだのよ」

「ずいぶん屈折した心理だな」彼はいった。「とはいえ、それが功を奏したともいえる」

アニーがそれはどういう意味かと問う前に、彼の言葉が続いた。「きみは屋根裏部屋のなかを見たか？」

「屋根裏部屋って？」

「天井の上のスペースかな？」

「それは屋根裏部屋じゃないわ。あれは――」とはいえ、あれはやはり屋根裏部屋だろう。

「入り口がないんだもの」

「入り口ならある。アトリエのクローゼットのなかに落とし戸の上り口が」

アニーは何十回もその落とし戸は見ているが、そこからどこにつながるのかなどと考えたことはなかった。アニーは弾かれたように立ち上がり、猫を別の場所に置いた。「いますぐそこを見にいくわ」

「待て。段がひとつ壊れていて、天井から落ちてしまうぞ。明日調べてやる」

見るのは私が先よ。アニーはどさりと椅子に座った。「ワインを飲ませてくれる？　ミートローフも食べさせてよ」

テオはワインを取りにいった。「誰かこのことを知ってるやつはいるのか？」

「誰にも話していないわ。これまではね。こうして告白してしまったのを悔やむことにならなきゃいいけど」

テオは無視した。「誰かがここに不法侵入した。きみは狙撃されかけた。それらの事件の犯人はコテージにあるマリアの遺産が狙いなんじゃないか？」

「反論の余地はないわね」

「そうやっていつまでも茶化してるつもりか、事件を解決したいのか、どっちだ？」

アニーは思案した。「茶化そうかな」

彼はその場に立って、辛抱強く待った。アニーは両手を振り上げた。

「わかったわよ。話を聞くわ」

「話はそこからだ」テオはワインを運び、アニーに手渡した。「仮にきみがこのことについて他言していないとして……」

「誰にもいってないわ」

「ジェイシーにも？　友だちにも？」

「落ちこぼれの元彼にも？　もちろん話してないわよ」アニーはワインを飲んだ。「母が誰かに話したに違いないわ。あるいは……私にはこれが一番しっくり来るんだけど……根無し草みたいに生きている浮浪者がお金目当てでコテージに押し入り、それとは無関係に銃をいたずらしていた子どもの撃った弾がたまたま私のほうへ飛んできた」

「相変わらず楽天家なんだな」

「四六時中闇の帝王みたいな顔しているより、ずっとましじゃないの」

「現実的って意味か？」

「現実的で冷笑的な人間かな」アニーは顔をしかめた。「皮肉のどこが嫌かというと……」

アニーの嫌う皮肉のことなどテオはどうでもいいらしく、そのままキッチンに向かった。だが皮肉はアニーにとって激しく反応せずにはいられない話題なので、彼の後ろからついていった。

「皮肉は現実逃避なの」彼女は最後に付き合った元彼のことを思い浮かべながらいった。浮き沈みの多い芸能界で生きていく不安を隠し、いつも人を見下した態度をとる男だった。

「皮肉屋でいれば人は論争に巻き込まれずに済むの。問題解決のために手を汚す必要がない。無意味だから。一日じゅうのらくらして、少しでも状況を変えようとして奮闘する頑張り屋の悪口ばかりいってるの。ただ小手先で人生を操るだけ。皮肉屋はみんなきまって怠け者ばかりだったわよ」

「おい、おれを見るな。おれはきみに美味いミートローフを作ってやった男なんだぞ」

オーブンの蓋を開けようとして前にかがむ彼の姿を見て、アニーの熱弁は失速した。テオは痩せているが骨と皮ではない。筋肉質の体は、ボディビルダーのように盛り上がってはいない。アニーは突然コテージが狭苦しく、孤立した場所に思えてきた。

アニーはカトラリーをつかみ、テーブルまで運んだ。その間分別のあるディリーの声が頭のなかで響いていた。

11

ミートローフは前宣伝以上に美味だった。付け合せのローストしたじゃがいもの味付けも完璧だった。三杯目のワインを飲み終えるころには、コテージが季節はずれのバカンスの舞台のように思えてきた。適切な行動の規範もなく秘密は秘密のまま保たれる。女が疑念も分別も忘れ、官能的な気まぐれに溺れられる場所。アニーはとりとめのない空想を振り払おうとしたが、ワインがそれを妨げた。

テオはグラスの脚《ステム》を親指と人差し指で回した。彼の声は夜の闇のように低く穏やかだった。「おれたちが洞窟で何をしていたか、覚えているかい?」

アニーはポテトを半分に切るふりをした。「よく覚えてないわ。昔のことだもの」

「おれは覚えている」

アニーはポテトをさらに小さく切った。「なぜそんなことを覚えているの?」

テオは長いあいだ目をそらすことなくアニーを見つめていた。きみだって隠れ家での官能的な戯れをまさか忘れてはいないはずだとでもいうような視線だった。「誰でも最初の体験

から」

のことは覚えているものだ」

「あれは初体験とはいえないもの」彼女はいった。「一線を踏み越えるまではいかなかった

「踏み越えそうになっただろ。きみはきっと覚えちゃいないとはおれも思っていた」

「ある程度は覚えているわ」

テオは椅子の背にもたれた。「おれたちは何時間もいちゃついていた。忘れてないだろ？」

忘れられるはずがなかった。キスはいつまでも続いた――頬から首へ、口から舌へ。数秒……数分……数時間。そしてまた最初からやり直す。大人になると最終ゴールへと急ぐため、そうしたプロセスに長く時間をかけなくなってしまう。十代の若者だけは次のステップへの恐れから代用としてキスを長々と続けてしまうのだ。

アニーは酔ってはいなかったが、ほろ酔い気分になっていた。いつまでも戸惑いを呼び覚ます洞窟での思い出に浸っていたくなかった。「キスはいまでは忘れ去られた技術になってしまったわ」

「そう思っているのかい？」

「まあね」アニーは芳醇で濃厚な味わいのワインをもう一口飲んだ。

「きみの指摘は的を射ているかもしれないな」彼がいった。「おれもキスは下手くそだ」

アニーは彼の言葉を修正したいという衝動をかろうじて抑えた。「男ってそれを認めたが

らないものよ」

「早く次のステップに進みたくて心が急《せ》いてしまうんだよ」

「男はみんなそう」

黒い尻尾がテーブルの端からひょいと覗いた。ハンニバルが彼の膝の上に飛び乗ったのだ。彼は猫の背中を撫で、床におろした。

アニーは肉の一切れを皿の端に押しやった。空腹感がなくなると同時に慎重さも薄れていた。「理解できないわ。あなたは動物好きなのに」ふたりがあの海の洞窟の思い出に浸っているうちに、いつしか潮が変わり、天候も怪しくなってきたようだった。彼はテーブルから立ち、書棚のほうへゆっくりと歩いていった。「自分で理解できないことを説明できると思うか？」

アニーはテーブルに肘をついた。「目的は子犬たちだったの？　私だったの？　あなたが危害を加えようとしたのはどっち？」

彼は時間をかけてゆっくり答えた。「突き詰めると自分自身を痛めつけたかったんだろう」

それでは何もわからないままだ。

彼はいった。「押し込み強盗があった晩に、マリアの遺産のことを話してもらいたかったよな」

アニーは立ち上がり、ワイングラスをつかんだ。「そういうのなら、あなたも何もかも話してくれたらどうなの？　というより、あなたは話題に触れることさえ避けているけどね」

「おれは銃を向けられる心配はないんでね」

「私はあなたを信じられない――信じられなかったのよ」

アニーのほうを向いた彼の視線は魅惑的だったが、好色さはまるでなかった。「いまおれが何を考えているかわかったとしたら、そりゃ当然おれのことを信頼できなくなるだろう。だっておれの数少ない楽しい思い出の場所はあの洞窟だったんだから。きみがまるきり違う思いを抱いているのは知っているけどさ」

昨夜のことがなければ、アニーもテオの気持ちに共感できたかもしれなかった。ワインが血管を勢いよくめぐっていた。「自分が死にかけた場所を懐かしむ気持ちにはなかなかなれないわ」

「それは当然だろうな」

アニーはいつもピリピリした緊張状態にあることにうんざりしていたので、ワインによって気持ちがほぐれ、心地よくなっていた。しばし過去を封印し何もなかったことにしたかった。ふたりが出会ったばかりのふりをしたかった。知り合いのある女性のようにバーで魅力的な男性を見つけ、すぐさまベッドに向かって、数時間後には後腐れなくすっきりさよならしてみたかった。〝私は基本的に男だから〟その友人レイチェルがかつて話したことがあった。〝感情的な絆なんて望まないの。ただ欲望を満たしたいだけ〟

アニーもそんなふうに異性と付き合いたかった。

「名案が浮かんだぞ」テオは書棚にもたれ、片側の口角を上げた。「昔を偲《しの》んでいちゃいちゃしよう」

アニーはワインを三杯飲んでいたので、断固とした口調で答えられなかった。「やめとくわ」

「絶対に？」テオは書棚から離れた。「ふたりの関係は変わらないよ。おれがきみを殺そうとしたという疑念を消し去れないんだから、おれに好意を持っているふりもしなくていいんだ。正直、試してみたい」

血管をめぐるワインのせいで、彼のくすんだ滑らかなベルベットのような誘惑の裏に隠れた茶目っ気にアニーは抵抗できなかった。とはいえ、どれほど酔っていようとも、いくつかの条件をつけることは忘れなかった。「手を使うのはだめ」

彼はゆっくりと近づいてきた。「どういうことかな」

「手を使うのはなし」アニーはきっぱりいった。

「手は使わない。ウエストから下は」

アニーは顔を上げた。「首から下はだめ」

「それは現実的じゃないんじゃないか？」彼はアニーの前で立ち止まり、ブラジャーの留め金をはずすような親密さをこめて彼女の手からワイングラスを取った。

アニーは酔っ払う一歩手前の自分が気に入った。「この条件を飲むかやめるか、どちらかにして」

「そういわれると不安だよ」彼はいった。「さっきいったようにおれはキスに自信がない。ほかは問題ない。それにしてもキスだけとは？　全然自信がないな」

彼の目が笑っていた。憂鬱な顔をしてみせながら、悪戯好きなテオ・ハープは私を斬新な官能の罠に引き込もうとしているのだ。彼の手がアニーの髪に伸びた。彼女はポニーテールのゴムをはずした。「十六歳の自分の助けを借りればいいわ。彼はとてもキスが上手だったもの」

テオはひたとアニーを見つめ、ワイングラスの最後の一滴をあおり、ふたりの距離を詰めた。「やってみるよ」

テオもその点について疎いわけではなかったし、これまで手に入れたい女性がいたとしても、必ず成功してきたという事情もある。しかしこうした異性に関する傲慢さはアニーのような女性に接する際は危険な要素となる。なぜ彼女はこちらの仕掛けに乗ってこなかったか。それは彼女が分別をわきまえているからだ。

テオは妻のケンリーと最後にキスした記憶がなかったが、最後の交わりだけは覚えている。真夜中の行為——ケンリーは憎しみをテオに知らしめようとした。彼のほうは相手への憎しみを表さないよう努力した。

テオは閉じたアニーのまぶたを見下ろした。それを見ると砂浜に打ち上げられた貝がらを思い出す。アニーも大人になって少しは鋭い部分も身につけてきたが、たとえ知識として男の自信を失わせる方法は知っていたとしても、実行するすべを知らない。いまだ腹話術の人形に執着し、性善説やハッピーエンドを信じている。その彼女がここでキスの瞬間を待っている。そして自分もここにいる。離れるべきタイミングがあれば機を逃さないことを意識しながら。

テオはアニーの頬骨の上で親指を滑らせた。唇がかすかに開いている。彼女はこちらに品行の良さを求めていない。最悪だったころを知っているから、助けたり守ったりしてもらえるとも思っていないし、こちらの正しい行動も期待していない。大事なのは、彼女が愛されることを待ち望んでいないこと。そこがなんといっても一番気に入っている。もうひとつ、こちらの良識を期待していないことがいい。警戒心を解き、自分のなりたい自分でいられる自由をなくしてから長い時間が経っている。

まるきり良識のない男、か。

彼は口を下に向け、唇が触れる程度に軽く重ねた。ワインの香りを残す息が混じり合った。彼女はよりしっかりと唇が重なるよう、首を傾けた。彼は無理やり一ミリばかり後退した。唇はかすめる程度にしか接触しなかった。

アニーは彼のおふざけを見てかすかに後退した。その距離をテオが瞬時に縮めたが、あくまでも軽いタッチのままだった。彼を恐れる理由には事欠かないはずのアニーがここまでの接近を許すのは滑稽だが、彼女は鳥の羽でかすめるように唇を動かしてくる。まだ数秒しか経っていないのに、両脚のあいだはすでに張り詰めていた。彼は彼女の口を唇で覆い、押し開き、舌を奥に進め最後のとどめを刺そうとした。

手の付け根が彼の胸に強く押し当てられた。憤る褐色の瞳が鋭く見つめていた。「あなたのいったとおりだったわ。あなたのキスは最悪」

えっ？　最悪だって？　これは見過ごせない。彼は腕の内側で彼女の髪を撫でるようにして片手を彼女の背後の壁に押し当てた。「ごめん。足がつって、バランスを崩した」

「バランスを崩したんじゃなく、チャンスを逃したのよ」

一歩も後退しなかったのに、いうことは偉そうだ。彼はゲームの開始早々負けを認めるわけにいかなかった。気骨があり、でも優しい心の持ち主アニー。男から最後の血の一滴を要求することなど思いもつかないアニー・ヒューイットに対しては。「心からお詫びする」彼は首を傾け、耳の後ろの軟らかい皮膚に息を吹きかけた。

アニーの髪は乱れていた。「そのほうがいいわ」

彼は体を近づけ、唇でやわらかい部分を探した。こうして体を密着させることは拷問のようだったが、猛り立つものに負けたくはなかった。

彼のウエストあたりをアニーはまさぐり、セーターの下から手を滑り込ませた。これは彼女が言い出したルールに違反しているのだが、こちらはもちろんそんなことに触れるつもりはない。彼女は首をまわし、唇を合わせようとしたが、生来の負けず嫌いで、いまはゲームのまっただなか。だからキスする位置を彼女の顎の線に移した。

アニーは首を反らした。彼はその招待を受けとる形で唇にキスした。セーターのなかに入った彼女の手が滑るように上に移動していく。慎みある女性のタッチはとても心地よく、新鮮に感じられた。彼は危険を冒したい衝動を抑えた。結局体をぴたりと寄せてきたのは彼女のほうで、口を開き彼の唇を求めてきた。

いつしか気づけばふたりは床の上に体を横たえていた。引っ張ったのは自分なのか、それとも彼女のほうなのか？　わかることはただひとつ。彼女が背中を床につけて自分がその上にいることだけだった。それは、情熱的で甘い洞窟での思い出とそっくり同じだった。

彼は彼女の衣服を剝ぎ取り、脚を開かせ、濡れた秘密の花の芯をあらわにしたかった。彼女の速い息遣い、背中にしがみついた両手の力強さから見ても、彼女も同じことを望んでいるのは明らかだった。テオは抑制の限りを尽くして、キスに戻った。こめかみから頰、口へ。濃密で魂を込めた、喉まで舌を進めるキスだった。

彼女はうめきをもらしはじめていた。その声には嘆願にも似た響きがあり、脚を絡めてきた。彼の手がもつれ乱れたシルクのような彼女の髪の毛をまさぐった。彼はアニーの腰骨のあいだの狭いくぼみに体を密着させた。ふたりのジーンズが擦れ合い、アニーは喉の奥深くで響くうめき声を上げた。彼は抑制を失いかけていた。もはや一瞬の猶予もきかない状態だった。

彼は彼女のジーンズのジッパーと自分のジッパーを乱暴に開いた。彼女が背中を反らせる。彼は慣れぬ手つきでジーンズを片方だけ足首から抜いた。彼女の手が彼のセーターを握りしめた。彼は彼女の両脚のあいだに入り、押さえつけられていたものを解き放ち、進入させた。彼女が叫び声を上げた。しわがれたうめき声は激しく、抵抗の兆しはなかった。彼はさらに奥を攻め、いったん引き返し、ふたたび深く進んだ。そして終わりが訪れた。

宇宙が彼の目の前で弾け、割れたのだった。

気づけば彼女が狂ったように罵りの言葉を連発していた。

「卑怯者！　人でなし！」アニーは彼を突き飛ばし、ジーンズを穿きながら同時に立ち上がっていた。「私を許せない。あなたも許せない！」彼女は何か悪魔のダンスのような仕草でジッパーを乱暴に上げた。肘をバタバタと動かし、床をドシンドシンと踏み鳴らす。彼も立ち上がり、彼女の言葉の攻撃を聞きながらジーンズのジッパーを上げた。「私が馬鹿だったの！　どんなにこき下ろされても反論できないわ。神に誓って、私は頭の弱い、狂った生き物なのよ。こんな大馬鹿者は……」

彼は何もいうなとみずからに命じた。

振り向いたアニーの顔は憤怒で真っ赤に染まっていた。「私はこんな軽い女じゃないの！　違うんだから！」

「ある意味で軽いかも」彼は思わず口走っていた。

アニーはカウチからクッションを持ち上げ、彼をそれで殴った。彼も女性の憤激には慣れていたので、攻撃をあえて避けなかった。

アニーはふたたび床を踏み鳴らした。怒りのあまり、腕を振りまわし、カールした髪が飛びはねた。「次は何が起きるか、ちゃんと知ってるんだから。私が背を向けた瞬間、顔から沼に落とされるのよ。あるいは食品運搬用のエレベーターに閉じ込められるかもしれないわ。それとも、洞窟で溺死させられるのかしら！」彼女は息が切れて、喘いだ。「あなたなんか、信頼できない！　あなたなんか嫌い。もうあなたなんかに――あなたは――」

「おれにとって、こんな素晴らしい気分は記憶にないぐらい久しぶりだったよ」

テオは思い上がった男ではないが、アニーの持つ何かが作用して、いつも彼の短所が引き出されてしまうように感じた。ひょっとすると引き出されるものは、短所ではなく長所なのかもしれなかった。

アニーはテオをにらみつけた。「あなたは私のなかに入ったのよ！」

彼の愉悦感はたちまちしぼんだ。これほど油断したことはかつてなく、自分自身の間抜けさを悔やむのは彼の番だった。そんな気持ちから、言い訳がましい言葉を返した。「最初からこうしようと計画していたわけじゃない」

「絶対計画していたわよ！　いまだってあなたの小さな水泳選手たちが、背泳ぎで私の卵に向かってるかもしれないのよ！」

その言い方が死ぬほど可笑しくて彼は吹き出しそうになったが、笑い声は上げたくなかった。かわりに握りこぶしの甲で顎をこすった。「きみは……いまピルを服用中か？」

「いまごろ訊くのは、ちょっと遅すぎるんじゃないの！」アニーは踵を返し、足を踏み鳴らしながら立ち去った。「答えはノーよ。ピルなんて飲んでないわ！」

テオは肋骨のまわりを万力《まんりき》で締めつけられるように感じ、身動きもできなかった。彼女の足音が寝室から浴室に向かうのが聞こえた。自分も体を洗いたかったが、自分のしでかしたこととその恐ろしい代償のことで頭がいっぱいだった。あれほど満足感の乏しい性交渉だったにもかかわらずだ。

ようやく浴室から出てきたアニーは紺色のローブとサンタクロースのパジャマを着て、厚手の靴下を履いていた。顔はすっきりと洗い上げられ、髪はひもでまとめられ、そのあいだからくるくるしたワインオープナーのような巻き毛があちこちから飛び出していた。幸いなことに彼女は少し前より冷静になっていた。「私は肺炎にかかったの」彼女はいった。「そのせいでピルのスケジュールが狂ったのよ」

彼の背筋を冷たい滴が這い降りた。「最後の月経はいつだった？」

彼女はあざ笑うようにいった。「あなたはなんなの？　私の婦人科医？　ばかいわないで」

「アニー……」

彼女は勢いよく振り向いた。「ねえ、私だって自分にも落ち度があったことは認めるわよ。でもいまは腹が立ちすぎて、自分の責任を認める気にはなれないの」

「そうとも、きみにだって責任があるさ！　きみとキスゲームをしたのがいけないんだ」

「失敗したのはあなたでしょ？」

「そうだ。おれはたしかに失敗した。おれは氷のような人間だとでも思ってたか？」

「悪いのはあなたでしょ！　私が何したっていうの？　それから、あなたはいつからコンドームなしでセックスできると思いはじめたの？」

「そんなこと思ってるわけない！　でも、コンドームをポケットに入れて持ち運ぶ習慣はないんだ」

「あなたのような人こそ持ち歩くべきでしょ？　考えてもみてよ。あなたなら一ダースぐらいは必要でしょう！」彼女は首を振り、目を閉じた。ふたたび目を見開くと、ありがたいことに表情はいくらか穏やかになっていた。「帰って」彼女はいった。「これ以上一刻もあなたの顔を見ていたくないから」

亡き妻からほとんど同じ意味の言葉を浴びせられたことがあったが、ケンリーの言葉は凶暴で、アニーの言葉にはただ疲労がにじみ出ているだけだった。

「このまま帰れないよ、アニー」彼は慎重にいった。「きみもそろそろ察しがつくだろう?」

「帰れるに決まってるでしょ。そうしてちょうだい。たったいま」

「おれがきみを夜ひとりにできるとでも思うのか? 狙撃されたあとだというのに」

アニーは彼の顔をしげしげと見つめた。またしても足を踏み鳴らすか、クッションがまた飛んでくるかと彼は予想していたが、そうではなかった。「あなたにいてほしくないの」

「それはわかる」

アニーは腕を組み、肘に手を当てた。「好きにして。私は動揺しすぎていて論争する気力もないから。それからアトリエで寝てちょうだい。一緒に寝たくないから。わかった?」そういい残して彼女は立ち去った。寝室のドアはしっかりと閉まった。

彼は体を洗い、浴室を出ると夕食で汚れた食器に直面した。調理を担当したのだから、後片付けは彼女にやってもらうのがほんとうだが、この際気にしないことにした。現実の生活とは違い、キッチンの後片付けは明確な調理の開始から途中を経て、最後までの工程に伴う任務なのだ。料理本にはそう書かれている。

アニーは朝ベッドから出る際に危うくハンニバルにつまずきそうになった。あれこれあったというのに、猫の一時預かりまで引き受ける羽目になってしまった。昨夜は最後の生理があって何日経つか数え、もう一度数えながら眠りについた。大丈夫なはずだった。しかし〝はず〟というのは保証とはかけ離れていた。確かとはいえなくとも、悪魔の卵が孵化しつつあるといった感じがしている。もしそんなことが起きてしまったら……そう考えるのさえ耐え難かった。

こうした容姿端麗な悩める偽者ヒーローに対する自身の執着心から自分はすでに抜け出せたと思い込んでいた。だがそうではなかった。テオが少しばかりの興味を示しただけで、いつもどおり、どんな小説の愚かなヒロインよりも軽薄に目を閉じ、脚を広げた。たとえ叶えるのがどれほど困難ではあっても、自分の求めるものは永遠の愛なのだ。子どもも欲しいし、自分には縁のなかったありふれた家庭も築きたい。だがこれまでに出会った、腐りきって冷淡な男たちが相手では、そんな夢が叶うはずもなかった。それなのにここでまた抜け出たはずの悪癖に引き戻されてしまった。それも最悪の形で。自分はテオ・ハープの蜘蛛の巣にひっかかったのだ。それも、彼が仕組んだ悪魔のように巧みな罠に落ちたのではなく、みずから腕を伸ばして巣に引っかかったのだ。

彼より先に天井裏に上ってみなくてはならない。彼が浴室を使う音がしたのを確認すると、アニーは物入れに使っているクローゼットの梯子を引っ張り出し、アトリエに運び込んだ。すでにベッドは彼の手で整えられ、人形たちはいまも窓の下の棚に置かれている。クローゼットのなかで梯子を置き、段を上って隠し扉を押し開いた。彼女はじっくり慎重に冷たい天井裏のスペースに頭を出し、持ってきた懐中電灯の明かりであたりを照らしたが、見えるのは建築用梁《はり》と絶縁体だけだった。

ここもまた行き止まりだ。

浴室の水の音がやんだので、キッチンへ急いで移動し、手早くシリアルの朝食を用意し、それを寝室に運んだ。自分の家なのにこそこそするのは嫌だったが、いま彼の顔を見る気がしなかった。

彼がコテージから出ていってから、ようやくリヴィアがバックパックに入れた紙きれのことを思い出した。巻きつけた紙を取り出し、テーブルに持っていって広げてみる。リヴィアは黒のマジックペンを使い三個の棒状の人型を描いていた。二つは大きく残りの一つはとても小さい。紙の横のほうに描かれた小さな人型の髪の毛は線のようにまっすぐだ。その下にリヴィアは曲がった大文字で自分の名前を入れていた。ほかの人型には名前はなく、片方は赤い模様の飾りがあるシャツを着てうつ伏せに横たわり、もういっぽうの人型が両腕を外側に向けて伸ばしている。紙の下部に、リヴィアの苦心のあとが窺える歪んだ文字が並んでいた。

FRESEK

アニーはさらに詳しく絵を眺めた。そして小さな人型には口がないことに、気づいた。

FRESEK

アニーもようやく理解した。絵の意味するところは何であれ、なぜリヴィアがこれをよこしたのかがわかったのだ。これはリヴィアの自由な秘密《free secret》だったのだ。

12

アニーはハープ館の前でレンジローバーを停めた。リヴィアの絵について思いをめぐらすことは、妊娠の心配を忘れられるちょうどよい気晴らしになった。ただ、あの幼い子が描いた内容にはひどく気がかりな要素があった。あの絵をジェイシーに見せ、意味を解読してもらいたかったのだが、誰にもいわないと約束をした事実がある。相手がいくら幼い四歳児だとしても、約束を破るわけにはいかなかった。

アニーはガレージのドアを閉め、ゆっくりと車道に向かった。テオより前にハープ館に到着したので下を眺めてみると、海岸沿いの小道で大海原を前にひっそりと影法師のようにたたずむテオの姿があった。いつものように頭には何もかぶらず、風除けに身に着けているのは黒のスウェードのジャケットだけだ。彼は前にかがんで潮の水たまりをじっと見つめている。彼の胸を去来するものははたしてなんだろう？　身の毛もよだつ小説の筋書きか、亡き妻のことか？　ひょっとすると厄介にも妊娠させてしまったかもしれない女をいかにして追い払うか、案を練っているのかもしれない。

彼が殺意を抱くことはないだろう。それだけは確信できる。だがそれ以外のやり方で、いくらでも傷つけることは可能だ。わたしにはテオのような男性を美化して憧れる傾向があるので、用心してかからなくてはいけない。昨日、わたしは空想相手に性的行為に走ったのだ。本が好きなロマンチストの白昼夢だ。

アニーはジェイシーとリヴィアの朝食で汚れた皿を洗い、キッチンを整えた。それが終わると、ジェイシーを見かけていないので捜しにいった。

親子は小塔の向かい側にある家政婦用の部屋に住んでいる。奥の廊下をまわって端のドアまで行ったが、ドアは閉まっていた。アニーはノックした。「ジェイシー？」

応答がなかったのでもう一度ノックした。ノブをまわしかけたそのとき、リヴィアがドアを開けた。手作りの王冠をかぶったリヴィアは愛らしかった。あまりに目深にかぶっているので、耳が突き出ていた。「あらリヴ、素敵な王冠ね」

リヴィアはアニーがスキャンプを持ってきたかどうかにしか興味がなく、アニーの腕に人形がないのを見て、露骨に落胆を見せた。「スキャンプはお昼寝中よ」アニーはいった。「でもきっと彼女もあなたに会いたがるはずよ。ママはここにいる？」

リヴィアはドアを大きく開いてアニーをなかに通した。

家政婦部屋は居間と寝室からなるL字型に作られている。足を骨折する前に、ジェイシーは居間をリヴィアの部屋に変えていた。ジェイシー自身の部屋は質素だった。ベッド、椅子、ドレッサー、ランプ。すべてが屋敷で使われなくなったお下がりばかりだった。リヴィアの部屋はそれより明るい感じで、鮮やかなピンクの本棚と子ども用のテーブルと椅子、ピンクと緑の敷物、イチゴのショートケーキが描かれた布団を載せたベッドがある。

ジェイシーは窓際に立ち、外を見つめていた。松葉杖の上に貼りつけてあるカバがよじれすぎて、顔が下向きになってしまっている。ジェイシーはゆっくりと窓からアニーのほうを向いた。ジーンズにぴったりしたローズピンクのセーターが女らしい体形を目立たせている。

「ここを片付けていたの」

リヴィアのおもちゃがあたりに散らかり、いくつもの動物のぬいぐるみが乱れたままのベッドに置き去りにされていることから、アニーはジェイシーの言葉が信じられなかった。

「具合でも悪いのかと心配したのよ」

「どこも悪くないわ」

アニーは自分が三週間前この島にやってきたときと変わらず、ジェイシーのことを何も知らなかったのだと今更ながら思った。むしろ、やや焦点のぼけた写真を見ているかのようにさえ感じる。ジェイシーは傷めていないほうの足に重心をかけた。「テオは昨晩帰らなかったの」

アニーはうなじが罪悪感でかっと熱くなるのを感じた。その一言でなぜジェイシーが隠れていたのか理由がわかった。テオがジェイシーに個人的な興味を持っているとは思っていなかったものの、女友だちのおきてを破ってしまったかのように後ろめたかった。せめて真実の一部だけでもジェイシーに話すべきだが、大人ふたりの会話に聞き耳を立てているリヴィアの前では無理だった。「スキャンプはあなたの絵をとっても褒めていたわよ、リヴ。今度はキッチンに飾る絵を描いてくれないかしら? そのあいだママと私はちょっとお話があるから」

リヴィアは頷き、テーブルまで行って、クレヨンの箱を開いた。アニーが廊下に出て、ジェイシーが後ろからついてきた。しかし克明すぎる告白は残酷だと思えた。「このところずっと変な出来事が続いているの」罪悪感が粘り気のある蜜のように心に絡まっていた。「あなたに嫌な思いはさせたくないんだけど、あなたにも知ってもらったほうがいいかなと考えてね。土曜日の晩、コテージに戻ると、部屋が荒らされていたの」

「どういうこと?」

アニーはそのときのことを語って聞かせた。そしてアニーは残りを話した。「昨日の朝ここへ来る途中、誰かが私を撃ったの」

「あなたを撃った?」

「弾はぎりぎりのところで逸れたの。その直後にテオがたまたま通りかかった。彼が昨日帰らなかったのはそのためよ。夜ひとりにさせるわけにいかないといって泊まったの。私は必要ないと断ったんだけど」

ジェイシーは背後の壁に寄りかかった。「きっとそれは事故なのよ。どこかのばかな人が鳥でも撃ってたんでしょう」

「私は見晴らしのいい場所にいたのよ。私が鳥ではないことはかなり明白だったはず」

しかしジェイシーは聞いていなかった。「きっとダニー・キーンの仕業に違いないわ。彼はこういうことばかりしでかしているの。きっと数人の友だちとコテージに押し入ったのよ。あの子の母親に電話してくるわ」

アニーはそんな単純な理由では説明がつかないと思ったが、ジェイシーはすでに廊下を戻りはじめていた。アニーが到着したころよりずっと簡単そうに松葉杖で移動できるようになっている。ジェイシーにはコテージで起きたことは決して話すまいとアニーは心に誓った。ほかの誰にも打ち明けられる話ではなかった。ほんとうに妊娠したりしなければ……。

やめなさい！　ディリーが命じた。そんなふうに考えてはいけないわ。

おれがおまえと結婚する、とピーターがいった。ヒーローは常に正しい行いをするんだ。

ピーターの言葉がだんだん神経にさわるようになってきていた。

リヴィアがピンクのコートを着て、歪んだ紙の王冠をかぶったままアニーのバックパックをひきずりながら、図書室にやってきた。子どもの要求が何かは、探偵の名推理がなくとも容易に察しがついた。アニーはノートパソコンを閉じ、自分のコートを取りにいった。

　気温は三～四度まで上がり、外に出てみると雨どいから滴が落ち、日陰以外の場所では雪解けが始まっている。妖精の家の近くに、卵ぐらいの大きさの岩があり、上に緑色の冬苔のかけらが乗っていた。小さな森の生き物にはちょうどいい止まり木になりそうだった。ジェイシーはリヴィアがもっと早い時間にこっそり抜け出したことを知っているのだろうか。

「妖精さんが座れる新しい場所ができたのね」

　リヴィアもアニーの後ろから上体をそらすようにして、岩をつぶさに眺めた。

　アニーはリヴィアにひとりで外に出たことを注意しようとして、考え直した。この木より遠くへは行かないようでもあり、テオが厩舎の錠をかけ忘れなければ、なんの差し支えもないだろう。

　アニーは岩棚の上に座り、スキャンプを取り出した。「ボンジョルノ、リヴィア。あたし、スキャンペリーノよ。イタリアーノを練習しているの。イタリア語という意味よ。あなたは外国の言葉を話せる？」

　リヴィアは首を振った。

「それはお気の毒ね」スキャンプはいった。「ピザもイタリア語なのよ。大好物なの。ジェラートもよ。アイスクリームに似ている食べ物よ。傾いた塔の名前も。あらら……」スキャンプはうなだれた。「ここペレグリン島ではピザもジェラートも売ってないのよね」

リヴィアは申し訳なさそうな顔をした。

「そうだ、いいことを思いついたわ！」スキャンプが声を張り上げた。「あなたとアニーと一緒に、午後イングリッシュ・マフィンで偽物のピザを作ればいいのよ」

アニーはリヴィアが嫌だと断るかと思ったが、子どもは頷いた。スキャンプはオレンジ色のカールした髪をふわふわさせながら首を振った。「あなたがあたしに描いてくれた絵はエクセレンテだったわ。イタリア語で素晴らしいという意味よ」

リヴィアはうつむき、足元を見つめていたが、スキャンプはなおも続けた。「あたしはとても頭がいいから推論したの——答えを見つけ出したの——それはね……」スキャンプは声を落とし、ささやいた。「……あの絵はあなたの自由な秘密だということ」

リヴィアの小さな顔は不安げに引き締まった。

スキャンプは顔を上げ、そっといった。「心配しないで、怒ったりしないから」

リヴィアはやっとスキャンプを見た。

「絵に描かれていたのはあなたよね？　ほかのふたりが誰かはよくわからないの……」しばしためらい、続けた。「ママかな？」

リヴィアは少しだけ、ほとんどわからない程度に頷いた。

アニーは何かにぶつからないよう腕を伸ばし、暗い部屋を手探りで進んでいるような感覚に襲われた。「お母さんは何かきれいなものを着ているみたいね。花か、ひょっとしてバレンタイン？　あなたからのプレゼントなの？」

リヴィアは激しく首を振った。人形に裏切られたかのように、目に涙が浮かんだ。嗚咽をもらしながら、リヴィアは家のなかに駆け込んだ。

キッチンのドアが音をたてて閉まり、アニーはたじろいだ。大学で数年心理学を学んだぐらいではこのような状況に対応できる能力は身につけられなかった。児童心理学者でもない。母親でもない……。

とはいえ、母親になる可能性もなくはない。

アニーは胸が痛みはじめた。スキャンプをしまいこみ、キッチンに戻ったが、あと数時間もハープ館にいると思うといたたまれなかった。

ふたたび帰途につきながら、冬の明るい日差しに自分の暗い気分を嘲笑われているような気がした。アニーは肩を落とし、屋敷の前面をまわり、崖の上に立った。玄関ポーチが背後に延びていた。下には花崗岩の階段がカーブしながら岩の表面まで続いている。その先は海岸だ。アニーは降りはじめた。

階段は浅く滑りやすくなっているので、ロープにつかまって降りた。なぜ私の人生はここまで収拾がつかなくなってしまうのだろう？　当分のあいだはコテージが唯一の自宅ということになるが、一度地道な仕事に就けば……安定した仕事に就けばここに来るため二カ月もの休暇はもらえない。遅かれ早かれ、コテージはハープ家の手に戻るのだ。

でもまだ大丈夫。ディリーがいった。いまはあなたがここにいるんだし、仕事だってあるでしょ？　泣き言なんてもういわないの。コツコツやりなさい。プラス思考でいくの。

黙れ、ディリー。レオが嘲笑うようにいった。感受性を最大限発揮したところで、人生がどれほど厄介なものになりうるか、おまえなんかに皆目見当もつかないだろうよ。

アニーは目をしばたたいた。いまの発言はほんとうにレオの口から発せられたものなのか？　頭のなかで人形たちの声が混ざりつつあった。ピーターが支える係。レオは攻撃する係。

アニーは両手をポケットに入れた。強い風にあおられて、コートが体に張りつき、ニット帽から出た毛先が顔を激しく打った。アニーは海に顔を向け、自分が波や水流、潮の上昇と下降とを支配する指揮官であると想像した。自分のふがいなさを感じているからこそ、想像力の助けが必要なのだった。

ようやくアニーは体の向きを変えた。

岩盤の崩落で入り口は塞がれてしまったものの、アニーにはそれがどこにあるかわかった。アニーにとって洞窟はいつも海の精セイレーンの呼び声を通りかかる人すべてに伝える秘密の場所だった。なかにお入りなさい。ピクニックのお弁当や好きなおもちゃ、あなたの空想も幻想も持っていらっしゃい。思い出に浸ったり……探検したり……愛をはぐくんだり……死んだり……。

突風が吹き、帽子をぐいと引っ張った。アニーはそれが海に流れる前につかみ取り、ポケットに入れた。今日はもう屋敷に戻るつもりはなかった。これほどの感情のうねりを抱えたまま、戻るわけにはいかなかった。アニーは岩をいくつも這い登り、這い降りてコテージに向かった。

コテージにはレンジローバーもなく、テオもいなかった。体を暖めるために紅茶を淹れ、窓際のテーブルに座った。ハンニバルを撫で、妊娠の可能性について考えた。ここが都市であれば、近場のドラッグストアに行って家庭用早期妊娠試薬《ＥＰＴ》を買えば済むことだ。だがこの島では注文を入れ、次のフェリーが来るまで待たなくてはならない。

そのとき、口の開いた食料品の袋が詰まったかごが島民から島民へ手渡される光景が脳裏に浮かび、ＥＰＴの注文は無理だと悟った。アニーも袋のなかに入ったタンパックスや酒、成人用オムツが入っているのは見た。もしＥＰＴが入っていたとしたら、全島民に知れ渡ってしまうだろう。アニーは大都会の匿名性が懐かしかった。

紅茶を飲み終わると、美術品の一覧リストをつかみ、アトリエに向かった。もっと秩序立てて箱の中身を調べていかなくてはならない。角を曲がってアトリエのドアからなかに入ったアニーはぎょっとしてその場に立ち尽くした。

天井からクランペットが首吊り縄をかけられてぶら下がっていたのだ。

クランペット。愚かで虚栄心の強い、わがままでちっぽけな人形の王女様……頭部がぞっとするような角度でぶら下がり、黄色の紬糸で作った縦ロールの髪が片側に垂れ下がっている。小さな布の手が力なくだらりと下がり、ラズベリーピンクのパテントレザーで作ったちっぽけな靴の片方が床の上に落ちている。

アニーはすすり泣きながら部屋の奥へ向かって走り、椅子をつかんで天井に留めつけられたロープからクランペットを下ろした。

「アニー!」玄関のドアが大きな音とともに開いた。

振り向いたアニーはアトリエから飛び出した。「この変態男! 醜悪で思いやりのない馬鹿!」

彼はヌーを追うライオンのような勢いでリビングルームに入ってきた。「気でも狂ったのか?」

思いがけずアニーは涙ぐんだ。「あなたはあんなのが面白いと思ったの? 昔と全然変わってないのね」

「なぜ待たなかった? また誰かに狙い撃ちされたいのか?」

アニーは歯をむき出した。「それは脅し?」

「脅しだって? 能天気すぎて、あんなことがまた起きるはずないとでも思うのか?」

「今度また同じことが起きたら、今度こそあなたを殺す!」

アニーがそう口走った瞬間ふたりともぎくりとした。アニーは自分にそこまでの獰猛さがあるとは夢にも思ったことはないが、今回の出来事で人としての本質にまで踏み込まれたのだから特別だ。クランペットがいくら自己中心的でも、それもアニーの一部であり、アニーはクランペットの保護者なのだ。

「今度また起きたら、って何が？」テオはより穏やかな口調で訊いた。

「最初あなたが人形をふざけて可笑しな姿で置いたのは面白かったわ」アニーはアトリエの方向に手を突き出した。「でも今回のやり方は残酷だわ」

「残酷？」テオはアニーの前を大股で通り過ぎた。アニーが振り向いてみると、彼が寝室を覗き込み、つぎにアトリエの方向へ視線を向けるのがわかった。「ちくしょう」彼がつぶやいた。

アニーは彼のあとからアトリエに向かい、入り口で足を止め、彼が手を伸ばしてロープをおろす様子を見守った。彼は人形の首に巻かれていた首吊り縄をはずし、アニーのところまで運んで、人形を手渡した。「できるだけ早く錠前屋を探す」彼は険しい表情でいった。

アニーは部屋の隅に向かう彼の姿を視線で追った。クランペットを胸に抱きしめながら、これまで見逃していたものを見た。窓の下の棚に置かれているはずの人形たちが頭や腕を横に垂らした状態でごみ箱に突っ込まれていたのだ。

「ひどいわ」アニーは人形たちに駆け寄った。深くしゃがみ、クランペットを膝に置き、人形をひとりひとり助け出し、服装や髪の乱れを直した。それが終わると、テオを見上げた。

探るように見つめても、彼の表情や眼差しは普段とまったく変わらなかった。

テオは口元を引き締めた。「きみが屋敷でおとなしく車を待っていれば、よかったんだよ。おれの外出はわずかの時間だったんだから。もう二度とひとりでここへ歩いて戻るなんて、無茶はするな」彼は大股でアトリエを出た。

テオが怒りもあらわに駆け込んできた理由はこれだったのだ。

アニーはディリー、レオ、ピーターの三人を棚に戻した。

ありがとう。ピーターがささやいた。おれって案外意気地なしだよな。

アニーはまだクランペットを置き去りにする気になれず、リビングルームに抱えていった。ちょうどテオはコートを脱いでいるところだった。「錠前屋に払うお金はないの」アニーは静かにいった。

「おれが払っておくよ」彼は答えた。「それと、錠前は新しいのと取り替えさせる。不在中、おれのものに指一本触れさせるつもりはない」

彼がほんとうはよくいる自己陶酔型の人間なのか、彼なりにこちらの面子を立ててくれているのかアニーは判断がつかなかった。

アニーはクランペットを腕にするりと乗せた。この人形の手になじむフリルだらけのドレスが気持ちを鎮めてくれる。アニーは何も考えず腕を上げた。「助けてくれてありがとう」クランペットは吐息の混じったなまめかしい声でいった。

テオは気取って上を向いたが、アニーは彼に代わって話しかけた。「いうことはそれだけなの、クランペット？」

クランペットはテオの全身をじろじろと眺めまわした。「あなた、煙草を吸ってるわね」

「クランペット！」アニーは叱りつけた。「お行儀が悪いわよ」

クランペットはテオに向かって長いまつげをしばたたき、優しい声でいった。「あなたは煙草をお吸いになりますね」

「いいかげんにしなさい、クランペット！」アニーは声を上げた。

人形はカールした髪を上下に揺らした。「どういえばよかったのよ？」

アニーは辛抱強い口調で話した。「ごめんなさい、といえばいいの」

クランペットはすねた様子でいった。「何を謝らなきゃいけないの？」

「あなたはよくわかっているはずよ」

クランペットは前にかがみ、アニーの耳元でささやくふりをした。「それよりこの人がどの美容師に髪をカットしてもらっているのか訊きたいわ。このあいだ行った美容院は最悪だったもの」

「それはあなたが、シャンプー係を侮辱したからじゃないの」アニーは指摘した。

クランペットは鼻をつんと上に向けた。「あの子が自分をあたしより美人だと思ってたからよ」

「私より美人だと、でしょ？」

「たしかにあなたよりは美人だったわね」クランペットは勝ち誇ったようにいった。

アニーはため息をついた。「ぐずぐずしないで、必要なことを言いなさい」

「わかったわよ」クランペットは気の進まない様子で、フンと不満そうな声を出した。やがてしぶしぶいった。「あたしを天井から吊るしたのはあなただと思ったことを謝るわ」

「おれが？」テオは直接人形に話しかけた。

「言い訳になるけど……」クランペットはフフンと鼻を鳴らした。「あなたには前科があるからね。あなたがピーターにあたしのスカートのなかを覗き見させた事件のことはまだ忘れられないわ」

「あなたはけっこうご満悦じゃなかったっけ？」アニーはクランペットにいった。

テオは蜘蛛の糸を払うかのように、首を振った。「きみを吊り下げたのがおれじゃないとなぜわかった？」

アニーはようやく直接彼に話した。「あなただったの？」

今度はテオが話す相手はアニーだと思い出した。「きみの友だちのいうとおり……おれには前科があるからな」

「もし私が帰ってきて、クランペットとディリーが私のベッドで取っ組み合いの喧嘩をしていても、驚かなかったでしょうけど」アニーは手から人形をはずした。「これは違う」

「きみって、いつまでたってもおめでたいやつだな」彼は不快そうに口を歪めた。「一カ月で、きみのおとぎ話の悪人が誰だったのか、忘れているんだからな」

「そうかもね。でも完全に忘れてはいないかも」

テオはアニーの顔をしげしげと見つめ、アトリエに向かった。「おれは仕事がある」

彼は弁明もせず、何かを否定することもなく立ち去った。

その晩ふたりで寛いで夕食をとる雰囲気ではなかったので、アニーは自分でサンドイッチを用意し、アトリエの箱のいくつかをリビングルームに運んだ。床の上で脚を組み、最初の箱の蓋を開けた。これにはありとあらゆる種類の雑誌が入っていた。かなり体裁のよい光沢のあるものから、はてははるか昔に廃刊になった同人誌のコピーまでいろいろあった。そうした雑誌にはマリア自身が書いた記事や、またマリアについて書かれた記事も含まれていた。アニーはそれぞれの雑誌の名前と発行日をノートのリストに記入していった。見たところ収集価値のあるものには思えなかったが、調べてみないと断定できなかった。

二番目の箱には書物が入っていた。誰か有名人のサインがないか、ページのあいだに何か挟まっていないか調べてみたが、何もなかった。それらについても、タイトルをノートに書き加えた。この作業ははてしなく時間がかかりそうで、しかもまだ調べていない箱は二つもあった。

島へやってきた当時と比べてアニーの体調はかなり回復していたが、まだ病気前と比べると長めの睡眠をとる必要があった。マリアの男性用パジャマに着替え、ソックモンキーのルームシューズをベッドの下から引っ張り出した。しかしその片方に足を入れようとして、足の先が何かに触れた――。

アニーは甲高い叫び声を上げ、足を引っ込めた。

アトリエのドアが音をたてて開いた。アニーは全身を震わせていた。テオが突入してきた。

「どうした？」

「どうしたもこうしたも、ないわ！」彼女は手を伸ばし、親指と人差し指でスリッパを摘み上げた。「これを見てよ！」スリッパを傾けると、ねずみの死骸が転がり出た。「どんな倒錯した精神がこんなことをしでかすのかしらね！」アニーはスリッパを投げ出した。「この土地が嫌い！　この島も大嫌い！　このコテージも大嫌い！」アニーはテオに食ってかかった。「私がネズミを怖がっているなんて思わないでね。これまで嫌というほどネズミの巣があるアパートに住んでいたんだから。でもまさか、どこかの変質者が靴のなかにこっそり入れておくなんて夢にも思わなかったわよ！」

テオはジーンズのポケットに手を入れた。「ひょっとすると……変質者の仕業じゃないかもしれないよ」

「こんな行為が正常だとでもいうの？」アニーの声はふたたび金切り声になっていたが、どう思われても構わなかった。

「正常かもしれない」彼は顎を撫でた。「猫ならね」

「つまりそれは――」アニーはハンニバルをにらみつけた。

「この子のラブレターと思ってくれ」テオはいった。「大好きな相手に特別の贈り物をしているだけなんだ」

アニーは猫のほうを向いた。「こんなことは二度としないで。気持ち悪いから！」

ハンニバルは腰を上げ、長い伸びをした。そしてアニーのそばに来て何も履いてない彼女の足に鼻先を擦りつけた。

アニーはうめいた。「今日という日はいつになったら終わるの？」

テオは微笑み、飼い猫を抱き上げた。彼は猫を廊下に出し、ドアを閉めた。そしてふたりきりになった。

アニーはクローゼットのドアのフックにかかっていたローブをつかんだ。それを体に巻きつけながら、忘れようとしていた記憶が蘇った。「そういえばあなたは、私のベッドに死んだ魚を置いたことがあったわね」

「そうだな」彼は彼女のベッドのヘッドボードまで歩いていき、それをじっと眺めた。

「なぜなの？」アニーは訊いた。外でハンニバルが不満そうに鳴き声を上げた。

「面白いと思ったから」彼は妙に関心を示して、写真の上側の縁を親指の先でなぞった。

アニーはネズミの死骸をまたいだ。「私以外の人にもそんなひどいことをしたの？」

「犠牲者はひとりでたくさんだと思わないのか？」

アニーはくずかごをひっくり返してネズミにかぶせ、ドアのところまで行き、猫を黙らせるために部屋に入れた。今夜テオと寛ぎながら話をする気分ではなかったのだが、訊きたいことがありすぎた。「あなたも私と同じでハープ館が嫌いなんじゃないかと最近になって気づいたんだけど、なぜこの島に来たの？」

テオは窓際に行き、荒涼たる冬の野原を見渡した。「新しい作品を書く必要があり、誰にも邪魔されずに執筆活動に専念したかったから」

アニーは皮肉をいうタイミングを見逃さなかった。「進捗状況はどうなの？」

彼の息でガラスが曇った。「当初の予定どおりには進んでいない」

「まだまだ冬は終わらないわ」彼女は指摘した。「カリブ海のビーチハウスを借りれば間に合うわよ」

「いや、ここでいい」

そんなはずはなかった。アニーは彼に関する謎の多さに辟易していた。彼のことを何も知らないという思いがいっそう無力感をつのらせるのにも嫌気がさしていた。「なぜペレグリン島に来たの？　ほんとうのことを聞かせて。理解したいから」

振り向いた彼の顔は窓に張りついた霜のように冷たかった。「なぜ知りたがる？」

アニーは彼の領主然とした傲慢な態度にも、怖気づくことはなく、どうにか冷笑めいた表情を装った。「病んだ心の内なる働きについても隠さず話し、私の旺盛な好奇心を満たしてくれないかしら」

彼は片側の眉を上げたものの、不快感はそれほど示さなかった。「莫大な信託基金を相続し、おまけに出版契約も所有している人物から聞かされる愚痴に耳を傾けることほどつまらないことはないよ」

「たしかに」アニーは頷いた。「でも実際には、妻を亡くすという不幸も体験しているわ」

彼は肩をすくめた。「世の中にはそうした運命に見舞われる男もいるさ」

彼は本心を隠しているのか、それともやはり思っていたとおりの感情が希薄な人間なのか？「あなたは双子の妹を亡くし、母親との別離も経験しているのよね？」

「母はおれが五歳のときにいなくなったから、ほとんど母の記憶はないね」

「奥さまのことを話してくれない？　インターネットで写真を見たけど美しい人よね」

「美人で自立した女性だったよ。おれはそういうタイプに惹かれるんだ」

アニーにはほとんど備わっていない資質である。

「ケンリーは才気あふれる女性でもあった」彼はいった。「頭が並外れてよかった。野心家でね。でも何より魅了されたのは彼女のすさまじい自立心だった」

人生ゲームなら勝敗は明白だ。ケンリー・ハープの四に対してアニー・ヒューイットはゼロ。ケンリー・ハープの圧倒的な勝利である。世を去った女性に嫉妬するわけではないが、すさまじい自立心にはやはり憧れてしまう。しかもきわめて美しい上に明敏きわまりない頭脳の持ち主なら、けちのつけようがない。

相手がテオでなかったら、アニーも話題を変えていただろうが、ふたりの関係は正常の境界線から遠くかけ離れているので、彼女は思ったままを発言した。「奥さまがそれほどの資質の持ち主であるにもかかわらず、自殺した理由はなんなの?」

テオは答えるまでに間をあけた。ハンニバルをさかさまにしたクズカゴから離し、窓の掛け金を調べた。そしてようやく口を開いた。「おれのせいで惨めな気持ちにさせられたから罰を与えようとして、自殺したんだ」

かつて彼の冷淡さはアニーの思い描く彼のイメージと完全に一致していたが、もはや真実味がなくなった。彼女は軽い口調でいった。「たしかにあなたは私を惨めな気持ちにさせるけど、私は自殺しないわ」

「よかった。だがケンリーと違ってきみの自立心はうわべだけの見せかけじゃない」

アニーが彼の言葉の真意をはかりかねていると、彼は彼らしく攻めてきた。

「たわごとはいい加減にして、服を脱げよ」

13

「服を脱げって、あなた何を勘違いしているのよ?」

テオは猫をよけた。「そうかな? 昨日のことがあるし、もはやおれたちには何も失うものがない。それと、いまじゃコテージじゅうコンドームだらけだから、安心しろ。どの部屋にも置いてある」

彼はなんとまあ、悪知恵が働くのだろう。アニーは寝室を見まわした。「ここにコンドームを置いたというの?」

彼は首を横に傾けた。「きみのベッドサイド・テーブルの一番上の引き出し。テディベアのすぐ横だ」

「それをいうなら」アニーはいった。「ビーニー・ベイビーのコレクターズ・バージョンよ」

「ごめん」そんなふうに答える彼の態度は冷静で、落ち着いており、誘惑より複雑な事柄はまるきり頭にない様子だった。「アトリエにも置いてあるんだぞ。キッチン、浴室、このポケット。抜かりない」彼は視線を這わせるようにしてアニーを見つめた。「でもさ……きみに対してしてあげたいことのなかには、コンドームを必要としないものも含まれているんだ」

アニーの感覚は火花を散らすように鋭敏になり、彼の思惑どおり、たくましい想像力は猥褻なシーンを生々しく描き出した。彼女は無理やりみずからを現実に引き戻した。「あまりにも一方的な決めつけじゃない？」

「きみのいったとおり、まだまだ冬は終わらないからさ」

こんな時代遅れの誘惑は、矢継ぎ早の質問をかわすための哀れな試みにすぎないのではないか？ アニーはローブのサッシュベルトを締め直した。

「私にもこだわりがあってね……ある種の感情的な親密さを伴わない関係には、興味がないの」

「ゆうべの出来事に、どんな感情的親密さがあったかな……だってきみ、興味がありありだったからさ」

「あの出来事はすべて、アルコールが誘発した逸脱にすぎないの」それは百パーセント真実ではなく、彼の表情を見るかぎり、そんな言い分は通用しそうもなかった。それでもある程度事実ではあった。ハンニバルは逆さまにしたくずかごを手でせせり、元に戻そうとしていたので、アニーが猫を抱き上げた。「いいかげんごまかすのはやめて。もっとほかに楽しい場所はごまんとあるというのに、なぜペレグリン島に来たのかわけを話しなさいよ」

彼の滑らかな誘惑は消え果てた。「詮索はよしてくれ。きみには関係ない」

「もし、私に服を脱いでほしければ、関係なくはない」彼女はなんとか、ゴロゴロという猫の喉ならしを真似た。彼女は本当に交換条件としてセックスを利用しようとしているのか？　本来なら自分自身に対して恥ずかしいはずだったが、彼がそれを笑い飛ばすつもりもなさそうだったので、赤面することはなかった。「真面目なセックス。それが私の要求よ」

「まさか、本気じゃないよな？」

もちろんまるきり本音からはかけ離れている。アニーは猫の両耳のあいだを撫でた。「私、秘密が嫌いなの。私の裸が見たいなら、こちらもそれ相応のものをいただきたいわね」

テオはアニーをにらみつけた。「こちらもそこまで、裸を見たいわけじゃない」

「見逃すと後悔するわよ」いったいこの自信はどこから来るのか？　ただの虚勢か？　この上なしの厄介ごとに囲まれて、大き過ぎる男性用パジャマに古びたローブで身を包み、おまけに妊娠しているかもしれないのだ。それなのに、ヴィクトリアズ・シークレットのランウェイでポーズを決めたかのような態度をとっている。「あなたの可愛い猫ちゃんをつかまえていてちょうだい。そのあいだに私はこの世を去った友人のお世話をするから」アニーはいった。

「おれがやるよ」

「そうだわ、あなたにはふさわしい作業よね」アニーは猫を抱き上げ、鼻と鼻がくっつくほど顔を近づけた。「いい子にしててよ、ハンニバル。あなたのパパはまた死骸を始末しなきゃならないの」

猫を抱きかかえたまま、軽やかな足取りで部屋を出たアニーの心は充足感で温かくなっていた。半生を振り返れば、自分はまだまだ学ぶべきことは多い。それでもようやくハンディなしで人と競える立場になれた。そんな思いが湧いてきた。猫を下に下ろし、アニーはテオの言葉を思い返した。きみの自立心はうわべだけの見せかけじゃない。もし彼のいうとおりだとしたら？　もしこの私が近年思い込んでいるほど哀れな落ちこぼれではなかったとしたら？

これは新たな境地だった。だが、近年あまりにも過酷な運命に打ちのめされてきたアニーはたちまちそれを否定した。ただ……彼の言葉が真実であるならば、自分自身に対する見方を根本から変えなくてはならない

〝気骨なのよ、アントワネット。あなたに欠けているのは。精神のたくましさ、気骨なの〟

そうじゃないわ、お母さん。私がお母さんと違うからといって、気骨に欠けると決めつけないでよ。お母さんが亡くなる前、私はお母さんの望みを叶えるため、自分の持つすべてをかけて尽くしたわ。違う？

そのためにいまも代償を払いつづけているのだ。

キッチンのドアが開いて、閉まる音がした。間もなく彼がリビングルームに入ってきた。

話しかける彼の声があまりに低すぎて聞き取れないほどだった。「じつは小説が書けなくなり、人との接触を断つしかなくなったんだ」

アニーははっとして振り向いた。

彼は書棚のそばに立っていた。ネズミを捨てるため外に出たせいか、髪が少し乱れている。「友人たちの哀れみや妻の憎しみに耐えられなかった」彼は獣が咆えるような笑い声を上げた。「おまえが娘に無理やり薬を飲ませたも同然だと妻の父親から責められたよ。それもあながち大げさともいえないかもしれない。このくらい聞けば満足か？」

彼が踵を返してアトリエに向かったので、アニーはあとをついていった。「要は、隠遁生活を送るにしても、なぜわざわざ大嫌いな場所を選んだのかという点よ。フランスのリヴィエラ、ヴァージン諸島。お金ならうなるほど持っている。それなのにこんな島にやってきた」

「ペレグリン島は大好きだ。嫌いなのはハープ館だよ。嫌いだからこそ執筆活動にはもってこいの場所なんだ。気が散らない。少なくともきみが現れるまではうまくいっていた」彼はアトリエに入っていった。

これで大方の事情は納得できたが、まだ解せない点が残っていた。アニーはドアを抜けながら彼の後ろを追いかけた。「数週間前、厩舎から出てくるあなたを見かけたことがあったの。その日は凍てつく寒さだったのに、あなたはセーターを脱いでしまった。なぜあんなことを？」

彼は床の傷にじっと見入った。アニーは答えが返ってこないものとあきらめた。しかし少しして彼は重い口を開いた。「それは感覚で何かをとらえたかったからだ」

変質者の典型的な兆候のひとつに、苦しみ、喜びといった感情の波がないということが挙げられる。だが、苦悩を示す顔のしわは、彼の五感が正常に働いていることを物語っている。アニーはいたたまれなくなり、耳を塞ぎたくなった。彼に背を向けてアニーはいった。「ひとりにしてあげる」

「妻とはうまくいっていた」彼はいった。「少なくともおれはそう思っていた」

アニーは振り向いた。

彼は壁画を凝視していたが、店先のウィンドウに突入しているタクシーの絵を見てはいないようだった。「しばらくして、妻は職場からやけに頻繁に電話をしてくるようになった。しかしおれにはそのことに対する問題意識はなかった。だがやがて毎日毎時間、妻から何十通ものメッセージが届くようになった。パソコンからのテキスト、電話、Eメール。どこにいるの？　何をしているの？　すぐに返事を返さないと激怒して、ほかの女性と一緒にいるといって責めた。しかしおれは妻を裏切ったことはない。絶対に」

彼はようやくアニーを見た。

「妻は仕事を辞めた。もしかすると解雇されたのかもしれない。そのへんはおれにはよくわからない。彼女はますます奇怪な行動を示すようになった。友人や家族に夫が浮気をしている、夫に脅されてもいるなどとふれまわっていた。おれはついに妻を精神科医に診てもらった。薬を処方してもらい、しばらくは何事もなく落ち着いていた。あなたに毒殺されるといって、妻は薬を飲むのをやめてしまった。妻の家族に救援を求めたが、家族といると病状が治まるので、家族には彼女の病状がいかに深刻か理解してもらえずじまいだった。彼女はおれに対して殴りかかったり、引っかいたりと肉体的攻撃を始めるようになっていた。このままだと自分が妻に怪我をさせると思い、おれは家を出た」彼は両脇でこぶしを握りしめていた。「彼女が自殺したのはそれから一週間後だった。まさに現実のおとぎ話の結末にふさわしいだろ？」

アニーは愕然としていたが、同情されたくない彼の気持ちが痛いほど伝わり、できるかぎり冷静な態度を保った。「精神に問題がある人と結婚したのは自分でしょ？」

彼はぎくりとしたが、張りつめていた体がほぐれた様子だった。「まあそうだけど、きみにはいわれたくないよ」

「客観的に見て、ということよ」アニーは棚に並ぶ人形たちを見やり、彼に視線を戻した。「あなたにどれだけ責任があるというの？　彼女と結婚したこと以外に」

彼の表情はふたたび緊張し、怒りさえ感じられた。「勘弁してくれ。きれいごとはたくさんだ。おれだって彼女が病んでいることは承知していたさ。おれは家を出るべきじゃなかった。妻の家族を説得して入院させていたら、妻はいまでも生きていたかもしれない」

「現代では本人の望まないことを承諾させるのはやや難しいわね」

「何か方法を見つけて、そうすべきだった」

「まあ、過去の行動を振り返って判断するのは難しいところね」ハンニバルがアニーの足に体をすり寄せた。「あなたがそんなに性差別主義者だったとは意外だったわ」

彼ははっと顔を上げた。「なんの話だ?」

「理性のある女性は、結婚後にあなたの妻があなたに対してしたような虐待を夫から受けると、どんな代償を払ってでもシェルターに逃げ込むものよ。それなのに男だからというだけで、身動きが取れないの? そういうこと?」

彼は一瞬頭が混乱したようだった。「きみはわかっていない」

「そう? あなたがそこまで罪悪感を引きずりつづける覚悟なら、現実的な罪滅ぼし——今夜の夕食を作るとか——を実行しなさいよ」

彼の顔にかすかな微笑みが浮かび、表情が和らいだ。「そういうきみはどうなんだよ?」

「私のパジャマの趣味? さあどうかしら?」

「良識はどうなってる?」彼はさらに厳しい口調でいった。「愚行はどうだ? 歩いて坂道を登ったりしないと約束してくれ。運転中も目を開いていろ」

「見開いているわよ」ようやく彼の結婚について真実を突き止めたものの、むしろ知らないほうがよかったと悔やまれた。好奇心を満足させたい欲求のせいで、ふたりのあいだにある壁にもうひとつひび割れを生じさせてしまったのだ。「おやすみなさい」彼女はいった。「ではまた明日の朝ね」

「おい、取引はどうなる？　いますぐ服を脱ぐって約束じゃなかったのか？」

「きっと哀れみしかないセックスになってしまうわ」アニーは告白するような声で茶化した。

「あなたをそんなに侮辱する気にはなれない」

「いいさ、好きなだけ侮辱しろ」

「今夜あなたは普段とかけ離れた自分になってしまっている。あなたも今日拒まれたこと、あとで感謝するはずよ」

「いやいや、そんなことはない」彼はひとり残されて、つぶやいた。


土曜日の晩は村が月に一度開催するロブスター・ボイル・デーで、アニーは数日前からジェイシーに村まで連れていくよう頼まれていた。「私はそれほど行きたいわけでもないんだけど」ジェイシーはいった。「リヴィアはほかの子どもと触れ合う機会がほとんどないし、あなたをまだ知らない人に紹介してあげられるでしょう？」

これがジェイシーにとって足を怪我してはじめての外出となる。イベント用にチョコレート・ピーカン・シート・ケーキを焼きながら自然と浮かぶ笑みを見ても、ジェイシーがどれほどこの祭りを楽しみにしているかが窺える。子どものためでなく、自分自身の楽しみなのだ。

ジェイシーのポンコツ車シボレー・サバーバンがガレージに停めてあった。島で見かけるほとんどの古い車と同じで、車体のいたるところが錆つき、ホイールキャップもなくなっており、ナンバープレートすらついていなかった。しかしチャイルドシートだけはきちんと取りつけてあったので、乗ることにした。

アニーはリヴィアをチャイルドシートに座らせバックルを留めた。ケーキを助手席の床の上に置き、ジェイシーが乗り込むのを手伝った。風の強い晩だったが、降ったばかりの雪は積もっておらず、地表の凍結も最悪の時期を過ぎており、道路は以前と比べ危険ではなくなっていた。アニーはこんな車でも自分の車より運転しやすかった。

アニーは持参してきた衣類のなかの唯一のスカートを穿いていた。ダークグリーンのタイトスカートで膝あたりに届くウールのひだ飾りがついている。スカートに合わせたのはマリアが遺した白い長袖のバレエセーター、自分のクランベリー色のタイツ、足首まで編み上げ用ひもがついたデザイナー・ブーツだ。ブーツは昨年の冬にリセール・ショップで見つけ、きわめて安価で買ったものだ。よく磨き、ひもを新しくしたので、新品同様に見える。

車が道路に達するころ、アニーは肩越しにリヴィアに話しかけた。「スキャンプが今夜一緒に来られなくてごめんなさいって謝っていたわ。喉が痛いんだって」

リヴィアはアニーをにらみつけ、スニーカーのかかとでチャイルドシートを蹴った。そのはずみでヘッドバンドについた茶色のベルベットの猫の耳が揺れた。人形が同行していないことについて、どう感じているのか、リヴィアは言葉を使わなくても伝えることができるのだ。「私もいつかスキャンプに会えるのかしら？」ジェイシーがコートのジッパーをいじりながら、いった。「テオはどうしているの？」

暗がりのなかで見ても、ジェイシーの明るすぎる笑顔が痛々しかった。アニーはこんなジェイシーは見たくなかった。これほどに美しいのに、テオと親密になるチャンスはないのだ。彼は才色兼備でなおかつ精神に問題を抱えた女性に惹かれるという。こんな三つの資質はジェイシーもアニーも持っていない。それを知ってアニーは良かったと思うが、ジェイシーは違った反応を見せるだろう。

アニーは事実を口にした。「ゆうべ私が寝るころ、彼はアトリエで仕事をしていたわ。今朝は顔も合わせていない」

だがその実、アニーは彼の姿をしっかり見ていた。タオルを腰に巻き、肩からまだ水滴を光らせながら浴室を出たばかりの彼を見て、アニーは足を止めた。妊娠させられたかもしれない相手なのだから、当然の反応だ。

アニーは恐怖を心に押し込んだ。「昨日もまた留守中に誰かがコテージに侵入したの」リヴィアが後部座席にいるのを意識して、それ以上の説明は控えた。「あとで話すわね」

ジェイシーは膝の上で両手をねじった。「ローラ・キーンと連絡がつかなくて、まだダニーのことを話せていないの。今夜来ていると思うわ」

車は赤々と灯りのともった庁舎の前で止まった。ポールの上で旗が真上にはためいてしまっている。人びとは群れをなして、プラスティックのカップケーキ容器やビールの六本入りケース、ソーダの一リットル瓶などを運び入れている。ジェイシーは緊張しているようで、車から出る際松葉杖を落とし、アニーがそれを拾い上げた。

庁舎の入り口まで行くのに、吹きつける風と闘わなくてはならなかった。リヴィアはぬいぐるみの子猫を握りしめ、親指を口に運んだ。アニーの勘違いかもしれないが、三人が入ると、会場のざわめきが一瞬やんだように見えた。しばらくして、年配の女性たちが近づいてきた。バーバラ・ローズ、ジュディ・ケスター、船長のナオミだ。

バーバラはジェイシーを優しく抱きしめ、香水の花の香りで包んだ。「今夜あなたは来られないと思っていたわ」

「あなた、ちっとも連絡くれないんだもの」ナオミがいった。

ジュディはリヴィアの前でしゃがんだ。「なんて大きくなったのかしら」ジュディの髪はいつにも増して、赤々と輝いている。「抱きしめてもいい？」

それは絶対に無理だった。リヴィアは守ってもらいたいのか、アニーの後ろに隠れてしまった。アニーは手を伸ばして、リヴィアの肩をさすった。リヴィアに信頼され、安らぎを与える存在になれたことにアニーは大きな喜びを感じた。

ジュディは笑い声を上げて後ろに下がり、ジェイシーのケーキを受け取って、デザート・テーブルまで運んだ。そのあいだにアニーたち三人はコートを脱いだ、ジェイシーの黒のスラックスとロイヤル・ブルーのセーターはかなり着古したものだが、それでも彼女の美貌を引き立ててくれている。横わけにした長い金髪がゆれ、マスカラやアイシャドー、チェリーピンクの口紅など、念入りに化粧が施されている。庁舎の会議室はハープ館のリビングルームより広くはなく、白い紙で覆われた長いテーブルがぎっしり並んでいる。擦り切れた壁にはコミュニティの掲示板があり、黄色く変色した歴史的写真、素人が描いたらしい港の絵画、応急処置についてのポスターなども貼られ、消火器が設置されている。ひとつの戸口の向こうはクローゼット程度の広さの図書室になっており、もう一方は複合事務室、郵便局、そして、食欲を誘う匂いから判断して調理室もあるようだ。ちなみに、ロブスター・ボイルとはジェイシーの説明によると、ロブスターとは無関係のたんなる月例イベントのことで、誤称らしい。「普段から島民がひんぱんに食べているものなので、約二十年前に町民が話し合って伝統的なニューイングランドのボイル中心の郷土料理にメニューを変更したの。冬は牛の胸肉かハム、夏はアサリと軸付きとうもろこしを使うのよ。なぜいまもロブスター・ボイルと呼ばれているのかは、知らないわ」

「島の伝統にこだわらないからといって誰かを責めるのはいかがなものかと思うわ」

ジェイシーは下唇を噛んだ。「ほんとに、明日もまたこの島に留まるのかと思うだけで息苦しくなることもあるわ」

リサ・マッキンリーが調理室から出てきた。リサはジーンズに、首もとのヴィクトリア王朝ふうのネックレスをひときわ目立たせるようなVネックのブラウスを合わせている。おそらくネックレスはシンシア・ハープからの贈り物だろう。アニーはジェイシーに合わせるように、ゆっくりとした歩調で移動した。テーブルとテーブルのあいだを抜けていくと会話の断片が渦のように押し寄せてきた。

「……去年の同じ時期と比べると、五百ポンドも収穫が減ったわ」

「……ホットケーキミックスを注文するのを忘れてしまったから、小麦粉や卵、牛乳で手作りするしかないわ」

「それなら新しい舵用ポンプの値段より高いわね」

アニーは壁にモノクロのプリント写真が歪んで下がっていることに目を留めた。それは十七世紀の服装をしたふたりの人物が海辺にたたずむ写真だった。ナオミが後ろから近づき、写真を仕草で示した。「植民地時代は波で浜辺にロブスターが打ち上げられるほどだったのよ。獲れすぎて豚や刑務所の囚人にも食べさせたんだって」

「私にとっては、やっぱりご馳走だわ」アニーはいった。

「世間の人はほとんどそう思ってるわよ。それが私たちにとってありがたいわけなんだけどね。とはいえ私たちも収穫を維持できるように努めないと、事業が成り立たなくなるわ」

「実際、どんなやり方で管理しているの？」

「いつ、どこで漁をするかたくさんの規制を設けているの。繁殖家は立ち入り禁止よ。もし繁殖中の雌を釣り上げてしまったら、見分けがつくように尾にV型の切り込みを入れて海に戻すの。収穫したロブスターの八割は海に戻すわね。サイズが小さすぎたり、大きすぎたり、Vの切込みがあったり、卵を持っているという理由で」

「厳しい生活ね」

「体験したらあなたもきっと好きになるわよ」ナオミは耳たぶの銀のスタッド・イヤリングを引っ張った。「もし興味があるのなら、うちの船に乗せてあげる。週明けの天気はまあまあのようだし、都会でメイン州のロブスター漁船で船尾守を務めた経験のある人はそうそういないはずだから」

思いがけない招待に、アニーは驚いた。「喜んでお受けします」

ナオミは心から嬉しそうな様子を見せた。「早起きしなきゃならないし、きれいな服は着てこないでね」

月曜日の朝ボートハウスのドックで会う約束を交わしたところで、外のドアが開き、新鮮な外気がどっと吹き込んできた。入ってきたのはテオだった。

部屋に満ちていた雑音は一同が彼の存在に気づいた瞬間なくなった。テオが会釈して、会話が戻ったものの、大部分の参加者はひそかにテオの様子を見守っていた。ジェイシーはリサとの会話を中断し、テオをしげしげと見つめた。漁で日焼けし、肌の荒れた男性達がこっちへ来いよとテオに手招きした。

何かにスカートを引っ張られていると感じ、下を見てみるとリヴィアが注意を引こうとしているのがわかった。彼女は大人たちと過ごすことに飽き、部屋の隅にひとかたまりになったほかの子どもたちに注目していたのだった。男の子が三人、女の子がふたり。一番幼い子はいつか図書館に行ったとき会ったリサの娘だ。アニーはリヴィアの表情から容易に嘆願を読み取ることができた。リヴィアはほかの子どもたちと遊びたいのだが、内気すぎてひとりでは近づけないのだ。

アニーが手を取り、ふたりで子どもたちのほうへ近づいた。女の子たちは本にシールを貼り、男の子たちは携帯型ゲームをめぐって言い争いをしている。アニーは女の子たちに微笑みかけた。まるい頰、赤い髪が同じで、姉妹だとすぐわかる。「私はアニーよ。リヴィアを知っているかしら？」

年上の子が見上げた。「ずいぶん久しぶり。私はケイトリン、この子は妹のアリッサよ」

アリッサがリヴィアをじろじろと見た。「いくつになったの？」

リヴィアは指を四本立てた。

「私は五歳よ。あなたのミドルネームは？　私のは、ロザリンドよ」

リヴィアはうなだれた。

リヴィアが答えないことがはっきりすると、アリッサはアニーを見た。「この子、どうしちゃったの？　なんで話さないの？」

「だめよ、アリッサ」姉が妹を諭した。「それは訊いちゃいけないことになってるでしょ」

ジェイシーとリヴィアはコミュニティのなかで孤立しているものとアニーは考えてきたのだが、そうではなかった。彼女たち親子もほかの島民と同様に堅固な絆に編みこまれているのだ。

三人の男の子同士の携帯型ゲーム争奪戦は収拾がつかなくなっていた。「ぼくが遊ぶ番だよ！」

ひとりが叫んだ。

「ちがう！　ぼくのゲームだ」一番大きな男の子が文句をつけた男の子を強く殴り、三人はお互いに殴り合いの様相を呈してきた。

「待て、きたねえ野良犬どもが！」

男の子たちは立ちすくんだ。そしてジャック・スパロウ船長（映画『パイレーツ・オブ・カリビアン』に登場する海賊船の船長）の声がどこから聞こえたか確かめようとした。リヴィアはこのゲームに詳しいので、にやりと笑った。

「がなり合うのをやめないと、船底にぶっこむぞ」

男の子たちはゆっくりとアニーに注目した。アニーの右手は人形のような形になっていた。アニーはゆっくりと腰を下げ、かかとに体重を乗せて親指を動かし語らせた。「短剣を船尾楼に忘れてきたのは海賊として不覚だったな」

どんな土地であれ、男の子の反応は同じだ。一言〝船尾楼〟という表現を使うだけで心を支配できてしまう。

アニーは当座しのぎの人形を一番小さな男の子に向けた。亜麻色の髪、ふっくらした体つきの男の子の片目にはあざができている。「活発そうなおまえはどうだ？　おまえならジョリー・ロジャー号の船員が務まりそうだ。おれはな、大西洋の幻の都市《ロスト・シティ》の宝を探しているんだ。誰か一緒に行きたいか？」

リヴィアが最初に手を挙げた。アニーはキャプテン・ジャックを演じていることもを忘れてリヴィアを抱きしめそうになった。「ほんとうか、美人ちゃん？　獰猛な海蛇もいる。勇敢な少女じゃなきゃ務まらない。おまえは勇敢か？」

リヴィアは嬉しそうに頷いた。

「私も！」ケイトリンも手を挙げた。「私は勇気があるわ」

「ぼくより勇気がないくせに、バカ！」まるい顔の男の子がいった。

キャプテン・ジャックは怒声でいった。「言葉を慎め。でないと船底を這わせてやるぞ」

そしていつもの癖で一言付け加えた。「ジョリー・ロジャーでは弱い者いじめは許さん。海の竜と戦うには全員が一致団結しなくてはならない。おれの船で弱い者いじめをするやつは船から蹴落として、鮫の餌にしてやる」

子どもたちはみな思ったとおりの表情を浮かべていた。

アニーには人形とは呼べないただの手しかなかった。マジックペンで目玉を入れてさえいない。それなのに子どもたちの心を魅了した。しかし一番大きな子の目はごまかせなかった。

「海賊には見えないよ。ただの手だ」

「しかり。よく気づいたな。敵に魔法をかけられてしまったんだ。魔法を解くには幻の宝物を発見する必要がある。みんなどうする？」

「一緒に航海に連れていってください、船長」

子どもの声ではなく、ひどく聞きなれた声だった。

アニーが振り向いてみると、大人たちが群れをなしてショーを鑑賞していた。テオはそのグループに混じり楽しげに目を輝かせながら腕を組んで立っていた。

キャプテン・ジャックは彼を一瞥した。「背が高くがっしりした若者だけを採用している。あんたは少々とうが立ちすぎている」

「遺憾だな」テオは完全に英国リージェンシー時代のしゃれ者気取りでいった。「海蛇を見るのが楽しみだったんだが」

ディナー・ベルが鳴り、係が声を張り上げた。「料理ができました。並んでください！」

「待て、船乗りたちよ。おまえたちはたらふく食え。おれは船に戻る」アニーはドラマティックに指を広げ、キャプテン・ジャックを見送った。

子どもたち、大人たち双方からの拍手喝采が鳴り響いた。年上の子どもたちはアニーを質問攻めにし、感想をぶつけた。

「どうやって唇を動かさないでしゃべるの？」

「もう一度やってくれる？」

「ぼく、お父さんのロブスター船に乗ってるよ」

「あんなふうにしゃべりたい」

「ハロウィーンには海賊になったよ」

大人たちが子や孫に小言をいいながら、次の部屋のカウンターまで続く長い列に並ばせた。

テオが近づいてきた。「これまで、漠然としていたことがはっきりしたよ」

「これまで？」

「謎がするりと解けたんだ。それにしても、ひとつ解せないことがある。時計はどうやったんだ？」

「なんの話かさっぱりわからないわ」

ごまかしは品格を落とすことだと彼の表情が告げていた。人としての品位が備わっているというのなら、すべて白状しろと。

明らかにいつまでも悪ふざけを続けられる状況ではなかった。アニーはにっこりと笑い、ななめににじり寄り、もっとも得意なうめき声を発してみせた。彼だけにしか聞こえない静かで不気味なうめき声を。

「抜け目ないな」彼がいった。

「食品運搬用のエレベーターの復讐と考えて」

アニーはそんな言葉も彼に無視されるかと思ったが、彼は深い自責の念にとらわれているように見えた。「そのことでは心から申し訳ないと思っている」

アニーは長く付き合ったふたりの恋人が何かに関して〝申し訳ない〟と侘びの言葉を使ったことがなかったのを思い出した。

リヴィアは母親のところへ行ってしまった。ジェイシーはリサと一緒にいたが、彼女の関心はもっぱらテオにあった。アニーはジェイシーたちと合流する際、リサの話を立ち聞きすることになってしまった。「リヴィアを病院に連れていったらどうなの？ そろそろ話せるようになってなきゃおかしいわ」

ジェイシーの返答は聞こえなかった。

来場者たちは列を作り、皿に料理を盛っている。バンコー・ゲームの仲間、マリーとティルディがテオを引き留め、執筆活動について質問攻めにしている。しかし彼は皿に料理を盛るとマリーたちを振り払い、ジェイシーやリヴィアと一緒に座っているアニーに合流した。

アニーの隣に席を取り、リサやその夫ダレンと向かいあわせに座った。ダレンはロブスター漁師をしながら島の電気技師としても働いている。

リヴィアはテオを警戒するような表情で眺め、ジェイシーはリサと交わしていた会話に集中できなくなってしまった。

少年時代、夏休みにこの島に滞在していたころからダレンと付き合いのあったテオは、漁について話しはじめた。あれほどプライバシーを重んじるテオが誰とでも寛いで会話を交わせることに、アニーは感心した。

テオの矛盾についてああだこうだと思いをめぐらすことに、アニーは嫌気がさしてきたので、食事に気持ちを集中させることにした。しっかりと味付けされた牛の胸肉に加え、茹でた食品のディナーにはポテト、キャベツの櫛切り、玉ねぎや多種さまざまな野菜が入っている。アニーとリヴィアが鬼のように毛嫌いするスウェーデンカブ《ルタヴァガ》を除けばほかは美味しかった。

ジェイシーはどれほどテオを思い焦がれようとも、時折憧れのまなざしを向けるしかなく、彼の気持ちを惹きつけられないでいた。結局テオはアニーのほうを向いた。「きみはおれの就寝中にこっそり小塔に入り込んで、時計の電池を交換したんだな。こんなこと、とっくの昔に気づくべきだったよ」

「鈍いのはあなたのせいじゃない。裕福な身分で勘を働かせる必要がないんだもの、無理もないわ」

彼は片側の眉を上げた。

リヴィアはアニーを指でつつき、腕を持ち上げ、手でぎこちなくミニチュアの人形をまね、小さな指を動かしてまた人形のショーが見たいという気持ちを伝えた。「あとでね、リヴィア」アニーはそう答え、子どもが頭部にかぶった猫の耳の後ろあたりにキスをした。

「きみにはこの島でひとり友人ができたわけか」テオがいった。

「あの子と親しくなったのはむしろスキャンプなの。リヴィアとスキャンプは親友。そうよね、リヴ?」

リヴィアは頷いて、少しミルクを飲んだ。

島民たちがデザート・テーブルに列を作りはじめ、ジェイシーが立ち上がった。「私が焼いたチョコレート・ピーカン・ケーキをあなたに持ってきてあげるわね、テオ」

テオは見るからにジェイシーの手作り料理を避けたがっていたが、頷いた。

「あなたがこんなところに顔を出すなんて意外だわ」アニーはいった。「社交界の紳士らしくない」

「誰かがきみを見張ってないと」

「私はジェイシーと一緒に車で移動したし、いまはこうして大勢の人たちに囲まれている」

「それでも……」

鋭いホイッスルの音が部屋に響き渡り、人々の会話はやんだ。入り口近くに胸ががっしりとしたアノラック姿の男性が立っていた。笛を口元から下ろしながら、彼はいった。「みなさん、お知らせがあります。聞いてください。沿岸警備隊はいまから約二十分前にジャックスパー・ポイントの数マイル沖を航海中のトロール漁船から通報を受けました。遭難に瀕している模様です。当該船舶まで距離がありますが、警備隊の船舶のほうがスピードを出せるので追いつけます」

男性は隣のテーブルにいるフランネルシャツを着たたくましいロブスター漁師と、リサの夫ダレンに向かって頷く仕草を見せ、ふたりは立ち上がった。驚いたことに、テオも立ち上がった。彼はアニーの座る椅子の背をつかみ、屈み込んだ。「今夜はコテージに帰るな」彼はいった。「夜はハープ館に泊まって、ジェイシーたちと一緒にいるんだ。約束しろ」

彼はアニーの答えを待つことなく、戸口に立つ三人のところに行った。彼は三人に何事か話し、ひとりが素早くテオの背中をたたき、全員で外に出ていった。

アニーは愕然としていた。ジェイシーはいまにも泣きそうな顔をしていた。「わけがわからない。なぜテオは彼らと一緒に行ってしまったの？」

アニーにもまるで理解できなかった。テオはあくまでレクリエーションとして航海を楽しんだ経験があるだけだ。なぜこのように重要な使命を帯びた航海に同行するというのか？

リサは下唇を噛んだ。「最悪だわ」彼女はいった。「海上は風速四十ノットの突風が吹いているはず」

ナオミがその言葉を聞きつけて隣に座った。「ダレンならやれるわよ、リサ。エドはこの島でも指折りの水夫だし、彼の舵取りの腕前はお墨付きよ」

「でもテオはどうなの？」ジェイシーがいった。「こういう気象条件には慣れていないわ」

「結果を見ればわかるわよ」

バーバラが娘を慰めようとやってきた。リサは母の手をつかんだ。「ダレンはインフルエンザが治ったばかりなの。今夜海に出ると体にさわるわ。もしヴァル・ジェーン号が流氷にでも出くわしたら……」

「頑丈な船よ」バーバラはそういって慰めつつも、娘と同じように不安で表情を曇らせた。

ナオミが戻ってきてジェイシーに話しかけた。「テオは救急医療技術者《EMT》よ。だから同行したの」

EMTですって？　アニーには信じられなかった。彼の仕事は人間の体の破壊に関わることであって、肉体の修復ではなかったはずだ。「あなたはこのことを知っていたの？」アニーがそう尋ねると、ジェイシーは首を振った。

「この島は二年間近く、医療訓練を受けた人がいない状態だったのよ」ナオミがいった。「ジェニー・シェファーが子どもと一緒に島を去って以来ね。これは島民にとってこの冬一番の吉報だわ」

ジェイシーはいっそう動揺した様子を見せた。「テオはこんな天候のなか海に出た経験はないわ。一緒に行くべきじゃなかったのよ」

アニーもまったく同感だった。

救急救援隊と行方不明の船への懸念がつのり、集まりの楽しい気分もどこへやら、島民たちはそそくさと座って後片付けを始めた。アニーはごみ集めを手伝い、ジェイシーはリヴィアとリサの娘たちと座っていた。アニーが汚れた皿を抱えてキッチンに入ろうとしたそのとき、会話の断片が耳に飛び込んできて、はっと足を止めた。

「……リヴィアの無言症が治らないのも当然よね」なかにいる女性のひとりがいった。「あんな場面を目撃したんだもの」

「永久にしゃべれないかもね」別の女性がいった。「そうなればジェイシーはさぞ悲しいでしょうね」

最初の女性がふたたび話した。「ジェイシーも覚悟しておくべきなのよ。幼い女の子にとって母親が父親を殺す場面を見るなんてそうそうあることじゃないもの」

水がシンクを流れる音が響いて、アニーはそれ以上聞き取れなかった。

14

ヴァル・ジェーン号の船首に向かって巨大な波が襲いかかり、テオは倒れないよう踏ん張った。彼は幼いころから帆船に乗り、ロブスター漁の船に乗せてもらったことも何度かある。夏のスコールも幾度か経験したが、こんな天候ははじめてだ。大きな炭素繊維の船体が二つの波間の谷に突入し、爽快なアドレナリンの奔流が全身を駆けめぐった。永遠に続くかと思えた暗いトンネルを抜け、テオははじめて生きている実感を得た。

ロブスター船は大波に引き戻され、一瞬波のてっぺんに留まり、ふたたび波間に投げ込まれた。船に備え付けられた分厚い防寒服に身を包まれていても、骨の髄まで寒さがしみ込んでくる。塩水が首に滴り、露出した体の部分は濡れて麻痺してきた。だが操舵室という避難所に入る気はしなかった。ずっと長いあいだこんな生き方を求めていた。この感覚を噛み締める。こんな胸が高鳴るような、感覚が引き裂かれるような瞬間を自分は待ち望んでいたのだ。

船の前に次の波が高くそびえ立っていた。沿岸警備隊の無線連絡によれば、行方不明のトロール船〈シャムロック号〉は海水をかぶったことでエンジンが停止したそうだ。乗務しているのは男性二名だという。もし海に落ちていれば、この極寒の海水温からみて、長くは生きていられない。サバイバル・スーツを着ていたとしても、生存は望めない。テオは低体温症の患者への処置について、自分の学んだことを頭のなかで復習した。

小説『サナトリウム』の取材中に、EMTの訓練を受けることになった。危機的状況において働くことができるという思いが作家の想像力を刺激し、悪化の一途をたどっていた精神的な閉塞感を緩和してくれた。彼は妻ケンリーの反対を押し切って訓練を受けはじめた。

〝私と過ごす時間はどうなるのよ!〟妻は反発をあらわにした。

EMTの認定を受けたのち、フィラデルフィアのセンター・シティでボランティアの仕事に従事し、旅行者の骨折、ジョギング中の心臓発作からローラースケート中の怪我や犬に噛まれた怪我まで、ありとあらゆる症例に対処した。ニューヨークがハリケーンに襲われ甚大な被害を受けた際は、車で現地に赴き、マンハッタンのVA病院とクイーンズの個人病院の患者避難を手伝った。ひとつだけ経験していないのは真冬に北大西洋で漁をしている男性への対応だ。間に合えばいいのだがと、彼は祈るような気持ちだった。

ヴァル・ジェーン号の前に突然シャムロック号が現れた。トロール船はかろうじて水面に浮いている。右舷を上に船体はひどく傾き、まるで空のペットボトルが大西洋に投げ込まれたような状態になっている。ひとりの男性が舷側の上縁につかまっている。もう一名の姿が見えない。

ディーゼル・エンジンの音がして、力強い波が二隻の船を引き離そうとするなか、エドがヴァル・ジェーン号の船体をなんとかトロール船に近づけようとしていた。エドが今夜のミッションに選んだもうひとりの仲間、ジム・ガルシアとダレンは凍った甲板の上で沈みゆくトロール船をヴァル・ジェーン号に近づけようと奮闘している。テオと同じようにふたりも防寒服の上からライフ・ジャケットを身に着けている。

テオは船べりにかろうじてしがみついている男性のパニックに陥った顔を見つけた。視線を動かしてみるとふたり目の船員の姿も一瞬見えた。絡んだロープが巻きついた状態で体は静止したままだ。ダレンは沈没しそうになっている船の上に降りようと、腰に命綱を巻きつけている。テオはダレンのほうへ這いずりながら移動し、ダレンの命綱を取り上げた。

「何をしている？」ダレンはエンジンの音にかぶせるように叫んだ。

「おれにやらせてくれ！」テオはそう叫び返し、腰のまわりにロープを巻きはじめた。

「気でもおかしく――」

しかしテオはすでにロープの結び目を作り終えていた。言い争う時間はないので、ダレンは巻いていないロープの先端を甲板のロープ止めにくくりつけた。不承不承ダレンはテオにナイフを手渡した。「おまえまで救出させないでくれよ」彼は怒鳴るようにいった。

「そんなことには絶対ならない」言葉ではこの上なく自信たっぷりだったが、テオの心のなかには自信など一切なかった。もし自分が生還しなければ、誰を傷つけるだろうか。親父か？　友人か？　アニー？

アニーはシャンパンの瓶を開けて祝杯をあげるだろう。

いや、そんなことはしない。それこそが彼女の問題点なのだ。彼女は他人を見る目がない。どうか彼女がいいつけを守り、ハープ館に向かいますように、とテオは祈りたい気持ちだった。彼女がおれの子を宿しているとしたら――。

いまはそんな余計なことを考える余裕はない。シャムロック号は沈没しかかっている。いますぐにでもロープを投げないと今度はヴァル・ジェーン号が危険に陥ってしまう。二隻の船の間隔を目で見て判断しながら、テオは危機に陥るその前に船に戻りたいと必死に願った。

波を観察し、チャンスを待った。そしてなんとかなると信じる気持ちがあふれ出た。どうにか二隻の船のあいだの波立つ水面を越えてロープを渡すことができ、シャムロック号の滑りやすく半分海面下に沈んだ船体にしがみついた。舷縁につかまっている漁師は片腕を伸ばせる体力が残っていた。「息子が……」漁師は喘ぎながらいった。

テオは操舵室をじっと見た。そこに閉じ込められている若者は十六歳ぐらいで、意識を失っていた。テオはまず父親に焦点を当てることにした。ダレンに合図で状況を知らせ、漁師を高く持ち上げ、ダレンとジムが漁師をヴァル・ジェーン号に乗せるのを手伝った。漁師の唇は青く、すぐにも介抱が必要だったが、まずは若者を救出する必要があった。

テオはするりと操舵室に入った。ゴムの長靴をザブザブ動かし前に進む。少年は目を閉じており、身動きしなかった。船が沈みかかっているので、脈拍を確認している暇はなかった。極限の低体温症に対する処置には基本ルールがある。通常体温にまで戻ってもなお生命活動が回復しない場合は死と認め、それまでは死と断定しない、ということである。

テオは気持ちを引き締め、少年のサバイバル・ジャケットを握りしめながら、脚に絡んで巻きついたロープを切断していく。もし少年の体が自由になっても船外に放り出されることになっては元も子もない。

ジムとダレンは船のフックと格闘し、二隻の船を近づけようと最善を尽くしていた。テオは少年のぐったりした重い体を持ち上げ、船べりまで運んだ。波が頭に打ち寄せ、目が見えなくなった。力の限りを尽くして少年の体を抱えたまま、まばたきによって視界を鮮明にしたがふたたび同じことになった。ようやく、ダレンとジムが手を伸ばせば少年の体に届く位置まできた。ふたりは少年をヴァル・ジェーンの船上に引き上げた。

間もなくテオ自身もヴァル・ジェーン号の甲板の上に倒れ込んだ。しかし刻一刻とふたりの男性の命は死に近づいていた。テオは懸命に立ち上がった。沈没しかかったトロール船の対応はジムとエドに任せ、ダレンはテオと力を合わせ、男性たちを船室に運び込んだ。

若者はまだほとんど髭は生えていないが、年上の男性のほうはすっかり髭が伸び、肌には人生の大半を戸外で過ごした人間特有の光老化が認められた。男性の体が震え出した。良い兆候だ。「息子は……」

「大丈夫。私に任せてください」テオは一刻も早い沿岸警備隊の到着を願いながら、そう話しかけた。彼は常時車に緊急処置セットを積んでいるのだが、この男性たちに必要な蘇生装置は含まれていない。

別の状況下なら、少年には心肺蘇生法《CPR》を試みただろうが、極端な低体温症に陥っている場合、かえって命を危険にさらすことになる。テオは自分の防寒服を脱ぐ間も惜しんで、ふたりの男性の防寒服を切り裂き、体を乾いた毛布で包んだ。間に合わせの温湿布を作り少年のわきの下に当てた。その結果ようやく弱い脈拍が感じ取れるようになった。

沿岸警備隊の小型縦帆船が到着するまでに、テオはふたりの男性の体に覆いを掛け、温湿布を追加していた。少年は体を動かし、父親は短い文章を口にするまで回復し、テオは胸を撫でおろした。

最新の情報をテオから伝えられた沿岸警備隊の医療補助者は患者に点滴を開始し、暖かく加湿した酸素を吸入させはじめた。少年は目を開き、父親が上半身を起こそうとしながらいった。「あなたはあの子の……命の恩人です」

「じっとしていてください」テオは優しく男性を寝かせながら、いった。「救出できてわれわれも喜んでいます」

テオがハープ館に戻ったのは午前二時だった。レンジローバーのヒーターを強にしてもまだ歯がガチガチ鳴っていた。数週間前はこうした肉体的不快感を激しく求めていたのだが、今夜で心境に変化が起きた。乾いて温かいものが恋しくなったのだ。それでも、ムーンレイカー・コテージで車を停めた。コテージにひと気はなく、テオはほっとした。アニーが彼の言いつけを守ったことが信じられなかった。

彼女の居場所はもっと信じがたかった。

ハープ館の寝室のひとつで寝ているかと思いきや、小塔のカウチの上で明かりをつけたまま、眠り込んでいた。わきの床の上に『ペレグリン島の歴史』という本が開いたまま置かれている。彼女はまずコテージに寄ってからここに来たのだろう。なぜなら服装がいつものジーンズとセーターに戻っているからだ。疲労困憊していたせいか、四方八方に跳ねるカールした髪が古いダマスク織のカウチに広がっている光景を目にして、緊張がほぐれた。

彼女は寝返りを打ち、目をしばたたいた。テオは思わず「ハニー、ただいま」と口走っていた。

彼女はテオのパーカーを体にはおっており、起き上がる拍子にそれがカーペットの上に落ちた。彼女は顔にかかった髪の毛を手で払った。「船は発見できたの？　何が起きた？」

彼はジャケットを脱いだ。「船員は救出した。船は沈没した」

彼女は立ち上がり、彼の乱れた髪をまじまじと見つめ、セーターのVネックから見える肌が黒く汚れ、濡れていること、ずぶ濡れのジーンズに注目した。「体じゅうぐっしょり濡れているじゃないの」

「数時間前にはもっと濡れていたさ」

「体も震えているわ」

「低体温症のステージ・ワン。最善の治療法は裸の体と体を触れ合わせることだ」

テオがつまらないユーモアを口にしようと試みたのをアニーは無視し、彼の疲弊を目の当たりにして、深い懸念のこもるまなざしを向けた。「温かいシャワーを浴びて、さっぱりしたら？」

彼は反論する元気もなかった。

アニーは先に立って歩み、階段のてっぺんで彼にバスローブを手渡した。彼を浴室に押し込み、障がい者の面倒を見るかのように、代わりにシャワーの栓を開いた。彼は放っておいてくれと文句をいいたかった。母親なんて要らないと。そもそも、アニーがここにいることが、間違っている。彼を信頼し待っているなんて間違っているのだ。アニーの度を越した善人ぶりに、テオは苛立ちさえ覚えた。それなのに同時に彼女のことに思いをめぐらせてみたくなった。彼の世話を焼いてくれる人物といえば、リーガンぐらいしか思い浮かばなかった。

「何か温かい飲み物を用意するわね」彼が背を向けた瞬間、アニーは声をかけた。

「ウイスキーを」これほど体が冷え切っているときにそれを飲むのは大間違いなのだが、アニーはそんな知識を持ち合わせていないかもしれない。

だが、彼女はそのことを知っていた。気持ちよくシャワーを浴びて、浴室を出てバスローブをはおると、ドアのところでアニーがホット・チョコレートの入ったマグを持って待っていた。彼は嫌悪感をもってマグを覗き込んだ。「アルコールを入れてくれればよかったのに」

「マシュマロも入れてないわよ。なぜEMTの資格を持っていることを黙っていたの？」

「ただで骨盤検査をしてくれと頼まれそうだったから。次から次へと頼まれたら面倒だ」

「あなた、いかれてるわ」

「それはどうも」彼は寝室に向かいながら、ホット・チョコレートを一口飲んだ。それは素晴らしい味がした。

彼はドア口で立ち止まった。アニーは彼の掛け布団を折り返してくれていた。枕もふっくらふくらませてあった。もう一口チョコレートを飲み、廊下でたたずむ彼女を振り返って見つめた。緑色のセーターはしわだらけで、ジーンズの片方の裾は分厚いスウェット・ソックスのゴムにひっかかっていた。どこもかしこもくしゃくしゃで、頰は紅潮しており、この上なくセクシーに見えた。「まだ寒さが取れていない」彼はいった。やめておけと戒める自分の心の声に逆らった。「芯から冷え切っている」

彼女は顔を上げた。「惜しいわね。あなたと一緒に寝るつもりはないわ」

「でもほんとうはそれが望みなんだろ？　認めろよ」

「はいはい。なんでライオンの巣に戻らないの？」彼女の瞳孔は金色の斑点を花火のように散らしてくる。「私の置かれた状況を考えてもみてよ。私はおそらく妊娠しているのよ。湯気の上がるほどホットなあそこにバケツ一杯の氷水を浴びせられた気分はどう、盛りのついたワンちゃん？」

冗談めいた彼女の言葉はおかしいどころか、むしろ恐怖感を抱かせるものだった。だが憤懣やるかたなしといった怒りに満ちた声がなんとも……。彼女に思い切りキスをしたかったのだが、感情とは裏腹な自信たっぷりの口調でいった。「きみは妊娠していない」そして、以前一度答えを拒まれた質問を口にした。「月経の始まる予定はいつだ？」

「他人に教える事柄じゃないわ」

アニーはただもう格好をつけたがっている。ふたりが真に望んでいる行為から注意をそらそうとしているのだ。それともこれは一方的な思いなのか？

髪のひと房を耳の後ろにくるりと掛けると、アニーはいった。「あなたはジェイシーが夫を殺したことを知っていたの？」

唐突な話題の変化に、彼は驚き呆然とした。彼はマグを持ち上げた。彼女がホット・チョコレートを作ってくれたことがいまだ信じられなかった。「ああ。あいつは本当のろくでなしだった。おれがジェイシーを解雇しないのはそのためだ」

「独善的な言い方はやめたら？」アニーは言い返し、「私を騙したくせに」セーターの上から腕を搔いた。「ジェイシーはなぜ私に話してくれなかったのかしら？」

「彼女がみずから進んで話したがるはずがないだろ」

「でも、一緒に働きはじめてからもう数週間経つのよ。何かいうべきじゃない？」

「話す必要はないんじゃないのかな」彼はチョコレートを置いた。「グレイソンはおれより何歳か年上で、無愛想なやつだった。当時も周囲に好意を持たれていなかったし、死んで寂しがる人間がいるとも思えないな」

「私に打ち明けてほしかったわ」

テオはアニーが動揺する様子を見たくなかった。人形と一緒に腹話術を演じ、あてにならない人間を信頼してしまうこのカーリーヘアの女性が心乱すのは見ていて辛い。彼は彼女をベッドに引きずり込みたかった。このひそめた眉がゆるむのなら、彼女に指一本触れないと誓ってもよかった。しかしチャンスはなかった。彼女は電灯のスイッチを切り、階段を下りていった。世話をしてくれてありがとうというべきだったのだろうが、格好をつけたがっているのは彼女ひとりではなかった。

アニーはふたたび眠りにつくことができなくなり、コートとレンジローバーのキーをつかみ、外へ出た。ロブスター・ボイルからの帰り道、アニーは立ち聞きした内容について、ジェイシーに話さなかった。そしてアニーがテオを待つために小塔に向かったことを、ジェイシーは知らなかった。

夜空は澄み渡り、天の川が星の毛布のように頭上に広がっていた。朝になっても、ジェイシーともテオとも話をしたくなかったが、車に乗り込むことはせず、車道の端に行き、崖下を見下ろした。暗すぎてコテージは見えなかったが、誰かが侵入して何事かをやらかしたとしてもすでに立ち去っていることだろう。数週間前なら、真夜中にコテージに向かうのは怖かっただろう。しかし島に滞在するうちに精神がたくましくなり、いまでは誰かがいてほしいとさえ思う気持ちがある。そうすれば、自分を苦しめている人間が誰なのかわかるからだ。レンジローバーの車内にはテオの匂いが残っていた。革と冬の冷気だ。アニーは簡単に人への警戒心を解いてしまい、他人から攻撃されやすい傾向にある。それなのにジェイシーときたら、どうだ。一カ月近く一緒に働いてきたというのに、彼女は自分が夫を殺したという事実をおくびにも出さなかった。たしかに、簡単に言葉に出せる話題ではないだろう。それでもどうにか機会を見つけて話してほしかった。アニーは昔から友人になんでも包み隠さず話していた。だがジェイシーとの会話は表面的でお互い心の内側に触れあうことはなかった。ジェイシーはまるで首のまわりに〝進入禁止〟の標識を張りめぐらせているかのようだ。

アニーは暗いコテージの前で車を停め、外に出た。アニー自身では料金を支払えそうもない錠前屋は来週まで来られないそうだ。室内で何か見つけよう。ノブをひねってドアを開け、キッチンに入り、灯りをつけた。何もかも出かけたときのままになっている。コテージじゅうをめぐり、次々と照明のスイッチをつけていき、保管庫のクローゼットを開いてみる。

臆病者め。ピーターが嘲るようにいった。

「お黙り、バカ」アニーは言い返した。「ひとりでここに来られたのに、なぜケチをつけるのよ?」レオは最近アニーをいじめない。だが、ピーターは日増しに好戦的になっている。またひとつ、人生のバランスが崩れてしまった。


翌朝起きると頭痛がして、コーヒーを飲みたくなった。シャワーを出て体にタオルを巻きつけ、床を鳴らしながらキッチンへ向かった。冷え切ったレモン色の朝日が前面の窓から射し込んでおり、虹色の人魚型の椅子がとてつもなくまぶしい光を反射している。なぜマリアはこんな醜いものを遺していったのか? 人魚を見ていると、ジェフ・クーンズの低俗なくせに値段は法外な彫刻作品が思い起こされる。ピンク・パンサーやマイケル・ジャクソンの彫刻、色鮮やかなポリエステルフィルム、マイラーの風船から飛び出してきたようなステンレスの動物たち……。これらの作品で彼は有名になった。人魚がクーンズの想像力の産物だとしたら——。

アニーははっと息を呑み、箱を置いたリビングルームに向かって猛然と走った。もしあの人魚がクーンズの作品だとしたら? アニーは膝をつき、タオルを落としコテージの来客名簿を求めてカートンのなかを手探りした。マリアの財力ではクーンズの彫刻作品は買えなかったはずだ。だからそれは贈り物に違いない。名簿が見つかり、アニーは必死でページを繰り、クーンズの名前を探した。見つからなかったので、また最初から探した。名簿に彼の名前は載っていなかった。しかし、仮に彼がコテージを訪れなかったとしても、彼の作品であることを否定もできない。これまでアニーは油絵、小さな彫り物の類はすべて調べ上げたが、これといったものは見つかっていない。ひょっとすると——。

「おれはこれがハープ館にあるより、ここにあったほうが好きだな」後ろで物柔らかな声が響いた。

アニーははっとキッチンの入り口を振り向いた。そこにはテオが立っていた。指先をジーンズのポケットに差し込み、昨晩アニーがはおっていたダーク・グレーのパーカーを着ている。いっぽうのアニーは体に巻いていたタオルを床の上に落としてしまっていた。

まさしくこの部屋で常軌を逸した交わりを経験したにもかかわらず、彼はアニーの裸体を見てはいない。だがアニーはヴィクトリア王朝時代の処女のようにあわてて体の前面を覆いつくしたいという衝動をこらえ、平然と緩やかな動作でタオルをつかんだ。

「きみの肉体は神の美しい創造物だよ」彼はいった。「過去のろくでなしボーイフレンドたちはそう褒めてくれなかったか?」

それほど大袈裟に褒められたことはない。というか、じつは褒められたこと自体ない。たとえテオからの賛辞にしても、悪い気はしなかった。タオルの端を押し込み、ゆっくりと優雅に立ち上がるつもりが、いかにもおっちょこちょいの彼女らしく、バランスを崩して踵に尻を乗せたまま後ろに倒れてしまった。

「幸い」彼はいった。「おれは医者みたいなものだから、こんな眺めには慣れている」

アニーはタオルをさらにしっかり体に巻きつけ、気を落ち着けようとした。「あなたは実際医者じゃないし、見て楽しんでもらったらけっこうよ。だって今後一切、目にすることができないでしょうから」

「それはどうかな？」

「そう？　まだその話題を続ける気？」

「きのうおれが何をやってのけたか、まさか忘れてしまったはずないよな？」

アニーは顔を上げた。

彼は悲しげに首を振った。「恐ろしげな鮫やら百フィートはあろうかという高波と雄々しく戦ったというのに。氷山とも。海賊の話はもうしたっけ？　だがよく考えてみると、英雄的行為は見返りを求めないものでなくてはならない。それ以上望むのは間違っている」

「よく頑張ったけど、残念でした。私にコーヒーを淹れてきて」

彼は気だるそうにアニーに近づき、手を伸ばした。「まず立ち上がる手助けをしよう」

「やめて」アニーも今度は尻もちをつくことなく立ち上がれた。「なぜこんな早くここに来たの？」

「もうそんな早くはないし、そもそもきみがひとりでここに戻るから悪いんだよ」

「ごめんなさい」アニーは心から詫びた。

彼はアニーのむきだしの脚と足元に広がる雑多なものをじろじろと見つめた。「また侵入か？」

アニーは人魚の椅子について話そうとしたが、彼の視線がふたたび脚に戻り、自分だけタオルしか身に着けていないことで不利な立場だと感じた。「ウズラのポーチド・エッグとフレッシュ・マンゴーのジュースをいただくわ。面倒でなければ」

「そのタオルを落とせば、シャンパンを注いでやる」

「そそられるわね」アニーは寝室に向かった。「でも妊娠しているかもしれないから、お酒はやめとく」

彼は長いため息をついた。「寒気をもたらすその言葉で、彼の股間で燃え上がっていた炎は一瞬のうちに消えはてたとさ」


テオがアトリエで執筆中、アニーは人魚の椅子をあらゆる角度から撮影した。ハープ館にたどり着くとすぐ、写真をマンハッタンにあるクーンズの作品を扱う美術商にEメールで送った。もしこれが本物のクーンズ作品なら、売って借金を返せる上に、いくらかおつりも来るだろう。

バックパックのジッパーを閉めながら、思いはいつしかコテージのアトリエにこもる男性のほうへ漂っていった。

「きみの肉体は神の美しい創造物だよ」と彼はいった。

たとえそれが真実でないとしても、聞いて悪い気はしなかった。

アニーはこのところ妖精の家をチェックするのが日課になっていた。見ると一対の棒切れのあいだにカモメの羽をつるし、優雅なハンモックになぞらえてある。アニーは新しい工夫を眺めながら、リヴィアの『自由な秘密』の絵について考えた。立っている大人の姿から伸びた腕の端に雑な感じで描かれたまるいかたまりは誤って付着した色ではなかった。あれは銃だったのだ。そして地面に横たわる体は？　胸に付着した赤いものは花やハートではなく、血だった。リヴィアは父親が殺された場面を描いたのだ。

裏手のドアが開き、リサが出てきた。リサはアニーに目を留め、手を振ってガレージ前に停めた泥だらけのSUVに向かった。アニーは気持ちを引き締め、なかへ入った。

キッチンにはトーストの匂いが漂い、ジェイシーはもはや見慣れた不安な表情を浮かべていた。「リサがここへ来たことをテオにはいわないで。彼がどう感じるか、もうわかるでしょ？」

「テオはあなたを解雇しないわよ、ジェイシー。保証するわ」

ジェイシーはシンクのほうを向き、静かに話した。「今朝コテージに向かう彼を見かけたわ」

アニーはテオについて話をするつもりはなかった。どういえばよいというのだ？　彼の子を宿しているかもとでもいうつもりか？　たった一度の過ちだと？

あなた、本気でそう信じているの？　ディリーが舌打ちしながらいった。

おれたちのアニーは少しふしだらになっちゃったんだよ。アニーのかつてのヒーロー、ピーターがアニーを嘲った。

あれ、弱い者いじめは誰だっけ？　レオがいった。名前を呼び間違えちゃだめだよ。レオはいつもの皮肉っぽい声でいった。それでも……。

アニー自身も頭のなかで何が起きているのか、わからなかった。ジェイシーが目の前に立っているのだから、なおさら頭のなかを整理できるはずがなかった。「あなたの夫がどういう亡くなり方をしたのか聞いてしまったの」アニーはいった。

ジェイシーは片足を引きずりながら、アニーの顔を見ないで椅子に座った。「だったらあなたも私がひどい人間だと思ってるわよね」

「自分がそれを聞いてどう感じたのかわからない。でもあなたに話して欲しかったとは思っているわ」

「話したくないの」

「気持ちはわかる。でも私たちは友だちでしょう？　私だってもし知っていたら、最初からリヴィアが話せなくなった背景を理解できていたはずよ」

ジェイシーはたじろいだ。「それが理由だとは断定できないわ」

「やめてよ、ジェイシー。私は無言症《ミュート》について研究した経験があるのよ」

ジェイシーは両手で顔を覆った。「心から愛する我が子をいかに深く傷つけてしまったか知るのがどれほど辛いものか、あなたにわかるはずがないわ」

アニーはジェイシーを悲しませることに耐えられなくなり、話題を切り替えた。「あなたが私に話す義務はなかったわ」

ジェイシーはアニーの顔をじっと見上げた。「私は……友だち付き合いが苦手で。子ども時代、同じ年頃の女の子は少なかったから、父のことでどれほど辛い思いをしたか、打ち明ける相手もいなかった。だから近づきすぎる人はみんな遠ざけた。リサでさえね。リサだって……彼女は幼なじみだけど、個人的な話はあまりしないの。たまに、リサがここまで出向くのはシンシアに代わって様子を見にくるだけじゃないかとさえ思ってしまう」

リサがシンシアのスパイだというのは、アニーにとって想定外のことだった。

ジェイシーは脚をさすった。「私はリーガンが何も質問しないから、彼女といるのが好きだったの。リーガンは私よりずっと頭が良く、別世界の人だったわ」

そういえば、あの夏のジェイシーはまるで、静かな背景のような存在だった。あの日洞窟での出来事がなかったなら、彼女のことなど忘れてしまったかもしれない。

「私は実刑を言い渡される可能性もあったの」ジェイシーはいった。「毎晩神に感謝しているわ。ブッカー・ローズが悲鳴を聞きつけて、我が家まで来てくれたことを。彼はガラス窓越しに一部始終を目撃していたの」ジェイシーは目を閉じ、ふたたびまぶたを開いた。

「ネッドは酔っていた。彼は私を脅すため銃を振りまわしながら近づいてきたの。リヴィアは床の上で遊んでいた。あの子が泣き出したけど、彼はそんなこと、おかまいなしだった。彼は私の頭に銃口を当てた。撃つつもりはなかったと思う。ただ、誰が支配者か見せつけたかったのね。でも私はリヴィアの泣く声を聞くのが辛くて、彼の腕をつかんだ。そして……恐ろしい瞬間が訪れたわ。銃が彼の手から離れたとき、自分が支配者ではなくなったと悟った彼はショックに打ちのめされたような顔をしていたわ」

「ああ、ジェイシー」

「今日までずっと、私はあの出来事をリヴィアにどう説明すればいいのか迷いつづけているの。なんとか試みようとすると、あの子はジタバタもがいて逃げてしまう。だから私はもう説明しようと努力するのもやめてしまったわ。あの子がただ忘れてくれることだけを祈って」

「リヴィアはセラピストと話をさせなきゃね」アニーは優しくいった。

「それをどうやって実現すればいいの？　島にセラピストなんていないだろうし、本土のクリニックにセラピーの予約は入れられても、私にはそんな経済的余裕はないわ」ジェイシーは打ちひしがれて、実際の年齢より老いて見えた。「あのことがあって以来、あの子と心が通じた相手はあなただけよ」

私じゃない。アニーは心で思った。リヴィアはスキャンプに心惹かれたのだ。ジェイシーの瞳に涙があふれた。「あなたまでも傷つけてしまったなんて、信じられない。あなたにはあんなに尽くしてもらったのに」

リヴィアが部屋に駆け込んできて、子どもへの配慮からふたりの会話はそこで終わった。

アニーがハープ館に出かけたあと、テオはリビングルームに移動して執筆しようとしたが、景色を変えても効果はなかった。あの忌々しい少年の顔が消えてくれないのだ。

少年はアニーの絵からじっとテオを見つめ返してくる。少年の手首にはめられた大きすぎる成人用腕時計や額の上に勝手に伸びた立ち毛、額のかすかなしわが気に入っている。アニーは画家としての才能を捨ててしまったが、名人とはいかないまでも注目に値するイラストレーターだ。

テオは一目で子どもに惹き込まれた。自分が小説で創造してきたどんな人物よりも鮮明に脳裏に焼きついている。計画したわけではなかったが、この子どもを執筆中の小説のなかに脇役として登場させていた。現代のニューヨーク市から十九世紀のロンドンの路上にタイムスリップさせられたディギティ・スウィフトという名前の少年としてだ。ディギティはクェンティン・ピアース博士の次なる餌食《えじき》となることになっている。しかしこれまでのところ、少年は博士の追跡を逃れ、大人なら実行不可能なさまざまなことを成し遂げている。いまやクェンティンは小さな少年を最も苦痛をもたらすやり方で破滅に追い込もうと、変質者のエネルギーを一心に傾けている。

テオは少年の死を描かないことに決めている。『サナトリウム』でならすでに少年の命を簡単に消し去っていたかもしれないが、このところ心境が変化していて、そういう気になれないのだ。ほんの一言、パン屋のオーブンから漂ってくる匂いを描写するようになったこともひとつの現れだ。

とはいえ、少年も狡猾な一面を見せてくれる。送り込まれた時代の環境があまりに違いすぎるにもかかわらず、しぶとく生き延びている。送り込まれた時代には、コンピュータや携帯電話は言うに及ばず、ソーシャル・ワーカーや児童の危険に関する法の助けもなく、さらには普通の大人の力を借りることもできないのに。

最初テオもなぜ子どもが奇跡的逃避を果たせたのか、理由づけができずにいた。だが、あるときはっとひらめいた。テレビ・ゲームだ。裕福で仕事中毒の両親がウォール・ストリートを征服しているあいだに、少年は長時間テレビ・ゲームに没頭し、反射神経や推論能力を磨き、さらには奇怪な物事をある程度楽しめる感覚を育てていったのだ。ディギティは恐怖を感じつつも、諦めはしない。

テオはこれまで一度も自分の作品に子どもを登場させたことはなかった。断じて二度目はない。彼はデリート・キーで二時間かけて書いた内容を削除した。この作品は児童文学ではない。子どもに作品を乗っ取られる前に、もとの軌道に立ち返らなくてはいけない。

彼は脚をストレッチし、顎を手で撫でた。アニーはまた床の上で箱の中身を詰めなおしたが、まだそれらをしまいもしない。アニーははかない夢を追っている。マリアが何かを遺したとはとても思えない。

ただしアニーはテオに関しては、とても現実的な考えを持っている。あんなふうに、妊娠の可能性をちらつかせてからかうのはやめてほしい。事実がはっきりしたら、ぜひとも知らせてほしいのだ。ケンリーは子どもはいらないという主義の持ち主で、そこだけは数少ない彼との共通点だった。またもや別の人間に責任を持つと想像しただけで、冷汗が出る。そんなことになったら、すぐさま自分の頭に銃口を当てるだろう。

アニーにケンリーのことを話して以来、ケンリーのことを考えなくなった。よくない兆候だ。アニーはケンリーの死に関して彼に免罪符を与えたがっているが、それはアニーにとって意味があったとしても、彼にとっては無意味でしかない。なぜなら彼は罪を糧にして生きているから。そんな生き方しかできないからだ。

15

月曜日はナオミの船に乗せてもらう予定だったので、アニーは朝まだ暗いうちに、外出の支度をしようとふらふらしながらベッドを出た。だが三歩も歩かないうちにはっと目が覚めた。ナオミの船に乗る？　アニーはうめきながら両手で顔を覆った。私はいったい何を考えていたの？　というより何も考えていなかったのだ！　それが問題なのだ。ナオミと一緒に海の上に出てはならない。そんな判断さえ誤ったのは、脳のどの部分が機能しなかったからなのか？　〈レディスリッパ号〉が港を離れると同時に、私は公的に島を出たことになるというのに。でも船がペレグリン島に碇で固定されているから、ナオミが島の住民だから、そしてどこか心が散漫だったから、結びつけて考えることができなかったのだ。そんな途方もないミスを犯すのは、きっと妊娠しているからに違いない。

あなたがテオ・ハープにうつつを抜かしていなければ、脳もちゃんと機能したのにね。クランペットがいった。

クランペットでさえ、こんな間抜けなことはしない。ナオミとは埠頭で会うことになっているから、なんの説明もなく約束の場所に出向かないというわけにはいかない。アニーは服を着て、ジェイシーから借りたサバーバンに乗り、町へ向かった。

道路は土曜日の嵐のせいで、二月に溶けて泥になった地面が再凍結し、あちこち穴ができていた。アニーは慎重に運転した。自分の軽薄さにまだ震えが止まらなかった。海の恩恵を受けて存在している島に二十二日間も滞在を強いられてきたとはいえ、危険を冒して海に出られるはずがないのだ。こんな大きなミスを二度と繰り返してはならない。

空が明るくなるころ、船小屋の桟橋でレディスリッパ号まで行くための小船に何やら索具を投げ入れているナオミを見つけた。レディスリッパ号は港に係留されている。「来たわね!」ナオミは元気よく手を振りながら声を張り上げた。「気が変わったんじゃないかと心配していたところよ」

アニーが説明する間もなく、ナオミはそのまま天気予報について話しつづけた。アニーは話をさえぎるしかなかった。「ナオミ、じつは私、ご一緒できないの」

その瞬間、速いスピードで走ってきた車が船小屋に隣接する駐車場で砂利を飛ばしながら急停車した。ドアが勢いよく開き、テオが飛び出してきた。「アニー、そのまま動くな」

ナオミとアニーが振り返って見つめるあいだに、テオは桟橋沿いにふたりのいるほうへ突進してきた。寝癖で後頭部の髪の毛は逆立ち、頬には枕の跡も残っている。「申し訳ない、ナオミ」彼は船長の隣までやってくると、そういった。「アニーを島から出すわけにいかないんだ」

またひとつ失敗が増えた。昨晩テオに宛てて書いた手紙を破り忘れたから、彼はここに来たのだ。

ナオミは豊かな腰の上で片方の手を広げ、ロブスター漁での成功をもたらした鋼鉄の意志を示した。「なぜだめなの？」

アニーは胃のむかつきをこらえながら、言い訳を考えはじめた。テオの手が肩をつかんだ。

「アニーは自宅監察状態にあるんだ」

ナオミの別の手が腰の反対側に当てられた。「いったいなんの話？」

「この島に来る前、アニーはトラブルに巻き込まれてね」彼はいった。「たいしたことじゃない。認可なしで人形劇をやった。ニューヨークはその類に厳しい都市だから。不運だったのはアニーが再犯だったこと」

アニーは彼をにらんだが、テオは調子に乗ってしゃべっていた。「留置しない代わりに、裁判官は彼女にニューヨーク市を数カ月離れることを求めた。この島に来ることは許可されたが、その期間島を出てはならないという条件つきだった。一種の自宅軟禁だ。しかし本人はうっかりしたようだ」

彼の説明にアニーは惹きつけられると同時に度肝を抜かれた。彼女は肩に置かれた彼の手をどけた。「それがあなたとどう関係があるの？」

ふたたび手が肩に置かれた。「なあアニー。法廷でおれはきみの後見人に選定されたじゃないか。今回の些細な違反は見逃してやってもいい。ただし、二度と繰り返さないと誓ってもらうぞ」

「これだから都会の人間はいかれてるっていうの」ナオミはつぶやいた。

「そう、ニューヨーカーは特別だよ」テオはまじめくさった顔で同調した。「さあアニー、誘惑から遠ざかるんだ」

ナオミは引き下がらなかった。「落ち着いてよ、テオ。私の船で一日過ごすだけなのよ。そんな話、誰にも通じないわ」

「申し訳ない、ナオミ。だけどおれは法廷で誓ったことは真面目に守りたいんだ」

アニーの気持ちは大声で笑いたい欲望と彼を海に突き落としたい衝動との狭間で揺れた。

「その程度のことなんか、この島じゃこれっぽっちの問題でもないわよ」ナオミは反論した。

ナオミは本気で怒りをあらわにしていたが、テオは譲歩しなかった。「正義は正義だ」彼はアニーの肩の上に置いた手の指に力を入れた。「今回はたいしたことじゃないから大目に見るが、二度目はないぞ」彼はアニーを船着場から導き出した。

音の届かない位置まで来ると、アニーはテオを見上げた。「私が認可なく人形劇をやったって？」

「きみの仕事をみんなに知られたいのか？」

「いいえ。でも重罪の判決を受けた人物と思われるのも同じだけ嫌だわ」

「誇張はやめろ。人形劇に関することなんて、ただの過失だ」

アニーは両手を挙げた。「もっとましなことを思いつかなかったの？　私のエージェントから至急の電話が入ったとか」

「きみにはエージェントがいるのか？」

「いまはいない。でもナオミにはばれないでしょ？」

「それは失敬した」彼は十九世紀のようなもったいぶった発音でいった。「ふと目が覚め、何か重圧を感じたんだ」そして彼はいきなり攻撃を開始した。「きみはおめでたくも本気で船に乗って島を離れようとしていたのか？　正直、きみには看守が要るな」

「船に乗るつもりはなかったわ。一緒に行けないことを説明しようとした矢先に、騎兵が現れたのよ」

「じゃあ、なぜ最初誘いを受けた？」

「いろいろと悩みを抱えているからよ、わかる？」

「おれに悩みをぶちまけろ」テオはアニーを急き立てながら駐車場を横切り、町役場に向かった。「コーヒーを飲みたい」

まだ地元の漁師が数名、ドアの内側で役場が提供するコーヒー・ポットのまわりにいた。テオは漁師たちに会釈し、発泡スチロール製のカップ二個にエンジンの汚れた油のような液体を注ぎ、蓋をかぶせた。

ふたたび外に出ると、車に向かった。彼の車はアニーの車の横で斜めに停められていた。彼がコーヒーを一口すすったとき、蒸気が立ちのぼり、アニーは輪郭のはっきりした彼の唇に思わず見入った。完璧な唇、乱れた髪、無精ひげ、寒さのせいでやや赤い鼻。まるで着ずしたラルフ・ローレンの広告のモデルのようだ。「急いで帰らなくちゃならない？」彼は訊いた。

「べつに」なぜ彼があのまま船に乗せ、楽しくさよならと手を振らなかったのか、理由を理解するまでは帰れなかった。

「だったら乗れよ。きみに見せたいものがある」

「それは拷問室や印のない墓石と関係があるものかしら？」

彼はうんざりした表情を浮かべた。

アニーは最近身に着けた、得意げな笑みを浮かべてみせた。

彼は目玉をぐるりとまわし、助手席のドアを開けた。

そして、屋敷に直接戻らず、反対側に向かって車を走らせた。老朽化した黄色いスクールハウスのトレイラーが古いビルの隣の丘にぴたりと押しつけられたように停めてある。車は扉の閉まった画廊、ロブスター・ロールや蒸し貝の広告が描かれたシャッターの閉まった軽食堂の前を通り過ぎた。クリスマス・ビーチのそばに造られた漁師小屋では漁師たちが船を引き出して、手入れをしている。でこぼこ道で熱い飲み物を口に入れるのは蓋があっても難しかった。アニーは注意深く苦いコーヒーをすすった。「ペレグリンに欲しいものは美味しいコーヒーを飲ませるスターバックスね」

「それと、惣菜屋」彼はアビエーター・サングラスをかけた。「旨いベーグルのためなら魂を売ってもいい」

「それはつまりあなたにまだ魂が残っているってこと？」

「もう気が済んだか？」

「ごめんなさい。舌が勝手に動いてしまうの」アニーは明るい冬の陽射しがまぶしくて目を細めた。「テオ、ひとつだけ訊きたいことがあるの……」

「後にしてくれ」車が角を曲がると、ひどくわだちの多い道に入り、ほどなく進めなくなった。彼はトウヒの森に車を停めた。「ここからは歩きだ」

ほんの数週間前、アニーは少し散歩するのさえ気が重かったが、いまでは最後にいつ咳の発作があったか、記憶もなくなっている。島のおかげで健康を取り戻したのだ。少なくとも次に誰かに撃たれるまでは。

テオはストライドの長い歩調をゆるめ、アニーの肘をつかんで凍った地面を渡った。アニーは支えてもらわなくても歩けたが、彼の昔ふうのエスコートが気に入った。松林を抜ける道の上に一対のわだちがあり、倒れた松の木の前あたりから道はゆるやかに下り坂になっている。そしてかすかに曲がった先から、夏に素晴らしい草地になる場所へと出た。その中心にうち棄てられた石の農家があり、屋根がスレートで一対の煙突もある。凍った古い家の前にブルーベリーらしき作物の畑がある。大西洋はある程度遠くに見え、息を呑むほどの景色を楽しめる場所でありつつ、嵐の猛威には悩まされないですむ距離がある。寒い冬の日でさえ、隔離され、荒波から守られた野原には魔法がかけられている気がした。

アニーは長くゆっくりと息を吐いた。「ここはメイン州の島のあるべき理想形だわ」

「ハープ館よりずっと居心地がいい」

「霊廟《れいびょう》の一室だってハープ館よりはましよ」

「その点は反論しないよ。ここは島で一番古い農家なんだ。少なくともかつてはそうだった。羊を育て、穀物や野菜を栽培した。そして一九八〇年代に廃屋になった」

アニーは堅固な屋根と破れていない窓に見入った。「誰かがいまでも手入れをしているんだわ」

彼はゆっくりとコーヒーを飲み、何もいわなかった。

アニーは首を傾げたが、サングラスに覆われた彼の目は見えなかった。「あなたね」彼女はいった。「あなたが手入れを続けてきたのね」

彼はそんなことはなんでもないとでもいうように、肩をすくめた「おれはここを買った。二束三文で」

アニーは投げやりな彼の口調にごまかされなかった。ハープ館のことは嫌いでも、テオはこの家を愛しているのだろう。

彼は野原から海までをじっと見つめている。「熱源も、電気もない。もとは使用可能だったが、配管は現在機能していない。あまり価値のない家だ」

しかしそんな言葉と裏腹に、彼にとってじつは価値あるものなのだろう。野原の木陰には真っ白な雪がまだ残っている。彼女はそこから海に視線を転じた。「なぜあなたは私をナオミの船に乗せたくなかったの？　私が港を離れればコテージはあなたのものになったのに」

「そうなれば、コテージは父のものになる」

「だから？」

「シンシアがどんな改築をやってのけるか予想もつかないだろう？　使用人の小屋に変えるかもしれないし、いったん潰して英国風の村でも作ってしまうかもしれない。あの女のことだ。何を思いつくか、わかったもんじゃない」

またひとつ、アニーの彼に関する思い込みが消えてなくなった。彼はアニーにコテージを所有していてほしいのだ。この頭のなかにかかった蜘蛛の巣をすっかり払ってしまわなくては。「いい？　私がコテージを失うのは時間の問題なのよ。安定した仕事に就けば毎年二カ月もこの島に来るのは不可能になるの」

「問題が起きたらふたりで考えればいい」

ふたりで？　彼女ひとりでなく？

「さあ」彼はいった。「なかを見せてやる」

アニーは潮の打ち寄せる音に慣れたので、野原の鳥たちが呼び合う声や深い静寂を心地よく感じた。玄関に近づくとアニーは跪《ひざまず》き、ユキノハナの集まりを観察した。小さなベル形の花弁は冬が終わっていないのに美しさを見せて申し訳ないとでもいうように、少し垂れている。アニーは雪のような花に手を触れた。「まだこの世には希望があるのね」

「あるかな？」

「あるべきよ。反論する理由は？」

彼のけたたましい笑い声には陽気さのかけらさえなかった。「きみを見ていると知り合いの若者を思い出す。勝てる見込みもないのに、必死で努力を続けるやつだ」

アニーは訝しげに首を傾げた。「もしかして自分のことなの？」

彼はぎくりとしたようだった。「おれ？　いや、若者って――なんでもない。作家ってのは現実と架空の境目がはっきり見えなくなる傾向がある」

腹話術師も同じだ、とアニーは思った。

いったいなんの話かさっぱりわからないわ。スキャンプが鼻を鳴らした。

テオは鍵の置き場所に行き、その鍵を錠前のなかに差し入れた。錠はするりとまわった。

「島の人たちはドアに錠をかけないのかと思ってたわ」アニーがいった。

「都会から彼氏を連れてきてもいいよ……」

彼女はあとに続いて何も置かれていない室内に入った。摩耗しているが幅広の厚板を用いた床に大きい石の暖炉。降り積もったほこりが空気の流入で乱れ、日の射す窓辺でいっせいに飛び散った。部屋には薪の燃えた煙と過ぎ去った年月の匂いがこもっていたものの、誰も見る人のいない廃屋といった感じはしなかった。ごみもたまっておらず、壁に穴もあいていない。壁紙は色あせた時代遅れの花柄で、合わせ目はめくれあがっている。

アニーはコートのジッパーを下ろした。彼は部屋の隅に立ち、グレーのパーカーのポケットに両手を入れ、この家を見せることに気後れしたような表情を浮かべていた。アニーは彼の前を通りすぎてキッチンに入った。電気やガスの器具類は撤去され、あるのは石のシンクとへこみのある吊り下げ型の金属性食器戸棚だけである。奥の壁には古い暖炉が備えつけてあり、きれいに掃除され、火炉には新しい薪が積み重ねてある。アニーはこの古い家に愛着を感じた。ここなら、島に住んでも、島暮らしゆえの他住民との衝突には巻き込まれずに済みそうだ。

帽子を脱ぎ、アニーはポケットにしまった。シンクの上の窓からは、かつて庭だったと思われる広がりのある敷地が見渡せた。彼女は庭の植物が満開になる時期を思い浮かべてみた。タチアオイ、グラジオラスといった花々に混じって、スナップエンドウやキャベツ、カブといった野菜の花も一緒に咲き乱れるのだろう。

テオもキッチンに入ってアニーの後ろに立ち、開いたコートが肩からずり落ちそうになっているのに窓の外を見つめるアニーの様子を観察した。メイクもしておらず、こうしてここに立っていると、一九三〇年代の農家の女性に見える。きりりとしたまっすぐなまなざし、手に負えないくせっ毛は、作られた美からなる現在の基準には合わない。彼女は自分らしさを失わない人間なのだ。

ケンリーやブランド志向の友人たちなら、きっとチャンスさえあればイメージチェンジを図っていただろう。薬品を使って縮毛矯正し、ポルノスターのように唇をふっくらさせ、豊胸手術やアニーには必要とも思えない脂肪吸引も施すだろう。それにしてもアニーの容姿にどこか欠点はあるだろうか……？

何ひとつない。

「ここはきみに似合うよ」彼は思わず口走った一言をすぐにも撤回したかった。彼はもごもごと気取った言葉を連ねてごまかした。「あとは土を耕し、家畜を飼い、野外トイレにペンキを塗ればいいだけだ」

「あら、ありがとう」こんなことをいわれ気分を害しても仕方がない状況なのに、アニーは周囲を見渡し、微笑んだ。「この家、気に入ったわ」

「まあまあだろ」

「まあまあどころか、どれほど価値のある家か、あなたもわかっているでしょう？　どうしてあなたはいつも、そんな強がりばかりいうの？」

「何も偽ってないよ」

アニーは考え込んだ。「あなたはやっぱり仮面をかぶっていると思う。でも全体的に見て、間違っているわ」

彼はアニーの洞察力に自分の弱点を見抜かれるような気がしていやな気分だった。ケンリーとの関係に同情されるのも、過ぎ去ったあの夏に起きた出来事すべてを水に流してくれている彼女の配慮も嬉しくはなかった。それがかえって不気味に感じてしまうのだ。

アニーのまつげの先端にひとすじの朝日が射し、テオは優位を保ちたいという原始的な衝動に駆られた。いまでも支配しているのはこちらなのだと示したかった。テオは悠然とアニーに近づき、彼女の瞳を覗き込んだ。

「やめて」彼女がいった。

彼は耳にかかった髪のひと房を指で持ち上げ、指に巻いた。「やめろって、何を？」

アニーは彼の手を押しのけた。「私に馬鹿げたヒースクリフ（イギリスの小説『嵐が丘』の主人公。元孤児で、自分を虐げた人々に復讐を誓う）みたいな態度を取るのはやめなさいっていうの」

「何いってるのか、想像もつかない……」

「のらくらとした歩きかた。半開きの目。陰気で傲慢なその態度よ」

「おれはのらくら歩いたことなんて一度もない」アニーは文句をつけるくせに退くことはしなかった。彼は親指でアニーの頬を撫でた……。

彼から魔法をかけられているような感じだった。それはむしろ、農家のせいかもしれなかった。理由がなんであれ、アニーは彼のそばから離れられなくなっていた。それでも彼の瞳には心をかき乱す何かが宿っていた。好ましからざる何かが。

なすべきことは、ただ彼に背を向けることだった。コートを肩から剝がす彼の手を止め、彼に肩をすくめさせればよいのだ。ふたりは窓から降り注ぐ冬の陽射しのたまりのなかにいた。

ふたりはともに腕を両脇に垂らし、互いをひたと見据えたまま立ち尽くしていた。アニーはだんだんと全身の皮膚が敏感になっていくのを感じていた。敏感なあまり、自分と彼の静脈や動脈のざわめきさえ感じることができた。アニーは男をただ受け入れ、あとくされなく忘れられる性質《たち》ではない。この男女平等の時代において、超然とした感覚を持って異性に接することができないのは弱点、むしろ欠陥といえる。それもまた数ある欠点のうちの大きな要素だ。

彼は頰に手を触れた。

そんなふうに触るのはやめて。どこにも触れないで。体じゅうに手を触れて。

彼はそんな彼女の心の声が聞こえたかのようにその手を動かした。怒ったようにキスをしながらの愛撫だった。その怒りは私が彼のように美しい容姿に恵まれていないから？　社会的地位もなく社会的成功もなしえていないから？

彼の舌が侵入してきた。そして彼は腕に力を込め、唇を押し開き、キスの魔力で彼女を屈服させようとしていた。彼は体を密着させた。彼のほうが長身なのでうまくフィットするはずがないのだが、ふたりの体は完璧にかみ合った。

彼の手がセーターの下に滑り込み、背中を覆うように広がった。親指が背骨に沿って下りていく。彼が主導権を握っており、アニーはこのまま続けるわけにいかないと感じた。現代の女性らしく自分を前に出し、考えを述べるべきなのだ。彼を利用してやればいい。その逆はだめだ。だが自分が欲望の対象であることは、あまりに心地よすぎた。

「きみを見たい」彼は唇を重ねたままいった。「きみの体を。金色に輝く光に包まれたその体を」

作家らしい表現で飾られた言葉が詩のように注がれ、アニーは辛辣な冗談を交えることさえできなかった。彼の手がセーターを首の上まで引っぱり上げても、両腕を上げるしかなかった。彼がブラジャーのホックをはずし、それは床の上に落ちた。彼は彼女の胸から目を離すことなく自分もセーターを脱いだ。太陽の光に包まれ、冷え切った農家が暖かいどころかむしろ暑いと感じられた。

アニーは彼の詩がもっと聞きたかった。彼のことをもっと知りたかった。彼女は前に屈んで靴を脱いだ。ソックスを脱ぐとき、彼の指先が曲線を描く背骨の出っ張った部分を滑りおりた。「まるでパールのネックレスのようだ」彼はささやいた。

鳥肌が立つのを感じた。男は行為の最中こんなふうにしゃべらないものだ。ほとんど言葉を発しないといっていい。しゃべるとしても、粗雑で詩的でもない、性欲を鈍らせる、ムードのない言葉ばかりだ。

ジーンズのジッパーを下ろしながら、アニーは彼の目をひたと見据えていた。

彼はうっすらと笑いながら、膝をついた。そして彼女の下着のウエスト部分から少しあがった腹部の肌にキスをした。彼女は彼の髪に手を差し入れ、指先で彼の頭皮に触れ、髪の毛をつかんだ。それを引っぱることなく、手触りや触感を得た。

彼はゆっくりと時間をかけて彼女の腰骨に行き、あごひげで肌を軽くこすりながらへそへと移動した。薄いナイロンの布地を通して彼の指が尻のあいだをたどっていくのが感じられた。アニーが彼の肩で体を支えているあいだに、彼は我慢できなくなり、彼女の下着とジーンズを引っぱり、両方を足首まで一気に引き下ろした。彼は息を吸い込み、現れ出たものに鼻先をすり寄せた。

彼は先を急ぐように、膝を開かせようとした。彼女も膝を開きたかったが、まだジーンズが足首を縛りつけていたので、アニーは自分でそれを脱いだ。

テオの肩を握りしめると彼が彼女の太ももの後ろをつかみ、望みどおりにそれらを開かせ、その奥へと進む。

アニーは背骨を反らせ、必要な酸素を吸い込んだ。膝は今にも崩れ落ちそうだった。そして実際に崩れ落ちた。

脚をぎこちなく開きながら、彼女はふたりのコートの上に倒れ込んだ。彼は両脚のあいだに入り、あらわになったものすべてをまじまじと見下ろした。「乱れた薔薇園だ。それも満開の」

淫靡な響きをもった彼の詩にアニーは悩殺されそうだった。そしてお返しに彼を悩殺したかった。だが甘い表現がもたらす快感はあまりに素晴らしかった。

彼はぬっと起き上がり、残りの衣類をすべて脱ぎ、横たわる彼女の脚のあいだに立ち、大きく張り詰めたものをあらわにした。これは挑発なの？

たとえそうでも、よかった。

彼は跪き、彼女の足首をつかみ、自分の肩に乗せた。親指でひだを押し開き、その中心を口でとらえた。

彼女はゆっくりと目を閉じ、首を反らせた。

それは完璧な技、非の打ち所のない愛し方だった。一カ所に留まったかと思うと、また動きだす。指先での愛撫を織り交ぜながら、唇で攻める。舌を躍らせ、息で冷やし、また温める。彼女は愉悦の波にさらわれ、上へと運ばれた。高まる喜びの波はどこまでも上り……頂点に届きかけ……宙に浮き……頂点に達した……。

そして長い、燃えるような至福のオーガズムが続いた。

両脚を閉じようとする彼女を彼が止めた。「まだ終わりじゃない。黙って。しーっ……逆らうな」

彼は彼女の体を支配していた。

何回達しただろう？　昇りつめ、快感で体が疼き、燃え尽きた……。もっとも脆弱《ぜいじゃく》で、無防備な自分を彼に見られている。でもそれも受け入れよう。

これ以上受け止められなくなったときだけは抗おう。彼は彼女に余裕を与え、やがて彼女の体の上に体を重ね、相手を明らかに自分のものにすることだけに集中していた。上に乗り、優位さを保ち、自身の満足を抑制していた。

ふたりはほんとうの恋人同士ではないので、アニーはこうした状況を許せなかった。アニーは床に組み敷かれる前に体をひねった。今度は彼が重なったコートの上に乗る番だった。彼は寝返りを打ち、ふたたび彼女の上に乗った。しかし彼から与えられた開放感のおかげで彼女のほうがエネルギーを保っていた。彼女は両手を彼の胸の上に広げ、力いっぱい押し、仰向けにさせた。その体勢で独自の魔術を行うのだ。

アニーはテオのたくましい胸、堅く引き締まった腹部、そしてその下をじっと見つめた。

そして前に屈んだ。彼の肌に髪の毛が触れた。彼は両手を上げ、カールした髪のひと束をこぶしでつかんだ。引っぱることなく、むしろ……香りを楽しんだ。

アニーはテオのしてくれたことをした。遊び心をもって相手を楽しませ、立ち止まり、ふたたび喜ばせる。彼の浅黒い肌の上でアニーの肌の色がほの白く見えた。彼は彼女の頭部を押し返そうとしたが、アニーはそれを拒み、彼を逃さなかった。世界一経験豊富な高級売春婦になったつもりだった。相手に満足感を与える。あるいは焦らす。

彼はだいぶ前に目を閉じていた。彼は背中を反らし、顔を歪めていた。彼女の思うままに。最後に彼女は彼の求める放出へと導いた。

それで終わりではなかった。コートのジッパーは間もなくアニーの背中に押しつけられ、今度は彼女が下になった。次は上に。次はまた下に。ある時点で彼は彼女の元を離れ、暖炉の火を焚いた。コンドームについて彼がいったことは冗談ではなかった。彼は実際それを複数所持し、全部使うつもりだった。

古い農家のきしむ音を聞きながら、ふたりはゆっくりとお互いの体を探検した。彼は巻き毛だらけの彼女の髪が気に入っているらしいので、髪で彼の体をこすった。彼女はテオの唇が大好きだ。彼にふたたび「きみの肉体は神の美しい創造物だ」と褒められ、アニーは泣きたくなった。

ふたりが満足する前に日が高く昇っていた。「これは償いのセックスと考えてくれ」彼は耳元でささやいた。

その一言で彼女は魔法から醒めた。アニーは彼の肩から顔を上げた。「なんの償いなの？私たちは喧嘩をしていたわけじゃない。それをいうなら、息抜きでしょ」

テオは寝返りを打ち、彼女の頬にかかるカールに指を差し入れた。「おれは十六歳のころ自分がしでかした無様なへまの数々を償うつもりなんだよ。きみが永久にセックス嫌いにならなくてよかった」

「当然そんなはずないでしょ」一条の光が彼の顔を横切り、眉の端にある傷跡を照らし出した。彼女は傷跡に手を触れ、意図した以上に鋭い口調でいった。「これに関しては悪いと思ってない」

「きみのせいじゃないから当然だ」彼はカールした髪から手を離し、床から立ち上がった。

「あのときの傷じゃない」

アニーは体を支えながら起きた。コートから付着したのか、あるいはマニキュアか、彼の背中に赤い斑点が残っていた。「私のせいで残った傷でしょ？」彼女はいった。「あなたの乗馬用の鞭であなたの顔をぶったんだもの」

彼はジーンズを穿いた。「きみのせいじゃない。サーフィンの事故で残った傷なんだよ。自分の軽率さが原因で」

今度は彼女が立ち上がった。「それは嘘よ。私が負わせた傷のはず」

彼はジッパーを引き上げた。「おれの顔だぞ。間違えるはずがないだろう？」

彼は嘘をついている。あのとき彼女は乗馬用の鞭を持ち、激しい怒りを込めて彼の顔に振り下ろしたのだ。子犬たち、そして彼女への仕打ちに対して、洞窟への誘いの手紙を書いたこと、そして彼女の心を傷つけたことへの罰を与えたのだ。

「なぜそんなことをいうの？」アニーはコートをつかみ上げ裸の体にまとった。「私は何が起きたか知っているのよ」

「おまえに鞭打たれたことは覚えているさ。でもそのときの傷はここらあたりにあるんだ」

彼は大きなほうの傷跡のすぐ下にある白っぽい小さな細い線状の傷を指差した。

彼はなぜ嘘をつくのだろう？　自分はこの魔法のかかった農家に入って、警戒心がなくなったのだ。またひとつ失敗が増え、セックスは信頼や親密さを含まないものであることを思い知らされた苦い経験だけが残った。彼女は衣類を探した。「ここから出ましょう」

町へ戻るまでふたりは黙り込んでいた。テオはアニーがサバーバンに乗れるよう、波止場の駐車場に自分の車を停めた。車が止まるとパサパサしたブロンドの髪に野球帽をかぶった四十代ぐらいの女性が運転席のドアめがけて走り寄った。テオが窓を下ろしきる前から女性はしゃべりはじめた。

「父親の家からここへ直行してきたの。レス・チルダースよ。父のこと、覚えている？〈ラッキー・チャーム号〉のオーナー。手に大怪我をして出血がひどいの。傷も深いし。縫合しなきゃならないでしょうね」

テオは窓枠に肘を置いた。「おれが診てあげるよ、ジェシー。でも救命士《EMT》はそこまでの医療行為を許されていない。いま受けている救急医療隊員の訓練を修了するまでは、包帯を巻くことぐらいしかしてあげられない。結局本土に行かなきゃダメだと思う」

テオが救急医療隊員の訓練を受けている？　これも聞いたことのない話だ。

ジェシーはふんぞり返って、舌戦を始める構えを見せた。「ここはペレグリン島よ、テオ。この島の誰があんたの免許につべこべ文句をつけるっていうの？　あんただってそのあたりの事情はわかってるくせに」

アニーもそれは承知していた。島民はすべてを自分たちで処理している。だから彼らの視点から見れば、テオの医療分野における経験をぜひとも使ってほしいのだということがわかる。

ジェシーはさらに続けた。「できたら妹の家にも寄ってほしいの。犬が糖尿病にかかってインスリンを注射しなくちゃならなくなったんだけど、注射針を使うのが怖いんだって。だから誰かに使い方を手ほどきしてほしいって。あんたが医療の知識を持っていることを先月知っていたらと残念よ。先月ジャック・ブラウニーが心臓発作を起こしたの」

テオは望む、望まないにかかわらず、島民の生活に巻き込まれてしまったのだ。「ふたりとも診るよ」彼はしぶしぶ了承した。

「私のトラックの後ろをついてきて」ジェシーはアニーに無愛想に会釈し、かつては赤かったであろうと思われる錆びたぼろぼろのピックアップ・トラックに向かった。

アニーはレンジローバーのドアを開けた。「おめでとう、テオ。あなたはどうやら島の新しい医師になったみたい。獣医の役目も果たすわけよね」

彼は片手でサングラスをはずし、もういっぽうの手で鼻梁をこすった。「手に負えない状況になってきたよ」

「そうみたいね」アニーはいった。「犬の駆虫の腕も磨く必要があるわよ。牛の出産にも立ち会うことになるだろうし」

「ペレグリンには牛がいない」

「いまはいなくても」アニーは車から降りながらいった。「新しい獣医が来たと島民が知ったら、状況は一変するわ」

16

アニーは異変を感じた。コテージの玄関のドアは開きかかり、溶けた雪のあいだから部分的に現れた古い木製のロブスター捕獲用の罠にほど近い玄関ポーチの上でハンニバルがうずくまっていた。アニーはサバーバンから飛び出し、大股で庭を通り、ドアを開いた。怒りのあまり、慎重に行動する余裕はなかった。アニーはそれが誰であれ、犯人が室内にいることを願った。いれば相手を八つ裂きにしてやれるからだ。

油絵は壁に歪んだ状態で掛けられ、本は床の上に散らばっている。何よりぞっとしたのは、侵入者が壁に鮮やかな赤の絵の具でメッセージを書き残したことだ。

おまえを狙う

「絶対止めてやる！」アニーは荒々しい足取りでコテージをまわった。キッチンとアトリエは最後に見たときと何も変わってなかった。人形も被害を受けていないし、テオのものにも手を触れた形跡はない。しかし寝室の引き出しは開かれ、中身が床の上に投げ散らかしてある。

アニーはプライバシーを侵害されたことに腹が立ち、誰かが意のままにどこへでも押し入り、私物を調べ、壁に派手なメッセージを残せると考えると激しい憤りを覚えた。いくらなんでも度を越している。ハープ家の一員が、アニーを脅かし島から追い払おうとしたか、あるいは島民の誰かがマリアの遺産のことを知り、アニーが去ることを望んだか、どちらかだろう。後者ならば、コテージを取り壊してでも目的のものを探し出すかもしれない。

エリオットは妻の選び方において悪趣味ではあるものの、彼を非倫理的な人物だととらえた記憶はなかった。だが妻のシンシア・ハープはより疑わしいといえる。金と動機、地元とのつながりもある。南フランスに住んでいるからといって、これらの事件を画策するはずがないとは決めつけられない。しかしハープ館を自由に使える彼女がちっぽけなコテージごときにこれほどの手数をかけるだろうか？　マリアの遺産はどうかというと……アニーがコテージを留守にしていたので侵入者は好きなだけ時間をかけて、アニーと顔を合わせる心配もなく目当てのものを探せたはずだ。

しかし時間はたっぷりあるアニーが、いまだに探し出せていないのだ。まだ床板をはずしたり、壁の穴をつついたりまではしていない。侵入者にとって、時間をかけたいのはそのあたりの作業かもしれない。誰がこの事件の背後にいるとしても、アニーの到着までに目的のものを探し出してはいないか、すでに発見したかどちらかだろう。

ハンニバルがベッドの下に隠れたので、アニーは剝ぎ取られたベッドシーツをマットレスの上にかぶせ、リビングルームに急いで戻った。

おまえを狙う

赤の絵の具はまだべとつく。誰かが彼女を怯えさせようとした。もしこれほどの怒りがなかったら、恐怖に駆られていたかもしれない。

可能性はほかにもあった。考えるのさえためらわれるが、これ以上避けられない。耳元で実弾が空気を切り裂くようにして通り過ぎる瞬間のあの音が耳から離れないのだから。もし一連の事件がマリアの遺産とは無関係だとしたら？　もし動機がたんなる憎しみだとしたら？

アニーは保存庫のクローゼットで使い残しの塗料を見つけ、悪意のこもるメッセージの上に塗り、サバーバンに乗ってハープ館に向かった。むしろ歩いて登りたかった。三週間前、屋敷まで登るのはエベレスト登頂のように苦しかったが、咳き込むことがついになくなり、骨の折れる作業が心地よく感じられるようになっていた。

アニーが車を降りると、リヴィアがソックスのまま外に走り出て、満面の笑顔を向けてきた。「リヴィア！　靴を履きなさい！」ジェイシーが後ろから声をかけた。「ここへ戻りなさい、悪い子ね」

アニーは指先でリヴィアの頬を撫で、一緒になかに入った。ジェイシーが気詰まりな感じでシンクのほうへ移動した。「リサから電話があったわ。あなたとテオが今朝町で一緒に車に乗っているのを見かけたって」

アニーはジェイシーの言葉に含まれた疑問をさらりとかわした。「ひとりの女性が彼を呼び止め、父親の診察をしてほしいと頼んだの。ジェシーとかいう女性。どうやらテオがEMTだというニュースが町じゅうに広まったようよ」

ジェイシーは水を出し、リヴィアに飲ませた。「ジェシー・チルダースよ。ジェニー・シェファーが去って以来、島には医療救助者がひとりもいなくなったの」

「それは私も聞いたわ」

アニーはエリオットの書斎に行き、Eメールをチェックした。昔のルームメイトの妊娠を祝うパーティへの招待や別の友人からのメッセージに混じって、たった一行の返答がジェフ・クーンズの画商から届いていた。

これは彼の作品ではありません。

アニーは泣きたくなった。期待はしないようにとみずからに言い聞かせてはきたものの、人魚はクーンズの作品だという確信はあったのだ。なのに、またしても袋小路に入り込んでしまった。

ドスンという音がキッチンから聞こえ、アニーは立ち上がって、見にいった。するとジェイシーが、背もたれが直角の椅子を置きなおしていた。「もう走りまわるのはやめなさい、リヴィア。何かを壊してしまうわ」

リヴィアはスニーカーで椅子の隅を蹴った。ジェイシーは困惑したようにため息をつき、テーブルにもたれた。「仕方ないの。この子にはエネルギーを発散する場所がないんだもの」「私が外へ連れ出してあげるわ」アニーはいった。「どうかしら、リヴ？　お散歩に出かける？」

リヴィアは激しく頷き、そのせいでラベンダー色のプラスティック製ヘアバンドが目の位置にまで滑り落ちた。

アニーは子どもを海岸に連れていこうと決めた。太陽が顔を覗かせ、潮は引いていた。リヴィアは島の子どもだ。海のそばにいたいだろう。

アニーはリヴィアの手をしっかり握りながら石の階段を下りた。リヴィアは手を振りほどきひとりで階段の下に行きたがったが、アニーは離れなかった。最後の階段を下りる際、子どもは立ち止まり、目の前の景色に見入った。自由に走りまわれる場所がこんなに広がっているのかと信じられない様子だった。

アニーは砂浜を指差した。「あのカモメさんたちを捕まえられるかしら？」

リヴィアに励ましは必要なかった。いきなり走り出した子どもは短い脚を激しく回転させ、ピンクのポンポン帽子からはみ出た毛を風になびかせた。岩の上も早足で通り、砂浜に向かった。だが砕け散る大波には近づかなかった。

アニーはかつて洞窟の入り口だった場所から離れた、上が平らな大きな石を見つけた。バックパックを下ろし、リヴィアが岩を登り、岸辺の海鳥を追いかけ、砂浜を掘る様子を眺めた。四歳児はようやく疲れ、アニーとバックパックの隣に座った。アニーは微笑み、スキャンプを出して腕に乗せた。

スキャンプは時間を浪費しないので、単刀直入に訊いた。「自由な秘密？」

リヴィアは頷いた。

「あたしは怖いの」芝居がかった声でさらにいう。「恐怖を感じているの」

リヴィアは眉をひそめた。

「海って広いでしょ？」スキャンプはささやいた。「あたし、じつは泳げないの。泳ぐのが怖いのよ」

リヴィアは首を振った。

「あなたは海が怖くないのね？」スキャンプがいった。

リヴィアは事実海を恐れていない。

「人によってそれぞれ怖いものが違うんじゃないかしら」スキャンプは自分の頬をたたいた。「たとえば怖いと思ったほうがいいこともあるでしょ？　大人が一緒でないのに海にひとりで入ることとか。化け物とか現実にはいないものは怖いと思うべきじゃないけど」

リヴィアは納得したようだった。

アニーはリヴィアが走りまわる様子を眺めていたとき、やっと知りえたリヴィアのトラウマについて思いをめぐらせていた。この思いつきが吉と出るか凶と出るか、判断がつかなかったが、試してみることにした。「たとえばあなたのパパがママを傷つけようとしている様子を見るのはすごく怖かったでしょう？」

リヴィアはジーンズにあいた小さな穴をほじくった。

アニーは児童心理学の専門家ではないので、児童のトラウマに対処する方法はインターネットの情報から得た知識だけだ。この状況はあまりに複雑すぎるので、すぐにでも中止すべきだった。しかし……。

ジェイシーはリヴィアに何が起きたのか説明できなかった。もしかするとスキャンプなら禁断の話題をいくらかでもやわらげて伝えられるかもしれない。「それって、海よりもずっと怖いことよね」スキャンプはいった。「もしあたしのママがパパを銃で撃つところをあたしが見たとしたら、怖すぎて口がきけなくなるかもしれない」

リヴィアは目を大きく見開き、ジーンズの穴など忘れて一心にスキャンプを見つめた。アニーは後ろに下がり、スキャンプに陽気な口調で語らせた。「でもしばらくすると、黙っていることに飽きてくるはずよ。何か大切なことを伝えたいとき。または歌いたいとき。あたしが素晴らしい歌手だということはもう話したかしら？」

リヴィアは熱心に頷いた。

ある突飛なアイディアが湧いて出た。本来追求すべき領域ではないのだが、ひょっとすると……。

スキャンプはカールの多い糸でできた髪を揺らしながら、間に合わせのメロディに合わせて歌いはじめた。

とても怖いことが起きたの。
忘れてしまいたいほど怖いことが。
いいこともあるし悪いこともある。
でもそれは最悪の出来事だったのよ！
ああ……やっぱり最悪の出来事だったのよ！

リヴィアは動揺することなく、ただ心を集中させていた。なのでアニーは馬鹿げた即興の歌詞を口ずさんだ。

世のなかにはいいパパも悪いパパもいる。
それは運命、仕方ない。
でも、リヴのパパは悪いパパだった。とても悪い人だった。
リヴはそんなパパでも死ぬのは見たくなかったのよ！
死ぬところなんて見たくなかったの！

どうしよう！　アニーは自分が現実にしでかしたことの大きさに気づき、意気消沈した。これではまるで出来の悪い〈サタデーナイト・ライブ〉の寸劇ではないか！　軽やかなメロディにぞっとするような歌詞……自分はいまリヴィアのトラウマを、漫談の常套句みたいに扱ってしまった。

リヴィアはまだ続きを聞きたがっていたが、アニーは怖くなり、続ける勇気を失っていた。いくら善意の意図からとはいっても、この大切な子どもに深刻な心理的ダメージを与えてしまっている可能性があるのだ。スキャンプはうつむいた。「こんなひどい内容の曲を歌うべきじゃなかったわ」

リヴィアはスキャンプを見つめ、岩を下りて、急いで走り、カモメを追いかけた。

テオはコテージでハンニバルに夕食を与えているアニーを見つけた。「ひとりでここに来てはだめだ」その声はいつもより気難しかった。「なぜ塗ったばかりの塗料の匂いがするのかな？」

「少し塗りなおしたところがあるの」アニーはふたりのあいだに距離を置こうと決意して、冷ややかにいった。「怪我の治療はどうなったの？」

「うまくいきっこない。そもそも術前麻酔なしでの縫合は自分の考えに反する」

「それを読者にはいわないで。きっと失望されるわ」

テオは眉をひそめた。「おれがここにいないあいだ、きみはハープ館で過ごせ」

いいアドバイスだが、次に犯人が現れるときは必ずここにいたいという衝動は激しくなるいっぽうだ。こんないたちごっこはもうたくさんだ。決着をつけたい。

〝臆病な子どもを育てるのはいやなのよ、アントワネット〟

マリアからたえずそう決めつけられて、自分を弱虫だと思わないほうが不思議だ。

〝あなたは生まれつき内気なのよ……〟〝あなたって生まれながらの不器用ね……〟〝もうそんな空想にばかりふけるのはやめなさい……〟

そして最後にはこう結んだ。〝もちろんママはあなたを愛しているのよ、アントワネット。そうでなければ、心配なんかしないわ〟

都会生活から遠く離れて極寒の真冬に、島での生活をやむなくされ、アニーは自分自身に対する見方に何か変化が起きたように感じていた。なんというか――。

「これはいったいなんだ？」

振り向くとテオが先刻アニーがペンキを塗った壁をじろじろ見ていた。アニーは顔をしかめた。「二度塗りする必要があったの」

彼は白のペンキからにじみ出ている赤色を指さした。「ふざけているつもりか？　こんなの全然おかしくもなんともない！」

「決めてちょうだい。ふざけるか叫び出すか、どっちがいい？　どちらか選んでよ」アニーは叫ぶ気分ではなかった。むしろ誰かを殴りたい気分だった。

彼は猛烈なののしりの言葉を発し、一部始終をアニーから聞き出した。聞きおえると、彼は言い放った。「もうたくさんだ。きみはハープ館に引っ越せ。おれは本土に行き、警察に訴える」

「時間の無駄よ。私が撃たれたときだって警察は無関心だったんだもの、こんなことにはもっと興味を示さないはず」

彼は電話機を引っ張り出し、電波がつながらないことを思い出した。「荷造りしろ。ここから出るんだ」

「ご心配はありがたいけれど、私はここに留まるわ。でも銃は必要ね」

「銃？」

「借りるだけ」

「きみに銃を貸すというのか？」

「ええ。使い方も教えてほしいの」

「賛成しかねるな」

「相手が誰にしろ、私に丸腰で立ち向かえというの？」

「むしろ相手が誰であれ、とにかく直接対決はするなといいたい」

「逃げるのは嫌よ」

「まったくきみときたら、十五歳のころと同じで相変わらず無鉄砲なんだから」

アニーは彼の顔をまじまじと見つめた。彼女はこれまで自分を無鉄砲だと思ったことはなく、そのイメージは好ましかった。繰り返し自分にはふさわしくない相手と恋に落ちたり、名女優になれるという信念を抱いたり、マリアを人生最後の思い出にロンドンへの旅に連れ出す決意をしたことも、ただ自分の心の習慣だと考えていた。そして――忘れてはならない――テオから妊娠させられたかもしれないことだって同じだ。

マリア、あなたは私のことをわかっていなかったのね。

彼はくたくたに疲れているようだった。そのことがもの珍しく、アニーは意見を固持した。

「私は銃が欲しいの、テオ。銃の撃ち方も学びたい」

「危険すぎるよ。屋敷にいたほうが安全だ」

「あんな屋敷に泊まるのはいや。ここに留まりたいの」

彼はアニーに長々と厳しいまなざしを注いでいたが、彼女の顔の前に指を突き出した。

「わかったよ。明日の午後は射撃訓練だ。だけど、おれの言葉を一言一句聞き逃さないようにしろ」彼はそう言い残して、アトリエに向かった。

アニーは夕食用に自分でサンドイッチを用意し、箱の中身を調べる作業に戻ったが長い一日だったので疲れていた。歯を磨きながら、アトリエのドアをじっと見つめる。いくら心のなかで彼との距離を置こうとみずからに命じても、彼に寄り添って眠りたかった。彼を求める気持ちがあまりに強いので、キッチンの付箋メモを一枚剝がし、一番上に走り書きして寝室のドアに貼りつけた。そして部屋に入り、眠りについた。


ディギティ・スウィフトは死んだ。ようやく目的が果たせた。少年はやっと姿を現し、クェンティン・ピアースに捕らわれたが、その後がなかなか書けずにいたのだ。

彼はノートパソコンを閉じ、目をこすった。脳が疲弊した。ただそれだけのことだ。明日になれば脳もすっきりして書きはじめられるだろう。それまでには胸が締めつけられるようなこの感じも薄れ、前に進めるはずだ。どんな本でも中盤になるとなかなか進まなくなるものだが、ディギティがいなくなったのだから、話の筋の混乱も解け、次の章への道筋が見つかるに違いない。アニーのこと、今日農家で起きたことを考えたりしなければだが……。

今夜彼女の隣で寝る際は、起こしたりしないように気をつけよう。自分は本来抑制の利かないケダモノではないが、いまはそれも自信がない。大人になっても嫌いにはなれなかった女性と愛を交わす目新しさにもう夢中になっている。彼女なら、事後にわっと泣き出したり、勝手な想像で侮辱されたと思い、こちらを責めたりはしない。

アニーは少女時代とだいぶ変わったので、道ですれ違っても気づかなかっただろうか？ とんでもない。気づくに決まっている。独特のあの風変わりな面立ちはきっと注意を引くだろうし、踏みしめる大地を征服してやろうとでもいうような歩き方も目立つ。身長の高さも、真剣に相手を見ようとする変わった態度も好きだ。脚は大のお気に入りだ。素晴らしいと思っている。アニーはほんとうに個性的だから、彼女を守るためにもっと頑張らなくては。

今日はジェシーやその父親と話してみて、アニーが島でどう見られているか感触を得ようとしたが、訝しむべきことは何もなかった。彼らはアニーが島にやってきた理由について知りたがっていたが、それ以上にマリアのその後について関心を抱いていた。

明日船が来るので、魚介店でも覗いてこようと思っている。店の男性客にビールでも飲ませ、情報を得るつもりだ。もうひとつ、今後はアニーに銃を携帯させることも伝えようと思っている。銃の手ほどきは面倒だが、やはり必要だ。

自分はたくさんの人間との接触を嫌ってこの島にやってきたのだが、いつしかあらゆることに巻き込まれてしまっている。アニーが自室に入って約一時間。彼女はあのひどいパジャマを着ているのか。あるいは着ていないかも。

彼の善良な意図は消え果てた。彼はノートパソコンを脇に置き、アトリエを出た。しかし彼女の部屋のドアにメモが貼りつけられてあるのを見て、足がすくんだ。一言だけのメモだった。

ダメ。

テオは翌朝になるまでメモのことは触れずにおいた。ただ今日は車を使うとだけ、いった。あとになって、彼が錠前屋を迎えにいったことをアニーは知った。料金を支払う余裕がないことをアニーは恥じた。

彼はアニーが帰ってきたとき、アトリエにいた。アニーはクローゼットからワインの瓶を一箱取り出し、彼の車に運び入れた。彼は戻ってくるアニーのためにキッチンのドアを開けてくれた。「おれの車に何を積んだんだ？」

「上等のワインを何本か。気にしないで。錠前のことで面倒かけて、悪いわね」

彼はアニーの気持ちがすぐに読めた。「おれは自分のために錠前を変えたんだよ。留守のあいだにノートパソコンを盗まれたくないから」

体面を失わないようにと、彼が気を使ってくれていることで、アニーはますます借りができたように感じた。「あら、そう」

「アニー、余計な気を使うな。こんなこと、おれにはなんでもないんだから」

「でも、私にとっては大したことなの」

「わかった。今後はドアにダメの付箋を貼りつけないこと。それでチャラにしよう」

「ワインを楽しんでね」男性のフェロモンを撒き散らす彼が目の前に立っているのに、しかも農家であんな出来事が起きたというのに、まともな思考ができるはずはなかった。「銃は持ってきてくれた？」

彼は何につけ、ことを急ぐことはしない。「用意した。コートを持っておいで」

ふたりは沼地に行った。彼は銃の安全性を保つための基本ルールを語り終えると、アニーのために選んだ銃の弾の充塡と発射の方法を教えた。銃に対して反感を覚えてもおかしくないのに、アニーは不思議と射撃が気に入った。それより厭わしかったのは、テオと体を密着させることで予想以上に感じてしまう性的興奮のほうだった。コテージに入るなり、ふたりは互いの衣服を剝ぎ取った。

「その話題は勘弁して」その夜寝室のベッドで横たわりながら、アニーは強い口調でいった。テオはあくびとともにいった。「反論しないよ」

「ここで眠らないでくれる？　自分のベッドで寝てちょうだい」

テオはアニーを自分の裸体にもたせかけようとした。「自分のベッドでは寝たくないよ」

アニーも思いは同じだったが、どれほど見通しの立たない状況に置かれているとはいっても、これだけは明瞭だった。「私の目的はセックスよ。親密さではなくて」

彼はアニーの尻に手をまわした。「これはセックスだろ」

アニーは体を揺すって離れた。「二者択一よ。ひとりで眠るか、ここにあと三時間だけ横になるか。その間私のうんざりするような恋愛体験をたっぷりとこと細かに話してあげる。相手の男性たちがなぜ最悪だったか、男になぜ失望したかをね。いっておくけど、私の泣き方はみっともないわよ」

テオは布団を剝いだ。「明日の朝会おうか」

「さっきからそういってるでしょ」

アニーはテオから望みどおりのものを得た。人生最良のセックス。それなのに、みずから境界線を引いた。

賢明な行動よ。ディリーがいった。ようやく教訓が生きてきたようね。

翌日の午後、アニーはふたたびリヴィアを外に連れ出した。浜辺に出るには風が強すぎるので、ふたりは玄関ポーチの階段でのんびり過ごすことにした。アニーは前の日にリヴィアを傷つけてしまったのかどうか知りたかったので、膝の上にスキャンプを乗せた。人形は単刀直入に質問をぶつけた。「浜辺に行ってあなたのパパの話をしたことを怒っている？」

リヴィアは唇をすぼめ考え込んで、ゆっくりと首を振った。

「よかったわ」スキャンプがいった。「だって、あなたが怒っているかと心配だったんだもの」

リヴィアはふたたび首を振り、かつては紡錘形の木製手すりだった石の欄干の上に登った。子どもは、アニーに背を向け、欄干の上で踏ん張って立っていた。

一気に本題に入るか、それともまだ温めておくか。無言症や児童のトラウマについて、もっと調べなくてはならない。それまでは本能を信じよう。

「もしあたしにもママにひどいことをするパパがいれば、きっと辛いはず」スキャンプがいった。「誰にも打ち明けられないなら、もっと辛いわ」

リヴィアは欄干の上に馬乗りになった。

「それを歌にできないのも苦しいでしょ。あたしが優秀な歌手だということは前に話したわよね」スキャンプはいくつもの音階を歌いはじめた。アニーはすべての人形の声域を歌い上げられるよう、何年にもわたって練習を積み重ねた。またその音域の広さで並の腹話術師とは一線を画している。スキャンプはようやく歌うのをやめた。「もしあたしにまたあの出来事を歌にしてほしいのなら教えてちょうだい」

リヴィアは欄干の馬乗りをやめ、まずアニーを、次にスキャンプを見た。

「どうなの？」スキャンプはさえずるようにいった。「あなたがよく考えて出した答えにあたしは忠実に従うわよ」

リヴィアはうつむき、親指に残ったマニキュアの名残をつついた。答えはノーに決まっている。自分は何を期待しているというのか？　手探りで子どもの心に入り込んだだけで、深いトラウマを解き放つことができると本気で信じているのか？

リヴィアはアニーと向き合うように欄干の上で体の向きを変えた。子どもはゆっくりと頭を動かし、ためらいながら頷いた。

アニーは胸がときめくのを覚えた。「いいわ」スキャンプがいった。「それじゃあ、歌のタイトルは『リヴィアの怖い出来事』にしましょう」大袈裟に咳払いをして、間を置いた。うまくいけば、このトピックを暗闇から光の当たる場所に引き出すことができるかもしれない。タブーの度合いをいくらかでも減じることができればいいのだが。このことはジェイシーにも話しておくべきだ。スキャンプは静かに歌いはじめた。

小さな女の子は悪いことを見ちゃだめ。

でも見てしまうことはある……

アニーは昨日と同じように即興で曲を作りながら歌ったが、今回はもっと深刻な感じにして、「オレ！」といった掛け声は交えないことにした。リヴィアは一心に聴き入り、最後には頷き、欄干の馬にふたたびまたがった。

背後で音がして、アニーは振り向いた。

テオがポーチからだいぶ離れた家の角にもたれかかっていた。アニーのいる場所からでさえ、彼が眉をひそめ渋い表情を浮かべているのがわかった。彼は偶然ふたりの会話を聞き、アニーの行為を非難しているのだ。

リヴィアもテオの姿を見て、欄干から降りた。彼はパーカの襟を立て、石のポーチで足音もたてず、アニーたちのほうに進んできた。

彼の非難などどうでもいい。アニーはそう考えた。少なくとも自分はリヴィアを助けたいという思いでやっているのだから。彼は子どもに何をしてあげた？　脅かしただけではないの？

スキャンプはまだ腕にいたので、アニーは腕を突き出した。「止まれ！　名を名乗れ！」

彼は立ち止まった。「テオ・ハープ。ここの住人だ」

「そう主張するのなら、証拠を見せよ」

「そうだな……ぼくのイニシャルがあずまやの床に彫りつけてある」

彼のイニシャルは双子の名前とともに刻んである。

スキャンプは顎を突き出した。「あなたは善人か、悪人か？　ミスター・テオ・ハープ？」

テオは黒々とした片方の眉をつり上げたが、人形から目を離さなかった。「善人であろうと努めてはいるが、簡単なことではない」

「あなたは野菜を食するのか？」

「ルタヴァガ以外は」

スキャンプはリヴィアのほうを向き、ささやいた。「彼もルタヴァガが嫌いなんだって」

そしてテオに向かって訊いた。「駄々をこねずに風呂に入れるか？」

「シャワーを浴びるし、入浴は好きだよ」

「ソックスを履いて外を走りまわるか？」

「いや」

「誰もいないとキャンディを盗むか？」

「ピーナツバターのカップだけは」

「あなたの馬は怖い」

彼はリヴィアのほうに視線を投げた。「だからこそぼくが留守のあいだ、子どもには厩舎に入らないでもらいたいんだ」

「あなたはわめく？」

彼はふたたびスキャンプのほうを見た。「できるだけ控えるようにしている。ＮＢＡのシクサーズが負けそうなときはつい」

「自分で髪に分け目をつけられる？」

「ああ」

「爪を嚙む？」

「それは絶対しない」

スキャンプは大きく息を吸い、頭を下げ、声を低くした。「ママを殴ったことは？」

テオはまばたきひとつせず、いった。「いや。絶対にない。ママを殴って許される人はいない」

スキャンプはリヴィアのほうを向き、首を傾けた。「どう思う？　彼にいてもらってもいい？」

リヴィアは納得したように頷いた。それもためらうこともなくはっきりと頷いたのだ。子どもは欄干から降りた。

「いま、アニーとしゃべってもいいかな？」テオはスキャンプにいった。

「まあいいわ」スキャンプが答えた。「あたしは歌を作ってくるわ」

「そうしてくれ」

アニーはスキャンプをバックパックに戻した。人形との会話はなくなったのだからリヴィアは室内に入るかと思ったのだが、ひとりポーチのまわりをうろうろ歩き三段の階段を下りた。アニーは戻りなさいといいかけたが、リヴィアはさまよい歩くこともなく、家沿いの凍った地面をつついていた。

テオはポーチの端を身振りで示し、これから密談をするという意志をはっきり示した。アニーはリヴィアから目を離さず、彼のそばにいった。彼は子どもに聞こえないよう、低い声でいった。「いつからこれを続けている？」

「あの子とスキャンプとが友だちになってからしばらく経つけど、父親のことを話題にしはじめたのはほんの数日前からよ。もちろん、私にだって自信があるわけじゃない。専門家でもない人間が立ち入って解決するほど簡単な問題じゃないことはよく承知しているわ。どうかしているとでもいいたいの？」

彼は考え込んだ。「あの子は以前ほどビクビクしなくなったね。それにきみといるのが好きらしい」

「あの子はスキャンプのそばにいるのが好きなの」

「スキャンプって、あの子が目撃した光景について話しはじめた人形だろ？　あれはきみじゃなく、スキャンプというわけか？」

アニーは頷いた。

「そしてあの子はスキャンプと一緒に過ごしたいわけか？」彼はいった。

「どうやらそうみたい」

彼は眉をひそめた。「きみがどんな細工をしてるのか知らないが、不思議だよな。おれは大人だから、きみが人形にしゃべらせているのは承知しているのに、それでもやっぱり人形を見てしまう」

「私は上手いの」辛辣さを込めていったつもりだが、そうは聞こえなかった。

「まさしくそのとおりだ」彼は首を傾けてリヴィアを指した。「このまま続けてみろよ。もうたくさんとなったら、子どもが知らせてくれるだろう」

確信に満ちた彼の言葉を聞き、アニーは気持ちが楽になった。

彼が背を向けて立ち去ろうとしたとき、リヴィアが慌てて階段を上ってきた。子どもは何かを手にしていた。彼の顔を見上げながら両手を開き、いくつかの石と貝殻を見せた。テオはリヴィアを見おろした。子どもはいつものように強情そうに口を結び、見つめ返した。そして手を差し出した。彼は笑って差し出されたものを受け取り、子どもの頭を撫でた。「またあとでな」彼は崖から海岸への階段を降りていった。

妙だ。リヴィアはテオを恐れていたのに、なぜ自分が集めたものを彼に差し出したのか？

石に、貝殻……。

そこまで考え、合点がいった。子どものために妖精の家を造ってくれているのは彼だから、材料を提供したのだ。

過去に知っていた彼と現在の彼とのあまりの違いに、イメージが結びつきにくくなってきている。人間は成長すると変わるということを理解してはいるが、騒動ばかり引き起こす行動の原因は簡単には治りそうもない精神病に深く根ざしたものに思えた。彼はセラピーを受けたと話していた。どうやらそれが功を奏したようだが、いまなおリーガンについては頑として口を閉ざし、話題が個人の領域に及ぶとシャッターを下ろしてしまう。

彼はいまだ問題を抱えているのではないかという疑念をアニーは忘れ去ることができないでいる。

その後ゴミを捨てに出たとき、コテージを見おろして、アニーははっと足を止めた。一台の車がゆっくりと、ほとんどこっそりという感じでコテージに向かっていたからだ。

テオはアトリエで執筆する。仕事中に大音響の音楽をかけているときもある。誰かがやってきても気づかないだろう。

アニーは急ぎ足で室内に入り、車のキーをつかみ、猛スピードで車を走らせ崖を下った。

17

きみはアイス・スクレーパーを使っておれを守ろうとしていたのか？　彼はピンクのベルベットのカウチにパーカを投げ掛けた。不幸な出来事から二時間が経ち、彼は町を二度往復し、戻ってきたばかりだった。

「あなたの車のなかにはそれしかなかったのよ」アニーはいった。「私たち忍者は手元にあるものを使うしかないの」

「きみのおかげで、ウェイド・カーターは心臓発作を起こしたんだぞ」

「だって、彼ときたらコテージの後ろで怪しい様子を見せていたんだもの」彼女は反論した。

「私はどうすればよかったというの？」

「彼に飛びかかるのはあまりにやり過ぎだとは思わなかったのか？」

「彼が住居侵入するつもりじゃなかったとしても、あなたは真面目な話、彼のこと、よくは知らないんでしょ？」

「知らないとはいえ、妻が腕を骨折したのを口実にしてコテージに不法侵入する人間じゃないことぐらいはわかるさ」彼はテーブルの上に車のキーを投げ出し、キッチンに向かった。

「彼が脳震盪を起こさなくて幸いだったよ」

アニーは結構誇らしい気分だった。現実には人を傷つけずに済み、ただひたすら耐え忍ぶ歳月を過ごしてきてもなお、自分が恐れず行動に移せたのがわかって嬉しく思った。「彼も次回はドアをノックするでしょ」

彼は持ち帰ったワインの入った箱の蓋を開けた。「錠が新しくなったし、彼はちゃんとノックしたよ、忘れたか？」

たしかにカーターはノックをしたのだが、応答がなかったので、誰もいないのかと、コテージの裏にまわったのだった。アニーはそんなことは知らなかった。「今後は仕事中、大音量の音楽は控えたら？」彼女はいった。「誰かが近づいても、手遅れになるまで気づけないわ」

「なんの心配がある？ ワンダーウーマンがそばについているというのに」

アニーは苦笑いした。「私もなかなかだったでしょ？」

彼の笑い声は最後に曇った。「少なくとも、きみがいいカモじゃないことは、島民の知るところとなったな」

アニーは彼に、妖精の家について質問してみようかと思った。だがそのことを口にすれば魔法がとけてしまう。それに、妖精の家はテオとリヴィアのふたりだけの秘密だ。「接骨術の件はどうなった？」

「腕は固定したよ。ウェイドは奥さんを明日本土の病院に連れていくと約束してくれた」彼はワインの瓶のラベルをじっくり眺めた。「次にリサ・マッキンリーがおれの車を見かけて、下の娘を診てほしいと頼んできた」

「アリッサね」

「そうだ。アリッサがあるものを鼻の穴に詰め込み、出てこなくなったと訴えた。子どもの鼻からジェリー・ビーンを取り出す方法なんて、おれだって知らないよ」彼はワインオープナーの置き場所を見つけた。「全員に同じ言葉を返すしかない。ぼくはＥＭＴであって、医師ではありません、とね。しかし彼らはみんなおれがハーバード医学大学院を出た医学博士であるかのように接してくる」

「ジェリー・ビーンは取り出せたの？」

「いや、だからリサがすごく怒ってさ」ジェリー・ビーンと違い、ワインのコルクは軽く浮き上がった。「おれは常時鼻鏡を携帯しているわけじゃない。もし鼻鏡もなしにつついたりしたら、鼻の粘膜に深刻なダメージを与えてしまう。リサもカーターたちと一緒に本土に向かうことになった」彼はワイングラスを二個出した。

「私はいいわ」アニーは急いでいった。「お茶を飲むわ。カモミールを」

笑顔から程遠い彼の口元には見慣れた深い溝がまた現れた。「生理が来ないんだな」

「ええ、まだよ」ワインを断ったのは妊娠の可能性だけが理由ではなく、彼がワインの瓶をコテージに戻したからでもあった。一緒に飲んでしまうと贈り物にはならなくなる。

彼は勢いをつけてグラスをカウンターに置いた。「いいかげんにふざけた態度はやめて、生理の予定日を教えろよ」

アニーはそれ以上ごまかせなくなった。「来週よ。でも体調に変化はないわ。たぶんあれは……大丈夫だと思うわ」

「きみは何につけはっきりしない女だよ」彼は背を向け、自分用としてグラスにワインを注いだ。「もしきみが妊娠していたら、弁護士に会って信託財産を設定する。きみに、いや、きみと子どもに不自由はさせないつもりだ」

堕胎など論外ということね。「このことについて話し合う気はないわ」アニーはいった。

彼は彼女のほうに向き直り、ワイングラスのボウルの部分をてのひらで包んだ。「こっちも好きな話題じゃないんだが、きみも知っておく必要が――」

「もうその話はやめて！」アニーはレンジ台のほうを身振りで示した。「夕食を用意したの。あなたの料理ほどじゃないけど、食べられるはず」

「射撃訓練が先だ」

彼は現実的な話題優先だった。

ふたりの陰鬱なムードは夕食どきまで続いた。週に一度の生活物資補給船はムーンレイカー・コテージ用の食料品を運んできていた。ほとんどはテオが注文したものだったが、それらを使い、アニーは作りなれたミートボールやホームメイドのスパゲティソースを用意した。高級料理ではなかったが、彼の楽しそうな様子は明らかだった。「ジェイシーの夕食の手伝いをしているとき、なぜこいつを出さなかった？」

「あなたに我慢させたかったから」

「そのミッションは完遂された」

テオはフォークを置いた。「結局きみはこのゲームをどう最後まで戦うつもりだ？　付箋をドアに貼るのか、それとも大人らしく行動して、互いにしたいことをやるのか？」

はっきり要点をつく発言はテオに任せておこう。「いったでしょ？　私は醒めた感情でセックスするのは苦手なの」彼女はいった。「だから時代遅れっていわれるのは承知しているわ。しょうがないの、性分だから」

「教えてやろうか、アニー。きみは何事においても醒めた感情で処理できないのさ」

「ええ、そうね。そのとおりよ」

テオは彼女のほうにグラスを掲げてみせた。「ありがとうというの、忘れてたね？」

「私がセックスの女神だから？」

「それもだけど……」彼はグラスをテーブルに置き、急にテーブルから立ち上がった。「なんだかよくわからない。小説の執筆は行き詰まり、ここで起きている事件の数々からきみを守ることもできないでいる。おまけにそのうち島民のひとりに心臓移植のことを訊かれたりすることになるだろう。しかし……肝心なことは、そんな状況でもおれは不幸せじゃないってことだ」

「まあ、そんなに成長があったのならコメディ・セントラルのショーに独自のコーナーを設けたらいいわよ」

「センスよくね」テオはほとんど笑みを浮かべている。「さて、あのことはどうする？　付箋を貼って気が済んだか？」

そうだろうか？　アニーは汚れた皿をキッチンに運び、自分にとって何がふさわしいのか考えた。彼にとってではなく、自分にとってのみだ。アニーはキッチンの入り口に立った。

「オーケー。これが私の希望よ。セックスをたっぷり」

「これでおれの世界はずっと明るくなった」

「でも無感情なセックスよ。行為のあとは寄り添って寝ない。同じベッドでは絶対に一緒に寝ない」アニーはテーブルに戻った。「満足したら、それで終わり。ちょっとしたおしゃべりもなし。自分のベッドで寝てね」

彼は椅子を後ろに傾けた。「厳しいな。でも呑んでもいいよ」

「完全に個人的要素を排除するの」彼女は主張した。「まるで娼夫のように」

彼は高貴な眉を片方上げた。「それは少しばかり……不面目なことでは？」

「私はいっこうに構わないわ」空想は楽しい……それに彼女が伝えたいメッセージでもある。「あなたは特別な女性客のために作られた売春宿で働く娼夫なの」アニーはゆっくりと書棚に歩いていき、空想の世界を繙《ひもと》いた。彼がどう思おうが、非難されようがかまわなかった。「そこは、ひと気はないんだけど、贅沢な空間。壁は一面の白。真っ黒の革張りの椅子があるだけ。あまり膨らんだ形のものじゃない」彼女は続けた。「滑らかな表面のクロームのフレーム」

「なんだかきみが以前から思い描いていたシーンみたいだな」彼はあっさりといった。

「あなたたち男性はあらゆる時代の平服を着て、黙り込んでいる」

「平服？」

「意味は調べて」

「意味はわかるけど……」

「ひとりずつ見ていくと、男性の美貌のレベルがどんどん上がっていくの」彼女はいった。「私は部屋を歩きまわる」アニーは実際に歩きまわった。あたりは静まり返っている。「私はじっくり時間をかける」彼女は足を止めた。「部屋の真ん中にまるいプラットホームがあるの。床から六インチの高さに……」

ふたたび彼は眉を上げた。「完全に考え抜いた筋書きなんだな」

アニーは彼の言葉を無視した。「そこにすべての男たちは立つの。そして検査される」

彼の椅子が四本とも床にぶつかった。「わかったよ。刺激を受けて、興奮してきた」

「私は最もそそられる男性を三人選び出す。ひとりずつ、プラットホームに乗れと合図するの」

「床から六インチの高さの台か？」

「私は注意深く彼らを調べる。体じゅうを触り、どこかに欠点がないか探すの――」

「歯とかも見るのかい？」

「――体力や、何より耐久力を見るの」

「へえ」

「でも私が欲する相手は誰なのか、はっきりしているわ。私は彼を最後に台に乗せる」

「恐怖を感じつつ性欲を刺激された経験はないな」

「この男性は素晴らしいの。私の理想。濃くて黒い髪。端整な横顔。堅く引き締まった筋肉。でも何よりも目に宿る知性の輝きから、彼がたんなる色男ではないことはわかるの。私は彼を選ぶ」

彼は椅子から立ち上がり、茶化すように頷いた。「ありがとう」

「いいえ、あなたじゃないの」アニーは手を振って、彼を追い払った。「残念ながら私が選んだ男性は今夜すでにほかの予約が入っているの。だからあなたを選ぶわけ」アニーは勝ち誇ったように微笑んだ。「あなたは値段も高くないし、バーゲンなら誰でも買ってしまうわね」

「どうやらきみはそうじゃない」しわがれた彼の声がおふざけの言葉を台無しにした。

アニーは『千夜一夜物語』のシェヘラザードになった気分だった。声のトーンを下げ、淫らに近いが境界線を越えない程度に保った。「私は薄い黒のレースの下着を着ているの。その下には真紅のパンティしか身に着けていないわ」

「寝室へ！」彼は命じた。「いますぐに」それは命令だったが、アニーはしばらく考えるそぶりをした。三秒ほどして彼に腕をつかまれ、寝室に連れていかれた。

ドアを潜り抜け、寝室に足を踏み入れはしたものの、アニーは抑制を忘れたわけではなかった。「部屋には大きなベッドがあり、ヘッドボード、フットボードにはそれぞれ内側が毛皮になった手枷、足枷が付いているの」

「誰かのことを知ったつもりでいても……」

「そして壁にはすりガラス張りの棚があって、およそ考えられる限りのさまざまな性具が並べてある」

「そういうのは趣味じゃないな」しかし彼の瞳に宿る遊び心が翳りと混ざり合い、その言葉がまったくの本音ではないことを示していた。

「いっとくけど、さるぐつわ系はないわよ」アニーは急いでいった。「どんなのかわかるわよね」

「知らないな」

「まあ、気持ちの悪い代物よ」

「きみの言葉を信じよう」

アニーは空想の陳列棚を仕草で示した。「どれもお洒落な感じに並べてあるの」

「当然だろ？　高級クラブなんだから」

アニーは彼から数歩離れた。「私たちは戸棚を開けて、一緒に道具を詳しく調べるの」

「時間がかかるな……」

「あなたはいくつかを取り出してみるのよ」彼女はいった。

「どれを？」

「私がじっくりと眺めていたものよ」

「何がいったい……」

アニーは怪訝そうに目を細めた。「私は鞭を仕草で示すのよ」

「おれは鞭なんて使わない！」

アニーは彼の怒りを無視した。本当の怒りかどうかどちらでもいい。「あなたは私が選んだ鞭を取り出し、私のところに持ってくるの」アニーは下唇を歯で嚙んだ。「私はそれを受け取る」

「冗談じゃない！」彼のなかに棲む悪魔が心を占領した。「きみはわかっていない」彼はふたりのあいだの距離を詰めながらいった。「おれは高給とりの娼夫ではない。娼夫の王なんだ。これからおれが支配する」

それを聞き、アニーは自分がどう感じたのか判断がつかなかった。

彼は彼女の長い髪の毛を指先に巻きつけた。「おれは鞭から一本の革をちぎり取る」

アニーは呼吸も忘れた。

「それを使ってきみの髪を結わえる……」

アニーは背筋に鳥肌が立つのを覚えた。「自分でもこんな成り行きに喜んでいいかどうかわからなくなってきたわ」じつをいうとおおいに喜んでいる。

彼は彼女のうなじを唇でさっと舐め、肌を軽く噛んだ。「おお、気に入ったんだな。たいそうお気に入りのようだ」彼は彼女の髪を手放した。「とくに鞭の取っ手を使って脚を開かせるときは」

アニーは着ている衣類まで燃え上がるように感じた。いますぐに脱ぎたい。

「まずふくらはぎまで這わせ……」彼はジーンズの内股の縫い目を指先でなぞった。「その後に太ももの内側へ……」

「服を脱いで！」アニーは自分もセーターを首から乱暴に脱いだ。

彼は胸の前で腕組みをしたのでアニーも同じポーズをし、彼の目をひたと見据えた。「あなたには自分で脱いでもらうわよ」

「不良め」

彼女がまず服を脱ぎ、そのあいだに彼の肉体に見入った。筋肉と腱、隆起とくぼみ。彼の体は完璧で、たとえ自分の体がそのレベルに及ばなくても仕方ないと思った。どうやら、彼も気にしてはいないようだ。

「鞭はどうなった？」忘れていては困るので、彼女は尋ねた。

「よくぞ訊いてくれた」彼は首を傾けた。「きみはベッドに乗れ」

これはただのゲームだが、これほど求められる喜びを覚えたことはなかった。アニーは世界一のセクシー・クイーン気取りでゆったりと歩き、マットレスに膝をつき、彼が近づく様子を見守った。

なんと崇高な眺めだろうか……。

彼女はかかとに体重を乗せた。彼の瞳の輝きを見ても、同じようにこの瞬間に愉悦を感じているのがわかる。でも楽しみすぎてはいないか？　所詮サディズムでキャリアを築いた男性なのだから。

彼は指で一突きし、アニーを仰向けに倒した。彼女の体を探検しながら、これから始める行為について彼は倒錯めいた露骨な……そしてスリリングな言葉をささやきつづけた。

アニーも喘ぎながら、どうにか息を吸い、ささやき返した。「私は何もいわない。どうとでもして、好きなところを触ればいい。私は受身に徹する」彼女は爪の先を彼の臀部に食い込ませた。「いやになるまで」

アニーは瞬時に世界一のセクシー・クイーンに変身した。

それは素晴らしい体験だった。

ふたりは役割を演ずることで自由になった。真面目さを脱ぎ捨てて、獣のように牙を剝き、じゃれ合い、格闘した。ふたりにはためらいも、良心の咎めもなかった。ふたりの威嚇が激しくなり、愛撫がスリリングになるにつれ、毛布が体に巻きついた。

愛欲という名の洞窟の外では新たに雪が降ってきた。なかにいるふたりはみずからが解き放った野性に耽っていた。


テオは女性とこんなに愚かしい行為を楽しんだ経験はなかった。枕にもたれながら、セックスは楽しいという不慣れな観念を味わってみた。肋骨を鋭い肘が突いた。「もうお腹いっぱい」彼女がいった。「出ていって」

ケンリーは飽くことなく彼を求めていた。一秒たりとも離れているのを嫌がった。彼はひたすら離れたかった。「疲れて動けない」彼はつぶやいた。

「わかったわ」彼女はベッドから飛び出て、跳ねるように寝室を出ていった。一緒に眠らないというのは本気の言葉だった。彼は紳士らしく相手の要望に応じるべきだったのだが、不当な扱いだと感じて動かなかったのだ。

だいぶ経ってから眠りに戻る前、アトリエの彼のベッドに寝ている彼女を見た。一緒に寝たいという衝動を抑え、彼はノートパソコンを持って部屋を出た。彼はそれをリビングルームに運び、座って書きはじめた。だがディギティ・スウィフトのことが頭を離れない。そのページで子どもを殺したのだが、頭のなかではまだ生きており、納得してはいなかった。自分に嫌気がさし、ノートパソコンを脇へ置いた。窓から外を眺め、降る雪を見つめた。


アニーがシャワーを浴びて、ジーンズとグリーンのセーターという身支度を終えると、テオがキッチンにいた。

「コーヒーをもう一杯飲むかい?」彼は尋ねた。

「けっこうよ。でも訊いてくれてありがとう」

「どういたしまして」

彼は先にシャワーを済ませ、服装を整えていた。ふたりは意識して行儀の良い態度で接した。昨夜の乱痴気騒ぎを古い時代の礼儀作法で埋め合わすかのような、人としての尊厳を取り戻し、自分たちは真の文明人であることを証明するかのような感じだった。

彼がコーヒーカップを持ってテーブルに戻ると、アニーは古いシートと保管庫のクローゼットのなかから見つけ出した黒のペンキをアトリエに運んだ。そこならすでに絵の具のはね跡が床に付着しているので汚れても気にならないと思ったからだ。三十分ほどして、テオは降ったばかりの雪の上に立ち、コテージの前面に立てかけたのぼりを眺めていた。

不法侵入者は問答無用で瞬時に射撃

アニーは梯子から降り、嘲笑いたいのならどうぞとばかりに睨みつけた。だが彼はただ肩をすくめただけだった。「おれならビビるけど?」

その後数日経ち、アニーはひとつの決断に至った。テオのことではない。彼との関係はこれ以上望めないほどに明確だからだ。世界一のセクシー・クイーンの役も、別々のベッドで寝る主張も愚行に走らないためのブレーキになっている。問題は遺産のことだ。これまでに何も発見できておらず、そろそろ現実と向き合うべき時期が来たと思っている。マリアは末期がんだったため、数多くの鎮痛剤を使っており、うわ言ばかり繰り返していた。結局遺産など存在しなかった。借金問題を魔法で一気に消し去ることはできないのだから、経済的破綻を受け入れるか、あるいは一歩ずつ前進していくしか道はないのだ。

あと三日後と迫った三月の初旬に離島間巡航フェリーが来ることになっており、アニーはコテージのなかにある、本土に送る価値のあるものを荷造りしはじめていた。本土に着いたフェリーからマンハッタンまでそれらの荷物を運ぶのに、ヴァンの手配も済ませた。母の名前は今でも一定の価値があり、ニューヨークでも指折りのリセール・ショップに引き取ってもらえることになっている。

アニーは元のオーナーにすべての作品の写真を送った。そのなかには油絵、リトグラフ、美術書、ルイ十六世時代風〝杭打ち機〟型チェスト、有刺鉄線の鉢も含まれる。テオはそれらの売却に備えて、配送料金を前払いしてくれることになっている。コレクションの目玉でもあり、美術商もおそらく高値で売れるだろうと太鼓判を押してくれたのが、アニーが見落としそうになっていた滞在者リストである。署名のなかには有名画家のものも含まれ、名前の横にちょっとした落書きの入ったものもある。美術商は二千ドルにはなると踏んでいるが、四十パーセントの手数料を取るという。たとえすべてが売れたとしても、借金が全額返せるわけではなく、焼け石に水でしかない。それに体調はすっかり快復した。六十日の滞在期間が終わったら、また昔の職につき、新規まき直しをはかろう。考えただけでも気が滅入る。

その後二月最後の日に、アニーの気持ちを浮き立たせるある出来事があった。

テオは普段より長く乗馬に出かけており、彼女はハープ館の窓辺に何度も駆け寄り、彼の姿を目で探した。ようやく日も暮れかかるころになって、馬にまたがった彼が車道に姿を現した。アニーはサイドドアから走り出て、途中でコートをつかんだものの、帽子や手袋まで手に取るのは面倒だった。

テオが手綱を引いて馬を止めたとき、駆け寄るアニーの姿に気づいた。「何事だ？」

「事じゃないわ。もっと嬉しそうな顔をしてよ。生理が来たの！」

彼は頷いた。「それはなによりだ」

満面の笑みはなかった。ハイタッチもなく、胸をなでおろしもしない。アニーは怪訝そうに彼を見た。「もうちょっと熱い反応を期待していたんだけどな」

「信じてくれ。おれはこれ以上熱い表現は無理なんだ」

「妙に醒めて見えるわよ」

「きみと違って、子どものように飛び跳ねる習慣はないんだ」彼は馬に乗ったまま厩舎に入っていった。

「いつかやってみて」アニーは後ろからそう声をかけた。

彼の姿が消えると、アニーはあきれて首を振った。ふたりのあいだをつないでいるものは肉体だけなのだと認識を新たにする思いだった。彼は誰かに心のなかをさらけ出したことはないのだろうか？


彼ももちろん安堵していた。アニーには喜びが伝わらないと散々文句をいわれたが。アニーが妊娠していたら、彼の人生ははかり知れないほど混乱してしまうだろう。彼は仕事のことで気が立っているのだ。執筆が思うようにはかどらないと不機嫌になるのはいつものことだが、今度ばかりはお手上げ状態に陥っている。一週間前にディギティ・スウィフトを殺して以来、まるで書けなくなってしまったのだ。

どうにも腑に落ちなかった。これまで登場人物を死なせることで悩んだことはなかった。だがクェンティン・ピアースとその悪党仲間に興味をまったく持てなくなっている。今日はブッカー・ローズから痔のことで電話があり、妙に気が晴れた。こんな反応は常軌を逸してはいないだろうか？

アニーはピンクのベルベットのソファーとベッドはそのまま置いておくことにしたが、人魚の椅子を含め家具のほとんどは運び出された。大き目の油絵は毛布でくるみ、小さめのものはハープ館から運んできた箱に入れた。ジュディ・ケスターの息子に運搬を頼み、波止場までトラックで二往復してもらった。アニーは彼が妊娠中の妻の誕生日に贈りたいという茶がかった灰色のアームチェアを謝礼として渡した。

一週間ほど前に新しい錠が取り付けられて以来、コテージでの事件は起きなかったが、アニーは錠が信頼できるのか、家の前に掲げたのぼりにはたして効果があるのか、心許なかった。銃を取り扱えるようになってからは、きみが武器を所有していることは町じゅうの者が知っているのだから安心しろとテオからいわれ、ようやく心の平安を取り戻せた。

テオは家具がないことを不満に思っていた。「執筆するための場所が必要なんだよ」彼はほとんどむき出し状態になったリビングルームでいった。

「今回の事件の首謀者が誰かわかるまで、おれはここをどく気はない。島民のちょっとした怪我の手当てをしているあいだに、彼らからすごいことを聞いたぞ。このままうまく訊きだせば、何か判明しそうだ」

アニーは彼が手助けしてくれようとしていることに感動していた。同時に、そこまで自分が彼に頼りきっているとも思ってほしくなかった。哀れなヒロインのために奮闘するヒーローの役を演じてはほしくなかった。「あなたも困窮する女性の相手をするのはもうたくさんでしょ？　あなたには私の面倒をみる責任はないのよ」

彼はその言葉が聞こえなかったふりをした。「おれがここにハープ館から家具を運び込むよ。誰も使ってないのが屋根裏に山ほどあるからさ」

「でも私にミイラ化した死骸は要るかしら？」

「それで素晴らしいコーヒー・テーブルができるよ」

彼は約束したことのみを実行するだけでは物足りなく感じるタイプだった。机と座り心地のいい椅子を持って現れるのかと思いきや、落ち葉型のまるいテーブルを窓際に置き、背の部分が紡錘形の小柱でできた椅子四脚までも並べていた。小さな引き出しが三つついたチェストをはさんで、褪せた紺色と白のカバーをつけたクッション性の高い椅子まである。猟師の角笛のような形をした凹みのある真鍮のランプまで運んでいた。

マリアだったら、すべて気に入らなかっただろう。とくに猟師のランプは拒んでいたはずだ。どれも古臭くて、ちぐはぐな並びではあったが、コテージの室内はようやく本来あるべき姿に戻ったように感じられた。芸術家気取りのマンハッタン風リビングルームではなく、慎ましやかな海辺のコテージらしい雰囲気になったのだ。

「医療サービスの見返りにジム・ガーシアのトラックを借りたんだ」彼はいった。「彼は電動ノコでちょっとした怪我をした。ロブスター漁師はとにかく頑固で始末に終えないよ。本土の医者に診てもらうぐらいなら壊疽《えそ》を起こすリスクをも厭わないんだから」

「リサがまたハープ館に押しかけてきたわよ」アニーは彼にいった。「アリッサの鼻からジェリー・ビーンを取り除いてくれなかったことをまだ怒っているわ。私はインターネットで検索して、もしあなたが無理に取り出そうとすれば、どんな可能性があったか説明してあげたの」

「ほかにも三人、不満を抱えた連中がいるよ。でもこちらは持っている資格でできる以上の医療行為をしているんだから、受け入れてもらわないとね」

本人が認めようと認めなかろうと、彼はますます島の生活に夢中になってきている。きっとそれは彼にとってプラスに働いている。なぜなら彼の表情がなごやかになってきているからだ。「まだ誰も死んでいない」彼女はいった。「それが何よりじゃない？」

「それはおれに何人か医師の友人がいて、電話で相談できるという恵まれた状況が幸いしているだけだ」

アニーはテオを孤独な人間と思うことに慣れているので、彼に友人がいると想像しにくかった。

ふたたび官能の宴や性的な堕落を楽しんだあと、ふたりは別々のベッドで眠っていた。何か普段以上に寝苦しい感じがして、テオはふと目を覚ました。ドアを激しくたたく音で、アニーもベッドの上に起き上がった。顔にかかった髪を振り払い、体に巻きついた毛布から足を引き抜いた。

「撃たないで！」聞きなれない声の主が叫んだ。アニーはのぼりに書いたことを本気にとる人間がいたことでほっとしたが、とりあえずベッドサイドのテーブルから銃を取り出した。

アニーがリビングルームに行くと、テオはすでに玄関のドアのところにいた。三月はじめの風が強く吹いており、雪が玄関の窓にたたきつけられていた。彼がノブをまわす際も、アニーは銃をわきに当てていた。外に立っていたのはアニーの家具の運搬を手伝ってくれた、ジュディ・ケスターの息子、カートだった。「キムのことで来た」カートは取り乱した様子でいった。「予定日より早く分娩が始まったんだが、救急ヘリは飛行禁止だ。あんたの助けが要る」

「マジか？」とてもプロとは思えない彼の返事ではあったが、アニーも彼を責める気にはなれなかった。テオはカートに向かって、なかに入れと合図した。「ここで待っていてくれ」

テオはアニーの前を通り過ぎて衣類を手に取った。「服を着ろ。きみも同行してくれ」

18

テオは片手で電話をしっかり持ち、もう一方の手でハンドルを握った。「天候が悪いのは承知の上だ。当然見えてるさ。それでもヘリを出してほしいんだ。大至急！」

強い風がレンジローバーに向かって激しく吹きつけ、町まで引率するカートのトラックのテールランプが目の前で悪魔の目のようにギラギラ光っていた。カートの話によると、分娩予定日まであと二週間あり、彼と妻は金曜日に本土に向かって出発する予定だったそうだ。「子どもたちは母親に預け、病院の近くに住むいとこの家に泊まるつもりだった」カートはいった。「まさかこんなことになるとは」

電話中のテオは自分が相手に理不尽なことを要求していたと納得したらしく、声を落とした。「はい、わかりました……了解しました……ええ」

電話を横に投げ出す彼を、アニーは同情のこもる目で見つめた。「私を連れてきたのは、コテージでひとりにしたくなかったからなの？　それとも精神的な支えのため？」

「どっちもだ」ハンドルを握る彼の手に力が入った。

「よかった。私の産婆術をあてにして連れてきたのかと心配だったの。私は経験ないから」

彼は鼻を鳴らした。

「出産に関する知識はテレビを見て知ったことだけ」彼女はいった。「それと相当の苦痛を伴うらしいということぐらいしかわからない」

彼は何も答えなかった。

「あなたは出産について何か知っているの？」

「知るわけない」

「でも……」

「訓練は受けたさ。そういう意味でなら知識はある。でも現実の体験はないといわれても仕方がない」

「なんとかなるわよ、きっと」

「そんなのわかるか。予定日より二週間早い出産なんだぞ」

あることにアニーは気づいていたが、再確認を試みた。「これはキムの三度目の出産なのよ。これからどんな過程を経て生まれるのか、彼女は体験上わかっているだろうし、それにカートのお母さんも力になってくれると思う」ジュディ・ケスターはいつでも朗らかな笑いを絶やさぬ女性で、積極性もあり、危機に瀕しているときはきっと頼りがいのあるパートナーになるだろう。

しかしジュディは留守だった。三人がコートを脱ぐと、あいにく母のジュディは本土の妹の家を訪問中だとカートは告げた。「頼みの綱だったのに」テオはつぶやいた。

ふたりはカートの後ろから子どもたちのおもちゃでほどよく散らかったリビングルームを通った。「学校が火事になって、キムは島から引っ越したいと話すようになった」カートはトランスフォーマーを足でよけながら、いった。「こんなことがあったらなおのこと、本土に引越したい気持ちは揺るぎないものになるだろう」

テオはキッチンで手と腕をゴシゴシ洗った。同じようにしろと仕草で命じられたアニーは「気でも狂った?」とあきれた表情を見せ、自分は精神的な支えのために同行したのだということを思い出させた。彼が鬼の形相でにらみつけたので、アニーはいわれたとおりにした。だが、一言返すことは忘れなかった。「私はここに留まってお湯を沸かしたりするべきじゃないの?」

「なんのために?」

「さあ?」

「きみも一緒に来ればいいんだよ」彼はいった。

カートは子どもたちの部屋を覗いて様子を確認した。おおわらわのあいだにも、子どもたちはすやすや眠っているようだ。アニーにはカートが妻の様子を見ないですむならなんでもしているように思えた。

アニーはテオの後ろから寝室に入っていった。キムは絡み合ったオレンジ色と黄色の花柄のシーツのなかで横たわっていた。身にまとっているのは、古びたパイル地の淡い青色をした夏用ナイトガウンだ。顔はしみだらけで、縮れた赤茶色の髪はもつれている。顔や胸など、体じゅうどこもかしこも丸くぽっちゃりしている。テオは赤いEMTのキットを下に置いた。

「キム、ぼくはテオ・ハープ、こちらはアニー・ヒューイット。調子はどうですか?」キムは子宮の収縮に耐えて歯を食いしばっていた。「この様子を見て、わからない?」

「分娩は順調に進んでいるようですね」彼はいった。彼はベテランの産科医のような口調で声をかけ、EMTのキットを開きはじめた。「収縮の間隔はどのくらいですか?」

痛みがやわらいで、キムは枕にぐったりともたれた。「四分ぐらいよ」

彼はラテックスの手袋と青いベッドパッドを取り出した。「今度収縮が来たら、知らせてください。収縮が何分続くのか計りましょう」

彼の冷静さに感化されたのか、キムは頷いた。

キムが寝ているほうのベッドの横に置かれたガラストップ・テーブルの上には有名人の雑誌が二冊、絵本、あらゆるローション類のチューブなどが散乱している。反対側のテーブルにはデジタルの目覚まし時計、ポケットナイフ、半分ぐらい小銭が入った小さなプラスティックの保存容器が見える。テオはベッドパッドの包みを開いた。「もう少し楽になりましょう」

彼の声には妊婦を安心させるような落ち着きがこもっていたが、アニーに向ける表情はこの部屋から出ようなんて思っただけで、忌まわしい運命にたたられつづけ最後は破滅が待っているぞと脅していた。アニーはしぶしぶベッドのヘッドボード側に近づき、あまり目にしたくはない光景を見ることになった。本心からいえばテオもそれほど乗り気ではないとアニーは感じた。

キムはもはや遠慮など意識する状態ではなかった。テオがいかに入念にベッドパッドをキムの尻の下に敷き、両膝の上に掛けるシートを用意したかも、キムは認識していないのではないかとアニーには思えた。特別強い収縮に、キムはうめいた。テオは時間を計りつつ、アニーに向かって今後起こりうる事態とそれに関する対応を小声で説明した。

「糞の処理?」彼の説明を聞き終えるとアニーはいった。

「起こりうることだ」彼はいった。「自然なことなんだ。清潔なパッドを用意してくれ」

「それと嘔吐袋も。私用に」

テオは笑って、ふたたび収縮時間の計測に戻った。キムが分娩中、アニーはベッドの頭の位置に控え、キムの髪を優しく撫で、励ましの言葉をささやいた。収縮の合間にキムは真夜中の援助要請についてテオに詫びたが、彼の産科医としての力量に関する質問はいっさいしなかった。

約一時間後、分娩は山場を迎えていた。「いきみたい」キムが叫び、局部を覆ったシートを蹴飛ばして、アニーも否応なくそれを目撃することとなった。

テオはすでにラテックスの手袋をはめていた。「しばらく様子を見よう」彼はいった。

キムがうめいているあいだ、テオは分娩の状況を調べた。「もう少し待って」彼はいった。

「ばかいわないでよ！」キムは甲高い声でわめいた。

アニーは妊婦の腕をさすった。「えらいわ、すごく上手よ」アニーはこれが真実でありますようにと祈るような気持ちだった。

それが何かはアニーにはわからなかったが、テオはその作業に集中していた。次の収縮が起きると、テオはキムにいきむよう励ました。「赤ちゃんの頭部が見えていますよ」彼はまるで気象予報でも伝えるかのように冷静にいった。アニーはテオ・ハープが汗をかく姿など想像したこともなかったが、彼の額には玉の汗が噴き出していた。だがそんな姿もなかなかよかった。

収縮は鎮まったが、間隔は短かった。キムは喘いだ。

「赤ちゃんの頭が見えています」テオがいった。

キムの喉がうなり声を発した。彼はキムの膝を軽くたたき、励ました。「いきんで……その調子。そうそう、上手い」

アニーの分娩を見ることに対する気後れは消え去った。続けて二回の激しい収縮と、テオの激励で、赤ん坊の頭部が出てきた。テオは頭部を手で包んだ。「へその緒を先にどけましょう」彼は静かな声でそういい、あいているほうの手の指をなかに入れ、赤ん坊の首のまわりのへその緒を動かした。「アニー、毛布の準備をして。よし、ちびっ子……肩を見せてくれ……まわって。そうだこっちだ。よし、やった」

　赤ん坊はするりと彼の力強い有能な手のなかに滑り出た。

「男の子ですよ」彼は声を上げて知らせた。ちっぽけで汚れの付着した新生児の体を傾け、気道を確保した。「きみには八ポイントあげよう」

　誕生後一分で新生児の生命徴候《アプガー》の数値を計算し、五分後にあらためて新生児の体調をチェックすると彼から先刻説明されていたことをアニーが思い出すのにしばらく時間がかかった。赤ん坊は小さな猫のような声で泣きはじめた。テオはキムの腹部に手を置き、アニーからタオルを受け取り、優しくさすった。

　カートがようやく部屋に入ってきた。そして生まれたばかりの息子を見ながら、夫婦そろって泣きはじめた。妻があれほどの試練に耐えているのに、付き添っていなかった夫の頭をアニーはぶん殴ってやりたかったが、妻はもっと寛容だった。母親が新生児を抱き寄せているあいだに、テオは腹部のマッサージを続けていた。やがてふたたび子宮の収縮が起き、胎盤のまるいかたまりが滑り出た。

　アニーはキットのなかから廃棄用袋をテオに手渡しながら、そのものを見ないようにした。彼はへその緒を固定し、汚れたパッドを清潔なものに交換した。莫大な信託基金と富をもたらす出版契約を所有しながら、彼はこんな汚れ仕事も厭わない人間なのだ。

赤ん坊は体がやや小さめだったが、三度目の出産を済ませた母親のキムは慣れた手つきで我が子を扱い、すぐに授乳を始めた。テオは朝まで安楽椅子に座り、アニーはカウチでうたた寝した。

何度か彼が立ち上がる音を聞き、一度目を開けてみると赤ん坊は彼の腕のなかですやすや眠っていた。

彼は目を閉じ、新生児を守るように胸に抱いていた。キムへの親切な接し方、赤ん坊への優しい態度は忘れられない。テオは困難な状況に巻き込まれながらも、まるでヒーローのように見事に対処した。幸い、さらなる紛糾に至るようなことはなかったが、もしそうなったとしても彼なら冷静さを保ち、しかるべき措置を取ったことだろう。彼はヒーローで、自分はヒーローにからきし弱い……しかしこの特殊なヒーローはかつて自分を死に追い込もうとした男性なのだ。

朝になり、キムとカートは感謝の気持ちをほとばしらせるように大袈裟に礼を述べた。アニーに朝食を用意してもらい食べ終えた赤ん坊のきょうだいたちはベッドに乗り、新しいきょうだいの顔を見た。赤ん坊が無事生まれ、キムの状態も健やかなので、ヘリコプターによる搬送は必要がなくなったが、テオはカートにキムと赤ん坊を朝のうちに本土の病院に連れていき、診察を受けてほしいといった。キムはきっぱりと断った。「あなたは医師と同等の立派な仕事をしてくれた。私たちはどこにも行くつもりはないわ」

どれほどテオが勧めてもキムの気持ちは変わらなかった。「体の状態は自分でわかるし、赤ちゃんのことはよく知っている。母子ともに健康で、義母のジュディもすでに帰路についたから、帰宅したら手伝ってもらえるわ」

「おれがどれほどの重荷を背負わされているか、きみにはわかるよな?」コテージへの帰り道、テオは疲労のにじむ顔でいった。「島民はおれを信頼しすぎている」

「もっと手を抜けばいいのに」アニーはやんわりと提案したが、実際これまで生きてきてテオほど信頼の置ける人物には出会ったことがないというのが本音だった。もしかしたら評価しすぎているのかもしれなかった。かつてこれほど複雑な思いを抱いたことはなかった。

翌日も彼のことを考えながらハープ館の屋根裏部屋への階段を上った。彼からなんでも好きなものを持っていけといわれたので、記憶にある海の絵が残っていないかと思ったのだ。屋根裏部屋のドアの蝶番は開ける際にきしんだ。そこはまるでホラー映画の世界だった。不気味な洋服屋のマネキンが、壊れた家具やほこりだらけのダンボール箱や色あせた救命用具を守る衛兵のように立っている。煤煙に汚れた出窓から入るわずかな光は灰色のたるんだ蜘蛛の巣を覆い包み、裸電球が天井の梁から二本ぶら下がっている。

あたしがここに入ってくるなんて、期待してないでしょ? クランペットが泣き言を口にした。

悪いけど、おれはここにいられないよ。ピーターがいった。

レオが嘲笑った。ここにいる誰かひとりでも気骨があるだけましってもんだ。

あなたの気骨はこの私の腕じゃないの。アニーはビニールに覆われたかつてリーガンのものだった不気味な人形の数々から気をそらしたくて、レオに念を押した。

ほんとだ。レオが皮肉っぽくいった。さあ、どうぞ。

屋根裏部屋には古い新聞や雑誌、誰も読みそうもない本などが積み重ねられていた。かびだらけの、船の帆を使用したキャンバス地のバッグや壊れた中庭用の傘、ほこりだらけのジャン・スポーツのバックパックをまたぐようにして、壁に立てかけた額縁のほうへと移動した。虫の死骸だらけのダンボール箱が絵を覆い隠すようにして並んでいる。それらをどけようとしたとき、「リーガン・ハープの私物」というラベルの貼られた靴の箱が目に留まった。好奇心からアニーはなかを見た。

箱のなかには子どものころのテオとリーガンの写真が詰め込まれていた。アニーは古いビーチタオルを床に敷き、写真を見た。歪んだ構成からみて、写真の多くは自分たちの手でシャッターを押したものに思える。ふたりはスーパーヒーローの衣装をまとっていたり、雪の上で遊んでいたり、カメラに向かって変な顔をしてみたりしていた。アニーは親愛の情がこみ上げ、胸がいっぱいになった。

茶色の封筒を開くと、そこにも写真が入っていた。最初はテオとリーガンが一緒に写った写真。〝怖くない〟とロゴの入ったTシャツを一緒に過ごしたあの年の夏リーガンが着ていた記憶があり、ぼんやりと自分自身も写真を撮られた記憶がある。リーガンの優しげな微笑、双子の兄にもたれかかる姿を見ると、いまさらながら彼が失ったものの大きさに衝撃を受けてしまう。すべてを失ったこの悲劇にテオは耐えてきたのだ。最初は母親の育児放棄、さらにはかつて愛したであろう妻の死だ。

アニーはテオの額にかかる髪や妹リーガンの肩にまわした腕に見入った。リーガン、あなたがここにいて、あなたの双子の兄が私にした仕打ちについて説明してくれたらどんなにか救われたのに。

封筒に入ったすべての写真は、あの夏に撮られたものと思われた。プールに入っているふたり、玄関をバックにしたもの、船に乗った写真も。リーガンが溺死したその日に乗った同じ船だ。アニーは懐かしさと悲しみに襲われた。

そしてやがて……当惑した。

アニーはより手早く写真をめくった。脈拍が速まりはじめた。一枚ずつ写真が膝に落ち、床へと枯葉のように散らばっていった。アニーは両手のてのひらに顔を埋めた。

ごめんよ。レオがいった。どう慰めればいいかわからなくてさ。

一時間後、アニーは空のプールのそばで厳しい寒風に吹かれながら立っていた。コンクリートのプールの壁には長い裂け目が入っており、汚れた雪がプールの底に散らばっている。リサの話だと、シンシアはプールを埋め立てるつもりでいるそうだ。おおかたその上にばかげた英国ふうの廃墟じみた建物でも建てるのだろう。

厩舎でダンサーのグルーミングを済ませて出てきたテオはアニーを見なかった。彼はアニーの恋人である。この野性的な性的魅力に溢れた男性のことはすべて知っていると自分では思っていたが、じつは何もわかっていなかったのだ。薄暗い大気のなかで灰色の雪片が舞っていた。賢いヒロインなら自分の考えがまとまるまで、面と向かって訊いたりはしない。しかしアニーは心が乱れすぎて理性が働かなかった。「テオ……」

彼は足を止め、振り向いた。「こんなところで何をしている？」彼は答えを待つことなく、見慣れた広い歩幅で近づいてきた。「今日はもう終わりにして、一緒にコテージに行こう」

コテージに着いたら何をするか、くすんだ彼の瞳の色が語っていた。

アニーは体をまるめた。「屋根裏部屋にいたの」

「欲しいものはあった？」

「ええ、ええ、あったわ」彼女はコートのポケットに手を入れた。写真を取り出しながら、手が震えた。何十枚もあったなかから五枚を持ってきていた。

彼は割れ目のあるプールのデッキに乗り、彼女の手のなかのものを見た。そしてそれを確かめると……彼の顔が苦痛に歪んだ。彼は踵を返して立ち去ろうとした。

「よくも逃げ出せるわね」庭を勢いよく通り抜ける彼の後ろからアニーは叫んだ。「よくまあ、そんなことができるわね」

彼は歩調をゆるめたものの、止まらなかった。「関わるな、アニー」

「逃げるのは許さない」アニーは一語ずつ区切って吐きすてるようにいい、一歩も動かずその場所に留まった。

彼はようやく振り向いた。激しい感情を込めて投げつけられた言葉に対する彼の答えは至って冷静なものだった。「昔の話だ。詮索はやめてくれ」

彼の表情は冷酷で、不吉さを感じさせるものだったが、アニーはなんとしても真実を知りたかった。「あの事件の犯人はあなたじゃなかった。あなたじゃない証拠があるのよ」

彼は両脇で拳を握りしめていた。「なんの話だかわからない」

「嘘だわ」アニーは怒りを込めず、きっぱりと言い切った。「あの夏起きたことよ。今日まであなたの仕組んだことだとばかり思ってきたけれど、そうではなかった」

彼は、攻撃は防御なりとばかりにアニーのところに突進してきた。「きみは何も知らない。あの日きみは海鳥の襲撃を受けた……廃船に向かわせたのはまさしくおれだった」彼はプールのデッキの上に立ち、上から見下ろした。「死んだ魚をきみのベッドに置いたのもおれだし、偉そうな態度できみを侮辱し、仲間はずれにしたのもおれだ。すべて故意にやった」

アニーはゆっくりと頷いた。「理由がわかってきたわ。でも私を食品運搬用のエレベーターに閉じ込めたり、沼に突き落としたのはあなたじゃない。子犬を洞窟に連れて行き、私を誘い出す手紙を書いたのもあなたじゃない」アニーは手にした写真を親指で撫でた。「そして私を溺死させたかったのはあなたじゃない」

「違う」彼はアニーの目を見据えた。「前にもいったとおり、おれには良心がなかったんだ」

「そうではないわ。ありすぎたのよ」アニーは感情が胸にこみ上げ、言葉もままならなかった。「すべてリーガンの意図したことだったのよ。それなのにあなたはいまでもまだ彼女を庇うのね」

証拠はアニーの握りしめる写真にあった。すべての写真でアニーの姿だけが切り取られてあったからだ。顔から体に突き刺さったハサミの跡はまるで小さな殺人のようだった。

テオは身じろぎひとつしなかった。いつもどおり背筋を伸ばして立っていた。それでも彼は自分のまわりにシャッターを下ろし、誰の手も届かないところに逃げ込んでしまったように見えた。そのままふたたび立ち去るかに思えたが、その場所に留まり、アニーを驚かせた。

アニーはそのことを頼りに続けた。「ジェイシーが一緒に写っていた写真もあるけど」彼女はいった。「無傷でね」

彼が立ち去るか、説明を始めるかのどちらかを選択するものと予想し、アニーは間をおいた。そのどちらも選ぶ様子がないので、アニーは彼が口にできそうもない結論を代わりにいった。「それはジェイシーがリーガンにとって脅威ではなかったから。ジェイシーは私のようにあなたの関心を得ようとしなかった。あなたはジェイシーを選ばなかった」

アニーは彼の心の葛藤を感じることができた。双子の妹は十年以上前に亡くなっているというのに、写真という明白な証拠があってもなお彼は妹を庇おうとしているのだ。だが、アニーはそれを許さなかった。「話して」

「きみには聞かせたくない話なんだ」彼はいった。

アニーは陰気な笑い声を上げた。「ぜひ聞かせてよ。あなたは妹から私を守るためにあんなことをしたのよね」

「きみは無垢だったから」

アニーはテオが妹を罰するためにしたことについて思いをめぐらせた。「あなたもね」

「おれはなかへ入る」彼はあっさりといった。彼はいつもどおり、彼女を閉め出し、内にこもるつもりなのだ。

「ここから一歩も動かないで。私はこのストーリーの重要人物になってしまったんだから、たったいますべてを知る資格があるのよ」

「聞くに堪えないひどい話だよ」

「そんなことは承知の上だってわからないの?」

彼はアニーから離れ、かつてダイビングボードがあったデッキの端まで行った。「知ってのとおり、母親はおれたちが五歳のとき、家を出た。父親は仕事に逃げていたから残されたおれとリーガンはふたりきりで生きるしかなかった」一言発するたびに、彼の胸は疼くようだった。「おれたちにはお互いしかいなかった。おれはリーガンを愛していたし、リーガンもおれのためならなんでもしてくれた」

アニーは動かなかった。彼はもう口を閉ざすだろうと思ったが、テオは錆びた金属のボルトを乗馬用のブーツのつま先でそっと突いた。彼はもう口を閉ざすだろうと思ったが、彼はなんとか聞き取れる声で話しつづけた。

「リーガンは独占欲が強かったが、それはおれだって変わりなかったし、十四歳になるまで、あまり問題は起きなかった。そのころからおれは女の子に興味を示すようになり、リーガンはそれを嫌がるようになった。女の子からの電話を妨害したり、おれが興味を持った女の子について嘘をつくようになった。おれはリーガンが邪魔をしているだけだと思っていた。そのうち、事態は深刻になっていった」彼はプールの底にしゃがみこんだが、彼には過去しか見えていないのではないかと思えた。彼は続けた。冷ややかで感情のこもらない声だった。

「リーガンは噂話をでっちあげるようになった。ある女の子の両親に匿名で電話をかけて、お宅の娘さんが麻薬をやっていると話した。別の女の子は学校でリーガンにつまずかされ、肩を骨折した。みんなはリーガンのことが好きだから、それを事故と決めつけた」

「あなたは事故ではないことを知っていたのね」

「事故だと信じたかったよ。でも、ほかにもいろいろ事件が発生していた。おれが何度か話をしただけのある女の子は自転車に乗っているときに、石をぶつけられ、地面に落ちて、車にはねられた。幸いに重傷ではなかったが、そうなってもおかしくない状況だった。おれは面と向かって問いただした。リーガンは責任を認め、こんなことはもう二度としないと誓った。おれもリーガンを信じたかったが、あいつは自分をコントロールできないようだった」

彼はふたたび立ち上がった。「おれは身動きが取れないと感じた」

「だからあなたは女性との交際をあきらめた」

彼はようやくアニーの目を見た。「すぐにあきらめたわけじゃないよ。おれはリーガンにはできるかぎり女性とのことは隠し通した。でもいつも見つかってしまった。あいつが運転免許を手にして間もなく、あいつは親友のひとりを車で轢こうとした。そのことが起きて以来、おれにそういうチャンスはまるきりなくなった」

「お父さんに相談すればよかったのに」

「恐ろしくていえなかったよ。おれは図書室に何時間もこもり精神病に関する本を読み、あいつはどこかが極端に病んでいることを知ったんだ。診断もついたほどだ。対人関係をベースにした〝強迫神経障害〟だった。おれ自身はそこまで歪んでいなかった。父に知らせたら、妹を精神障害者のための施設に入れてしまっただろう」

「あなたはそんなことになってほしくなかった」

「それがあいつにとって最良の措置だったんだろうが、おれは未熟だったから、ただもう妹をそんな目に遭わせたくなかったんだ」

「なぜなら、あなたたちふたりは一心同体で、世界は敵だったから」

彼はアニーの指摘を肯定しなかったが、アニーはそうであることを確信した。孤立無援の彼の姿が目に浮かぶようだった。

「おれはふたりのあいだに誰も入ってこないと安心させれば、あいつは正常になると思い込んでいた」彼はいった。「そしてそれはある時点までは間違っていなかった。あいつが脅威を感じないでいられるかぎり、あいつは普通に行動した。だが、おれが何気なく口にした感想ひとつであいつはかっとすることがあった。あいつに恋人ができれば、問題は起きなくなるという希望をおれは抱きつづけていた。あいつと交際したいやつはいくらでもいたけど、あいつはおれ以外誰にも興味がなかった」

「そんな彼女を嫌いにならなかったの？」

「おれたちの絆は強すぎた。きみもひと夏一緒にいたからわかるだろう？　あいつがどれだけ心優しい女の子になれるかを。あの愛らしさは純粋なものだった。心が暗黒の闇に占領されるその瞬間までは」

アニーはポケットに写真を押し込んだ。「あなたは彼女の詩集を燃やした。憎しみがなければ、そんなことができるはずがないわ」

彼の口が歪んだ。「あのノートは詩集なんかじゃなかったのさ。妄想からくる錯覚の数々、きみに向けた毒々しい怨念が延々と書き綴られていた。おれはあんなものを誰かに見られたらたいへんだと思ったんだ」

「でもオーボエはどうなの？　リーガンはあんなにオーボエが好きだったのに、あなたは壊してしまったじゃない」

彼の瞳には疲れたような悲しみの翳りがあった。「あいつがきみにしていた悪質な行為を全部父親に話すとあいつを脅したら、自分でオーボエを焼いてしまったんだ。おれをなだめるための一種の生贄のつもりだったんだろう」

彼の告白のなかでも、最も悲痛に思えたこと。それは、歪んだ愛情のせいで、リーガンが愛してやまない物事をみずから破壊せずにはいられなくなったことだ。

「あの夏、あなたはリーガンを守ろうとした」アニーはいった。「でも同時に彼女が私を傷つけるのも止めたかった。あなたはあのころ、とんでもない状況に置かれていたのよね」

「おれは状況をコントロールできていると思い込んでいた。まるで十代の修道士みたいな生活を送るようになったしね。女の子に話しかけるのはもちろん、リーガンが何をしでかすかわからないという恐怖で視線さえ向けなくなっていた。そしてきみが現れた。しかも同じ家のなかで暮らすことになった。きみが赤の短いパンツを穿いて走りまわる姿を目にし、おしゃべりする声を聞き、読書中にきみが髪をいじる様子を眺めた。きみを避けることは到底無理だったよ」

「ジェイシーのほうがずっと美人だったのに、なぜ彼女に惹かれなかったの?」

「読書の趣味が違ったし、おれの好きな音楽を聴くようなタイプでもなかった。一緒にいて寛げる相手じゃなかったんだ。まあ、そもそも寛ぎたかったわけでもないんだけどさ。おれはリーガンに向かってジェイシーの悪口をいった。同じようにきみのこともけなしたんだけど、あいつにはおれの気持ちはお見通しだったわけさ」

「要するに私が手近にいたからということでしょ? そうだとすると、皮肉よね。都会で私と出会っていたとしても、決してあなたは私など目に留めないはず」テオは美人がお似合いだ。彼とアニーは近くにいたからこそ、惹かれ合った。アニーは冷えきった両手をコートの打ち合わせからなかに入れた。「妹とのそんな過去があって、なぜケンリーと恋に落ちたの?」

「ケンリーは自立心と自信という魅力を放っていたのさ」彼は自身の言葉を嘲笑うような言い方をした。「ケンリーはまさしくおれの理想とする女だった。リーガンには欠けていた魅力をすべて備えていた。付き合って半年もしないうちに、ケンリーは結婚を迫った。おれは彼女に夢中だったから、いくつかあった懸念は無視して結婚に同意した」

「その結果リーガンとの関係によって生まれた苦境にふたたび陥ることになったのね」

「ただし、ケンリーは他人を殺そうとはせず、自殺した」

「ある種の懲らしめとしてね」

彼は背中をまるめた。「寒くなってきたよ。なかに入る」

かつて雪のなかでセーターを脱ぎ、上半身裸で立っていた男が寒いというの？　「まだよ。最後まで話してくれなきゃ」

「もうその先は何もない」彼は大股で立ち去り、小塔に向かった。

アニーはポケットから写真を出した。写真は冷え切った手のなかで燃えた。渦を巻く灰色の雪を通して写真を見つめ、てのひらを開いた。一陣の風が吹きつけ、写真を運び去った。一枚ずつ写真はプールの底の汚れの上へ落ち、重なっていった。

アニーが室内に入ると、リヴィアがかまってほしいと擦り寄ってきた。漫画を持ってきて読ませているあいだに、アニーはいましがたテオから聞いたショッキングな話の内容に動揺しながらも、いまだ謎の部分について考え込んだ。予想どおり、彼は秘密を抱え込んで引きこもってしまった。どうにかして秘密の残りを聞き出さなくてはならない。それを告白してしまえば、彼もずっと自分のまわりに張り巡らせてきた氷の壁を崩すことができるのかもしれないのだ。

アニーはリヴィアの頭にキスをした。「あなたもぬいぐるみたちの前で人形劇をやればいいじゃない？」彼女はリヴィアのしかめた顔を見ないふりをしてテーブルから立ち上がった。小塔に入る前からロック・ミュージックが聞こえてきた。アニーはリビングルームに入った。音楽はテオの書斎から聞こえてきた。階段を上り、三階のドアをノックしてみたが、応答はなかった。

音量は大きかったが何も聞こえないというほどではない。もう一度ノックしたが反応がないので、ノブをまわしてみた。当然ながらドアはロックされていた。メッセージは明白だった。今日のところはこれ以上語る気はないのだ。

アニーは思案をめぐらせた。音楽はアーケイド・ファイアからザ・ホワイト・ストライプスに切り替わった。突然そこへ、猫の怯えたような鋭い鳴き声が響き、続いて動物が最大の危難に陥った場合にのみ発するような苦悶の声が聞こえてきた。

ドアが勢いよく開いた。テオが走り出て、踊り場から飼い猫の行方を探した。アニーは彼が階段を下りるあいだに室内にそっと入った。

彼はコートを机の前に置いた黒い革のオットマンの上に無造作に置いていた。彼の机はアニーが最後に見たときよりさらにきちんと片付けられていた。しかし考えてみれば彼は執筆活動のほとんどをコテージで行っている。安楽椅子の近くの床にはCDが数枚散らばっている。窓際にはコテージを見おろす望遠鏡が置かれている。だが以前と違い、それを見て気味悪く感じるどころか心強く感じるようになった自分がいる。守り人《びと》、テオ。彼は精神を病んでしまった妹を庇おうとし、自分を痛めつけたがる妻を救助し、アニーの無事を守る役目をみずから引き受けてしまう。

階段に戻ってくる彼の足音が聞こえた。よりゆっくりとした、ある目的を持って移動する歩行だ。彼は戸口に現れそこで足を止め、部屋の奥にいるアニーをじっと見た。「まさか……」

アニーは茶目っ気を見せようと、鼻にしわを寄せた。「仕方ないの。私って異常なほど物真似が上手いんだもの」

テオは眉根を寄せ、険悪な表情で部屋に突入した。「いっておくが……今度同じことをしたら……」

「しないわよ。少なくともしないつもり。たぶんね」必要なときはこのテクニックは使うわ、とアニーの心の声はいった。

「安心したいから聞くが……」彼は歯を食いしばっていった。「おれの猫はどこにいる？」

「はっきりとは知らない。きっとアトリエのベッドの下で眠っているんじゃないの。あそこがあの子のお気に入りの場所だって、あなたも知っているでしょ？」

テオもそれは思い当たるらしい様子だった。アニーにちょっとした体罰を与えたいぐらいの気分なのだろうが、それは性格上ありえなかった。「きみをどうしてくれよう？」

アニーは攻撃に入った。「どうすればいいか、私が教えてあげるわ。全力で私の世話をするのはやめるのよ。その思いはありがたく受け止めるけれど、私は健全な肉体を持ち、比較的——あくまでも相対的に——精神も正常で、自分のことは自分で処理できる。やり方は少し無様だったりもするけど、それが私の生き方で、これからもそうやって生きていくつもりなの。だからあなたが英雄の役目を果たす必要はないのよ」

「いったいなんの話か皆目わからないね」

もしかすると彼はほんとうに理解できないのかもしれない。誰かを守るどころか、自分を悪人だと考えているらしいから。だけど、私が指摘すれば、彼の思い込みは変わるかもしれない。

アニーは書き物机の椅子にどさりと座り込んだ。「おなかがすいたわ。この件を手早く片付けましょうよ」

19

「この件を片付けるだと？」ふたたび彼は眉をひそめた。「おれがリーガンを殺したといわせたいのか？」

彼に残りを告白させるためには、刺激を与えるしかないだろう。「ごまかすのはやめて。あなたは殺してない」

「どうしてそう断言できる？」

「私があなたという人間を知っているからよ。だってあなたは妖精の家を建てる達人なんだもの」現実にアニーもいまはそうはっきりと確信できる。あらゆる意味でこれまでは彼のことを誤解してきた。

彼はまばたきをした。アニーはテオがリヴィアに妖精の家造りをしてやったことを否定する前に、言葉でさえぎった。「あなたはホラーの要素を物語に織り込むプロよ。そんなでたらめの威圧するのなんかやめて、何があったのか話してしまいなさいよ」

「そりゃ、どこまで話すかは加減したさ」

彼はレオそっくりの冷笑をまじえたが、アニーとしては返事を先延ばしにさせるわけにいかなかった。「あなたとリーガンはカレッジを卒業したばかりだった」アニーはいった。「違うカレッジよね。どうやってそれを可能にしたの？」

「リーガンが別々の大学に入ることを承諾しないのなら、進学そのものをやめると脅したんだ。大学進学の代わりにバックパックひとつで誰にも行き先をいわず、世界旅行に出るとね」

彼が自分を守るためなら、そこまで覚悟できることにアニーは感心した。「結局あなたは違う大学に行ったわけね……」次に何が起きるか水晶玉などなくとも予測がついた。「そしてあなたはある女性と出逢った」

「ひとりだけじゃない。きみ、こんな話を聞くより、ほかに用はないのか？」

「ないわ。さあ、もっと続けて」

彼はオットマンからコートを取り、ドアのそばのフックにかけて整えた。きれい好きだからではなくアニーの目を見たくなかったからだ。「あのころのおれはスーパーマーケットに入った飢えた男みたいだった。でもいくらお互いのキャンパスが百マイル離れていても、おれはまだリーガンに対して隠し事が多かった。四年に進級したころ、おれはある授業で一緒になった女の子に強烈に惹かれた……」

アニーは彼が口を閉ざしてしまわないよう、聞き手がリラックスしていると感じさせようと、椅子の背にもたれた。「どんな女の子か当てさせてよ。美人で頭がよくて、変人という三拍子揃った子ね？」

彼はどうにかはかなげな微笑みを浮かべてみせた。「三拍子だよ。彼女はいまやデンバーのテクノロジー企業の最高財務責任者《CFO》だよ。結婚して三人の子どもがいる。絶対に変人ではないよ」

「でもあなたは大きな問題を抱えていた……」

彼は机の上のイエローパッドを少し左に動かした。「おれはできるだけ頻繁にリーガンの大学のキャンパスを訪れていた。リーガンの様子におかしな要素はなかった。正常に見えた。四年に進級するころにはあいつにも交際相手ができた。やっとリーガンも成長にともなって病的な精神状態を脱却できた、とおれは思っていた」テオは机から離れた。「我が家は毎年七月四日の独立記念日には家族で島に集合していた。デボラはその日都合がつかなかったが、ペレグリン島を見たがったので、皆が集まる予定の前の週に彼女を島に連れてきたんだ」彼はぶらぶらと海を見下ろす裏窓に向かって歩いた。「おれは次の週末、リーガンにデボラのことを打ち明けるつもりでいた。しかしリーガンは予定より早く到着していたんだ」

アニーは椅子のアームに当てた手を握りしめた。次の展開を聞くのが辛い気持ちもあったが、聞くしかないと覚悟していた。

「デボラとおれは海岸を歩いていた。リーガンは崖の上からおれたちを見ていた。手をつないだおれたちの姿をね。手をつないでいただけだよ」彼は窓枠で両手を広げ、外をじっと見つめた。「その日早い時間に雨が降り、岩は滑りやすかったはずだから、リーガンがあんなに速く石の階段を駆け下りたのがいまでも不思議なほどだ。おれはリーガンが近づいてくるのさえ気づかずにいた。しかし気づくと間もなくリーガンはデボラに突進していった。おれは無理やりデボラを引き離し、デボラは走ってハープ館に戻り、逃げ出した」

彼は窓に背を向けたものの、まだアニーのほうは見なかった。

「おれは激怒した。リーガンにいってやったんだ。おれにはおれの人生がある。おまえは精神科医に診てもらえと。悪意のこもった厳しい言葉を浴びせた」彼は自分の眉を指で示した。「この傷をつけたのは、リーガンで、きみじゃない」彼はその傷の下のかなり小さな傷跡を指さした。アニーにもよく見えない傷跡だった。「これがきみのだ」

かつて、アニーは彼に傷を負わせることで満足を覚えたが、いまそれを見ると吐き気さえ感じる。

「リーガンは暴れだした」彼は続けた。「リーガンはおれを脅しデボラを脅した。おれは怒りを爆発させた。おまえなんか大嫌いだといった。あいつはおれの目をにらみつけて、自殺してやると言い放った」彼の顎の筋肉がぴくりと引きつった。「おれは憤りのあまり、〝好きにしろ、どうでもいい〟と言い返した」

アニーの胸に憐憫の情が溢れた。

彼は望遠鏡のある窓へ行った。アニーの顔を見なくてすむように、いや、何も見なくてすむように。「嵐が近づいていた。家に戻る頃には、冷静さも戻り、浜辺に行ってさっきは言い過ぎたとリーガンに伝えなくてはと思った。罵詈雑言の一部は本心だったけど。だが、手遅れだった。リーガンは浜辺を走り、我が家の船着場に向かい、帆船に乗り込もうとしていた。おれは階段から戻ってこいと叫んだ。その声があいつの耳に届いたかどうかははっきりわからない。おれが行ったとき、あいつはすでに帆を揚げていた」

アニーの脳裏には自分がその場に居合わせたかのように鮮烈にその様子が描き出され、そのイメージを拭い去りたいという思いに駆られた。

「モーターボートは修理に出していて使えなかった」彼はいった。「だからおれは水に飛込んだ。なぜか追いつけると思ったんだ。浜辺の波は強烈だった。あいつはおれを見ると岸に戻れと叫んだ。おれは泳ぎつづけた。波はおれを呑み込んで、砕け散った。それでもおれはあいつの顔を垣間見ることができた。あいつは悔やみ、詫びるような表情を浮かべていた。そして帆を整え、嵐に向かって船を走らせた」彼は握りしめていたこぶしをほどいた。「あれが最後に見たあいつの姿だった」

アニーはこぶしを握りしめた。精神の病を抱えた人物を憎むのは間違っているが、リーガンは自分自身を滅ぼし、アニーを殺しかけただけでなく、テオを破滅させようとしたのだ。

「リーガンはしてやったりの気分だったんじゃない？　完璧な復讐だわ」

「わかってないな」テオは辛辣な笑い声を上げた。「リーガンはおれを罰するために自殺したんじゃない。おれを解放するために死を選んだんだよ」

アニーは椅子から立ち上がった。「なぜそう言い切れるの?」

「おれにはわかるんだ」彼はようやくアニーを見た。「ときどきおれたちは相手の心が読めた。あの瞬間もそうだった」

リーガンが羽根の折れたカモメを見て涙を流したことをアニーは思い出した。リーガンも普通に戻った瞬間には、自分のこんな部分を厭わしいと思っただろう。

アニーは憐憫の情を顔に出してはならないと意識しているが、彼が自分自身に対してしてきたことは間違っている。「リーガンの計画はうまくいかなかったのよ。あなたはいまでも彼女の死に対して自分に責任があると思い込んでいるんだもの」

彼は粗暴な感じで手を振り下ろし、アニーの同情を振り払った。「リーガン、ケンリー。ふたりの共通点を探せばおれに突き当たる」

「発見するのは心を病んだ女性ふたりと責任感の発達しすぎた男性ひとりよ。あなたにはリーガンを救うことはできなかったはず。遅かれ早かれ、彼女は自分自身を滅亡させる運命にあったんだから。それよりも大きなトラブルを抱えた問題人物はケンリーだったんじゃない? あなたは、ケンリーがリーガンとは正反対の女性だから惹かれたといったわよね? それはほんとうなの?」

「わかってないな。彼女は実際頭脳明晰な女性だったし、自立心もあるように思えたよ」

「それはわかるけど、彼女には深層心理として愛への渇望があるとあなたも気づくべきだったんじゃないの？」

「気づかなかったね、そんなこと」

テオは怒りの表情を浮かべていたが、アニーはなおも追及した。「こういうふうには考えられないかしら？　あなたはケンリーとの関係で、リーガンを死なせてしまったことの埋め合わせをしようとした。妹は救えなかったが、ケンリーは救えると？」

テオは口を歪めた。「インターネットで得た心理療法士の資格ってたしかに便利だよな」

アニーは登場人物の心の奥底を探ることで動機づけを考えることを目的とした演技のワークショップで、人間の心理に対する洞察力を高めてきた。「あなたは生まれつき面倒見がいい人なのよ、テオ。ひょっとすると執筆活動というのは、あなたの内面にある、他人の面倒を見なければ気が済まない性《さが》への反抗かもしれないと、考えたことはない？」

「いくらなんでも掘り下げすぎじゃないのか」彼は厳しい口調でいった。

「少しだけ考えてみて。もしリーガンのことがあなたのいったとおりだとすると、あなたが自分自身に罰を与えている姿を見て彼女がどんなに心苦しく思うことか」

彼の隠し切れない反感の表情を見るかぎり、それ以上彼を追い詰めることはできなかった。アニーはドアに向かった。「思い悩む前にいっておくけど……。あなたは素晴らしい人で、まずまずの恋人だけど、私があなたのことでみずからの命を絶つなんてありえない」

「それを聞いてほっとしたよ」

「ついでにいえば、あなたのためにたとえ一分でも眠りを邪魔されたくない」

「なんとなく侮辱された気もするけど……明言してくれてありがとう」

「これは気の確かな女性なら誰でも示す反応よ。将来の参考のために覚えておいて」

「わかったよ」

うわべだけの強がりとはうらはらに、アニーの胸は急に締めつけられた。彼の身の上を思い心が痛んだ。彼がこの島へ来たのは執筆のためではなかった。ふたりの女性の死に責任を感じる彼は罪滅ぼしのためにここへ来たのだ。ハープ館は彼の避難所ではなく、罪の償いを行う場所だった。


翌朝アニーは食器棚からシリアルを出しながら壁に掛けたカレンダーに目を向けた。到着から三十五日、残るは二十五日となった。テオはキッチンに入ってきて、本土に出向く用事ができたといった。「出版社の人間がポートランドから車で来るそうだ。カムデンで落ち合い、仕事上の打ち合わせをすることになった。明日の夜、エド・コンプトンが船で島まで乗せてくれることになっている」

アニーはボウルをつかんだ。「よかったじゃないの。街灯があって、道路は舗装されているし、スターバックスもある――まあ私にはスターバックスは贅沢すぎるけどね」

「きみのために本土に行くんだよ」彼はこれからいおうとすることに反対されるのを予測しているかのように片手を上げた。「きみが銃を持っていて、危険な状況に置かれていることは充分承知しているけど、おれの留守のあいだはハープ館に泊まってほしい。これは命令じゃなく、礼儀にかなった要望だ」

テオはかつてリーガン、ケンリーの面倒を見ようとし、今度はアニーのことを気に掛けてくれている。「あなたってすごく女らしいわね」彼女はいった。

彼は身を反らしじろじろと彼女を見つめた。彼は全身で男らしさを否定されたことに反論していた。

「褒め言葉なのよ」アニーはいった。「ある種のね。あなたのきめ細やかな心配りを称えているの。でも……番犬のような行動はありがたいけど、私はあなたが引き寄せてしまいがちな愛に飢えた女性じゃないの」

テオは思い切り悪ぶった嘲笑をまじえていった。「きみのぶっ飛んだ発想ときたら……でもだんだん好きになってきた」

アニーはその場で彼の衣服を剝ぎ取りたくなった。しかし、実際には鼻で笑っていった。

「私はハープ館に泊まるわよ、おねえちゃま。あなたを心配させないために」

アニーのからかいは効果抜群だった。彼はキッチンの床でアニーを抱いた。そしてそれは爽快な気分をもたらした。

アニーもハープ館に泊まることには気が進まなかったが、テオの気持ちをやわらげるために同意した。ハープ館に向かう途中で、妖精の家に寄り、詳しく観察してみた。彼は玄関口の上に棒切れを使って片持ち梁のバルコニーを作っていた。さらに、それらの両側には妖精たちが深夜に浮かれ騒ぎをしたあかしとして、ひっくり返った貝殻や散らばった石を置いていた。アニーは振り向いて太陽を見た。厳寒の冬を経験して、太陽が輝くことを当たり前のこととは思えなくなっていた。

キッチンに足を踏み入れると、バナナパンを焼いたばかりの匂いが彼女を出迎えてくれた。料理よりパンや菓子類を焼くのが得意なジェイシーはアニーから夫の死について質問されて以来、こうしたちょっとしたおやつを作ってくれるようになった。真相を打ち明けなかったことに対する、彼女なりの償いなのだ。

パンの横に、リヴィアの工作で残った切り抜き細工用紙があった。アニーはこのところ日に何時間もかけてインターネットで深刻な子どものトラウマについての記事を調べている。なかでも人形劇を使ったセラピーを扱った記事を見つけたときは、特別興味をかき立てられた。しかしそれは訓練を受けたセラピストによる特殊な分野であり、記事を読んだことでアニーはいかに自分が何も知らないか思い知ることになった。

ジェイシーがキッチンに入ってきた。松葉杖を使いはじめてからかなり時間が経つのに、いまだ歩行がおぼつかないままだ。「テオからメールが来たわ」彼女はいった。「本土に向かっている途中なんですって」普段とは違った強い口調になっていた。「あなたも寂しくなりそうね」

アニーはジェイシーが率直に話してくれないことに対して批判的な気持ちを抱えているが、考えてみれば自分も話す内容を控えている。しかし自分がテオと肉体関係にあるとは、とても打ち明けられない。ジェイシーが命の恩人であるという事実は何をもってしても変えることができないのだ。リーガンに押されて沼に落ちた日のことが脳裏に蘇る。ジェイシーも一緒だったのだが、のろのろ歩いていた彼女はだいぶ後ろのほうにいたため、実際アニーが突き落とされた瞬間を目にすることはできなかったはずだ。

午後になり、時間が過ぎていくごとにアニーの気持ちは沈んだ。このところ、一日の終わりをテオとともに過ごすことが楽しみになってきていた。素晴らしい性愛だけでなく、ただ彼と一緒にいることが好きになったのだ。

寂しさに慣れておきなさいよ。ディリーがいつものように単刀直入な言葉でいった。あなたの浅はかな恋愛関係はもうすぐ終わるんだから。

性的関係よ。アニーは間違いを指摘した。そんなことといわれなくても、ちゃんと承知しているわよ。

さあ、どうかしら。ディリーがいった。好むと好まざるとにかかわらず、彼がいないだけでこれほど胸が痛むことが、ひとつの警鐘であるのは間違いない。アニーはこれから迎える夕刻の時間を楽しもうと決意した。人形劇を使ったセラピーの記事は面白く、さらに検索を続けた。最後は自分で持ってきた昔のペイパーバックのゴシック小説に落ち着いた。ハープ館で読むのに昔の愛読本ほど最適なものはほかにないだろう。

しかし夜中の十二時をまわるころになると、皮肉屋の公爵と純真無垢な淑女の組み合わせの物語は魔力を失い、しかも眠りに落ちることもできなかった。夕食が少なかったせいで空腹でもあり、キッチンにバナナのパンが残っていることを思い出した。アニーはそっとベッドから出て、スニーカーを履いた。

階上の廊下の明かりが壁に長い影を投げかけ、ロビーに下りる際も階段がきしんだ。玄関ドアの上にある窓から満月の放つ銀色の光が差し込んでいた。あたりを照らすほどは明るくなく、闇を際立たせるのには充分な光だった。屋敷がこれほど不気味に思えたことはかつてなかった。アニーは角を曲がって……ぎくりと立ち止まった。

ジェイシーが自室に引き上げるところだったが、松葉杖がまったく見当たらないのだった。アニーは氷のようなパニックに襲われ、身動きもできなかった。ジェイシーは背筋をまっすぐにしたまま歩いていた。足に故障があるようにはまるで見えなかった。それは完璧な歩行だった。

アニーの脳裏に銃弾が頭の真横を通り過ぎたときの音が蘇り、耳のなかで響いた。天井からぶら下がったクランペット、壁に書かれた血のように赤い警告。ジェイシーはアニーをこの島から追い出したいという動機がある。こんな明白なことを自分は見落としていたのだろうか？　コテージを荒らしたのも、銃撃したのもジェイシーではなかったのか？

ジェイシーは自室に着く直前に足を止めた。彼女は上を見てかすかに首を傾けた。何か階の上の物音に聞き耳を立てているような感じだった。階上にいる唯一の人物といえばアニーだけだ……。

また動きはじめた。自室に入るのではなく、いましがた来た廊下を戻りはじめた。アニーは暗いキッチンに逃げ込み、戸の内側の壁に背中をつけるようにして身を潜めた。体の麻痺状態はゆるみつつあった。アニーはジェイシーをつかまえ、体を揺すぶって真相を聞き出したかった。

ジェイシーがキッチンの前を通り過ぎた。

アニーがそっと廊下に出てみるとちょうどジェイシーがロビーに向かって歩行の向きを変えるところだった。充分な距離を開けながら、アニーはあとを尾《つ》けた。途中、床に置きっぱなしになっているリヴィアのマイ・リトル・ポニーのフィギュアにつまずきそうになった。角まで来てあたりを見まわす。ジェイシーは階段の下で足を止めていた。アニーが見つめるなか、ジェイシーはゆっくりと階段を上りはじめた。

アニーのなかで怒りと裏切られた悔しさが燃え上がった。後頭部を壁に押しつけた。こんなことは信じたくなかった。目の前に突きつけられた事実を直視したくなかった。何もかもジェイシーのしたことだった。アニーの怒りはさらに熱く燃えあがった。断じてこんなことを見過ごすわけにはいかなかった。

壁から離れようとしたそのとき、スキャンプの嘲るような声が聞こえた。いまここで追いかけるの？　浅はかな物語のヒロインみたいに？　真夜中で、この屋敷には兵器庫もあって、おそらくジェイシーは銃を持っているのよ。すでに夫を殺してもいるし。あなたは小説から何も学んでないの？

アニーは歯を食いしばった。この直接対決は夜明けを待って、冷静さを取り戻した状態で行うべきであることははっきりしていた。そして自分自身も銃を所持していなければならない。アニーは自分自身を押し出すようにしてキッチンへ向かい、フックにかかったコートをつかんで屋敷から逃げ出した。

厩舎のなかから静かないななきが聞こえた。トウヒの木がギシギシと音をたて、夜活動する動物が雑木林を駆け抜けた。月は明るかったが、崖を下りるのは危険だった。アニーはゆるんだ石の上で滑った。フクロウが警告するような鳴き声を上げた。ずっと、アニーを狙う犯人の目的は母の遺産だと考えてきたが、それはまったくの見当違いだった。ジェイシーはテオを失わないようにアニーを遠ざけようとしていたのだ。まるでリーガンの怨念がジェイシーに乗り移ったかのように思える。

沼地にたどり着くころには、震えのためにアニーの歯はガチガチ鳴っていた。振り返って屋敷を見てみた。小塔の窓から灯りが煌々《こうこう》とともっているのが見えた。ジェイシーが上から見下ろしているかと想像するとぞっとしたが、やがて自分が部屋を出るとき灯りを点けたままだったことを思い出した。

ハープ館の大きな影と輝く窓をじっと見ていると、一瞬可笑しさがこみ上げた。景色は昔のゴシック怪奇小説のペイパーバックの表紙そっくりだが、違うのは、呪われた館から逃げ出すヒロインの衣服はふわふわして透き通ったドレスだが、アニーが着ているのはサンタの模様のパジャマだということだ。

暗いコテージに近づくと背筋に悪寒が走った。ジェイシーはいまごろ、私が逃げ出したことを知っただろうか？　ふたたび憤りが湧き上がってきた。明日テオが帰る前にジェイシーと話しあおう。彼がこのことを知れば代わって対処しようとするだろうから。これはひとりで戦って解決すべき問題なのだ。

だがそうとも言い切れない。リヴィアのことが思い浮かんだ。あの子はどうなってしまうのだろう？　ジェイシーが歩いている姿を見た瞬間からずっと我慢してきた吐き気にまた襲われた。ポケットに手を入れドアの鍵を探し、錠前に差し込んだ。ドアは開く際、気味の悪いきしみの音をたてた。室内に入ると灯りのスイッチを手で探した。

だが何も反応はなかった。

ブッカーから発電機のつけ方は教わっているが、暗闇でその作業をするとは夢にも思わなかった。ドアのそばに置いている懐中電灯を手にしてふたたび外に出た。そのとき、小さなほとんど聞き取れないほどの音が耳に入り、つと足を止めた。

何かがドアの向こうで動く気配を感じる。

アニーはスニーカーを履いた足先が縮まる思いがした。そして息を止めた。銃は部屋に置いてある。手元にあるものは懐中電灯だけ。腕を挙げ光線を部屋の奥に当てた。

ハンニバルの黄色い目が見つめ返した。ぬいぐるみのネズミのおもちゃを両前足ではさんでいる。

「なんてばかな子なの！　死ぬほど怖かったんだから！」

ハンニバルは鼻先を上げてにおいを嗅ぎ、ネズミを床に投げつけた。

アニーは猫をにらみつけながら、胸の鼓動が鎮まるまで待った。動けるほどに落ち着きを取り戻せたとある程度確信が持てるようになってから、夜の闇に向けてふたたび足を踏み出した。自分はもともと島で生活するように生まれついてはいないのだ。

でも、そのわりにはかなりよくやってるよ。レオがいった。

わざとらしいおべっか使いはやめてくれる？　気持ち悪いから。アニーはいった。

人形を叱ってどうするのよ。ディリーが指摘した。

本来の性格と違う態度を見せはじめた人形だ。

発電機のほうに向かい、ブッカーから聞いたことを思い出そうとした。操作を一つずつ進めていると、メインロードのほうからかすかにエンジン音が近づく音が聞こえた。こんな時間に誰がやってくるのか? 誰か緊急の医療措置を必要としている人がテオを探しにきたのかもしれない。ただ、テオが島を離れていることは島民なら誰でも知っているはず。そしてアニーが今日はひとりだということも……。

アニーは発電機をあきらめ、ナイトスタンドにしまってある銃を取りにいくため急いで室内に戻った。誰かを撃つことに自信はなかったが、不可能だともいえなかった。

暗いリビングルームに戻ると、銃を手に持った。玄関の窓の脇に身をひそめ、車のタイヤがまばらな砂利を踏みしめる音に耳をすませた。車のヘッドライトが沼地を照らし出している。訪問者が誰であったにせよ、静かに近づくつもりはないようだ。もしかするとテオが本土からの真夜中の便に間に合ったのかもしれない。

銃をしっかりと握りしめ、アニーは窓の縁から外を覗いた。一台のピックアップ・トラックが停まっていた。見覚えのあるトラックだ。

玄関のドアを開けるころには、バーバラ・ローズがエンジンを切らないまま、車から出ようとしていた。開け放った運転席のドアから漏れる光を通して、バーバラのコートの下から淡いピンクのナイトガウンの裾が見えた。

バーバラが走り寄ってきた。表情は見えなかったが、緊急性を感じた。「どうかしました？」

「アニー……」バーバラは口に手を推しつけた。「テオのことなの……」

アニーは胸の栓が開き全身の血が流れ出るように感じた。

バーバラがアニーの腕をつかんだ。「彼が事故に遭ったの」

バーバラの支えだけでアニーはやっと立っていられた。

「彼は手術を受けている最中なの」バーバラがいった。

彼は死んでいない。まだ生きているのだ。

「なぜ――あなたは知っているの？」

「病院の人が電話をくれたの。電波がとても悪くてね。病院が最初あなたに連絡を取ろうとしたかどうかはわからない。メッセージの半分しか聞き取れなかった」バーバラは長距離を走ってきたばかりであるかのように、息を切らしていた。

「でも……彼が生きていることはわかった？」

「ええ、それだけは聞き取れたの。でも深刻な怪我よ」

「ああ神さま……」言葉は喉元から出てきた。それは祈りだった。

「ナオミに電話したの」バーバラは涙をこらえていた。「あなたをレディスリッパ号に乗せてくれるそうよ」

バーバラは彼のところに行きたいかと尋ねもしなかった。アニーは躊躇しなかった。決断するまでもなかった。アニーはすぐに着られる衣類をつかみ、数分もしないうちにバーバラの車は猛スピードで町に向かった。アニーはコテージをなくしても生きていられる。だがテオのいないこの世は耐え難かった。彼は男として模範のような存在だ。素晴らしい精神とすぐれた人格を持ち、良心を備えた人間である。信頼に値し、頭がよく、思いやりのある人でもある。思いやりがありすぎて、他人の悪魔まで背負い込んでしまうほどだ。

それもアニーが彼を愛する理由のひとつだ。

私は彼を愛している。実際そのとおりなのだ。あんな誓いを立てたが、思いどおりにはならなかった。私はテオ・ハープを愛している。彼の肉体や顔だけではない。セックスや親密な関係だけではない。絶対に彼の財産でもない。ありのままの彼のすべてを愛している。苦悩に満ちた優しい魂を愛しているのだ。彼が生きていたら、自分は彼のそばにいよう。仮に彼の肉体に傷が残ろうと、麻痺があろうと、脳が機能しなくなろうと、彼のそばにいるのだ。

彼の命を奪わないでください。どうか神さま、彼をお守りください。

波止場に着くと、灯りが点いていた。アニーはナオミに走り寄った。ナオミはレディスリッパ号まで行くためのモーターボートのそばに立っていた。バーバラと同じようないかめしい表情を浮かべている。とんでもなく恐ろしい考えがアニーの脳裏をよぎった。ふたりはテオが死に瀕していることを知っているのに、どちらもその事実を伝えたくないのでは？

アニーはモーターボートに飛び乗った。間もなく船は全速で港を出た。アニーは遠ざかる海岸線に背を向けた。

20

「夫が手術を受けているんです」そう口にするとアニーは違和感を覚えたが、家族だと名乗らないと、医師から話を聞くことができないだろうと思ったのだ。「テオ・ハープです」机の後ろに座っている女性はパソコンに注意を向けた。アニーはナオミが本土に置いているホンダ・シヴィックのキーを握りしめた。アニーが島で乗っているポンコツ車よりずっとましな車だ。「苗字はどんなスペルですか？」

「H‐A‐R‐P。楽器と同じつづりです」

「ここにその名前の方はいらしていません」

「いるはずです！」アニーは叫んだ。「彼は重大な事故に遭ったんです。病院から電話がありました。いま手術中のはずです」

「もう一度確認させてください」女性は電話を手に取り、座ったまま椅子をまわして背を向けた。

アニーは待った。懸念がどんどんふくらんでいく。もしかしてパソコンに記録がないということは、彼がすでに――。

女性は電話を置いた。「ここにはその方の記録がありません。ここにはいらっしゃいません」

アニーは女性に向かって叫びたかった。いったいどうなっているのか教えてほしいと。だがアニーは仕方なく自分の携帯電話をぎこちなく手探りした。「警察に電話します」

「それはいい思いつきですね」女性は優しい口調でいった。

だが地元の警察も、州警察もテオが巻き込まれたという事故の記録はないと答えた。安堵のあまり、アニーは涙ぐんだ。ゆっくりとだが安堵感が薄れ、事情が読めてきた。

事故はなかったのだ。彼は怪我もしていないし、死にかけてもいない。きっとどこかのホテルで眠っているのだろう。

アニーは彼に電話をかけてみたが、留守番電話しか応答しない。それは彼が夜間、電話を切る習慣があるからだ。電波の届かないコテージにいてさえ夜は電源をオフにしている。バーバラに連絡してきた人物が誰であれ、アニーを島から出すという明確な意図があったということだ。

ジェイシー。

バーバラの話によれば、電話は聞き取りにくかったという。当然そうだろう。しかし電波のせいではない。ジェイシーはバーバラに声の主を特定させたくなかったのだ。三月末より前にアニーを島から追い出し、テオを自分だけのものにしたかったのだ。

アニーが波止場まで車を走らせるあいだに空は明るくなっていた。波止場ではナオミが待っていた。道路を走行する車はなく、店舗にはシャッターがおりており、交通信号は黄色が点滅している。事情を説明して過失の軽減を申し立てれば、戦うことは可能だ。だが、シンシアはコテージを欲しがっている。エリオットは頭の固いビジネスマンで、合意書は厳格なものだ。やり直しは一切なし。コテージはハープ家の所有に戻り、テオの継母がそれをどう変えようと、彼を悩ませることになるだろう。アニーの問題は、都市に戻り、住む場所を見つけることだ。困窮した女性を救助することをモットーにしているテオはハープ館の一室を使うよう申し出てくれるだろうが、それは断ろうと思う。どんな困難な状況にあっても、よくいる救いを求める女のひとりと見られたくないからだ。

病院に直接電話して確認を取っていたらと悔やまれるが、気が動転してそんなことも思いつかなかったのだ。いま望むことはジェイシーが及ぼした害に対してそれ相応の罰を与えることだけだ。

波止場に戻ってみると、ナオミはレディスリッパ号の船尾に座り、マグに入ったコーヒーを飲んでいた。短い髪の毛は片側に張り付き、アニーと同じように疲れ切った様子をしている。アニーはかいつまんで状況を説明した。アニーはこれまでバーバラを含め誰にもコテージの所有権をめぐる条件のことを話したことがない。だがそれは近いうちに共通認識となるだろう。だからもはや秘密にしておく必要がないのだ。電話をかけてきたのがジェイシーだということは伏せておいた。なぜならこの情報を漏らす前に直接ジェイシーに話をしたかったからだ。

レディスリッパ号が夜明けの港に近づくころ、漁船がけたたましくモーター音を響かせながら次々とその日の漁に出ていった。波止場ではバーバラとピックアップ・トラックが待っていた。そこからあまり離れていないところにテオのレンジローバーが停めてあった。ナオミが船からバーバラに電話をかけたので、アニーに近づくバーバラの太った体全体から罪悪感がにじみ出ていた。「アニー、ごめんなさい。私がもっと質問すべきだったわ」「あなたのせいじゃないわ」アニーは疲れ切った声で答えた。「私がもっと疑うべきだったのよ」

コテージへ戻る道すがら、繰り返し何度もバーバラが謝るので、アニーはいっそう気分が悪くなった。車から降りると、アニーはほっとした。ほとんど眠っていないけれど、ジェイシーと対峙するまでは休んではいられないと覚悟していた。破壊行為、殺人未遂、そして今回の件だ。警察沙汰は避けたいというためらいは消えた。ジェイシーの目を見て、あなたが何をしたか私は知っているのだと話すのだ。

アニーはコーヒーを淹れて、トーストを数口食べた。銃は昨日真夜中に置いた場所にそのままあった。これを使うことは想像もつかないものの、昨夜ジェイシーが階段を上りアニーの部屋に向かったことを知ったあとなのに呑気に構えてはいられない。銃をコートのポケットに入れ、アニーはコテージを出た。春の兆しなどみじんも感じられない冷たい風が吹いていた。沼地を通り抜けながら、アニーは島の反対側にあるテオの農家を思い浮かべた。風の当たらない青々とした野原。遠くに見える海。すべてを抱きしめてくれるようなその家の安らぎ。

キッチンには誰もいなかった。アニーはコートを着たまま家政婦用の部屋に向かった。これまでずっとアニーは命の恩人であるジェイシーに借りを返そうと努めてきた。その借りはジェイシーがコテージに押し入ったときにすべて帳消しになっていたことを知らずにいたのだ。

家政婦部屋のドアは閉まっていた。アニーはノックもせずドアを押し開けた。ジェイシーは窓辺に置かれた古い揺り椅子に座り、リヴィアは母親の膝に乗って胸に寄りかかっていた。ジェイシーの頬は子どもの頭の上に当てられ、アニーが突然入ってきたことを責めるつもりはなさそうだった。「リヴィアがドアで親指を怪我したの」ジェイシーはいった。「だから少しだっこしてあげたの。ちょっとは気分がよくなった、リヴ？」

アニーの胸はよじれるように痛んだ。ジェイシーが何をしたにせよ、アニーはリヴィアを愛している。そしてリヴィアは母親を愛している。もしアニーがジェイシーを警察に突き出したりすれば……。

リヴィアは親指のことなど忘れ、アニーの後ろにスキャンプが隠れていないかと顔を上げて見た。ジェイシーはリヴィアの髪の毛を指に巻いた。「この子が傷つくことが耐えられないの」

リヴィアが同じ部屋にいると、コートのポケットに入れた銃が用意周到なものでなく、卑劣なものに思えてくる。「リヴィア」アニーはいった。「ママと私は大人のお話をしなければならないの。私に絵を描いてくれる？　海の絵とか？」

リヴィアは頷き、ジェイシーの膝から滑り降り、クレヨンが置かれた小さなテーブルに向かった。ジェイシーは懸念で眉をひそめた。「何かあったの？」

「キッチンで話しましょう」ジェイシーが松葉杖に手を伸ばすと、アニーは顔をそむけた。

均一でないジェイシーの足音を聞きながら、アニーは廊下を進んだ。思えば昔から男たちは決闘場やボクシング・リングあるいは戦場といった公共の場で勝敗を決してきた。それに比べて女たちの口論は私的な場であるこんなキッチンで戦わせられるのだ。

アニーはジェイシーが真後ろに来るまで待ち、振り向いて顔を合わせた。「これはもらうわよ」アニーが突然松葉杖を取り上げたので、もしジェイシーに体を支えられる健康な足がなかったら、倒れてしまっただろう。

ジェイシーは危険を感じた様子で思わず息をもらした。「いったい何をしているの？」だいぶ経ってやっとジェイシーは壁によりかかって体重を支えることを思い出した。「それを返してちょうだい」

「昨日の夜は必要なかったじゃないの」アニーは事もなげにいった。

ジェイシーはショックを受けた様子だった。良い兆候だ。ジェイシーが心のバランスを崩すのが狙いなのだから。アニーは松葉杖を床に落とし、足で蹴った。「あなたは私を騙していたのね」

ジェイシーの顔が青くなった。アニーはようやくジェイシーがベールの後ろに隠していた真の素顔が見えたように感じた。「た——ただあなたに知られたくなかったの」ジェイシーはいった。

「当然そうでしょうね」

ジェイシーは壁から離れ、よく見ていないと見逃すほど、かすかに片足を引きずりながら歩いた。ジェイシーはテーブルの端に置かれた椅子の背をこぶしが白くなるほど強く握りしめた。「あなたが昨日の夜姿を消したのはそのためだったのね」彼女はいった。

「あなたが階段を上るのを見たの。何をするつもりだった？」

ジェイシーは椅子の背をつかむ手にいっそう力を込めた。まだ支えが必要だというように。

「い——いいたくない」

アニーの苦しみが一気にこみ上げた。「あなたは私を欺いた。それも最悪のやり方で」

ジェイシーは惨めな暗い表情を浮かべた。そして椅子に座り込んだ。「私は必死だったの。言い訳じゃない。そんなこと通用しないのはわかってる。ずっとあなたに告げようと思ってはいたの。足は良くなっていると。でも――わかってほしいの。私は寂しかった」

テオが死んでしまうかもしれないというパニックの生々しい感情の名残がアニーの心の何かを変えた。「テオがあなたを伴侶に選ばなかったことは残念だと思うわ」

ジェイシーはその言葉に反発することなく、あきらめ顔でそれを認めた。「そんなことはありえないのよ。あなたより顔立ちがいいから、それでどうにかなると信じていた時期もあったけど」ジェイシーの言葉にはうぬぼれの響きはなく、ただ事実を述べただけだった。「でも私はあなたみたいに面白い人間じゃない。教育もろくに受けていない。あなたはいつだって彼に対して自分らしく発言できる。私はそれができないの。あなたは彼に向かって反論できる。私には無理なの。すべてよくわかっているのよ」

アニーはジェイシーがここまで正直に話してくれるとは予想していなかったが、そのことで裏切られた気持ちが和らぐことはなかった。「ゆうべ、あなたは何をするために私の部屋に向かったの？」

ジェイシーはうなだれた。「それをいうと、もっと意気地のない人間に見られてしまう」

「そんな言葉を使うつもりはないわ」

ジェイシーは両手をじっと見下ろした。「この家で夜ひとりぼっちになるのがいやなの。

テオが小塔にいるとわかっているときは安心できた。でもいまは……全部の部屋を見まわり、その上なお自分の部屋にロックをかけなきゃ気が済まない。嘘をついて悪かったけど、もし真実を話していたら——足が治り、松葉杖がなくても歩けるからもう手伝いは必要ないと告げれば、あなたはここまで登ってこなくなってしまう。あなたの都会の友人たちと違って、私はただの田舎者だもの」

今度はアニーが動揺した。ジェイシーが話したことは事実で、すべてが繋がる。しかしまだ話していないことはどうなのだろう？　アニーは腕組みをした。「私は昨夜島を離れたの。でもきっとあなたはそのことをすでに知っているはずよね」

「島を離れた？」ジェイシーはこれが初耳であるかのごとく驚きの表情を見せた。「でもあなたは島を離れられないいんじゃなかった？　誰かに会ったの？　なぜ島を離れたりしたの？」

一筋の疑念が怒りのなかに混ざりはじめた。だがそれをいえば、自分は嘘をつきなれた人物にころりと騙されてきたではないか。「あなたのかけた電話のせいよ」

「電話って何？　アニー、いったいなんのことよ？」

アニーは自分の判断に固執した。「テオが入院したという内容を伝える電話をバーバラにかけたでしょ」

ジェイシーは椅子から勢いよく立ち上がった。「病院ですって？　テオは無事なの？　何が起きたの？」

騙されちゃだめよ。ディリーが諭した。真に受けないで。

でも……。スキャンプがなかに入った。ジェイシーは嘘をついていないと思う。

一連の事件を仕組んだ人物はジェイシーに違いないのだ。彼女は嘘をついている。彼女には動機があり、アニーの動向をすべて知っている。

「アニー、話してよ！」ジェイシーはなおもいった。

ジェイシーの態度があまりに強硬で、いつもと違って切実なので、アニーはよりいっそう気が転倒した。ここは少し時間稼ぎをしなくてはならないと思った。「バーバラ・ローズに一本の電話がかかってきたの。かけてきたのはおそらく病院の人らしく……」アニーは自分が夜中に本土に向かったこと、それによって判明した——判明しなかった事柄を語って聞かせた。アニーは今回の出来事について淡々と事実だけを詳しく伝えながら、ジェイシーの反応を観察していた。

聞き終えるとジェイシーの目には涙が溢れていた。「あなたは私がそんな電話をかけたと思っているのね？　あんなに私に尽くしてくれたあなたに、こんなことを私がすると思う？」

アニーは心を鬼にした。「あなたはテオに恋をしているわ」

「テオは妄想なの！　彼を空想の世界で思い描くことで、ネッドとの忌まわしい出来事を思い出さずにいられるの。現実味のないただの夢よ」ジェイシーの頬を涙がつたって落ちた。「私は盲目じゃない。あなたたちが愛し合っていることを私が知らないとでも思うの？　辛いかと訊かれれば、そうだと答えるわ。あなたをねたむことがあるか？　しょっちゅうだと認める。あなたはなんでも上手いし、有能よ。でもあなたにもだめな部分がある。あなたは人を判断することが下手ね」ジェイシーは背を向け、キッチンから出ていった。

アニーはがっくりと椅子に座り込んだ。吐き気がしていた。どうしてこんなひどいことになってしまったのだろう。いや、まだわからない。ジェイシーはまだ嘘をついているかもしれないのだ。

でも、そうではない。アニーにはそれがわかった。

アニーはハープ館に留まるわけにいかないので、コテージに戻った。ハンニバルが戸口で出迎え、寝室まで着いてきた。アニーは銃をしまい込んだ。アニーは猫を抱き上げカウチに運んだ。「あなたとのお別れは辛いわ」

睡眠不足で目がかゆく、胃もむかむかしていた。猫を撫でて心を慰めながら、あたりを見まわした。島を去るとき持ち出すべきものなどほとんどなかった。家具はテオのもので、自分のキッチンもない身には鍋やフライパンも必要ない。母のスカーフや赤いマントは欲しいが、ほかの衣類は島に置いていこうと思っている。テオとの思い出は……何か方法を見つけてこれもまたここに残していこう。

アニーはこみあげそうになる悲しみをこらえるためにまばたきをした。もう一度猫の顎の下を撫で、下におろして、本棚のほうへ行った。中身はまばらで、残っているのはぼろぼろになったペーパーバックの本だの自分が昔作った夢の本ぐらいだった。打ちのめされたような気持ちになった。心がからっぽだった。スクラップブックを持ち上げると、取っておいた演劇のプログラムが滑り落ち、しゃれたヘアスタイルのモデルの写真が一緒に出てきた。十代の幼い妄想のなかで自分でも試してみられると思い込んだヘアスタイルだ。

猫が足首のまわりに体をすり寄せた。ページをめくると、空想のなかでスターになった自分の主演作についての批評記事をみずから書いていた。よくある若さゆえの楽観がそこにはあった。

彼女は滑り落ちたほかのものを拾い上げるためにしゃがみ込んだ。そのなかには自分が獲得したあらゆる修了証明証を入れた茶封筒があった。いっぽうの中身は分厚い画用紙だった。取り出してよく見ると、それはこれまで目にしたことのない、ペンで描いたスケッチだった。二番目の封筒を開くと対《つい》のスケッチが現れた。それらを前面の窓辺に持っていった。それぞれの絵には右側の下の端にサインがしてある。アニーは目をしばたたいた。N・ガー。

胸が高鳴った。サインをより詳しく見て、スケッチを眺め、ふたたびサインを見た。間違いない。これらのスケッチにはニーヴン・ガーのサインが入っている。

アニーは必死に彼について知りえたことを思い出そうとした。彼はポスト・モダンの画家として脚光を浴びた。その後死の数年前からあえて写真をもとにした細密画に転向した。マリアは生前彼の作品を酷評しており、このコテージに三冊もの彼の作品集が残されていた事実と矛盾するのだ。

スケッチを最も光の当たるテーブルの上に置いた。これらのスケッチこそマリアが言い残した遺産に違いない。なんとすごい遺産だろう!

アニーは背が紡錘形の軸でできた椅子に座った。マリアはどうやってこれらの作品を手に入れたのか? そしてなぜそのことを秘密にしていたのだろう? 母はガーと知り合いだと話したこともなく、まだマリアが社交界の花形だったころでさえ、ガーとは接点がなかった。スケッチをより詳しく調べはじめる。二枚の絵の日付には二日間の違いがあった。両方のスケッチには写実的な裸体の女性が描かれているが、大胆なインクの線やくっきりとした明暗を使ったシャープな描写にもかかわらず、画家を見つめる表情にこもる深い優しさが絵に夢のような雰囲気をもたらしている。この女性は彼にすべてを捧げようとしているように見える。

アニーはこの女性の気持ちが我がことのように理解できた。こうした恋愛感情がどんなものか、アニーも知っている。モデルは長い肢体の持ち主で、美人ではないが目鼻立ちがきりっとしていて、力強い骨格がめだつ顔と長いストレートな髪が特徴だ。それは昔のマリアの写真を思い起こさせた。ふたりとも同じ——。

アニーは手を口に当てた。これはマリアだ。なぜすぐにわからなかったのか？

それはアニーがこうした母親の姿を見たことがなかったからだ。柔らかな雰囲気や若くか弱い印象に、鋭い厳しさの要素は一切見られない。

ハンニバルが膝の上に飛び乗った。アニーは涙を浮かべ、静かに座っていた。当時の母を知ることさえできていれば。もしも……アニーはふたたびスケッチの日付——年号と月に見入った。そして計算した。これらの作品はアニーの誕生の七カ月前に描かれた。

〝あなたの父親は既婚者だったの。ただの浮気。それだけのこと。彼のことなんて全然好きじゃなかった〟

嘘だ。これらはモデルのイメージを捉えようとする男性に深い恋愛感情を抱く女性の絵だ。この男性は日付からみてアニーの父親に違いない。

ニーヴン・ガー。

アニーはハンニバルの被毛に指を入れた。かつて見たガーの写真を思い出した。彼はもじゃもじゃのカールした髪がトレードマークだった。マリアとはまったく違う、アニーにそっくりの髪だ。アニーを身ごもったのは母の言葉とはうらはらに、浮気の結果ではない。それにニーヴン・ガーは当時結婚していなかった。彼の一度きりの結婚はそれからずいぶん後の、昔から交際していた男性のパートナーとの結婚だけである。

これですべてがはっきりした。マリアはニーヴン・ガーを愛していたのだ。優しさのこもる描き方からみても彼も同じ感情を抱いていたことが窺える。しかしその愛情は不十分なものだった。結局彼は自分の真の本質を受け入れ、マリアのもとを去ったのだ。

彼は自分に娘がいることを知っていただろうかと思った。マリアのプライド——もしかすると悔しさもあったかもしれない——それらのせいで彼に妊娠の事実を告げなかったのだろうか？　マリアはアニーが子どものころ絵を描かせることに否定的で、アニーのカールした髪の毛や幼さから来る人見知りに批判的だった。その特徴はきっとガーのことを思い起こさせたのだろう。彼の作品に対するマリアのとげとげしさは彼の腕前とは関係なく、自分を充分に愛してくれない男を愛してしまった悔しさから来るものだったのだろう。

ハンニバルが身をよじってアニーの手から抜け出た。この恋する女性の美しい絵はアニーの抱える問題をすべて解決してくれるだろう。借金を返してもまだ何倍もの金が残るはずだ。充分な資金と時間を使い、人生の次の章へ踏み出す準備をすればいい。この二枚の絵ですべてにけりがつく。

でも、この絵は手放したくない。

マリアの表情から輝きとともに放たれる愛情と、守るように腹部に当てた手。そのすべてに優しさが溢れている。これらのスケッチは真の意味でアニーへの遺産といえる。二枚の絵はアニーが愛の結晶であることの明確な証拠だ。もしかすると母マリアはそれをアニーに見せたかったのかもしれない。

この二十四時間でアニーは多くのものを失った。だが相続財産を見つけた。コテージはもはや自分のものではなく、経済的状況はあいかわらず差し迫っており、住む場所も探さなくてはならないが、自分のアイデンティティの失っていた部分を発見できた。そしてひとりの友人を裏切ってしまった。ジェイシーの傷ついた表情は忘れられない。戻って彼女に詫びなければならない。

ばかはよせ。ピーターがいった。それは愚かな行為だ。

アニーはピーターを追い払い、体は睡眠を欲していたが、今日になって二度目の崖登りを始めた。登りながら、マリアとニーヴン・ガーの娘であるということは何を意味するのか考えた。だが結局、いかに生きるべきかは自分自身で決めなくてはならない。

ジェイシーは窓のそばに座り、側庭を見つめていた。ドアは開いていた。だがアニーはドア枠をたたいた。「入ってもいい？」

ジェイシーは肩をすくめた。アニーはそれを許可と取った。両手をポケットにつっ込んだ。

「ジェイ、ごめんなさい。心からお詫びするわ。私がいったことはいまさら取り消せないけど、許してほしいの。私に起きた出来事が誰のたくらみによるのかいまでもわからない。でも——」

「私たちは友だち同士だと思っていたのよ！」ジェイシーは傷ついた心をあらわにした。

「友だちよ」

ジェイシーは椅子からぐいと立ち上がり、アニーの前を通り過ぎた。「リヴィアの様子を見に行かなきゃ」

アニーはジェイシーを止めようとしなかった。アニーがふたりの関係に与えた傷は深く、容易に癒《い》えないものだろう。アニーはキッチンに戻り、ジェイシーが話をしてくれるようになるまで待つつもりだった。ほとんど同時にジェイシーが現れたが、アニーの前を素早く通り過ぎた。アニーのほうを一度も見ないで、ジェイシーは裏のドアを開けた。「リヴィア！リヴィア！　どこにいるの？」

アニーはリヴィアのあとを追うことにとても慣れているので、自分もドアに向かった。だがジェイシーはすでに外に出ていた。「リヴィア・クリスティン！　いますぐここに戻りなさい！」

アニーはジェイシーを追った。「私は玄関方面にまわってみるわ」

「ほっといて」ジェイシーがぴしゃりと言い返した。「自分で捜すわ」

アニーはそんな言葉は無視して、玄関ポーチを確認した。リヴィアはそこにもいなかった。アニーはジェイシーのいるほうに戻った。「間違いなく室内にはいないの？　どこかに隠れているかもしれないわよ」

ジェイシーが娘の安否を気遣う気持ちが一時的にアニーへの怒りを覆い隠した。「見てくるわ」

厩舎のドアはしっかりと錠が下りていた。アニーはあずまやの後ろでもリヴィアを見つけられなかった。結局また玄関にまわることにした。ポーチには誰もいないが、浜辺を見下ろしてみると、岩の上に小さなピンク色のかたまりが見えた。アニーは階段のほうへと走った。

リヴィアは波打ち際から離れた位置に立っているが、ひとりで行くような場所ではない。

「リヴィア！」

リヴィアは上を見た。ピンク色の上着はジッパーも締めておらず、髪の毛が顔のまわりにまっすぐ垂れている。

「いまいる場所から離れないで」アニーは階段を下りながら命令した。「見つけたわよ！」

アニーは叫んだが、ジェイシーに声が届いているか、確信はなかった。

リヴィアは強情そうな表情を浮かべている。手で画用紙らしきものをつかみ、もう片方の手でテント小屋の形をしたクレヨンの箱を持っている。さっきアニーは海の絵を描きなさいといった。どうやら四歳児は現場で描こうと決めたようだ。「リヴったら、……ひとりでこんなところまで来てはだめよ」アニーは大人の男性が荒波にさらわれたという話を聞いたことを思い出した。「さあ、ママを捜しにいきましょう。きっとご機嫌が悪いわ」

リヴィアの手をつかもうとしたそのとき、コテージから大股で歩いてくる人影が目に入った。背が高く痩せていて、肩幅が広く、黒髪を風に乱されている。アニーは彼への愛おしさで胸をときめかせながらも、決してこの感情は表すまいと決意していた。彼が自分を気にかけてくれていることは知っていても、愛してはいないことも承知しているからだ。しかし彼への思いは、彼に心苦しさというさらなる重荷を背負わせないよう配慮できる深い愛だ。一度でも彼の人生に関わった女は彼に守ってもらうより、ひたすら彼の安寧《あんねい》を祈ることになるのだ。

「あら、帰ったの？」彼がそばに来たのでアニーは声をかけた。

彼の眉は不快感でつり上がっていた。「今後は二度ととぼけた真似はするな。おれは何があったのか聞いている。きみは頭がどうかしてしまったのか？　いったいどんな考えに取り憑かれて島を出たりした？」

愛にとり憑かれたのよ。アニーは引き締まった顎を無理やりゆるめた。「真夜中のことよ。眠くて、判断を間違えた。あなたが怪我をしたとばかり思ってしまって。心配かけてごめんなさい」

彼はアニーの言葉に含まれる棘は無視した。「たとえおれが死にかけていたとしても、絶対に島を離れるべきではなかった」

「ばかいわないで、私たちは友だちよ。もし私が恐ろしい事故に遭ったと知ってもあなたなら同じ行動をとらないというの？」

「そうすることで唯一の住処《すみか》を失うとわかっていたらしないさ!」

彼は本心を偽っている。友人の誰かがそんな目に遭っていたら、きっと同じことをしていただろう。彼はそういう人間なのだ。「もうあっちへ行って」アニーはいった。「あなたとは話をしたくない」あなたにキスしたい。音をたててキスをしたい。あなたと愛し合いたい。しかし何よりも彼の本来持っている性格から救い出してあげたいとアニーは思った。

彼は両手を上げた。「この冬、きみがなすべきことは単純なひとつのことだけ。じっとここに留まること。でもそれを守れたか? 答えはノーだ」

「怒鳴らないでくれない?」

彼は怒鳴っていなかったので、たちまち反論した。「怒鳴ってない」

しかし彼は声量を上げていたので、アニーも声を張り上げた。「コテージなんてどうでもいいの」それは嘘だった。「人生最高の日はこの島を離れる日になりそうよ」

「それで、実際どこにいくつもりでいる?」

「自分にふさわしい場所、都会よ!」

「そこで何をする?」

「何かするわよ!」

ふたりはこんな感じで数分間やりとりした。声がだんだん大きくなり、互いに勢いがなくなった。「勘弁してくれよ、アニー。おれはきみのことが心配でたまらない」

彼がついに黙り込んだので、アニーは彼の体に手を触れずにはいられなくなった。彼の胸にてのひらを当て、心臓の鼓動を感じる。「あなたはそういう性分なの。でももうやめなさい」

彼がアニーの肩に腕をまわし、後ろを向き、階段のほうへ移動した。「ちょっと話が――」

アニーは切り抜き細工用紙が岩のあいだではためいているのに気づいた。リヴィアの姿は消えていた。

「リヴ！」

答えはなかった。

「リヴィア！」アニーは直感的に海のほうに向かったが、子どもが波打ち際に近づき過ぎたとき見える位置にいるしかなかった。

「あの子、見つかった？」ジェイシーが崖の上に姿を現した。コートも着ておらず、ヒステリックな甲高い声を上げていた。「家の中にはいなかったわ。隅から隅まで見てまわったけど」

テオが洞窟を塞いでしまった岩の側面に向かって進みはじめたが、彼が何を見つけたのかアニーが理解するまでしばらくかかった。巨礫《きょれき》のあいだの隙間にちぎれた繊維の断片が落ちていたのだ。洞窟の入り口が塞がれたのは何年も前のことだ。しかし岩と岩のあいだには開いている部分があり、子どもなら充分通り抜けられる角ばったスペースが存在する。しかもそばには四本のクレヨンが落ちている。

「懐中電灯を持ってきてくれ!」テオがジェイシーに向かって叫んだ。「リヴィアは洞窟のなかにいると思うんだ」

満ち潮は数時間前に引いていた。だが、水位がどのぐらいの高さになっているかははっきりわからない。アニーはテオの前でしゃがみ込み、岩の割れ目からなかを覗き込んだ。「リヴィア、そこにいるの?」

聞こえたのは自分の声のこだまと、洞窟の壁に当たる海水の音だけだった。「リヴィア! いい子だから返事してちょうだい。無事だとわかるように」本気で自分は口のきけない子どもに返事を求めるつもりなのか?

テオがアニーを脇へ押しのけた。「リヴ、テオだよ。妖精の家にぴったりの素敵な貝殻を見つけたよ。でも家具を作るのを誰かに手伝ってもらわなきゃならない。そこから出て、手伝ってくれるかな?」

テオは答えを待つあいだ、アニーの目を見つめていた。反応はなかった。

アニーがふたたび試みた。「もしリヴィアがそこにいるのなら、私たちに聞こえるように小さな音を出してくれない? 石を投げてもいいわ。そこにあなたがいることがわかるだけでいいから」

ふたりは気を張りつめて反応を待った。数秒後、その音は聞こえた。石が水面に当たるドブンという音だ。

テオはたとえもっと小さな岩であってもひとりの人間の力では無理だという事実にもめげずに、巨礫を必死で押しのけようとしはじめた。ジェイシーがまだコートを着ないまま、懐中電灯を手にして階段を駆け下りてきた。テオはそれまでしていた作業を一瞬止め、松葉杖もつけずに巨礫を渡り、這うようにして近づいてくるジェイシーの様子にじっと見入った。アニーは説明する立場にはなかったので、彼はまた作業に戻った。

「リヴィアはここにいるの」アニーはジェイシーが岩の隙間からなかを覗きこめるように、自分はわきへどいた。

「リヴィア、ママよ！」ジェイシーは懐中電灯でなかを照らした。「光が見える？」

返ってきたのは波の音だけだった。

「リヴィア、出てきてちょうだい。いますぐに！　ママは怒らないから。約束する」ジェイシーは振り向いた。「あの子、溺れてしまうわ」

テオが重い平板の流木をつかんだ。彼はそれを間に合わせのレバーにして一番上の巨礫の下に挿し込んだが、やがて二の足を踏んだ。「無理だな。もし石を動かすとますます隙間が狭まってしまわないとも限らない」

ジェイシーの顔は真っ青だった。彼女はリヴィアのコートから裂け落ちたピンク色の生地をつかんだ。「なぜあの子はここに入ったの？」

「わからないわ」アニーはいった。「冒険が好きだし、もしかすると――」

「あの子は暗闇が怖いのよ！　それなのになぜこんなことを？」

アニーには答えられなかった。

「リヴィア！」ジェイシーが叫んだ。「いますぐに出てきなさい！」

テオが隙間の底になっている砂のかたまりを掘りはじめた。「おれが入るよ。でも、そのためには隙間をもっと広げなきゃ」

「あなたの体は入らないわ」ジェイシーがいった。「掘っている暇はないわよ」

波が岩のてっぺんに押し寄せ、三人の足元に水しぶきが飛び、テオが掘り出した砂を元に戻した。ジェイシーはテオをそこから押しのけようとした。「私がなかに入るわ」

テオが引き止めた。「サイズが合わないよ。とにかく砂を移動しなきゃ」

彼の指摘は正しかった。彼がいくら岩の隙間の下にある砂を深く掘り下げても、すぐに波が同じぐらいの量の砂を押し戻してしまうからだ。それにジェイシーの腰は幅がありすぎる。

「でも行かなきゃ」ジェイシーはなおもいった。「いまにも、あの子は……」

「私が行く」アニーがいった。「そこをどいて」

ジェイシーを押しのけたものの、アニーにも自分の体が隙間を通り抜けることができるという確信はなかった。しかし残るふたりよりは可能性があった。テオと目が合った。「危険すぎるぞ」

アニーは反論せず、思い切り生意気そうな笑顔を返した。「そこをどいてちょうだい。私は大丈夫だから」

彼も三人のなかで唯一可能性があるのはアニーだと知ってはいたが、それでもやめさせたいと思う心の葛藤がその目の表情に表れていた。「くれぐれも気を抜くなよ。わかったか?」彼は強い口調でいった。「無茶なことはやるんじゃないぞ!」

「そんなつもりはないわ」アニーはコートを脱ぎ、ジェイシーに手渡した。「これを着て」アニーは狭い開口部を眺め、首からセーターを脱ぎ、わきへ投げた。身につけているものはわずかにジーンズと鮮やかなオレンジ色のキャミソールだけになった。寒さで鳥肌が立った。

テオは激しい勢いで砂を掘り、少しでも隙間を増やそうとしていた。アニーは氷のように冷たい強風を受け、しゃがみ込んだ。「リヴ、アニーよ。私も一緒になかに入るわ」冷たい砂の上に横たわると思わず息が止まった。足を洞窟のなかに押し入れながら、洞窟に呑み込まれることは熊のプーさんが蜂蜜の瓶《びん》に呑み込まれるのに似ていると想像した。

「まだ無理はするな」テオの声は不自然なほどこわばっていた。彼はたくみなアニーの移動を助けようと最大限の努力をしてくれていたが、同時にほとんど感知できないほどの彼の抵抗も感じ取ることができた。このままなかに入らせたくないという気持ちでもあるかのようだった。「用心しろ。ひたすら慎重にやれ」

アニーが岩の隙間から脚を差し込む際、彼はその言葉を何度も繰り返した。彼女は次に体をまわして腰が開口部と平行した位置で止めた。ふたたび波が水しぶきを浴びせてきた。テオはアニーを守るように体を移動した。

アニーのスニーカーは洞窟の海水の下に潜り、彼女は海水の深さにあらためて恐怖を覚えた。腰が岩のあいだにはまり込んでいた。「これじゃうまくいかない」彼がいった。「外に戻れ。もっと砂を掘るから」

アニーは彼の命令を無視して、腹部を引っ込めた。上半身はまだ外に出たままで、力いっぱい体を内側に押し込んだ。

「アニー、やめろ！」

アニーはそれにも従わなかった。岩の縁の鋭さに唇を噛みながら、彼女は砂に足を踏み込ませた。最後に肩をひねると、洞窟の内部に入った。

アニーが洞窟に消えたとき、テオは自分も一緒に吸い込まれたように感じた。岩と岩の隙間から彼はアニーに懐中電灯を手渡した。このなかに入るべきなのはこの自分なのに。泳ぎには自信がある。だがなんとなく洞窟内の水位は泳げるほど深くないような気がする。

ジェイシーは彼の後ろで情けない声を上げており、彼はなおも砂を掘りつづけた。このシーンで救助に向かうのはアニーではなく自分でなくてはならない。

もしこれが自分の執筆する作品のシーンだとしたら最後はどういう結末をつけるか。考えまいとしていても、最悪のシナリオがスライド映写機のように脳裏のスクリーンに映し出される。これが自分の一作品の一シーンだとしたら、洞窟のなかでは疑うことを知らないアニーを次なる惨殺の餌食にしようとクェンティン・ピアースが待ちかまえているだろう。テオは女性の登場人物がむごたらしい死に方をするシーンでも細かい描写は入れず、ただ充分な手がかり、ヒントを与えるだけにとどめ、あとは読者の想像に任せることにしている。現実のこのシーンでもアニーのことは細かく思い描かないつもりだ。

彼がホラー小説を書くようになったそもそもの理由はまったくもってばかげている。屈折した精神の持ち主を主人公にした、身の毛もよだつ物語を創り出すことで現実世界での自制心を保っていられるようになったのだった。小説のなかでは悪を懲らしめ、正義が報いられるように支配する力を著者は持っている。少なくとも虚構の世界においては、危険で混沌とした世のなかに一定の秩序を持たせることができる。

彼は頭のなかでディギティ・スウィフトをアニーの救援に向かわせた。この少年は岩の隙間からなかに入れるほど体が小さく、アニーの身の安全に役立つ機知は充分に持ち合わせている。ディギティは二週間前に死なせた登場人物だ。

彼は両手の切り傷から出血しているのもお構いなしで、勢いよく砂を深く掘りつづけた。そしてその合間にアニーへの声かけも繰り返した。「頼むから、慎重にやってくれ」

洞窟のなかでアニーはテオの言葉を聞いていたが、彼女の脳裏には昔の悪夢が鮮やかに蘇ってきた。懐中電灯を点灯してみると、海水の浸食によって洞窟の前面の海水レベルが昔より深くなり、すでにふくらはぎぐらいには達している。アニーは恐怖で喉が詰まり、呼吸もままならなかった。「リヴ?」

彼女は懐中電灯の光を洞窟の壁に向けてぐるりとまわした。そして恐れを抑えて水の上を照らした。裂け目の入ったピンクのジャケットは水面に浮いてはおらず、ストレートの茶色の髪の少女が俯きながら浮いてもいない。だがそのことだけでリヴィアがここにいないと判断することはできなかった……アニーは喉から搾り出すように呼びかけの言葉を発した。

「リヴィア、音をたててちょうだい。あなたがここにいることを教えて」

返ってきたのは花崗岩の壁にひたひたと寄せる波の音だけだった。アニーはリヴィアが岩の隅にしゃがみ込んで姿を隠している様子を思い描きながら、洞窟の奥に移動した。「リヴィア、お願いよ……どうか音をたててちょうだい。どんな音でもいいから」

続く沈黙がアニーの耳のなかで心臓の鼓動と重なった。「ママは外であなたを待っているわ」懐中電灯の光がアニーの記憶に刻み込まれた洞窟の奥にある岩棚を照らした。水に浸ったダンボール箱がいまにも見える気がした。海水はアニーの膝の上にまで届いていた。なぜリヴィアは答えてくれないのだろう? アニーは苛立ちで金切り声をあげたくなった。

そのとき、誰かの声がささやいた。私にやらせて。

アニーは懐中電灯を消した。

「灯りを点けて！」スキャンプが震える声で叫んだ。「いますぐに点けないと、あたしは叫び出すわよ。そしたらみんなに迷惑でしょ？　あたしを舞台に立たせてちょうだい……」

「舞台なんてやめてよ、スキャンプ！」アニーはすでに溺れてしまったかもしれない子どもを相手に人形劇の上演に挑もうとしているのだ。「私は電池を節約するために灯りを消したのよ」

「節約するのはほかのものにしてよ」スキャンプがきっぱりいった。「箱入りシリアルのポップ・タルトや赤のクレヨンなんかならケチってもいい。リヴとあたしは懐中電灯が必要なの、そうでしょ、リヴ？」

消え入りそうな嗚咽《おえつ》が海水の向こうから聞こえた。

アニーは安堵のあまりもう少しでスキャンプの声に変えそこねそうになった。「ほらね、リヴィアも同じ意見よ。リヴィア、アニーなんて気にしないで。いつもの不機嫌だから。さあ、灯りを点けてちょうだい」

アニーは点灯し、必死に目で何か動くものがないかと探しながら、水のなかを歩いて洞窟の奥へと進んだ。「別に私は不機嫌なんかじゃないわよ、スキャンプ」アニーは地声でいった。「電池が切れても、私のせいにしないでよ」

「リヴもあたしもそんなおバカな電池が切れる前にここから出るつもりだから大丈夫」ス

キャンプは言い返した。

「〝おバカな〟とかいっちゃだめよ」アニーはまだ声の震えも消えないのにきっぱりいった。「失礼じゃないの。そうでしょ、リヴ?」

答えは返ってこなかった。

「ごめんなさい」スキャンプがいった。「怖いからつい乱暴な言い方をしちゃうの。あなたならわかってくれるわよね、リヴィア?」

洞窟の奥からまた、こもったような鼻をすする音が聞こえた。アニーは懐中電灯の光を右に向け、水面のすぐ上に張り出し、飛び出した岩のまわりに沿うようにして広がる奥行きのない岩棚に光を当てた。リヴィアは岩棚に沿って這い進むことができたのだろうか?

「ここはほんとうに暗いわね」人形は不満そうにいった。「暗いと怖いから、気晴らしに歌を歌ってみようかしら。『暗い洞窟で座っていたら』という題にするわ。作詞作曲はあたし、スキャンプよ」

アニーは膝まで届く水のなかを歩いて進みながら、スキャンプに歌わせはじめた。


あたしは暗い洞窟で座っていたの。

高い岩棚の上で。

かくれんぼだけど、

ほんとはそんなところにいたくはない、ない、ない。

寒すぎて足の感覚がなくなりはじめていた。

そのとき素敵な蜘蛛が出てきて
その子の隣に座ったの。
そしてこういったの……
なんてこった！　おいらのような立派な蜘蛛がこんな洞窟で何をしてる？

アニーが突き出した岩の縁をまわると、ありがたいことにぼんやりとしたピンク色のかたまりが岩棚にうずくまっているのが垣間見えた。全力で突き進んで子どもの体をつかみたいのはやまやまだったが、そうはせず、見られないようにひょいと後ろに下がり、懐中電灯の光が暗い水面を照らすように向きを変えた。
「アニー」スキャンプがいった。「あたし、まだ怖いの。いますぐにリヴィアに会いたい。リヴィアの顔を見たら、きっと安心できるもの」
「あなたの気持ちはわかるけど」アニーはいった。「でも……リヴィアがどこにいるのか全然わからないのよ」

「なんとしても探してよ！　あたしは大人とじゃなく、子どもと話したいの！　リヴィアに会わせて！」スキャンプはだんだん動揺しはじめた。「あの子はあたしの友だちなの。怖いときは助け合うものよ」スキャンプは哀れを誘うすすり泣きをはじめた。「なぜリヴィアはどこにいるか教えてくれないの？」

アニーの太腿まで達する波が打ち寄せ、洞窟の天井からしたたる氷のような海水が背中をつたって降りた。

スキャンプはますます激しく泣きはじめ、すすり泣きの音もずっと大きくなった。やがて海水の向こうから小さく可愛らしい言葉が漂ってきた。

「わたしはここにいるわ」

21

アニーはこれまで一度もこんなに美しくかすかで、ためらいがちな言葉を聞いたことがなかった。〝わたしはここにいるわ〟この大切な一言を絶対に台無しにはできない……。

「リヴィア」スキャンプがささやいた。「ほんとうにあなたなの？」

「うん」

「てっきりひとりぼっちになったかと思ったわ。ほかにはアニーしかいないもの」

「わたしもここにいるわよ」リヴィアの声は、ずっと声帯を使っていなかったせいで少しかすれ、しわがれていた。

「それなら安心できるわ」スキャンプは鼻をすすった。「あなたも怖いの？」

「うん」

「あたしも同じよ。怖いのがあたしだけでなくてよかった」

「うん、そうね」リヴィアの言葉ではｒの発音がはっきりせず、ｗのように聞こえるのだが、そうした音の置き換えがとてもいじらしくて、アニーの胸はきゅんと締まった。

「あなたはまだここに居つづけたいの？　それとももう外に出るつもり？」スキャンプは訊いた。

長い間があった。「わからない」

アニーは懸念に駆られ、待てと自分に命じた。はてしない沈黙が続いた。

「スキャンプ？」リヴィアがようやく声を発した。「まだそこにいる？」

「あたしは考えているの」スキャンプがいった。「あなたはこのことを大人に話すべきよ。アニーを迎えにいかせても大丈夫？」

アニーは少しやり過ぎたかと心配しながら、答えを待った。だがリヴィアは静かに答えた。

「大丈夫」

「アニー！」スキャンプが声を張り上げた。「こっちへ来てちょうだい。リヴィアがあなたと話したいんですって。リヴィア、あたしはとても寒いからホット・チョコレートを飲みにいってくる。ピクルスも食べたいし。またあとでね」

アニーは岩のまわりを進みながら、自分が現れることでリヴィアがふたたび口を閉ざしてしまわないようにと祈った。リヴィアはまだ胸を抱きこむようにしゃがんだままだった。頭を下にしているので髪の毛が顔を覆ってしまっている。

リヴィアが無事であることがジェイシーの耳に届いたかどうかははっきりしなかったが、大声を出せばリヴィアを後ずさりさせてしまうかもしれないという不安があった。「あらリヴ、どうしちゃったの?」アニーはいった。

リヴィアはようやく顔を上げた。

闇を恐れる子どもをこんな場所に押し込んだ理由はいったいなんだろう? それはきっと深い心の傷に根ざしたものだろう。だが、浜辺で見つけたとき、リヴィアは精神的衝撃を受けたような様子はなく、むしろすねている感じだった。その後何かが起きたはずなのだが、テオが姿を現した以外は——。

その瞬間アニーは理解した。

歯はガチガチ鳴っており、岩棚は奥行きがなさすぎてまったく居心地がよくなさそうだったが、アニーは岩棚に登った。狭い空間に無理やり体を押し込み、子どもの体に腕を巻きつけた。リヴィアはかび臭い海のにおいと幼子の汗とシャンプーのにおいがした。「スキャンプが私のことで怒ってるのは知ってた?」アニーは尋ねた。

リヴィアは首を振った。

アニーはナイフのような岩の縁が肩に食い込むことは気にしないようにして、リヴィアを抱き寄せながらも、説明はせずただ待った。

ようやくリヴィアの顎が動くのを腕に感じた。「何をしたの?」

この声だ! この愛おしい小さな声だ。「あなたは私とテオが言い争いをしているのを聞いて、ここに閉じこもったってスキャンプが話してくれたの。だからスキャンプは怒っているの。あなたの前で口喧嘩したから。あなたは大人の言い争いが怖いのに」

ほとんど感知できないほどかすかな頷きがアニーの肩に伝わってきた。

「あなたのパパがママをひどくいじめていたことやパパがそのせいで死んだことで、大人の言い争う様子を見るのが怖くなったのよね」アニーはできるかぎり事実をありのまま淡々と述べるようにした。

「とても怖かったの」そこで悲痛なすすり泣きがもれた。

「当然よ。私だってきっと怖くなるわ。スキャンプからいわれたの。大人が言い争っていても、悪いことが起きるとはかぎらないとあなたに説明しておくべきだったって。私とテオが口喧嘩していても。私たちは意見を戦わせるのが好きなの。でも絶対傷つけあうことはないのよ」

リヴィアはその言葉を理解しようとして、顔を上げ、アニーを見つめた。

アニーはリヴィアを抱き上げ、一緒に水のなかを歩いて外に出ることもできたが、心が揺れた。ダメージをなくすために何か付け加えるべきことはないだろうか？　アニーは親指でリヴィアの頬を撫でた。「人は口論をすることがあるの。子どもも大人も。たとえばあなたのママと私は今日言い争ったわ。私がいけないの。だから謝るつもりでいるの」

「あなたとママが？」リヴィアがいった。

「あることで私が勘違いしてしまったの。でも知ってほしいのよ、リヴィア。誰かが喧嘩しているのを聞くたびに怖がっていたら、しょっちゅう怖い思いをしなくちゃならないでしょ？　誰もあなたにそんな思いをさせたくないわ」

「でもテオの声はとても大きかった」

「私の声もね。私はとても彼に腹を立てていたから」

「アニーがテオを銃で撃つかもしれないと思ったの」リヴィアは複雑すぎる状況をなんとか理解しようとする様子で、いった。

「ああ、絶対にそんなことはしないわ」アニーは別の方法を試した。ためらいはあったが。

「私も自由な秘密を持っていてもいい？」

「うん」

アニーはリヴィアの頭頂部に頬を当て、「私はテオを愛しているの」とささやいた。「私を傷つけようとした人を愛せるはずがないでしょ？　でも彼に対して怒りの気持ちを絶対持たないというわけではないの」

「テオを愛しているの？」

「それが私の自由な秘密よ、覚えておいてね」

「わかった」アニーの耳に可愛らしい息遣いの音が響いたかと思うと、子どもは身をくねらせた。「わたしも自由な秘密を持っててい い？」

「ええ」アニーは次に何が出てくるのか恐ろしく、身構えた。

リヴィアは首をまわしてアニーを見つめた。「スキャンプの歌が嫌いだったの」

アニーは笑い声を上げ、子どもの額にキスをした。「それは内緒にしましょうね」

母と子の喜びにあふれた再会の場面では、もしアニーが極限の寒さに震えていなければきっともらい泣きしていただろう。テオは日光の弱い陽だまりにアニーを連れていき、傷の具合を調べた。アニーはオレンジ色のキャミソールと白いパンティしか身につけていない姿で、彼の前に立っていた。濡れたウールのソックスは足首のところで折り重なってしまっている。リヴィアの体を岩の隙間からテオの腕に押し出したあと、濡れたジーンズが余分な体積を増やして、隙間を通り抜けるのが難しくなったことにアニーは気づき、仕方なく脱いだのだ。

テオはアニーの腹部に長く伸びる引っかき傷と、ほかの切り傷や打ち身を調べた。彼の右手は体が離れないように彼女の臀部に当てられている。アニー自身はそんなことをするつもりはない。「切り傷だらけになったな」彼は自分の着ていたパーカーを脱ぎ、アニーの体をそれで包んだ。「きみが洞窟に入ったとき、おれは絶対十歳は老けたぞ」彼は彼女を胸に抱き寄せた。そこはアニーが言葉にできないほどの喜びに浸れる場所だった。

ジェイシーは感謝のあまり、アニーに対する怒りを忘れた。そして我が子を見つめる視線を束の間はずしていった。「なんとお礼を述べればいいのか、わからないほどあなたに感謝していたわ」

アニーは歯の根が合わないほど震えていたが、無理とわかっていても歯が鳴らないように努めながら、言葉を途切れとぎれに発した。「あなたは知りたくないかも……なぜリヴィアが……洞窟に入ったのかを」アニーは気持ちのいいテオの胸のなかからしぶしぶ体を離し、ジェイシーとリヴィアに数歩近づいた。だが彼はたちまちアニーの背後についた。

「話はあとでもできる」彼はいった。「いまは体を温めなきゃだめだ」

「すぐ終わるから待って」ジェイシーはリヴィアとともに巨礫を避難所にして座っていた。娘は膝の上で母親に抱きつき、アニーのコートがふたりの肩に掛けられていた。アニーはリヴィアを見た。「リヴィア、私は何かを間違って伝えるかもしれないから、ママにはあなたから話すほうがいいんじゃない？」

娘がしゃべったことを知らなかったジェイシーは、それを聞いて見るからに混乱していた。リヴィアは母親の胸のなかに顔を埋めた。

「大丈夫」アニーはいった。「ママにいえばいいのよ」だがリヴィアは話せるだろうか？洞窟から出てしまったいま、リヴィアは話したい欲求を失ってしまったのではないだろうか？　アニーはパーカを体にぴったりと引き寄せ、待った。希望と祈りを胸に……。

ようやく母親の胸に向かって発せられた言葉は、くぐもって聞こえた。「わたしは怖かったの」

ジェイシーは息を呑んだ。娘の頰を両手で包み、小さな顔を上向かせ、驚きをもって瞳に見入った。「リヴ……?」

「アニーとテオが喧嘩をしていたからよ」リヴィアがいった。「それを見ていたら、怖くなったの」

テオは「なんておれは馬鹿野郎なんだ」と乱暴な言葉で自分を罵ったが、まるでささやき声のように心のこもったものだった。

「なんてことなの……」ジェイシーはふたたび激しくリヴィアを抱き寄せた。

ジェイシーの喜びの涙を見ていると、ジェイシーは娘が奇跡的に言葉を発したという事実だけに満足し、言葉の内容を理解していないのではないかとアニーは疑念を抱いた。こうして気持ちが昂ぶっているいまこそ、ジェイシーがこれまで長年覆いかぶせてきた過去の事実を白日にさらすべきときなのだ。

アニーは背骨に沿って守るように寄り添ってくれているテオから勇気をもらった。「あなたは知らないかもしれないけどね、ジェイシー。大人たちが口論していると、リヴィアはあなたとこの子の父親とのあいだに起きたことを思い出してしまうのよ」

ジェイシーの喜びは消えた。口を苦しげに歪めるジェイシーに、アニーはなおもいった。

「私とテオが言い争うのを聞いたリヴィアは、私がテオを銃で撃つのではないかと不安になり、洞窟のなかに入って隠れたの」

テオが熱烈に主張した。「リヴィア、アニーは絶対にそんなことをする人じゃないんだよ」

ジェイシーは彼の言葉を聞かせまいというように片手で娘の耳を塞いだ。硬く結ばれた口はジェイシーがアニーに対して感じていた感謝の気持ちが薄れていることを表していた。

「そんなことを話題にする必要はないわ」

「リヴィアは話したがっているのよ」アニーは優しくいった。

「アニーのいうことを聞いてくれ」テオが絶大な信頼を込めて、いった。「何もかもわかった上でいっているんだから」

リヴィアは無意識に首を振った。テオは後ろからアニーの肩を握りしめた。彼の応援は何よりも心強いものだった。「リヴィアとスキャンプと私は、リヴィアが父親のせいで怖い思いをしていたことを話し合ったの」アニーはいった。「そしてあなたがどんな経緯《いきさつ》で図らずも彼を撃つことになったのかも」寒さのためにアニーの脳は麻痺して、警戒心も働かなくなっていた。「リヴィアはもしかすると、あなたがあの子の父親を撃ったことで少しほっとしたかも。スキャンプは明らかに喜んでいるわ。そしてリヴィアはそのこともあなたに話したいんだって」

「スキャンプ?」ジェイシーがいった。

「スキャンプも子どもなの」アニーがいった。「だからリヴィアのことでも、大人が見逃してしまいそうなことまでわかるの」

ジェイシーは怒りを忘れ、むしろ当惑していた。なんとか理解しようと探るように娘の顔を見つめたが、無理だった。ひどく困惑したその様子から、ジェイシーもまたリヴィア同様、心に深い傷を持っているのだとアニーは気づかされた。

こんな場面では身近に心理療法士もおらず、劇場のワークショップで訓練を受けたぐらいの経験しかない性格俳優のなりそこないが代わりを務めるしかないのだろう。アニーは少しだけ背骨をテオの胸に近づけ、彼の存在を松葉杖ではなく心の癒しに使った。「スキャンプはまだわからないことがあるそうよ」アニーはいった。「明日あなたたちふたりと一緒に座って何があったのか話し合うのはどうかしら?」ペレグリン島での〝明日〟は数えるほどしか残っていないことにアニーは気づいた。

「うん、わたしもスキャンプに会いたい!」リヴィアは母親にはない、溢れんばかりの熱意を示した。

「それがいいね」テオも賛成した。「みんなそろそろ体を温めたほうがいいんじゃないかな」

リヴィアは大人たちより早く回復し母親の膝からおりた。「わたしの妖精の家に持ってきてくれた貝殻を見せてくれる?」

「いいよ。でもまずアニーの世話をしなきゃ」彼は断崖のてっぺんに向けて首を傾けた。

「乗っていく?」

リヴィアは結局テオに肩車をしてもらい、皆で崖の階段を頂上まで上った。

アニーとテオはコテージに戻ると、いまやアニーのものではなくなった浴槽に湯を溜め、彼はアニーをひとりにさせた。体のあちこちに傷ができていて湯につかるときしみて痛かったが、湯から出てローブに着替えるころには体は温まっていた。テオも乾いた衣類に着替えていた。膝に裂け目のあるジーンズに長袖の黒いTシャツ。ジェイシーが洗濯で縮ませてしまい、胸の筋肉がくっきり出るのがいやで着るのをやめてしまったというが、アニーは大のお気に入りだ。彼は切り傷に絆創膏を貼ってくれた。肌に手が触れても、それは感情をともなわないものだった。この一日であらゆるものが変化した。アニーはコテージを失い、自分に害を及ぼそうとしたとして罪のない女性を責め、自分の出自《ルーツ》を発見し、幼い女の子の救出に一役買った。それらの出来事をはるかに越えて心に刻まれたこと。それは自分が愛せるはずのないこの男性をどれほど深く愛しているか自覚したことだった。

彼はグリルしたチーズのサンドイッチを作ってくれた。フライパンにバターの大きなかたまりを落としたとき、アニーの頭のなかの振り子が時を刻み、あとどれぐらい彼と一緒にいられるか時間を示した。「エリオットに電話したよ」彼はいった。「きみが島を離れるよう仕組まれたと聞いてすぐに」

アニーはバスローブのサッシュベルトをさらに引き締めた。「当ててみましょうか。シンシアは――リサ・マッキンリーのおかげで――すでにこのことを知っている。そして夫婦揃って祝杯を挙げている最中かな」

「ひとつは正解、もうひとつははずれ。リサが電話したのはそのとおり。でも祝杯はない」

「ほんとに？　シンシアがコテージをイギリスの遺跡、ストーンヘンジのレプリカに造り変える設計図を用意していなかったのが、驚きなんだけど」

「おれがエリオットの気持ちを変えさせる。脅してでも。きみが望むかぎり、コテージを確実に所有させるためならどんな手を使ってもいい。でもさ、ひとつ判明したことがある。エリオットがおれたちの知らないうちに同意書を修正していたんだよ」

「どんな修正？」

「コテージはハープ家の所有に戻らない」彼はサンドイッチから目を離し、アニーを見た。「コテージはペレグリン島の受託団体の所有となる」

アニーは呆けたように彼をまじまじと見つめるばかりだった。「いったいどういうこと？」

彼は背を向け、熱されたバターにむだに勢いよくサンドイッチを投げ込んだ。「結局のところ、きみはコテージを失った。そのことでおれがどれほど落胆しているか、きみには想像もつかないだろうよ」

「でもなぜエリオットは同意書の内容を変えたのかしら？」

「詳しいことは聞いてないが――シンシアが同じ部屋にいたし――妻がハープ館を改築したことに関して快く思っていない。想像だけど、父はコテージをありのままの形で保存したいんじゃないかな。それを妻に主張するのをやめ、妻の知らぬ間にこっそり弁護士のところへ行き、修正を加えたってことかな」

アニーは眩暈《めまい》を覚えた。「マリアからそんなこと、聞いてない」

「マリアは知らなかった。どうやら島の受託者以外は誰も知らないようだ」

車が近づく音がして、ふたりの会話は途切れた。彼はスパチュラを手渡した。「料理から目を離すな」

テオが玄関に向かうあいだに、フライパンのものをひとつにまとめ合わせようとしたが、玄関から聞こえる知らない男性の声が気になって、考えられなくなった。少しして、テオがキッチンの戸口に戻り、顔を覗かせた。「出かけることになった。また緊急事態発生だ。もう侵入者のことは心配しなくていいけど、とにかくドアはロックしてろ」

彼が出かけたあと、アニーはサンドイッチのうちのひとつを持ってテーブルに着いた。彼は上等のチェダーチーズと粒の粗いマスタードを少し使ってくれていたが、疲れがたまりすぎていて食べられなかった。睡眠が必要だった。

翌朝はいつもと変わらず、すっきりとした目覚めだった。ジェイシーのサバーバンを運転して町へ向かった。バーバラ・ローズの家の前に汚れたピックアップ・トラックが何台も並んでいるところをみると、今日は月曜日の午前中に行われる編み物の集まりがあるのだろう。前の晩、なかなか寝つけなかったので、考える時間がたっぷりあった。アニーは呼び鈴も押さず、なかへ入った。

布張りの家具や装飾的家具が部屋いっぱいに並べられていた。壁には素人の描いた船やブイの油絵が何枚も花柄の陶器の皿と一緒に掛かっている。テーブルの上には家族の写真が並べられている。誕生日のキャンドルを吹き消すリサ。リサとその兄弟がクリスマス・プレゼントを開けている様子。それより多いのがローズ家のご自慢の孫たちの写真だ。

バーバラは茶色と金色の台付き揺り椅子から命令している。ジュディとルイーズ・ネルソンはカウチに座っている。いまごろは漁に出ているはずなのに、ナオミはラブシートを独り占めしている。いつもと変わらず不機嫌そうな顔をしたマリーはティルディの向かいに置かれた安楽椅子に座っている。ティルディはいつものファッショナブルな服ではなく、だぶだぶのスウェットパンツを穿いている。誰ひとり、編み物などしていない。

バーバラがあまりに急いで立ち上がったので、台付きの揺り椅子が壁にどすんと突き当たり、ゴールデン・レトリーバーの二匹の子犬を描いた陶器の皿がガタガタと音をたてた。

「アニー！　ずいぶんと突然の訪問ね。きっとフィリス・ベイクリーのことを聞いたのね」

「いえ、何も聞いてないわ」

「彼女はゆうべ脳卒中を起こしたの」ティルディがいった。「夫のベンが本土に連れていき、テオが付き添っていったわ」

それでテオがコテージに帰らなかった訳がわかった。しかしアニーが町まで出かけてきたのは彼を探すためではない。アニーはゆっくりと時間をかけて、そこに居合わせる女たちの顔を凝視した。そしてようやくここまで尋ねにきた質問を口にした。「あなたたちのなかで誰が私を撃とうとしたの?」

22

編み物サークルの面々が揃ってはっと息を呑んだ。ルイーズは年老いて耳が遠くなったので何か聞き逃したのではないかというように、前かがみになった。ジュディは嘆くようにうめき声を発し、バーバラは体をこわばらせた。ナオミは口をへの字に曲げ、ティルディは膝の上で両手をひねった。誰よりも早く正気に戻ったのはマリーだった。唇はすぼまり、小さな目は険しいまなざしに変わった。「いったいなんのお話かわからないわ」

「本当に?」アニーはカーペットに足跡が残ることなどお構いなしに一歩前へ出て、室内に入った。「でも信じられないのはなぜかしら?」

バーバラは椅子のそばにある編み物用品の袋に手を伸ばした。「あなたはいろいろな出来事で気が動転しているのよね。でもそれを理由に――」

アニーはバーバラの言葉をさえぎった。「気が動転という表現はふさわしくないわ」

「ほんとにやめて、アニー」ティルディが憤慨で鼻息荒くいった。

アニーは編み物用品の袋を調べはじめたバーバラのほうを向いた。「あなたは島の信託受託者よね。でもほかにも六名いる。ほかのメンバーはあなたのしたことを知っているの？」

「私たちは何もしていないわ」ナオミが船長らしい貫禄をにじませて、いった。

マリーは自分もと編み物用品入れをつかんだ。「ここに押しかけて、こんなふうに私たちを責め立てる権利はあなたにないはずよ。お引き取りください」

「そもそもあなたたちの望みはいまの言葉でわかるように、私をこの島から立ち去らせることだったのよ」アニーはいった。「そしてあなたよ、バーバラ。あなた方全員が私を追い払おうとしているのに、あなたは私の世話を焼くふりをしてた」

バーバラは編み棒をますます速く動かした。「ふりなんてしていないわ。ほんとうに好意を持っているもの」

「たしかにそうね」アニーは立ち去る気は毛頭ないといわんばかりに、さらに室内の奥へと進んだ。グループの端から端までぐるりと視線を流し、鎖の弱い部分を探し当てた。「あなたのお孫さんはどうなの、ジュディ？　あなたのしでかしたことを孫に知られたら？　テオに出産を手伝ってもらってやっと生まれてきた小さな男の子にあなただって合わせる顔がないでしょう？」

「ジュディ、この人のいうことに惑わされないで」ティルディの命令には自暴自棄感が漂っていた。

アニーは赤いつややかな髪、太陽のように明るい性格、寛大な性格の持ち主であるジュディ・ケスターに的を絞った。「ほかのお孫さんたちはどうかしら？　ずっとばれないとでも思ってるの？　あなたは孫たちに手本を見せたのよ。お孫さんたちはあなたの行動から学ぶでしょう。自分の欲しいものを手に入れるためには何をしてもいい、誰を傷つけてもかまわないんだと思い込むわ」

ジュディはなごやかに笑い合う場面が性に合っており、論争には向いていない人物だ。ジュディは両手に顔を伏せ、泣きはじめた。耳たぶにつけた銀の十字架のイヤリングが頬に垂れ下がっている。

アニーはどうやら玄関のドアが開いたらしいと気づいたが、そのまま話をやめなかった。「あなたは信心深い女性よね、ジュディ。そんなあなたがどうしてあんな行為を認められるの？」アニーはグループ全体をひたと見据えた。「皆さん、どうなの？」

ティルディは結婚指輪をよじった。「私たちがいったい何をしたといいたいのか知らないけど……」思わず口ごもる。「でも……お門違いよ」

「お門違いではないことは、ここにいる全員が知っているわ」アニーは後ろにテオの気配を感じた。姿は見えなかったが、彼がここに入ってきたことがわかった。

「証拠はないはずよ」マリーの大胆な抵抗もうそ臭かった。

「マリー、黙りなさい」ジュディが柄にもなく厳しい口調でいった。「もうこんなこと、たくさん。もう勘弁して」

「ジュディ……」ナオミの声には警告めいたものがこもっていた。同時にナオミは胸が痛むかのように腕組みをした。

ルイーズがはじめて口を開いた。八十歳になる彼女は骨粗鬆症で背骨が湾曲してしまっているが、堂々とした態度を見せた。「私の思いつきなの。全部ね。私がやったの。みんなは私を庇っているだけ」

「なんて気高いこと」アニーは間延びした口調で茶化した。

テオがアニーのそばに来た。彼はうす汚れて、無精ひげも伸びていたが、誰もが注目せざるをえないたくましさを備えた気品は健在だった。「ネルソンさん、コテージを荒らしたのはあなたじゃない」彼はいった。「申し訳ないが、あなたひとりであれほどの広い範囲を荒らせるはずがないですよ」

「私たちは何も壊してないわ!」ジュディが叫んだ。「慎重にやったんだから」

「ジュディ!」

「つまり、私たちは無実だということよ」ジュディは言い訳がましく付け加えた。

彼女たちの負けだ。全員それを認めている。それぞれの表情を見ればよくわかる。ジュディの良心が正しいと判断したから実行したのだ。もしかすると、おのおのの良心に照らして行動したのかもしれない。ナオミはうなだれ、バーバラは編み物を落とした。ルイーズは力なくカウチに座り込み、ティルディは口に手を当てた。マリーだけが無駄に反抗的な態度を続けていた。

「真実はおのずと現れるものよ」アニーがいった。「私の人形を首吊りにしたのは誰の思いつき？」クランペットが天井からぶら下がっていた様子が脳裏に焼きついて離れない。人形であろうとなかろうと、クランペットはアニーの一部だ。

ジュディから視線を向けられたティルディは、もじもじと頰をこすった。「映画で見たことがあって」ティルディは弱々しい口調でいった。「人形だから害はなかったでしょ」

テオの腕の外側がぴたりと彼女の腕に寄り添っていた。「もっと重要な質問よ……私を撃ったのは誰なの？」

誰も答えず、テオは台付き揺り椅子に座る女性に視線を向けた。「バーバラ、なぜ質問に答えない？」

バーバラは片方のアームを握りしめた。「もちろん私よ。私がそんな危険な賭けを誰かに任せるはずがないでしょ？」バーバラは訴えかけるような表情でアニーを見つめた。「あなたに危険が及ぶはずはなかったのよ。北東部で屈指の射撃名人なんだから。メダルを取ったこともあるのよ」

テオの反応は痛烈だった。「残念ながら、それを知ってもアニーはほっとするわけがない」

ジュディがポケットに手を入れ、ティッシュを探した。「私たちは自分のしていることが間違いだと知っていたわ。最初からずっとね」

マリーは、そこまで悪いことをしてはいないとでもいわんばかりに、鼻であしらったが、ティルディは椅子の端に腰を動かした。「これ以上家族を失うわけにいかないの。子どもたちや孫たちを」

「私は息子を失うわけにいかないの」ルイーズの節くれだった手が杖を握りしめた。「私が頼れるのは息子だけなのに、もし嫁に説得されて島を出ていったら……」

「理解してもらえないのを承知でいうわ」ナオミがいった。「これは家族のことだけじゃないの。ペレグリン島の未来、集落の存続にも関わることなの」

テオはまったく心を動かされなかった。「われわれにもわかるように説明してくれないか。アニーのコテージを盗むことが、まっとうな女性たちを犯罪に走らせるほど重要なわけを詳しく話してほしい」

「島に新しい学校が必要だからよ」アニーがいった。

テオは声にならない悪態をついた。

ジュディはまるめたティッシュを口に当てながらすすり泣き、バーバラは目を逸らした。漁船の船長が代わって説明した。「どんなにかき集めても私たちには学校を建てるだけの資金がないの。でも学校がないと、残りの若い世代の家族が島を出ていってしまう。そんな事態だけは避けたいのよ」

バーバラはもがきながらも気を取りなおした。「若い世代の女性たちも学校が焼け落ちる前まではそれほどそわそわしていなかった。トレイラーの教室は最悪よ。リサは島を出る話しかしなくなったわ」

「もちろんあなたの孫も一緒にいなくなるわけよね？」アニーがいった。

マリーの強がりな態度も消えた。「いつかあなたにもそんな思いがどんなものかわかる日が来るはずよ」

バーバラの目は理解してほしいと嘆願していた。「島にはあのコテージが必要なの。あんな場所は島のどこにもないわ」

「今回のことは衝動的にやったんじゃないの」ティルディはアニーの共感を得るためならなんでもするといった感じで熱く語った。「コテージが際立って素晴らしい理由は眺望なの。あの眺めがあるからこそ、毎年夏になれば学校を簡単に住居に戻せるのよ」

「島には需要を満たせる夏季限定賃貸物件が不足しているの」ナオミがいった。「賃貸料はこれまで財源のなかった学校の年間維持費用をまかなうだけの資金になるわ」

ルイーズは頷いた。「そして外出を困難にしている道路の補修費用にもなるわよ」

家賃はアニーが絶対に得ることのできない収入だ。なぜなら母マリアが署名した同意書では賃貸を禁じているからだ。エリオットがマリアよりも島民に対して寛大な対応をとったとしても意外ではない。

懇願口調をがらりと変え、ナオミは威圧的な態度に出た。「ああするしかなかったの。より大きな目標を達成するために」

「アニーにとっては迷惑でしかない」テオはそういい、ふたたびジャケットを着て、手を腰に当てた。「いいかい、アニーはこの件を警察に通報するつもりでいるんだよ」

ジュディが鼻をかんだ。「やっぱり、私のいったとおりになったでしょ。結局私たちは法律に罰せられると私はいいつづけていたのに」

「みんなで否認すればいいのよ」マリーが言い放った。「証拠はないんだから」

「私たちを引き渡したりしないでよ、アニー」ティルディが懇願を口にした。「そうなったら、私たちもおしまいだわ。店も失うでしょうし」

「後悔先に立たずだよ」テオがいった。

「もしこのことが漏れたら……」ルイーズがいった。

「漏れるのは時間の問題だよ」テオが言い返した。「あなたたちはもう袋のネズミだ。この状況を全員が理解したかい？」

マリーは相変わらず背筋を伸ばして座っていたが、目から涙があふれた。全員が椅子に崩れるように座り込み、ティッシュを顔に当てながら互いに手を伸ばし合っていた。全員が敗北を認めた。

バーバラはみるみる老けていった。「間違いは正すわ。お願いよ、アニー。誰にもいわないで。ちゃんと解決するから。あなたがコテージを所有できるよう、すべてを解決する。何もいわないと約束して」

「アニーは何も約束しない」テオがいった。

ドアが弾けるように開き、ふたりの赤毛の子どもたちが勢いよく突入してきた。部屋のなかで走りながら、ふたりは祖母の胸に飛び込んだ。「おばあちゃん、ミラー先生が病気になったの。ゲーゲー吐いて、気持ち悪かったよ！」

「代わりの先生が見つからなかったの！」年下の子どもが口をはさんだ。「だからみんなおうちに帰ることになったの。でもママがジェイシーに会いに行っちゃったから、ここに来たの」

孫の女の子たちを抱き寄せるバーバラの粉っぽい頬を涙がつたう様子をアニーは見ていた。テオもそれに気づいていた。彼は眉をひそめて、手で彼女の腕をつかんだ。「ここを出よう」

テオの車がサバーバンの前に停まり、車道を塞いでいた。「なぜバーバラたちのしわざだとわかったんだ？」テオは玄関ポーチの階段を下りながら訊いた。

「女は洞察力があるでしょ。あなたから賃貸権の話を聞いたら、犯人は彼女たちしかいないとわかるわよ」

「もう彼女たちはきみの意のままに動くしかなくなった。だろ？　コテージを取り戻せるぞ」

アニーはため息をついた。「そんな感じね」

気乗りのしない感じのアニーの言葉に、テオが反応した。「アニー、それはだめだ」

「何がだめなの？」

「きみが考えていること」

「私が何を考えているか、なぜわかるの？」

「きみという人間を知っているから。コテージをあきらめようとしているだろ？」

「あきらめようとしているわけじゃないの」アニーはコートのジッパーを上げた。「むしろ変化を求めているのかも。島……それが自分には合わないんじゃないかと」あなたも私には合わないのよ。あなたがくれようとしないすべてが欲しいの。

「島はきみにとって素晴らしい場所じゃないか」彼はいった。「きみはこの島で冬を越しただけじゃなく、成長することもできたんだ」

ある意味でそれは事実だ。

アニーは自分の夢の本を思い浮かべ、いつ、どうやってこの島にたどり着いたのかを思い出した。病気で体調も悪く、まったくの文無しで、そんな状況は自分自身の破綻した人生――これまで成し遂げることのできなかったものすべて――の象徴のように思えた。しかし気づかないうちに視点が変化していた。アニーが思い描いていた演劇界でのキャリアは実現しなかったかもしれないが、自分がいたから幼い子どもが自分の声を取り戻せたのは意義あることだった。

「一緒に農家に行ってみよう」テオがいった。「新しい屋根がどうなのか見てみたいんだ」

アニーは前回行ったときのことを思い出し、人形ではなく自分自身の生存本能に従った。

「太陽が顔を出したし、散歩のほうがいいかな」

彼は反論しなかった。ふたりはわだちのある車道を下り、道路に出た。港の船舶は夜明けに漁に出てしまったので、空いたブイだけが風呂のおもちゃのようにぷかぷか浮いていた。

アニーは時間稼ぎをした。「あなたが救助した女性の容体はどうなの？」

「本土の病院に連れていって、なんとか間に合ったよ。これからリハビリが必要だけど、快復するはずだ」彼はアニーの肘をつかんで一緒に砂利を踏みしめながら、道の反対側に渡った。「おれはここを去る前に島民の誰か数名がＥＭＴの資格検定に向けた準備を始めるよう手はずを整えるつもりでいる。こんな離島に医療救助者がいないというのは危険だから」

「いますでにいて当然なのにね」

「誰も責任を背負いたくなかったんだよ。でもグループで一緒に訓練を受ければ、頼りあえる」彼は道の深い穴をよけるため、アニーの手を取って誘導した。よけ終わるとアニーは手袋をはめ直すふりをしたので、彼は足を止め、困惑の表情でアニーを見つめた。「おれにはわからん。なぜコテージをあきらめて、島を去ろうなんて考えるのかな？」

彼はなぜこんなに私の心を読めるのだろう？　こんな人はこれまでひとりもいなかった。

とりあえずまた犬の散歩屋を再開しよう。カフェ・カフェで働きながら、人形劇の予約を取る。この先やらないと決めているのは、オーディションを受けつづけること。リヴィアのおかげで新たな方向性を見出せた。これは頭のなかで自覚できないほどゆっくりと形を成してきたものだ。「私がこの島に留まる理由がないんだもの」彼女はいった。

ドアがひとつなく、マフラーも壊れたSUVがエンジンの音を響かせながら通り過ぎた。「理由はあるだろう」彼はいった。「コテージはきみのものだ。さっきの女たちはいまごろ、きみの沈黙と引き換えにコテージの所有権をどうやってきみに戻そうかとあたふた知恵をしぼっているだろうよ。何も変わらない」

変わらないどころか、すべてが変わってしまったのだ。私はこの男性に恋をしている。毎日彼の姿を目にして、毎晩愛を交わしてきたあのコテージにいつづけることはできない。傷を守ってくれた絆創膏を剝ぎ取るべき時期が来たのだ。そして私はどこに向かうのか？　いまでは体力も戻り、解決策を考え出す心の強さもある。

ふたりは埠頭に向かって歩きはじめた。前方にボートハウスにはさまれて立つ柱から朝の潮風に吹かれてはためくアメリカ国旗が見えた。アニーは重なったロブスターの罠をよけ、斜面に登った。「もう、避けられないことを先延ばしにするのはやめる。最初からコテージは間に合わせにすぎなかったのよ。私がマンハッタンの現実的な生活に戻るべきときが来たの」

「きみはまだ文無しだぞ」彼がいった。「どこに住むつもりなんだ？」

最も借金を素早く返せる方法はガーの絵を売ってしまうことだが、そうするつもりはない。代わりの案は、以前犬の散歩を担当させてもらった依頼人に電話をすること。この仕事の依頼人はいつも旅行にばかり行っている。以前には家事もこなしていた。運がよければ、以前のおなじみさんが動物の世話を頼んでくる可能性がある。それがうまくいかなければ、カフェ・カフェの以前のボスが保管庫の布団を使わせてくれるかもしれない。五週間前と比べて精神的にもたくましくなっているので、なんとかなるだろう。

「私はすでにリセール・ショップから収入があるの」アニーはいった。「だから全くの無一文ではなく、体も元気になったのでまた働けばいいのよ」

ふたりは係留用の花崗岩の杭に繋がれたチェーンを避けながら歩いた。彼はかがみ込んで、石ころを拾い上げた。「おれはきみにいてほしい」

「いてほしい？」アニーは彼が大事な一言を口にしたことなど聞こえなかったかのように気楽に答えた。しかし、次にどんな言葉が続くのか気がかりで、体はこわばっていた。

彼は海に向けて石を投げた。「もし島の女マフィアたちが今回のゴタゴタに収拾つけるまでコテージを出る必要があるのなら、屋敷に泊まればいい。なんでもやりたいようにしろ。エリオットとシンシアは八月まで来ない。そのうち自分の住処《すみか》に戻ればいいんだ」

これは〝世話好き〟テオの発言であり、それ以上の意味はない。自分らしい住処は、生まれ育った都会にある。そこでふたたびもとの生活を取り戻すのだ。ボートハウスの国旗が海風にはためいていた。アニーは海面に照り返す太陽がまぶしくて、目を細めた。島で過ごしたこの冬は生き延びる力を蓄える時期だったのだ。いまでは自分を澄んだ目でとらえられるし、過ぎ去った出来事を踏まえ、向かうべき道を冷静に判断できる。

「きみが都会で暮らすには不確定要素が多すぎる」彼がいった。「だから、ここにいるべきだ」

「ここならあなたが私を見守れるから？　勘弁してよ」

彼は両手をパーカーのポケットに突っ込んだ。「きみの話を聞いているとぞっとする。おれたちは友だちだろ？　半生を振り返ってみても、きみほど親しくなれた友人はほかにいないかもしれないんだ」

アニーはたじろぎかけたが、自分を愛してくれないからといって、彼を責められなかった。彼はもともと女性を愛するカードを持っていないのだ。彼がふたたびいつの日か恋をするとしても、相手は自分ではない。彼の過去に密接なつながりを持つ相手では決してない。

こんなことは即刻やめよう。アニーは可能な限り冷静な声で話した。「私たちは愛人関係にあるでしょ。それは友情と比べたら、面倒な要素をずっと多く含んでいるわよ」

彼はふたたび海面に向けて石を投げた。「面倒なはずはない」

「私たちの関係は、いつか終わりを迎える運命にあったの。いまそのときが訪れたというだけのことじゃないかしら」

彼の顔に浮かんだのは悲嘆ではなく、駄々っ子のようなすねた表情だった。「きみの言葉にかかるとおれたちの関係は腐ったミルクに聞こえる」

アニーはここで判断を誤るわけにはいかなかった。恋から自分を解放しつつも、テオお得意の罪悪感、責任感の対象になることは避けなくてはならなかった。「腐ってなんていないわ」アニーはいった。「あなたはハンサムで裕福で、頭もいい。おまけにセクシーなのよ。お金持ちとってもういったっけ？」

彼はにこりともしなかった。

「あなたも私がどんな人間か知っているでしょう？　私はロマンチストよ。これ以上あなたのそばにぐずぐずといつづけたら、あなたに恋をしてしまうかもしれないわ」アニーは身震いをしてみせた。「その結果どんな見苦しい事態になることか、考えてもみてよ」

「恋するわけないよ」彼は大真面目に答えた。「きみはおれを知りすぎている」

現れてきた彼の真の人間性が愛すべきものではないとでもいうのか。

アニーはコートのポケットに入れた手の指をまるめた。これが終われば、魂が粉々に砕け散ってしまうだろうが、まだ気を抜いてはいけない。きっとやり遂げられる。なんとしてもやり抜くのだ。「こうなったらあけすけな言い方をするしかないわね。私は家族が欲しいの。つまり、私が必要もないのにこの島にいつづけて、あなたと楽しんでばかりいたら、時間が無駄になるの。私はもっときちんとけじめをつけたいのよ」

「そんな話、はじめて聞くぞ」彼は不快感を覚えるか、感情を害するかしたかもしれないが、そこに悲嘆の響きはなかった。

アニーは困惑の表情を浮かべてみせた。「あなたに聞かせてどうするの？」

「おれたちはなんでも打ち明けあっているだろう？」

「だから、私もそうしているでしょ？　こうやってあなたに話しているじゃない。複雑でもなんでもない」

彼は肩をすくめた。「そうなのかな？」

締めつけられるような胸苦しさがいっそう強まってきた。彼は海風をよけるように体をまるめた。「きみにいてほしいと思うのは身勝手なのかもしれないな」

惨めな思いが一日で耐えられる限度を超えた。「寒くなってきたわ。それにあなたは徹夜したんでしょ？　眠らなくちゃ」

彼は埠頭を見下ろし、やがてアニーを見た。「この冬はきみにすごく世話になった。感謝するよ」

彼の感謝がアニーの心をさらに切り裂いた。彼女は声の震えに気づかれないよう、風のほうを向いた。「こちらこそ」アニーは胸を張った。「用を足したいの。じゃあ、またね」

彼を波止場の上に置き去りにして、アニーは必死に涙をこらえた。こんな姿を見せたら終わりだ。彼はあっけないほど簡単にあきらめた。ある程度は予測していた。彼は本心を偽る人間ではない。彼はヒーローであり、ヒーローは与えるつもりのないものを、差し出すふりなどしない。

アニーは道を渡って自分の車に向かった。いますぐに島を出たい。今日。この瞬間に。だがそれは無理だった。自分のポンコツ車が必要で、大型のカーフェリーが来るまでまだ八日もある。八日間もあれば、テオはいつでも気の向いたときにコテージを訪れるだろう。それは耐えられない。なんとかしなければ。

車でコテージに戻りながら、アニーは自分に言い聞かせた。望む、望まないにかかわらず、心臓は鼓動を続ける。時が癒してくれると、人はいう。いつかは流れた時間によって、この傷だらけの心も癒えるはずだ。ずっと未来を見据えながら、自分の行いは正しかったと自分を慰めよう。

だがいまのところ、慰めなど影も形もなかった。

23

リヴィアがまた話せなくなっていないかというアニーの懸念は取り越し苦労に終わった。リヴィアは嬉しそうな様子で、粘土細工の亀を見せた。「この子になんと話しかければいいのか、戸惑ってしまうの」リヴィアが遊びに心奪われているあいだに、ジェイシーはアニーに向かってささやいた。「あの子の母親なのに、何を話せばいいのかわからないの」

「スキャンプを連れてくるわ」アニーはいった。

アニーは人形を迎えにいった。自分の苦痛に満ちた思いを晴らす恰好の気晴らしにもなり、ジェイシーと子どもとの対話の手ほどきをスキャンプにさせたいという熱烈な希望もかなえられると、ありがたかった。アニーはジェイシーとリヴィアの前にキッチン・テーブルを隔てて人形を登場させ、ジェイシーに注目させた。「あなたがリヴィアの美人のママなのね。こうして正式にお会いできるなんて信じられないわ。あたしはスキャンプ。またの名をジュヌヴィエーヴ・アデレード・ジョゼフィーヌ・ブラウンよ」

「ああ……こんにちは」ジェイシーはひどく心許なげに答えた。

「あたしは次に自分について話すわ」スキャンプはこれまで自分が成し遂げたことを羅列し、自分がいかに素晴らしい歌唱力の持ち主であるか、踊りや演技、おまけに家の塗装、レーシングカーの運転の技術にまで高い能力を発揮できると誇らしげに語った。「あたしは蛍を捕まえられるし、口を最大限の幅に開けるのよ」

リヴィアはスキャンプの演技を見てくすくす笑い、それを見てジェイシーも気持ちが落着きはじめた。スキャンプはさらにおしゃべりを続けたあと、最後に編み糸の髪の毛を揺らしていった。「あたしスキャンプは自由な秘密が大好き。だって嫌な話もしやすくなるんだもん。あなたとママにも嫌な出来事があったでしょ、リヴィア？　でも……ママは自由な秘密のことを知らないのよ」

アニーの願ったようにリヴィアがスキャンプの話をさえぎって、説明役を買って出た。「自由な秘密のルールはね、誰かに何かを話していいけど、それを聞いた人は怒っちゃいけないの」

スキャンプはジェイシーのほうに体をかがめ、ささやいた。「リヴィアもあたしも、あなたの自由な秘密を聞きたいと思ってるの。あなたがリヴィアのお父さんを撃ったとてつもなく怖くて恐ろしい夜のことを話してほしいの。そしてこれは自由な秘密だから、誰もあなたを責めないわ」

ジェイシーは目をそらした。

「大丈夫よ、ママ」リヴィアは大人のような口調でいった。「自由な秘密はとても安全だから」

ジェイシーは涙を浮かべながら、娘を抱擁した。「ああ、リヴ……」彼女は気持ちを落ち着かせようとした。最初はためらいがちに、次第に語調を強めつつ、ジェイシーはネッド・グレイソンのアルコール依存症について語った。四歳児にもわかる言葉を使い、アルコールが原因でどれほど暴力をふるうようになっていったかを説明した。

リヴィアは話に没頭していた。ジェイシーは自分の語る言葉の影響を心配して、リヴィアに何度も理解できるか尋ねたが、リヴィアは心の傷が痛むことを忘れ、好奇心に駆られているようだった。話が終わるとリヴィアは母親の膝に乗り、キスをしてもらい、お昼を作ってと要求した。

「まず最初に、これからも必要があればこのことを親子で話し合うと約束してちょうだい」スキャンプがいった。「約束できる？」

「わたしたちは約束します」リヴィアがしかつめらしい顔でいった。

スキャンプはジェイシーのほうにグイと頭部を突き出し、ジェイシーが吹き出した。「約束します」

「よくできました！」スキャンプが声を張り上げた。「これであたしの任務は終了よ」

昼食後、リヴィアが玄関ポーチのキックスケーターに乗りたがったので、アニーはジェイシーと階段の一番上に並んで腰掛けた。「最初からあの子に話すべきだったのよね」ジェイシーがいった。ちょうどそのとき、リヴィアのキックスケーターが床板を飛び越え、リヴィアは体のバランスをとるのに必死になった。「でも当時のあの子はまだとても幼かった。私はずっと、時間が経てばあの子が忘れてくれるとばかり思ってた。馬鹿よね。あなたにはあの子が何を求めているのかすぐにわかったのね」

「すぐじゃないわ。だいぶ調べてからわかったの。部外者のほうが簡単に客観的な視点で判断できるものよ」

「謙遜しないでよ。とにかくありがとう」

「感謝しているのは私のほうよ」アニーがいった。「リヴィアのおかげで、私は人生の目標を見つけたわ」ジェイシーが首を傾げたので、アニーは誰にもまだ話していないことを打ち明けた。「私はいずれ人形劇セラピストの資格をとるための訓練を受けようと思っているの」

「アニー、素敵だわ。あなたにぴったりの仕事ね」

「そう思う？　何人かの人形劇セラピストをやっている人たちと電話で話してみて、これだと感じたの」演劇の世界に入ってみて、これほどしっくりくると感じたことはなかった。また学生に戻ることになるので、しばらくは余裕がなくなるだろうが、優秀な学業成績もあり、子どもたちと働いた経験を生かして奨学金を受けられるかもしれない。もしそれが叶わなければ、ローンを申し込めばいい。いずれにしてもこれを実現したいと考えている。

「ほんとうにあなたを尊敬するわ」ジェイシーは遠くを見つめるような目をした。「私ときたらずっとリヴィアに張りついて、家のなかに閉じこもってばかり。テオのことをただ夢見て、自分の人生を歩もうとしなかった日々が悔やまれるばかりよ」

それはアニーにも身に覚えのある感覚だった。

「あなたが島に来なかったら……」ジェイシーは蜘蛛の巣でも払うかのように首を振った。「リヴィアのことだけ考えているんじゃないかしら。でも、おかげで自分の人生をコントロールしているあなたのような生き方をも考えるようになったわ。私もここらで一区切りつけて、再出発したいし、最終的にはなんらかの形で実現させるつもりよ」

それもまたアニーと同じだった。

「あなたはコテージをどうするつもりなの？」ジェイシーが訊いた。

アニーはジェイシーに町の老女たちのしわざや、またテオに恋愛感情を抱いていることを話したくなかった。「私はこの土地から離れるつもりなの。来週の車を運ぶフェリーに乗って島を出るわ」少しためらいがあった。「テオとのことが……ややこしいことになってきてしまって。だから自分で終止符を打つ必要が出てきたの」

「ああアニー、それは悲しいことね」ジェイシーの表情には他人の不幸を喜ぶ様子はまるでなく、あるのは純粋な懸念だけだった。テオは自分の空想の世界の人物であって、現実的には捉えていないといった表現を使ったことがあったが、それは真意だったのだ。「あなたがそんなに早くこの島を去ることはないだろうと思い込んでいた。私がどれほど寂しい思いをするかわかるでしょう?」

アニーは衝動的にジェイシーに抱きついた。「私もよ」

車を載せられるフェリーが到着するまでのあいだ、泊まる場所が必要だとアニーから聞いたジェイシーは冷静だった。「コテージでテオとばったり会いたくないの。だから……どこか隠れ家が必要なの」

アニーは一時的な居場所を探してほしいとバーバラに頼むつもりでいた。アニーがたとえ金色のユニコーンを探してほしいと頼んだとしても、老女たちはなんとか見つけ出してくれるだろう。例のことを黙っていてもらうためなら、なんでもするつもりでいる。

しかしこの件をバーバラに頼む必要はなくなった。一本電話をかけただけで、ジェイシーはアニーに家を見つけ出してくれたのだ。

レス・チルダースのロブスター船ラッキー・チャーム号は一時的に漁船用ボートハウスに係留されている。船の持ち主は、来週アニーが乗って本土に帰る船で運ばれてくる重要なエンジンが届くのを待っている。

レスは船の手入れをきちんとしているのだが、それでもロブスターの罠、ロープ、エンジンの油のにおいが漂っている。船には、小型の調理室を備え、電子レンジやシャワーの備えもある。船室は乾いており、ヒーターがあるのでいくらか暖かいし、何より、テオに会わずに済むのがありがたかった。アニーは先日の宣言だけではこちらの意思が充分伝わらなかったことも考えて、コテージに置き手紙を残しておいた。

親愛なるテオへ

私はこの先数日間町で過ごすため、ここは引き払いました。いろいろあるなかでも、あなたと魂が吹き飛ぶようなセックスを今後は楽しめないという、気の滅入るような見通しに適応するためです。あなたが本気で探せば私の居場所はわかるでしょう。でも私には用があるので、お願いだからほうっておいてね。友だちのよしみで。

A

この短い手紙はまさしくアニーの望む、軽快な調子を帯びた仕上がりになった。感傷的な表現や、長々と時間をかけてつづったのではないかと思われる要素も見られず、アニーの彼に対する深い恋心もにじんでいない。都会に着いたら、最後にお別れメールを送るつもりでいる。あなたには信じられないでしょうけど、私はびっくりするほど魅力的な男性にめぐり逢ったの。かくかくしかじか……。これで幕がおりる。アンコールはなし。

アニーの千々に乱れる心に時折係留装置に繋がれたロープがこすれる騒々しい音が混じり、

体になじみのないロブスター漁の船の揺れが眠りをさまたげた。安全のため人形をハープ館のジェイシーのところに預けてきたりするんじゃなかったとアニーは後悔した。人形たちがそばにいると思うだけでどれほど心が慰められたことだろう。

夜中に毛布がずり落ち、夜明けに体が震えて目が覚めた。寝台から体をまるめるようにして出て、スニーカーに足を入れた。マリアの真っ赤なウールのマントを体に巻きつけ、操舵室に登り、歩いてデッキに出た。

白く濁った海の上に広がる空に桃色とラベンダー色のリボンが流れている。波が船の船体に打ち寄せ、風はマントをとらえ、翼のように羽ばたかせた。アニーは前の晩にはなかったものが船尾に置かれているのに気づいた。黄色のピクニック・バスケットだ。アニーは顔にかかる髪を押さえながら、中身を調べにいった。

バスケットのなかには容器に入ったオレンジ・ジュース、固ゆで卵に、まだほんのり温かいシナモン・コーヒーケーキと古くさい赤の魔法瓶が並べられていた。賄賂《わいろ》は見てすぐそれとわかるもの。ばあさまたちが今度は食べ物でアニーの沈黙を買おうとしているのだ。

魔法瓶のふたをひねると、湯気が立ちのぼった。淹れたてのコーヒーは香りが強く、美味しい味だった。飲んでいると、ハンニバルが懐かしくなった。膝の上で猫を寛がせながら朝のコーヒーを飲むことがすっかり習慣になっていた。すっかり慣れ親しんだといえばテオの存在が――。

やめなさい！

アニーは船尾に留まり、オレンジと黄色の服を着て漁に出ていく猟師たちを眺めていた。波止場の支柱から生えた海藻が人魚の髪の毛のように海面に浮いていた。埠頭に向かって、一対のケワタガモが進んできた。空はいっそう明るくなり、輝く青の水晶のように見えた。アニーはあれほど嫌っていた島が美しく思えるようになっていた。

ラッキー・チャーム号は漁業組合の波止場に係留されているのに、赤いマントを着てフェリー用の埠頭の端から大海原をじっと見つめるアニーの姿をテオは見つけた。まるでこの世を去った夫の帰りを待ちつづける船長の未亡人のようだ。昨日はまる一日アニーに近づきもしなかったが、もう充分だ。

アニーはハープ館に泊まっていればよかったのだ。あるいは、コテージから出なければよかった。そうすれば島の魔女たちと一定の距離を置けたのに。そもそもアニーがお人よし過ぎるので、魔女たちが悪知恵を働かせることとなったのだ。好きなだけコテージで休んでいればいいものを、レス・チルダースのロブスター漁船に宿泊先を移動した。このおれから離れるために！

彼は大股で波止場を進んだ。彼の心理にひそむ不条理な意識がそんな怒りを楽しんでいた。生まれてはじめて女に本気で腹を立てている。相手がよよと泣き崩れるような簡単な相手ではないことは承知の上だ。たしかにふたりの関係がややこしいことにならなくて安心したのは事実だ。しかしそれは本能的な反応で、現実は別物だ。アニーはああいったが、ふたりの関係はまだ終わっていない。親密さというものはそう簡単に消えてなくならないものだ。これは深い感情をともなう恋愛関係ではないとアニーは明言した。だったら何がそんなに問題だというのか？　彼女が家族を欲しがっていることが判明した。たしかに彼女にとっての拠り所にはなるだろう。だが、それがふたりの関係とどう繋がるのだ？　遅かれ早かれ、ふたりの熱い欲望は鎮まっていくことだろう。だが彼女がこの島で我が子の父親となる男性を見つけようとしていないのなら、ふたりの関係に終止符を打つ必要はない。お互いにとって別れの意味が大きいこの時点ではなおさらだ。

そう考えるのはひょっとして自分だけなのかもしれない。いつも守られているという安心感が、アニーとともに消え去ったのだ。アニーがこの先いったい何を話し、何をしようとしているのか皆目わからない。わかるのはただ、アニーがかよわいどころかたくましい女だったということだけ。言い換えれば、もはや本来の自分を偽るような言動を努力してする必要はなくなったということだ。彼女と一緒にいると、なんというか……自分らしくいられた。

アニーは帽子をかぶっていないので、カールした髪の毛がいつものように暴れていた。彼は恰好をつけるようにして声をかけた。「新しい家は楽しいか？」

アニーは彼が近づく気配に気づかなかったので、飛び上がった。いい感じだ。やがてアニーは顔を合わせても楽しくないというように眉をひそめたので、気分を害した彼はいじわるな言葉を返した。「ロブスター船での生活はどうだね？」口調に嘲笑めいたものをにじませたつもりだった。「まあ、居心地はすごくいいだろうな」

「景色はいいわよ」

テオとしては、こんなふうに軽くあしらわれて、引き下がるわけにはいかなかった。「きみがレスの船で暮らしていることはいまや全島民の耳に入っている。これじゃあまるで、なんの担保もなしでコテージをばあさんたちに引き渡すようなものだぞ。いまごろ連中はハイタッチのしすぎであざを作っているだろうよ」

アニーは小さな鼻をつんと上に向けた。「私を怒鳴りつけるつもりでここへ来たのなら、帰ってくれる？　たとえ目的が怒鳴ることではなかったにしても、とにかくお引き取りいただきたいの。私にはなすべき用事があると伝えたはずよ。いっておくけど、あなたには邪魔されたくないの」アニーは彼を追いやるように手を払った。「そのバカバカしいほどの端整な姿に惑わされるのはたくさん。なんでいつも大衆小説の表紙から抜け出てきたような様子なのよ？」

テオには彼女の話している内容が腑に落ちなかった。ただ侮辱を受けているらしいことはわかった。彼は乱れた彼女の髪に手をもぐらせたいという衝動を抑えた。「運命の人探しはどんな調子かな？」彼は間に合わせの嘲笑を付け加えた。

「どういう意味？」

彼はアニーを腕に抱き上げて、彼女の本来の居場所であるコテージに運び去りたかった。コテージは彼にとっても居場所だった。あの家はふたりの居場所だった。「それが理由でおれを振ったくせに、覚えてないのか？　自由な身になって結婚相手を探すんだろ？　レス・チルダースは独身だ。七十歳だとしてもべつにいいだろ？　やつの船は充分価値がある。電話でもしてやれよ」

アニーは彼がイライラの原因でしかないかのように、ため息をついた。「テオ……もうそんな嫌みをいうのはやめてよ」

嫌みは確かに意図したものではあったが、テオは自分を抑えられなかった。「もしかしたらおれにとっての友人の定義はきみと違うのかもしれない。おれの人生では、友人とある日気が向いて付き合い、やめたといってチャラになるものじゃない」

アニーは両手をマントの内側に入れた。「ベッドをともにしてしまうという過ちをおかした友人たちはそうやって関係を清算するでしょ？」

あれは過ちではなかった。とりあえず彼にとって過ちではなかった。彼は親指をジーンズのポケットにつっ込んだ。「きみの手に掛かると単純なものがややこしいことになる」

アニーは海に目をやり、やがて彼のほうを見た。「私はできるだけこのことを角が立たないようにすませたかったんだけど……」

「じゃあ、そんなもの、やめちまえ」彼が声を張り上げた。「なぜ前触れもなく急に立ち去ると言い出したのか、おれにわかるように聞かせてくれないか。いいからもっと話せ。不快な内容だったとしてもいい」

アニーは言われたとおりにした。彼の予想どおりに偽らざる事実を述べた。

「テオ、私だってあなたといたいわよ。でもね、私は恋がしたいのに、あなたとは無理なんだもの」

いったいなぜ無理だというのか？　身も凍りそうになった瞬間、彼はそれを声にしようかと思った。

彼女の視線は揺るぎなく力強かった。彼女が優しさを込めて腕を触ったので、テオは歯ぎしりしたくなった。「あなたは抱えているものが多すぎるの」

こんな言葉をいわせるつもりはなかった。答えはわかりきっているはずではなかったか？　彼はぞんざいに頷いた。「わかった」

それを聞くだけで充分だった。真実を。

テオはアニーを埠頭に置き去りにした。ハーブ館に帰り着くと、愛馬ダンサーに鞍をつけ、激しく駆り立て走らせた。その後彼は厩舎で時間をかけて馬の体をこすり、毛並みの手入れをした。馬の体に付着した茨《いばら》をブラシで落とし、蹄をつつくことに集中した。長いあいだ自分の心は凍りついたままだと思い込んでいたが、アニーがそれを変えた。彼女はテオの恋人であり、チアリーダーであり、精神科医でもあるのだ。亡き妻ケンリーと、双子の兄を解放するため自ら命を絶ったリーガンに新たな形の幸福を与えられなかった自分のふがいなさを直視させてくれたのはアニーだった。どういうわけかアニーは彼の心の闇の境界線を突破してしまったのだ。

テオはダンサーの背中の隆起の上に乗せた手をはたと止めた。彼はそこに立ち尽くし、過ぎ去った六週間を振り返った。彼の夢想はリヴィアの声にかき乱された。

「テオ！」

テオは厩舎から出た。リヴィアは母親の手を振りほどいて彼のほうへ走ってきた。彼は足元に飛び込んできた子どもを抱き上げ、抱きしめたいという圧倒的な欲求に駆られ、それに従った。

子どもは逆らった。両手を彼の胸板に突き当て、押して彼を下からにらんだ。「妖精の家が前と同じままだったよ！」

これだけは修正ができるミスだった。「まず宝物を見せてからと思ってさ」

「宝物？」

テオも確たる考えがあってこう答えたわけではなかったのだが、すぐにあれだ、と思いついた。「海の宝石だよ」

「宝石？」リヴィアは息遣いに驚きを込めてその言葉を口にした。

「ここにいるんだよ」彼は昔自分の使っていた寝室に向かった。

彼のクローゼットの奥に大きすぎるほど大きな瓶があり、そのなかにはリーガンが集めた浜辺の宝石のような石が保存されていた。これは嫌な記憶を呼び覚ますもののひとつとしてだいぶ以前に視界に入らないこの場所に押し込まれたのだ。しかしそれを引っ張り出して一階に運ぶあいだに、今日はじめて暗い気分が軽くなった。性格のなかに優しく寛容な一面を持つリーガンは大切な浜辺の石をリヴィアに譲ることを喜んでくれるだろう。幼い少女から幼い少女への遺産として。

階段を下りながら、毎日何度もこの階段を上り下りしていた妹の姿がまぶたに蘇り、何か目に見えない温かいものが体をさっと撫でていくのが感じられた。彼はそこで足を止め、目を閉じた。心に妹の顔が浮かび上がった。

リーガンが微笑んでいた。その顔は〝幸せになって〟と告げていた。

ジェイシーはリヴィアをテオに託してその場を去った。ふたりは浜辺の宝石のような石を妖精の家に加えながら、語り合った。もっとも主に話したのはリヴィアのほうだった。頭のなかにしまい込まれていた言葉の数々がどっと同時に出てくるらしかった。彼はこの子どもの鋭い観察眼や、深い理解力に舌を巻いた。

「わたしは自由な秘密を打ち明けたのよ」リヴィアは妖精の家の苔で造られた屋根にガラス

の破片を埋め込みながらいった。「今度はテオの番」

夜のとばりが降りるころ、テオは小塔に引きあげた。孤独な王子は皇女が塔へ上って自分を解放してくれるのを待ちわびているのだ。〝あなたは抱えているものが多すぎる〟か。

彼は小説の続きを書こうとしたが、気づけば部屋の壁を見つめ、アニーのことばかり考えていた。クエンティン・ピアースの屈折した心理のなかに入りたくなかった。もはや事実を否定するわけにはいかなくなった。流浪の悪鬼が想像力を刺激してできたものがなんであれ、それが消えうせ、同時に小説家というキャリアが失われたという事実だ。

テオはパソコンのファイルを閉じ、椅子の背にもたれた。視線はアニーからくすねてきた一枚の絵に注がれた。ぼさぼさ頭にソバカスのある鼻が特徴の勉強好きな男の子の絵だ。テオの手がキーボードに向かって動いた。新しいファイルを開く。しばらくそのまま座っていたが、やがて指がキーをたたきはじめた。心の奥に長いあいだ閉じ込められていた言葉があふれ出てくる。

ディギティ・スウィフトはセントラル・パークを見おろす大きなアパートに住んでいる。彼はアレルギー疾患を持つ子どもで、空気が限度を超えて汚染されていたり、吸入器を忘れると、ぜいぜいと苦しげな呼吸をし、両親が留守のあいだ世話をしているフランは公園から彼を連れ出す。ディギティはすでに、自分は異端者だという感覚を持ちはじめている。七学年の児童のなかで最も小柄で、その上アレルギー持ちとはどういうことだ？

フランは力が強いより、頭がいいほうがずっと有利だという。ディギティはそれがほんとうとは信じていない。力が強いほうがずっと有利に決まっている。

ある日、フランがディギティを公園から連れ帰ると、奇妙なことが起きた。自分の部屋に行き、お気に入りのテレビ・ゲームをしようとしたが、コントローラーに手を触れた瞬間、電気ショックが腕を伝い、胸から脚に達し、気づけば真っ暗闇に包まれていた……。


テオは夜半まで書きつづけた。


今朝もまた、アニーが目を覚ますと、ラッキー・チャーム号の船尾近くに沈黙を請い求めるための差し入れが置かれている。マフィンに卵のキャセロール、自家製のグラノーラは見た目は美味しそうでも、罪悪感に根ざし、事実の隠匿を求める捧げ物として置かれているのだ。そして絞りたてのオレンジ・ジュースは生贄を示している。

捧げ物のすべてが食べ物ではなかった。瓶入りの香るハンド・ローションが届いたこともある。次はティルディの土産物店のプライス・タグがぶら下がったままのジッパーつきスウェットシャツがやってきた。ときどき、寄贈者の姿が見えることもある。ナオミがボウルに入れたチャウダーを、ネルソン夫人が香りのあるローションを残していった。マリーでさえ、金属皿に載せたレモンを置いていった。

ここでは普通に電話の受信ができるので、アニーは以前犬の散歩を任されていた依頼人に連絡を取りはじめた。カフェ・カフェの元上司とも話をし、仕事に復帰したいこと、最初の住み込み仕事が決まるまで奥の部屋のカウチで寝ることを認めてほしいと頼んだ。しかしまだアニーには予定で埋まらないむなしい時間がたっぷりあり、胸の奥にできた深い傷はいまなお癒えていない。

テオはアニーに怒り、もうやってこなくなった。彼を失う苦痛は、執念ぶかく上空を転回するハゲワシのようにしつこく襲ってくる。アニーはいまや、感じているのがまぎれもない苦痛だということを自分自身に言い聞かせた。

ニーヴン・ガーについてもいろいろと思いをめぐらせている。しかし誰かの拒絶が二度も重なるのは耐え難い。ニーヴンの家族の居場所を探したいとは思うものの、それを実行するのはこの島を出てテオへの失恋の傷が癒えてからにしようと思っている。

一組の若い女性たちが、なぜアニーがコテージを去ったのか知りたくて船に立ち寄った。つまりそれでわかるのは、コテージの所有権移転の事実はいまだ漏れていないということだ。アニーが町の近くにいる必要が出てきたから、といった説明をすると女性たちは納得したような顔を見せた。

船に越してきて四日目の朝、リサがやってきてひょいと船に乗り、アニーを抱擁した。これまでいつ会っても冷ややかだったリサがなぜこうも急に熱苦しい言動を見せるようになったのかアニーには想像もつかなかった。リサはようやく体を離した。「あなたのおかげでリヴィアが話せるようになっただなんて、信じられないわ。今日あの子に会ったけど。まるで奇跡を見るようだった」

「周囲の努力が実っただけよ」それを聞いたリサはふたたびアニーを抱きしめ、あなたはジェイシーの人生も変えたのよ、といった。

訪ねてきたのはリサだけではなかった。船室で下着を洗っていると甲板で足音が聞こえた。

「アニー?」

それはバーバラだった。アニーは濡れたブラジャーを消火器の上に掛け、コートを取り、甲板に上った。

バーバラは操舵室に入っていた。抱えているのはビニール袋にくるまれた、焼きたてのホームメイドの甘いパンだ。逆毛をたててふくらませたヘアスタイルはつぶれ、いつもの濃いメイクの名残は口のまわりににじむ血のような真っ赤な口紅のあとだけだった。バーバラはパンを海底探知装置の横に置いた。「あれから六日よ。あなたは警察に電話もしてない。テオも。あなたたちは誰にも話していないわ」

「いまのところは」アニーはいった。

「私たちは修正の手続きを進めているわ。それをあなたに知ってもらいたいの」バーバラの言葉は叙述でなく、嘆願だった。

「すごいじゃないの」

バーバラはダッフルコートのボタンをいじった。「木曜日にナオミと弁護士のところに相談に行ったの。弁護士はいまコテージの所有権が永久にあなたのものとする書類を作成中よ」バーバラはもはや目線を合わせていられずアニーの後ろに見える漁業組合の建物を見た。「私たちの願いはただひとつ。あのことを誰にも話さないでほしいだけ」

アニーは主張を徹底しておくようみずからに命じた。「あなた方には何かを頼む資格はないのよ」

「わかっているわ。ただ……」バーバラの目は充血していた。「信託受託メンバーのほとんどはこの島で生まれた人たちばかりよ。この数年間意見の相違による不和状態が続いているの。だから私たちはすべての島民から好かれているわけじゃないけど……尊敬はされているの。それは何にも換えがたい大切なことなのよ」

「みずから進んで投げ捨てるつもりはなかった程度なら、そこまで大切じゃなかったのでは？　いまになってテオと私が沈黙を通せば、コテージを返すといった卑怯なまねは誇りを傷つけないの？」

にじんだ赤の口紅のせいでバーバラの顔色が青ざめて見えた。「いえ、私たちはとにかくあなたがコテージを間違いなく取り戻せるようにするつもりでいるということなの。ただお願いしたいのは……」

「自分は卑怯なまねをしたのに、こちらには善人として行動しろというわけね？」バーバラは肩を落とした。「そのとおりよ。私たちの卑怯さも許す寛大さを持っていただきたいの」

アニーは頑固者のふりをずっと続けているだけだった。ほんとうは、リサの幼い娘たちが祖母のリビングルームに駆け込んできて、祖母に抱きついたあの瞬間に覚悟を決めたのだ。

「弁護士への依頼はキャンセルして」彼女はいった。「コテージの所有権は辞退するわ」

バーバラは驚きでぽかんと口を開けた。「まさか本気じゃないわよね？」

「本気よ」この島には二度と戻ってこられなくなった。コテージを手放さずにいればそれが怨恨を生んでしまう。「コテージの所有権は島に譲るわ。無担保、無条件で。あなた方があの家をどうするか、こちらは関知しません」

「でも……」

アニーはこんな問答を早く打ち切りたかった。彼女はコートをいっそうぴたりと体に引き寄せるようにして甲板に跳び乗った。

ひとりの男性が船体の外側を磨いていた。猟師たちはそれぞれの船で高い波に乗り、クリスマス・ビーチに船を上げ、修理をして潮が引くときに船を海に戻す。島の生活とは実際こんなものなのだ。潮や天候、さらには漁と気まぐれな大自然に生活が左右される。アニーは町をそぞろ歩きしながら、シャッターの閉まったティルディの土産物店の前にぽつんと立て掛けられたロブスターの罠のように、空しさと疎外感に襲われた。

ポケットで携帯電話が鳴った。リセール・ショップの売買業者からの電話だった。アニーはチャウダーとロブスター巻きの風化した広告版に寄りかかり、話を聞いた。しかし業者の話が理解に苦しむ内容だったため、二度繰り返させた。

「嘘じゃありません」業者はいった。「途方もない値がついたんです。買い手はある種の収集家で、人魚の椅子は探していたもののひとつだったそうです」

「どこからどう見たって！」アニーは思わず声を張り上げた。「あれは不恰好よ」

「幸いなことに美というものは見る人の感覚によって違います」

そんなふうにしてにわかに借金が完済できることになった。一本の電話で、アニーは再出発できることになった。


車を載せられる大型フェリーは翌日の午後来る予定になっていた。明日はアニーのこの島での滞在の四十四日目にあたる。午前中に急いでハープ館に出向き、ジェイシーに預けたものを受け取ってこなければならない。人形たち、衣類の残り、マリアのスカーフなどだ。ロブスター船ですでに七日間を過ごし、乾いた土の上での生活が待ち遠しかった。乾いた土がカフェ・カフェの奥にあるカウチの上を意味するのは少し残念だが、それも長期間にはならなそうだ。犬の散歩の依頼主のひとりがヨーロッパ滞在中は住み込みで犬の世話をしてほしいといっているのだ。

コミュニティの掲示板に、今夜町民集会を行うという知らせが貼ってあった。コテージに関する案件が議題にのぼりそうなので、アニーも出席したかったが、テオが出席しないことを確かめる必要があった。なので、集会が始まってからなかに入った。

リサがアニーに気づき、自分の隣の席を仕草で示した。七人の管財人・受託者たちは部屋の端に置かれた長い折りたたみテーブルに並んで座っていた。バーバラは最後に顔を合わせたときと変わらず、ブロンドの髪はぺしゃんこで、メイクはまったくしていない。ほかのばあさまたちは部屋のあちこちに分かれて座っている。幾人かは並んで座り、夫と一緒の人もいる。誰ひとりとしてアニーと目を合わせようとしない。

集会の主旨が明らかにされていく。予算、埠頭の修理、増加の一途をたどるトラックの廃車の件。今日の異常な温かさとそれに伴って予想される嵐への憶測も議題にのぼった。だがコテージについては何も触れられないままだ。

集会の緊張がゆるみかけたそのとき、バーバラが立った。「散会の前に、お知らせがあります」

ぼってり塗ったマスカラもなく、頬紅をはたいてないバーバラは妙に小さく見えた。支えが必要であるかのように、折りたたみのテーブルに寄りかかっている。「みなさんもきっとこのお知らせを聞いて喜ばれることと思います——」彼女は咳払いをした。「アニー・ヒューイットさんがムーンレイカー・コテージを島に寄付されました」

室内がざわめいた。椅子のきしむ音とともに誰もが振り返ってアニーを見た。「アニー、ほんとうなの？」とリサが訊いた。

「そんなことは初耳だ」一列目に座っているバーバラの夫が声を出した。

テーブルの反対側についている管財人が発言した。「私たちもこのことを知ったばかりなのよ、ブッカー」

バーバラは騒ぎがおさまるのを待って、報告を続けた。「アニーの寛大さのおかげで、私たちはコテージを学校に変えることができます」

ふたたび聴衆がざわめいた。拍手や口笛も混じっていた。アニーの知らない男性が手を伸ばして彼女の肩をたたいた。

「夏のあいだは貸家にして家賃を学校予算に加えられます」バーバラはいった。

リサがアニーの手をつかんだ。「ああアニー……子どもたちにとって学校があるのとないのとでは大違いよ」

バーバラは落ち着くどころか、ますますしおれていた。「若い住民のみなさんには、私たちがどれほどあなたたちを気遣っているか知っていただきたいのです」バーバラはリサのいるあたりをじっと見つめた。「若い世代を失わないためなら、どんなことでもするつもりだ

という ことも」バーバラがうつむいたので、泣いてしまうのかとアニーも不安を覚えたが、顔を上げたバーバラの目は濡れていなかった。彼女は部屋にいる誰かに向かって頷いた。もう一度頷いた。ひとり、またひとりとバーバラの共謀者たちが立ち上がり、そばに来た。
アニーはおろおろしながら椅子に座っていた。バーバラの唇が震えていた。「私たちからみなさんにお話しすることがあります」

24

アニーの心配はつのるばかりだった。バーバラは途方にくれたように仲間に視線を送った。ナオミは刈り込んだ髪を片手で撫で、そのせいで髪が一本雄鶏の尻尾のように立ってしまった。ナオミは仲間から一歩離れた。「アニーはみずから進んでコテージをあきらめたわけではありません」彼女はいった。「私たちがそうするように迫ったんです」

聴衆のあいだに困惑のざわめきが広がった。アニーは立ち上がった。「私は誰にも強制されたりしていません。私自身がコテージを寄付したくなったんです。それは間違いだとでもいうのですか？　現実に即していない行動ですか？　だったら私は集会の延期を求めます」

彼女はコテージの所有者ではないので、集会の延期を動議として提案する権利はなかった。しかし、復讐心は満足させられた。女たちは過ちを犯し、そのことで悩んでいるのだ。だが根っからの悪人ではない。ただ家族をばらばらにしたくない思いが強すぎ、善悪の見境がつかなくなった母親、祖母なのだ。アニーはこんな欠点だらけの女たちを憎めない。愛情のせいで人がいかにあっけなく道を踏み外すものなのか、誰よりも知っているからだ。

「アニー……」バーバラは本来の権威を取り戻した。「これは、全員一致で実行しようと決めたことなの」

「だめよ、話さないで」アニーはいった。次にはもっと強い調子で止めた。「ほんとに絶対やめて」

「アニーはどうか座ってください」バーバラはいつしか本来の勢いを取り戻していた。

アニーは力なく席に座った。

バーバラはエリオット・ハープとマリアのあいだで交わされた法定離婚協定書についてのあらましを述べた。ティルディは真紅のボンバー・ジャケットの縁を握りしめながら、いった。「私たちはまともな人間なんです。そこをみなさんにわかってほしい。私たちは、もし学校を作れたら子どもたちの島離れを止められるのではないかと考えたんです」

「島の子どもたちをトレイラーの教室に通わせるのは私たちの恥です」奥から女性の声が響いた。

「目的が正しければ、どんな手段を使ってもかまわないと私たちは自分を納得させました」ナオミがいった。

「今回のことはすべて私の思いつきでした」ルイーズ・ネルソンは杖に体を預け、最前列に座る息子の嫁のほうを見た。「ギャレアン、あなたは学校が燃え落ちる前は島での暮らしをそれほど苦にしてなかったわ。あなたとジョニーがここからいなくなるなんて、考えるのも嫌だった。私は生まれてこの方ずっとこの島で暮らしてきたけど、家族が近くにいないと暮らしていけないことがわからないほどボケてはいません」ネルソン夫人は年齢のせいで声量が落ちているので、聴衆は会話をやめ、聴き入った。「あなたたちが島を出れば、私も本土に移り住むことになる。でも私はここで生涯を終えたい。そのために私はほかの可能性を考えるようになったの」

ナオミはまたしても髪を撫でつけ、そのためにもうひとつ雄鶏の尾ができてしまった。「私たちはみんな先走りすぎて結論を急いだんです」ナオミが話を引き継ぎ、自分たちのしたことをひとつずつ、包み隠さず語った。アニーの食料品の配達を妨害したこと、コテージに侵入して室内を荒らしたこともふくめ、すべてを語りつくした。

アニーはさらに深く椅子にもたれた。これでは自分がヒロインであるだけでなく同時に被害者になってしまう。そのどちらにもなりたくない。

「私たちは決して物を壊さないようにしました」ジュディが割って入った。その目に涙はなかったが、ティッシュをつかんでいた。

ナオミが天井の梁から人形を吊るしたこと、壁に警告を書きつけたときの様子を説明した。最後にアニーを銃で撃ったことも付け加えた。

バーバラが力なくうつむいた。「私がやりました。それだけは許されざる行為であり、私は責任を認めます」

リサは息を呑んだ。「お母さん！」

マリーはボタンの穴のように口をすぼめた。「テオが事故に遭って怪我をしたと告げ、アニーをナオミの船で島から連れ出すことを思いついたのは私です。私は品行卑しい人間ではないので、自分自身をこれほど恥ずかしいと思ったことはありませんでした。私は自分を許せません。ただ神の赦《ゆる》しをいただければと願うだけです」

アニーもマリーに感服するしかなかった。マリーは不満屋かもしれないが、良心は間違いなく備わっている。

「アニーは私たちの仕業だと気づき、私たちを問い詰めました」バーバラがいった。「私たちは島民のみなさんに知られないよう、アニーに沈黙を懇願しましたが、アニーは何も約束してはくれませんでした」バーバラは顎をさらに上げた。「日曜日に私はふたたびアニーを訪ね、秘密を明かさないでと請い求めました。アニーに問答無用と一蹴されても不思議ではなかったのに、なんと彼女はコテージを無担保で島の所有と認めるといったのです」

さらに多くの人々が振り向いたので、アニーはきまりが悪く椅子の上で身をよじった。

「最初、私たちはほっとしました」ティルディがいった。「でも話し合えば合うほど、お互いに目を合わせられなくなり、自分を恥じる気持ちが増していきました」

ジュディは鼻をかんだ。「こんな気持ちを抱えて毎日島民のみなさんと、私たちの子や孫と顔を合わせることができるでしょうか？」

バーバラは胸を張った。「これを明らかにしないでいれば、私たちは死ぬまで心をむしばまれると悟りました」

「告白によって魂は救済されるわ」マリーが信心家ぶっていった。「だから私たちは告白しようと決意したんです」

「私たちはとりかえしのつかない罪を犯しました」ナオミがいった。「せめてそのことについて正直に語るしかないのよ。どうかみなさん、私たちを裁いてください。憎みたいなら憎んでください」

アニーはこれ以上耐えられないと、また勢いよく立ち上がった。「あなた方を憎んでいい唯一の人物は私よ。その私が憎んでいないので、残りの方たちも憎むべきではありません。私はいますぐこの集会を閉会するよう提議します」

「支持します」ブッカー・ローズが大きな声でいった。アニーが非居住者である問題はこの際どうでもよかった。

集会は延期とされた。

その後アニーは一刻も早く立ち去りたかったのだが、話がしたい、礼を述べたい、謝りたいとそれぞれの意図を持った人々に取り囲まれた。島民たちはばあさまたちに見向きもしなかったが、ばあさまたちは最大の試練を乗り越えたに違いないとアニーは思った。メイン州の人間は心の整理に時間がかかるが、たとえそれが軽率なものであっても、創意工夫を評価する不屈の精神の持ち主が多い。ばあさまたちも未来永劫村八分にされることはないだろう。

アニーが船に戻るころ、海はさらに荒れ、水平線のあたりで稲光がはじけていた。大荒れの夜になりそうだった。アニーがこの島に来た夜と同じような荒れ模様だ。明日のいまごろには自分はこの島にいない。テオが別れの言葉を告げようと姿を現したりしないようにと祈るような気持ちでいる。それは耐え難い。

波が船尾に打ち寄せていたが、アニーはまだ船室にこもる気がしなかった。嵐が押し寄せその獰猛さの限りを尽くす様子を見守りたいのだ。船に常備されている防寒服を見つけた。汚れた大きすぎるジャケットはロブスターの餌のにおいがするものの、それでも太腿のなかばくらいまで水に濡れないで済む。彼女は船尾に立ち、猛烈な稲光のショーを見ていた。都会では大自然の移り変わるリズムを肌で感じる機会はないが、島ではそれに直面するしかないのだ。雷光が近づいてくる直前までそこにいて、ようやく船室に潜った。

嵐が島を直撃するころ、船室は灯りがついたかと思うと消え、ふたたび灯りが点るといったことを繰り返した。歯磨きしていると船の揺れで吐き気を覚えた。アニーは寝台に服を着たまま寝転がった。ジーンズの足元はまだ濡れていた。船の横揺れにできる限り耐えた。吐き気が強くなり、船底にこのままいれば、嘔吐してしまうと感じた。

アニーは濡れたオレンジ色のジャケットをつかみ、甲板に戻った。操舵室の開け放った戸から雨風が激しく吹きつけたが、新鮮な空気を吸うにはそれも我慢するしかなかった。

船は縦に揺れはじめたが、アニーの胃は落ち着いてきた。嵐はじょじょに遠のきつつあり、雨も弱くなってきた。一軒の家の横で大きな音をたててシャッターに何かがぶつかった。もうこれ以上濡れることはなくなったので、アニーは何か被害が生じなかったかと波止場に上って確かめた。木の枝が散らばり、遠い稲光に照らされて、町役場の黒っぽい屋根が浮び上がり、いくつかの屋根板が吹き飛ばされたことがわかった。電力は高価なものなので、ポーチの灯りをともしている家はなかったが、ところどころ煌々と灯りがともった家も見え、目覚めているのは自分ひとりではないのだとアニーは思った。

あたりを見まわしていると、上空にある奇妙な光が目に留まった。北東の方角、つまりコテージのある辺りだ。光はキャンプファイヤーの焚火のようにパチパチと弾け散る。だがこれは焚火などではなく、ほんとうの火災だ。

まず、脳裏に浮かんだのはコテージだった。あんな紆余曲折を経て、結局コテージは落雷に遭ってしまったのだ。これで新しい学校も、夏の家賃収入の可能性もなくなった。すべてが無駄になってしまったのだ。

アニーは車のキーを取るために這うようにして船に戻った。少ししてアニーは車を停めている漁業組合の建物に向かって波止場を走った。雨のため道は沼のようにぬかるんでいた。どれだけ進めば車にたどり着けるのか見当もつかなかった。だが行くしかなかった。

さらに何軒かの灯りがともり、ローズ家からピックアップ・トラックがバックで出てくるのが見えた。バーバラが助手席に座っているので、ブッカーがハンドルを握っていると思われた。道路の見回りにトラックなら難儀しないだろうと、アニーはトラックのほうに駆け寄った。

トラックが走り去る寸前に、アニーは車のサイドパネルをたたいた。トラックは止まった。バーバラがアニーに気づき、ドアを開け乗せてくれた。バーバラは何も訊かなかったので、ローズ夫婦も火災に気づいたのだとわかった。雨でアニーのジャケットはずり落ちていた。

「コテージよ」彼女はいった。「きっと」

「そんなことがあってはたまらないわ」バーバラがいった。「あんな顚末のあげく、そんなことが起きるなんて」

「ふたりとも落ち着け」ブッカーが車を道路に出しながら、いった。「あの方面には深い森も多い。それにコテージは低い位置に建っている。樹木に雷が落ちた可能性のほうが高いよ」

アニーはブッカーの言葉を信じたかったが、心のどこかでそれを否定していた。トラックは悪天候や災害には馴れているのだろう。ダッシュボードにあいてしまった穴からワイヤー類が飛び出ているものの、アニーの車よりはずっと確実に泥道を進んでいく。車が前に進むごとに空を焦がすオレンジ色は鮮明になってくる。町には消防車は一台しかなく、しかもバーバラから聞くところによると、ポンプつき消防自動車は動けなくなっているという。ブッカーの運転する車はコテージに通じる道路に出た。眺望が目の前に開け、火災を起こしているのがコテージでないことはわかった。燃えているのはハープ館だった。

アニーはまずテオのことを思った。次にジェイシーとリヴィアの身を心配した。神様、どうか三人をお守りください。

バーバラはダッシュボードをつかんだ。火の粉のかたまりが空に向かって爆発した。ピックアップ・トラックは車道に入った。ブッカーはトラックを火災現場から充分離れた位置に停めた。アニーは車から飛び出し、走りはじめた。

火は貪欲に燃え広がり、木の屋根板を丸呑みし、さらに炎を燃え広がせようと牙をむいている。屋根裏部屋に溜め込まれていた新聞や雑誌が恰好の火口《ほくち》となり、屋根はほとんど燃え尽き、煙突の骨組みがすでに見えていた。アニーはジェイシーが車道を登ったところで体を丸めてしゃがんでいるのに気づいた。リヴィアもそばにいる。アニーはふたりのほうへ駆け寄った。

「あっという間のことだったわ」ジェイシーが大声でいった。「まるで家に爆弾が落ちたようだった。ドアが開かなくなったの。何かが落ちて扉を塞いでいたの」

「テオはどこなの?」アニーが叫んだ。

「彼は窓を割って、私たちを救出してくれたの」

「いまどこに？」

「彼――彼はまた家のなかに戻ったわ。私は叫んだわ。行ってはだめと」

アニーは愕然とした。家のなかに彼が命を懸けてでも守るべきものはないはず。ハンニバルを除けば。テオのことだ、自分が世話をしているものを絶対に見棄てないだろう。たとえそれが一匹の猫ではあっても。

アニーは屋敷をひたと見つめた。しかしジェイシーはアニーの防寒服をつかみ、ぐいと握りしめた。「あなたまで行ってはだめよ！」

ジェイシーのいうとおりだった。屋敷は広大で、彼がどこへ向かったのか、皆目見当もつかない。無事を祈りつつ待つしかないのだ。

ジェイシーがリヴィアを抱き上げた。トラックが続々到着しており、屋敷の焼失は避けられない、とブッカーが島民の誰かに告げているのにアニーは気づいた。

「テオを助けてほしいの」リヴィアがむせび泣いた。

アニーの耳に恐怖に陥った馬の甲高いいななきが聞こえた。アニーはすっかりダンサーのことを忘れていた。厩舎に向かおうとしたそのとき、ブッカーとダレン・マッキンリーがすでに厩舎のなかに入っていくのが見えた。

「馬はふたりが助けてくれるわ」バーバラがそばに走り寄り、言葉をかけた。

「テオはなかにいるの」ジェイシーがバーバラに告げた。

バーバラははっと口を手で覆った。

あたりの空気に熱がこもり、煙がたちこめた。またひとつ梁が焼け落ち、火花が周囲に飛び散った。アニーは言葉もなく車道から見守るしかなかった。不安は刻一刻と増し、小説ジェーン・エアでソーンフィールド邸が燃え上がるシーンが脳裏に浮かび上がってきた。ヒロインは視力を失くしたエドワード・ロチェスターと再会した。

視力はなくてもかまわない。視力障害があってもなんとかなる。だが死んでしまったら、どうにもならない。死だけは絶対にいやだ。

足首を何かが撫でた。下を見るとハンニバルがいた。アニーは猫を抱き上げたが、不安はいっそう募った。いまもなお、テオは炎を潜り抜けながら、この子がすでに火から逃れたことを知らないまま愛猫を捜しているに違いない。

ブッカーとダンカンが苦心して馬を厩舎から連れ出した。ふたりは何かを頭部に巻くことで馬に目隠しをしたが、動揺した馬は煙のにおいを嗅ぎ、暴れて抵抗した。

屋根がまたひとつ陥没した。屋敷はいまにも焼け落ちそうになっていた。アニーは待った。祈った。猫をあまりに強く抱きしめたので、猫が嫌がって鳴き、体を揺すってアニーの腕を振りほどこうとした。アニーは彼に愛を告白しなかったことを悔やんだ。結果がどうなろうと、愛を伝えればよかったのだ。命のほうが尊いからだ。愛のほうがずっと大切だからだ。いまとなれば、彼は自分がこんなにも深く愛されていることを知る由もない。なんらかの要求や非常識な脅しをまったく伴わない、無条件の愛で。

燃える屋敷から人影が現れ出た。背をまるめたその姿はぼんやりとしていた。アニーが走り寄ってみると、それは両手に何かを抱え、苦しげにあえいでいるテオだった。ちょうど背後で窓が破裂した。アニーは彼のわきに手を添えて彼を支えようとした。彼の抱えているものがアニーの脚にぶつかった。彼女がそれを彼から受け取ろうとしても、彼は離そうとしなかった。男たちが彼のほうにやってきて、アニーをどけ、彼を引きずるようにして新鮮な空気のある場所へと連れていった。そのときになってはじめて、燃え上がる屋敷から彼が何を持ち出したのか、判明した。彼が何を救い出すために戻ったのか。それは猫ではなく、二つのスーツケースだった。彼はアニーの人形たちを救うために戻ったのだ。

にわかには信じがたい出来事だった。テオはアニーの愛するばかげた人形を救出するためにこんな地獄のような大火災のなかに飛び込んでいったのだ。彼に向かって金切り声を上げたかった。息ができなくなるほどキスをしたかった。そして二度とこんな愚かな行為を繰り返さないと約束させたかった。しかし彼は男たちを振り切って、愛馬のもとへ向かった。

「わたしの妖精の家！」リヴィアが甲高い声で叫んだ。「妖精の家を見たい」

ジェイシーがなだめようとしたが、すべてが四歳児にとって受け入れがたく、もはや理屈は通じなかった。たったいまテオに何かをしてあげられることはないけれど、こちらはどうにかできそうだ、とアニーは感じた。「忘れたの？」アニーはリヴィアの紅潮した頬に手を触れ、顔を近づけた。「いまは真夜中だから、妖精たちはおうちにいるはずよ。妖精は人に見られることを嫌がるわ」

リヴィアの小さな胸は嗚咽とともに震えた。「妖精が見たいの」

この世では望んでも叶わないことのなんと多いことか。妖精の家までは焼き尽くされていないだろうが、あの領域は人が大勢踏み入った場所だ。「あなたの気持ちはわかるけど、妖精さんたちはあなたに会いたくないの」

「アニーは——」リヴィアはしゃっくりしながらいった。「朝になったら、連れていってくれる？」アニーがあまりに長いあいだ答えに窮しているので、子どもはふたたび泣き出した。「妖精の家が見たいの！」

アニーはジェイシーに視線を走らせた。母親も娘同様疲れ切った様子をしている。

「火が消えて、安全だとわかったら」アニーはいった。「朝連れていってあげるわ」

その一言で子どもは満足したが、それも束の間。ジェイシーが町で泊まる計画を持ち出すと、ふたたび声を上げて泣き出した。「アニーは朝になったら妖精の家に連れていってあげるといった！　だからここにいる！」

背後からしわがれた声が話しかけた。「きみたち三人はコテージに泊まればいいんじゃないのか？」

アニーがくるりと振り向くとテオが地獄から這い出してきたような様子でそこにいた。煤煙で真っ黒になった顔のなかで青い瞳だけがギラギラ光っている。両手は猫を抱いている。彼はハンニバルをアニーに差し出した。「こいつも連れていってくれないか?」

アニーが答える前に彼はふたたびいなくなった。

バーバラがアニー、ジェイシー、リヴィアをコテージまで送ってくれた。ハンニバルをコテージに降ろしてから、荷台に載せた赤いスーツケースを受け取った。それ以外屋敷に預けてあったアニーの私物はすべて燃えてしまった。衣類、マリアのスカーフ、夢の本も。しかし人形たちも、そして二個のスーツケースの底の厚紙に挟まれていたニーヴン・ガーの絵も残った。それよりテオが無事で怪我もしていなかったことがなによりだった。

爆発で飛び散る火の粉がまるで悪魔の余興のようだった。

ハープ館は焼け落ちたのだ。

アニーはコテージの自分のベッドをジェイシーとリヴィアに譲り、自分はカウチで寝た。アトリエはテオに残しておいた。だが早朝になってもテオは戻らなかった。アニーは玄関の窓に行ってみた。かつてハープ家が領有していた地所は廃墟と化し、ただ羽毛のような煙が立ち上るばかりだった。

リヴィアが昨日のパジャマのまま出てきて、目をこすった。「妖精の家に行ってみようよ」

アニーは子どもが昨夜遅くまで起きていたので、まだ眠っていると思い込んでいたが、まだ起きてこないのはジェイシーのほうだった。子どもは妖精の家のことも忘れてしまうと予想していたのに、考えが甘かった。

アニーは優しい口調で、火事のあいだに誰かが妖精の家を踏みつけたかもしれないと説明したが、リヴィアは聞く耳を持たなかった。「妖精さんたちは誰にもそんなことをさせないもん。いま、見にいけない？　ねえ、アニー、お願い！」

「リヴィア、あなたがきっとがっかりするんじゃないかと心配なの」

リヴィアは顔をしかめた。「自分で見たいの！」

夕方までにアニーは本土に戻らなくてはならない。このままでは子どもの心に楽しい思い出を共有した相手としてではなく、失望をもたらした相手として記憶されてしまう。「わかったわ」アニーはしぶしぶ承知した。「コートを取ってらっしゃい」

アニーはすでにマリアが遺した細身で先細りの短すぎるパンツと黒のプルオーバーに着替えていた。さらに防寒服をその上に着込み、ジェイシー宛のメモを走り書きした。コートとパジャマを着たリヴィアを外へ連れて出ながら、朝食をまだ食べさせていないことを思い出した。キッチンに大した食料は残っていないのだが。しかし先に朝食を食べようと提案するとリヴィアは拒んだ。アニーは反論する気持ちにはなれなかった。

誰かがジェイシーのサバーバンをコテージに停めていた。アニーはリヴィアを車に乗せ、出発した。テオの車が昨日のまま、崖のてっぺん近くに停めてあった。アニーはその後ろに停車し、リヴィアが車から降りる手助けをした。四歳児の手をしっかり握りしめ、アニーは車道の残りを歩いて登った。

ガーゴイルと石の小塔も、また厩舎とガレージも、四つのレンガ製煙突と階段の一部も焼け残っていた。廃墟の向こう側に大西洋が見えていた。屋敷が眺望の邪魔にならなくなった。

リヴィアのほうが先にテオに気づいたのは皮肉だった。アニーはずっと彼のことだけを考えていたのに。リヴィアはアニーの手を振りほどいて、パジャマの裾の折り返しを引きずりながら彼のもとに走り寄った。「テオ!」

彼の体はひどく汚れている。無精ひげも生えている。彼は昨夜駆けつけた男たちの誰かが置いていったと思われる、サイズの小さすぎる紺色のジャケットを着ていた。ジーンズはふくらはぎの部分が長く裂けている。アニーの胸は締めつけられた。彼はありとあらゆる試練を耐え抜いて、こうして泥の上にうずくまり、リヴィアの妖精の家を建て直しているのだ。

彼は幼い女の子に疲れのあまり、しおれたような微笑を向けた。「火事は妖精さんたちを怒らせちゃった。たいへんな被害を与えてしまったからさ」

「なんてことなの」リヴィアはミニチュアの大人のように両手を腰に当てた。「あれはほんとうにひどい火事だったものね」

テオはアニーをひたと見つめた。目のまわりのしわにも泥が入り込んでしまい、片方の耳は真っ黒に汚れている。彼は命を懸けてアニーの人形たちを守ってくれた。それがとても彼らしい。「あなたは一晩じゅうここにいたのよね」アニーはそっといった。「ハープ家の館が焼け落ちるさまを証人として見届けるために?」

「厩舎を火の粉から守る必要もあったしね」

こうして無事な様子を見ることで彼への思いを伝えたいという抑えがたい欲求に駆られたものの、アニーはやはり現実を無視できなかった。何も変わっていない。ただ自分の気持ちを明らかにしたいというだけで、彼の幸福を犠牲にするわけにはいかないのだ。「ダンサーはどうしてる?」アニーは訊いた。

彼は頷いた。「もう厩舎に戻したよ。おれたちの猫はどうしてる?」

アニーは胸がいっぱいになり、言葉に詰まった。「私たちの猫は元気よ。あなたよりずっと」

リヴィアはテオが修復した妖精の家を観察していた。「道を作っているのね。きっと妖精さんたちは気に入ってくれるよ」

彼は妖精の家を前のものよりずっと低く広くした。そして石の小道の替わりに、入り口のまわりを半円で囲むように、表面を滑らかにした浜辺の小石を押し並べた。彼は小石のかけらをリヴィアに手渡した。「これで工夫してごらん。そのあいだに、アニーと話をするから」

リヴィアはしゃがみ込んだ。アニーは思わず彼の顔を手でこすり撫でたくなる衝動を抑えた。「あなたって、とんでもないおばかさんね」言葉にどうしても優しさがにじみ出てしまう。「人形たちはまた作り直せる。でもあなたは違うでしょ」

「きみが大切にしているものだから」彼はいった。

「あなたほど大切ではないわ」

テオは首を傾げた。

「リヴィアの様子を見てくる」アニーは慌てていった。「あなたはコテージへ行って、睡眠を取ってよ」

「眠るのはあとでいい」テオは屋敷の燃え跡をしげしげと見つめ、ふたたびアニーを見た。

「ほんとうに今日発つのかい？」

アニーは頷いた。

「どっちが愚かかな？」彼はいった。

「燃え上がる家のなかに飛び込むのと、本土に向けて島を去るのとは比較にならない違いがあるじゃないの」アニーは指摘した。

「どちらも否定的側面を持つという意味では同じだ」

「ここを去ることに不都合な面はないと思うわ」

「きみにとってそうであっても、おれにとっては間違いなく不都合だよ」

彼は疲労困憊している。もちろん彼はアニーがいなくなることを気に掛けてはいるだろう。

しかし気に掛けることと愛することは違う。だから彼の疲れと唐突な真情の吐露とを間違えるはずがない。「また精神的な問題を抱えた女性と付き合ったりしなければ大丈夫よ」彼女はいった。

疲れきってはいても純粋な彼の微笑みに、アニーは面食らった。「そんな言い方をされたら、本来なら嫌な気分になっているはずなんだがな」

「でも、実際はそうではないと?」

「事実は事実だよ。そろそろ毅然としたところを見せなきゃな」

「毅然とすることと関係ないでしょ」彼女はいった。「あなたが気に掛ける人物をすべて助けることはできないという事実を受け入れることが大切なんでしょ」

「幸いなことにきみは救う必要のない女だ」

「そのとおり。私には必要ないわ」

彼は手の甲で顎を撫でた。「きみに頼みたい仕事があるんだ。もちろん報酬は払う」

アニーはこの話の向かう先に嫌なものを感じたので、話をそらした。「たしかに私はベッドの上のことは上手いと知っていたけど、そこまでとは思わなかったわ」

彼はため息をついた。「少しは同情してくれよ、アントワネット。いまは疲れすぎていてきみの軽口と調子を合わせられない」

アニーはなんとか目をくるりとまわした。「合わせられたことがあったかしら?」

「これはきみが都会にいてもできる仕事だ」

彼は同情で仕事をくれるといっているのだ。そんなことは耐えられない。「スカイプを使ったセックスの話は聞いたことがあるけど、そそられないわ」

「きみに、おれがいま書いている本の挿絵を頼みたいんだ」

「ごめんなさい。たとえ私が本物のイラストレーターだとしても、人間のはらわたを抉り出す絵を描いた経験がないわ」よし、つかみはなかなかだ。自分の心のことなんて後まわしにすればいい。

彼はため息を漏らした。「この一週間、ほとんど眠っていない。最後にいつ食事をしたかも思い出せない。胸は痛むし、目はサンドペーパーのように感じる。手に水ぶくれもできている。それなのにきみは冗談しかいえないのか?」

「手に? ちょっと見せて」アニーは手を伸ばしたが、その手は彼の背中にまわり、滑り落ちていた。

「手の治療は自分でやるからいい。でもまず、ちゃんと話を聞いてくれ」

彼はこの話をあきらめるつもりはなさそうだ。「必要ないわ。すでにこなせないほどの仕事の話が来てるぐらいだから」

「アニー、一度ぐらいおれを困らせるのをやめてくれないかな?」

「いつかはね。でも今日はだめ」

「アニー、テオを悲しませるのやめて」ふたりともリヴィアがふたりの会話に聴き入っていたことを知らなかった。リヴィアはテオの脚のあいだから顔を覗かせた。「アニーは自分の自由な秘密を話さないとだめだと思うの」

「話さないわ！」アニーは怖い顔で子どもをにらんだ。「あなたも黙っててよ」

リヴィアはテオの顔を見上げた。「だったら、テオが自由な秘密を話せばいい」

テオは鼻を鳴らした。「アニーはおれの自由な秘密なんて聞きたくないさ」

「あなたに自由な秘密があるの？」アニーは尋ねた。

「そう、あるの」リヴィアは四歳児なりの尊大さを見せて、ふくれっ面をした。

今度はテオが怖い顔で子どもをにらみつけた。「松ぼっくりを見つけておいで。たくさん集めるんだよ」彼はあずまやの後ろに広がる林のほうに手を向けた。「あっちだよ」

アニーはこれ以上我慢ができなくなった。「それはあとで」彼女はいった。「コテージに戻って、ママが起きたか見にいきましょう」

リヴィアの表情が険しくなった。「行きたくない！」

「アニーを困らせるなよ」テオがいった。「テオが妖精の家は造ってやるから、あとで見においで」

火災はリヴィアの世界を崩壊させた。子どもは充分眠ってもおらず、刺激を受けすぎた四歳児の当然の反応として、とても怒りっぽくなっていた。「わたしは行かない！」子どもは叫んだ。「もしどうしてもここに居させないのなら、ふたりの自由な秘密をばらしちゃうからね！」

アニーは子どもの腕をつかんだ。「自由な秘密は誰にも話してはいけないのよ！」

「そうとも、話しちゃだめだ」テオが叫んだ。

「いいんだよ！」リヴィアは言い返した。「ふたりとも同じなら！」

25

テオは脳が機能しなくなっていた。彼はまるでハープ館のガーゴイルのように地面の上に立ち尽くし、アニーが強情な子どもをどうにかなだめて、車に乗せ、走り去る様子をただ呆然と見つめていた。

「ふたりとも同じなら話していいんだよ！」

アニーは「あなたは抱えているものが多すぎる」と明言していた。でも、自分自身、過去の呪縛にさほどとらわれてはいない気がする。くすぶる屋敷の残骸は彼が置いてきたものの象徴のようだ。こうして燃えかすとなったハープ家は、彼に自分自身の心を見つめ、自分らしく生きることを禁じつづけてきたのだ。おれはアニー・ヒューイットを魂の奥底から愛している。

アニーはリヴィアにおれを愛していると打ち明けたのか？　いったいどんな言葉で話したのだろう？　なんとなくおれとは違ったニュアンスを伝えたのではないかという悪い予感がする。

リーガンが海で集めた小石を見つけたのと同じ日にテオは現実に顔面を殴られた。リヴィアに、子どものいう〝自由な秘密〟とは何かと問われたとき、あの言葉が勝手にするすると滑り出た。十六歳のころからアニーを愛していたように感じている。事実そうだったのだ。

「あなたは抱えているものが多すぎるの」

アニーの言葉を聞いて、怖気《おじけ》づいた。おれは女性との関わりの履歴が陰惨すぎる。彼女はおれの財産について辛口の冗談はいうけれど、財産には興味がなさそうだ。もしもあの人魚の椅子を買ったのがこのおれだと知ったら、きっと許してくれないだろう。だから彼女に捧げられるのはこのハートだけなのだが、彼女はすでにそれは要らないと明言している。波止場での口論から落ち着きを取り戻すために、島での滞在最後となるこの日まであえて接触しなかった。人生最高の朝食を用意して今朝彼女のいるラッキー・チャーム号に届けるつもりでいた。なんとか、自分の抱えている荷物はすべて過去にまつわるもので、いまの自分にはきみを愛する自由があると説得できる自信がついた。たとえ彼女がおれを愛してくれなくても。だが、火災がすべてを台無しにしてしまった。

明晰な思考力が必要だ。数時間の睡眠も。シャワーも浴びたい。だがそれらのひとつを叶えるだけの時間もない。こんなに切羽詰った様子から、この人にはただならぬ決意があるのだとアニーにも感じてもらわなくてはならない。どうか見棄てないでほしいと説得するにはこうするしかないのだ。

せいぜい頑張るといいわ。もうあなたはすでにしくじったんだから。

睡眠不足がたたって、まともな判断もつかなくなっているのだろう。アニーの人形、スキャンプの声さえ聞こえるようになった。彼は屋敷の焼け跡に背を向け、車に乗り、コテージへ向かった。

アニーはすでに出発していた。アニーはリヴィアを母親に送り届けると、彼から逃げることが人生を左右するかのように猛スピードで町へ向かったのだ。彼女を追って車を走らせながら、不安が胸に広がった。

サバーバンはレンジローバーより車の性能が格段に落ちるので、テオは素早くアニーの車に追いついた。彼は車の警笛を鳴らしたが、アニーは車を停めなかった。彼は警笛を鳴らしつづけた。確かにそれは彼女の耳に届いているはずだが、アニーは車を停めるどころか、ますますスピードを上げた。

だからいったでしょ？　いまいましい人形がいった。いまさら手遅れなの。

そんなはずない！　しょせん狭い島の上のこと。ふたりの車は間もなく町に着いた。いま必要なことは、ただ我慢して彼女の車を追いつづけることだ。だがこらえるのはたくさんだった。おれがどれほど真剣なのか理解してくれないのなら、いますぐ彼女をつかまえて、それを見せてやろう。

彼はサバーバンのバンパーに車をぶつけた。サバーバンが道からそれるほど強くぶつけるのではなく、こちらがどれほど真剣かを知らせる程度でよい。どうやら意図は伝わったらしく、彼女はまだ車を走らせている。サバーバンは車体が穴だらけのポンコツ車だ。穴がいくつか増えてもどうということはない。レンジローバーは違う。しかし、どうでもよかった。彼はふたたびサバーバンの後部に追突した。さらにもう一度。ようやくサバーバンの残ったブレーキ・ランプが点いた。

車はよろめくように停まり、ドアが勢いよく開き、アニーが飛び出した。彼も外に飛び出した。テオはたちまち彼女から甲高い怒りの言葉を浴びせられた。「そのことは話したくないといってるのに！」

「かまわない！」彼も叫び返した。「話すのはおれだけでいいんだから。おれはきみを愛している。しかも悔しいことにそれを恥じてもいない。きみはおれと比べて抱えるものは多くないかもしれないが、何人かのろくでなし男と関わってないとはいわせないぞ」

「ふたりだけよ！」

「こっちだってふたりだ。同じレベルじゃないか！」

「私のふたりはただの自己中な馬鹿男たち。そっちは人殺しも辞さない頭のおかしな女たちでしょ！」

「ケンリーは人殺しなんてしなかった！」

「似たようなものよ。それに私はふたりと破局した後は、テレビで〈ビッグ・バン〉の再放送に夢中になって、五ポンド太ったわ！　その後の人生で苦行を続けるあなたとはまるで違う」

「今後はそんなことはしない！」彼はアニーに負けない大声で叫んでいた。そして微動だにしなかった。彼の思考は混乱していた。喉が腫れて痛んでいた。体じゅうが痛かった。反対にアニーの帯電したような髪、ぎらつく瞳はまるで最高のパワーを備えた復讐の女神のようだった。

彼はアニーのほうへ大股で近づいた。「おれはきみと一緒に暮らしていきたいんだよ、アニー。きみが歩けなくなるほど激しく愛の行為に溺れたいし、きみとのあいだに子どもも欲しい。気づくのに時間がかかったのは申し訳ないが、愛がこんなに素晴らしい気持ちにしてくれるものか、その感覚に慣れてなくてさ」彼はおおまかにアニーのいるあたりを指した。「きみはロマンチストだといった。ロマンスなんてくだらない！　おれがきみに感じている気持ちと比べたらちっぽけ過ぎる表現だ。それと、遅かれ早かれ忌々しいあの椅子のことをきみは突き止めてしまうだろうからいっておくが、あれがおれのやり方なんだよ。そしてこれからは――」

「椅子？」

しまったと思ったがあとのまつり。アニーの口が開き、ハシバミ色の瞳は燃え上がっていた。

「あの椅子を買ったのはあなただったのね！」彼女は声を張り上げた。

テオは弱みを見せられなかった。「あんなみっともないガラクタを買ってくれるほどの愛情のある男がほかにいると思うか？」

アニーはまたしてもあんぐりと口を開けた。テオは疲労困憊のあまり、髪の毛も痛むほどだったが、根気強く話しつづけた。「きみに仕事の依頼をしたいというのは事実なんだよ。おれは新作に取りかかった。きっときみにも気に入ってもらえそうな本だ。だが、ストーリーについてはまだ伏せておく。おれが話したいのはきみと一生をともにしたいこと、そしておれの描くふたりの未来は明るく力強く、暗い翳りをともなっていない。それをぜひきみに見せてやりたいと思っている」

テオはディギティのことを話したくてたまらなかった。もう一度、ふたりの子どもが欲しいということも伝えたかった。初回は実現しなかったとしても。アニーが眩暈を覚えるほど強くキスしたかった。まともに思考ができなくなるほど愛の行為に耽りたかった。実際それを実現しようと思えばできただろう。ただアニーは座り込んでしまった。泥だらけの道のまんなかで、立っていることもままならなくなったかのように。ほかのことならともかく、こうなってしまったら、テオの熱弁にも終止符を打つしかなかった。

彼はアニーのもとへ行き、ひざまずいた。淡い陽射しが木々のあいだから射し込み、彼女の頬骨の上でかくれんぼをしている。彼の深く愛する蜂蜜色のもつれたカールの髪の毛が顔のまわりで小競り合いを始めている。彼がこの世で最も美しいと感じるその顔は生命力に満ち溢れ、彼女の人柄を示すあらゆる感情によっていきいきと輝いている。

「答えはイエスかい？」彼は尋ねた。

彼女は反応を示さなかった。言葉を発しないアニーが不安になり、彼は熱弁をふたたびふるいはじめた。「きみと一生をともにしたい。ほかの誰かと暮らす人生なんて想像もできないんだよ。せめて一度考えてみてくれないか？」

彼女は頷いたが、それは不安定な動きで、表情も不確かなものが感じられた。ここで後退すれば彼女を一生失うかもしれないので、彼は思い切ってディギティを主人公にした小説のことを話し、これを機に児童文学に転向すること、この小説の挿絵を描いてほしいことを付け加えた。彼の新たな小説の読者は彼女の風変わりなスケッチをきっと気に入るだろうと。彼はアニーと一緒に泥だらけの道に座り、長いあいだアニーとの恋愛は破滅的状況を意味するものだったと語った。そのため、一緒にいると心が安らぎ、絆を感じ、優しい気持ちになれるといった彼女への思いの正体がなんなのか、見分けるのに時間がかかってしまったのだと。優しい気持ちになれるといったくだりはさすがに言葉がつかえそうになった。それが誇張であるからではなく、作家の彼にとっても〝優しい気持ち〟などという言葉を声に出していうのは、男らしくないように感じられたからだ。しかし彼女の視線は彼の顔に釘付けになっており、彼は仕方なくまた同じ表現を繰り返し、愛の営みのさなかに彼を受け入れたときの彼女の顔がいかに美しいかと言い添えた。

それが彼女の関心を呼び覚ましたようだったので、彼はちょっとポルノっぽい小技を披露した。声を低くして、何がしたいのか、何をしてもらいたいのか耳元でささやいたのだ。彼女のカールが唇に当たってむずむずし、ジーンズがきつくなったものの、彼はふたたび男らしい気持ちを取り戻した。自分はどうしようもないほどにこの女性に翻弄されている。人形劇を演じ、言葉を失った子どもの声を取り戻す手助けをし、この自分を絶望から救い出してくれた、風変わりで、セクシーで、正真正銘健全な精神を持ったこの女性の虜になっている。彼は彼女の顔に手を触れた。「きっとおれは十六歳のころからきみを愛していたんじゃないかな」

彼女は何かを待っているように、首を傾げた。

「絶対そうだと思うよ」彼はそう断言したが、それほどの確信はなかった。十代のころの気持ちを思い出して明言できるはずはないのだ。だが、彼女はそれ以上のものを求めており、それが何かわからなくとも、彼女の希望は叶えてやらねばならない。

突然、人形の声が聞こえた。キスしなさいよ、鈍感男。

彼としてもキスしたいのはやまやまだったが、煙のにおいが体じゅうにこびりついており、顔は油とすすとで汚れ、手も汚れきっている。

いいからやるのよ。

彼はその声に従った。彼女の髪に汚れた手を差し込み、息もつけないほどのキスをした。首から目、口角まで。彼は命を懸けたかのように、愛情をこめてくちびるを慈しんだ。それは素晴らしいふたりの未来を誓う、ふたりの過去から現在までを込めたキスだった。ふたりの作り出す静かな音はまるで一篇の詩のように彼の耳には聞こえた。

彼女の両手が彼の肩をつかんだ。彼を押しやるためではなく、もっと体を密着させるためだった。彼は彼女のなかに溺れ、自分自身を見出した。

キスがようやく終わっても、彼はきたない両手でいままでは同様にきたなくなった彼女の頬を包み込んだ。彼女の鼻の上がすすで汚れていた。キスのせいで唇は腫れ、視線はゆらめいている。

「自由な秘密」彼女はそうささやいた。

彼は胸がよじれ、締めつけられる気がした。ゆっくりと彼は息を吐いた。「ちゃんといってくれよ」

彼女は彼の耳に唇を当て、彼女の秘密をささやいた。

彼の気分は良かった。最高だった。事実、これ以上の素晴らしい気分は味わえるはずもなかった。

エピローグ

夏の陽射しが波頭の上ではずみ、風に乗って進む一対の帆船の帆に跳ね返った。中庭にはコバルト・ブルーのアディロンダック・チェアが置かれている。中庭は位置的には、かつてここに建っていた古い農家の前の部分にあたり、はるか先に大西洋を望む絶景が楽しめる。近くの庭では薔薇やデルフィニューム、スイートピー、ノウゼンハレンが開花し、石を敷き詰めた小道が中庭からカーブしながら野原を横切り、農家に続いている。農家はかつての農家の倍の面積がある。左手にある狭い離れに小さな森が木陰を提供してくれている。離れの郵便物受け取り用のポーチには不恰好な人魚の椅子が置かれている。

庭のパティオでは市場用のパラソルが昼下がりの海風に備えて畳まれている。パラソルは大家族にふさわしい長くて大きい木製のテーブルの中央に設置されている。NBAのチーム、ニックスの帽子を斜めにかぶった石のガーゴイルはかつて島の反対側に建っていた家の守り神だったものだ。いまはゼラニウムの花があふれんばかりに咲き誇る赤土の植木鉢のそばでお守りとしてうずくまっている。見渡せばそこここにメイン州の夏の要素が散在している。

サッカー・ボール、ピンク色をしたおもちゃの乗り物、置き忘れの水泳用ゴーグル、シャボン玉を作る棒、水のしみ込んだ歩道の白墨。

まっすぐな黒髪の男の子が顔をしかめ、二つのアディロンダック・チェアのあいだに座って脚を組みながらスキャンプと話している。スキャンプは片側の椅子のアームから顔を覗かせ、男の子を見ている。「それでね……」男の子はいった。「……ぼくが足を踏み鳴らしたわけ。だって彼のせいで、めちゃくちゃ腹が立ったんだもん」

人形は撚り糸の髪を振った。「怖い！　彼が何をしたのかもう一度話してよ」

チャーリー・ハープという名の男の子は額にかかる黒髪をいらいらとかき上げながら、憤慨して頬をふくらませた。「彼はぼくにトラックを運転させてくれないんだ！」

スキャンプは布でできた手を額に当てた。「あのならず者め！」

隣の椅子から長い忍耐を窺わせるため息が聞こえた。スキャンプとチャーリーはそれを無視した。

「それからね……」チャーリーが付け加えた。「彼はぼくが妹からターボの車を取り上げただけで怒ったんだよ。あれはぼくのなのに」

「どうかしてる！」スキャンプは草の上に敷いたキルトの上でうたたねをしている巻き毛の幼児に向かって身振りを見せた。「あなたが何年間も遊んでいない車だからといってあの子の自由にしていいわけじゃないわよね。あなたの妹は厄介なだけね。あの子、あなたのこと好きでもないし」

「いや……」チャーリーは眉根を寄せた。「どっちかというと好きじゃないかな」

「好きじゃない」

「好きだよ！　ぼくが変な顔をしてみせると笑うし、一緒に遊ぶとき音をたてると興奮する」

「とても興味深い《トレ・アンテルサーン》わね」いまでも外国語が好きなスキャンプがいった。

「あの子がときどき食べ物を床に落とすのが可笑しい」

「ふーん……もしかしたら……」スキャンプは頬をたたいた。「やだ、あたしのいったこと忘れてよ」

「なんなの？」

「あのね……」スキャンプは反対側の頬をたたいた。「あたしスキャンプはあなたのターボ車は赤ちゃん用のおもちゃだと思ってるの。だからもしあなたがそれで遊んでいるところを誰かが見たら、きっとあなたのことを――」

「誰も何も思わないよ。だって赤ちゃん用のおもちゃはあの子にあげるんだもん！」

スキャンプはぽかんと口を開け、驚きを表した。「それをもっと早く考えてればよかったわ。さてどんな曲を作ろうかな」

「歌はやめて！」

「わかったわよ」スキャンプはふふんと笑ったものの、深く感情を害された様子だった。「あなたがそんな態度を取るのなら、ディリーから聞いたことを教えてあげる。あなたは本物のスーパーヒーローにはなれないとディリーはいっていたわ。幼い子どもたちに優しくできないうちは無理だって」

チャーリーはこれといった反論の言葉も思いつけないので、足の親指に巻いた絆創膏をつつき、ふたたび主な苦情の申し立てに戻った。「ぼくは島の子どもなんだよ」

「悲しいけど、それは夏のあいだだけのことよ」スキャンプはいった。「夏以外はニューヨーク市の子どもね」

「夏だって大事だよ！　やっぱりぼくは島の子どもだし、島の子どもたちは運転を覚えるじゃないか」

「十歳になったらね」低くはっきりしたこの声の主はチャーリーが二番目に好きな人形だ。退屈なおじいさんのようなピーターや、おバカでぼけたクランペット、歯を磨きなさいとか小言ばかりいう口やかましいディリーよりずっと面白い。

レオは隣の椅子のアームから顔を出してチャーリーを見た。「島の子どもでも十歳にならないと運転はさせてもらえない。きみはなあ、相棒よ、まだ六歳だ」

「もうすぐ十歳になる」

「まだまだ先のことだよ、ありがたいことに」

チャーリーは人形をにらみつけた。「ぼくはほんとうに怒っているんだよ」

「たしかにな。激怒しているよな」レオは首をぐるぐるまわし、続けて向きを変えてまわした。「いいこと思いついたぞ」

「なあに？」

「彼にきみがどんなに腹をたてているのか話してごらん。そして思い切り惨めな顔でボードサーフィンに連れていってくれと頼むんだ。うんと哀れな顔をして頼めば、彼だって心苦しくなっていうことを聞いてくれるさ」

チャーリーはもう乳飲み子ではないので、レオを抱えている男性の顔を見た。「ほんと？いま行けるの？」

チャーリーの父親はレオを置き、肩をすくめた。「波はいい感じだ。絶好のチャンスだろ？　荷物をとっておいで」

チャーリーは跳びはねるようにして、家のなかに駆け込んでいった。しかしチャーリーは玄関前の階段で足を止め、勢いよく振り向いた。

「だめよ！」チャーリーの母親がスキャンプを腕からはずしながら言い返した。

チャーリーは足音荒く家のなかに入っていき、その様子を見て父親が吹き出した。「可愛いやつだ」

「ねえ、ひとつサプライズがあるのよ」チャーリーの母親は眠る幼子の顔を見つめた。子どものうねる蜂蜜色の髪は兄の黒い直毛とは正反対だが、ふたりの子どもたちは揃って父親の青い瞳を受け継いだ。大胆なところは共通して母親譲りだ。

アニーは長椅子にもたれた。テオは妻の風変わりな面立ちを見飽きることがない。彼は手を伸ばし、妻の手をつかみ、指先でダイヤをちりばめた結婚指輪を撫でた。最初妻は豪華すぎると主張したのだが、実際のところはとても気に入っている。「あの子たちがいなくなるのは何時なんだい？」

「バーバラの家に預けるのは午後四時ということになっているわ。バーバラが夕食を食べさせてくれるって」

「だったら、おれたちは思い切り酒色《しゆしよく》にふけることができるということだね？」

「酒の部分はともかくとして、色は絶対欠かせないわね」

「そうでなくちゃ困るよ。おれはあの小悪魔たちを心から愛しているけど、やつらは間違いなく夫婦の性生活に被害をもたらしている」

アニーは夫の太腿にそっと手を置いた。「今夜は大丈夫。邪魔はしないわ」

テオはうめいた。「悩殺するつもりか？」

「まだ何もしていないわよ」

テオは妻のほうへ手を伸ばした。

アニーは夫の手を髪の毛で感じながら、魔性の女を演じるのが好きということは自分を偽ることなのだろうかと考えた。彼への影響力——それは彼の内なる翳を払うことだけに費やされており、アニーはその力があることをとても嬉しく思っている。彼は七年前に階段の上で決闘用のピストルを握りしめていた男性とはまったくの別人になった。自分も変わったと思う。かつて嫌いだったこの島は地球上でもお気に入りの場所のひとつになり、忙しい日常を送る自分にとって恰好の隠れ家となっている。

ボランティアで障がいを持つ子どもたちと関わりながら、医師や看護師、教師、ソーシャル・ワーカーに人形劇を教えるセミナーの指揮をとる毎日。仕事がこれほど愛おしく感じられるようになるとはかつて夢にも思わなかった。アニーの挑戦はこれらの仕事と愛する家庭、大事な友人との関わりを両立させることだ。この島では、普段仕事にかまけてついあとまわしになってしまうことを楽しむ時間がたっぷりある。たとえば先週ジェイシーが新しい家族とともに訪ねてきた折には、リヴィアの十歳の誕生日パーティを開いた。

アニーは陽射しに顔を向けた。「ここに座っているだけでもすごく気分がいいわ」

「きみは働きすぎる」夫は今日もまたそういった。

「あなたもでしょ」ディギティ・スウィフトのシリーズがあれほどのベストセラーになったのは、思いがけない展開というわけではなかった。ディギティ・スウィフトの冒険は十代の少年少女からなる読者を恐怖の瀬戸際まで連れ去り、悲惨な顚末はない。アニーは自分の少し変わった絵が夫のインスピレーションを呼び覚まし、読者にも愛されていることに深く満足している。

チャーリーが家のなかから急ぎ足で出てきた。テオはしぶしぶ立ち上がり、アニーにキスをして、朝ドアの階段の上で見つけた容器に入ったクランベリー・クッキーのひとつをつかみ、眠る自分の娘をしげしげと見おろし、息子と一緒に浜辺に向かった。アニーはかかとを椅子の座面に乗せ、膝を抱きかかえた。

昔愛読したペーパーバックのゴシック小説では、ヒーローとヒロインのその後を知ることはできなかった。現実の生活とは、ありとあらゆる面倒ごとの繰り返しだからだ。退屈な家事、子どもたちの喧嘩、鼻風邪。それと増えた家族との付き合いもある。家族といっても、アニーの場合は彼の家族だ。エリオットは年齢を重ねることで温厚になったが、シンシアの見栄っ張りは相変わらずで、テオを苛立たせている。アニーはその点について寛大な態度を見せている。なぜならシンシアは子どもたちにとって、驚くほどいいおばあちゃまでいてくれるからだ。どうやら大人より子どもに好かれるタイプのようで、子どもたちに熱愛されている。

アニーの家族については……ニーヴン・ガーの妹で、夫を亡くしたシルヴィアとニーヴンの長きにわたる伴侶ベネディクト――チャーリーからベンディおじいちゃまと呼ばれている――彼らは間もなく毎年の恒例で夏休みを過ごすためにここにやってくることになっている。最初シルヴィアとベネディクトはアニーを怪しんでいたが、ＤＮＡ鑑定のあとお互いの関係は変わった。気まずい感じで始まった訪問も、回を重ねるごとに心打ち解けたものになり、いままではお互い昔からの親しい友人のような付き合いを続けている。

しかし今夜だけはテオとふたりきりになれる。明日は荷物を用意して島の反対側に移動することになっている。自分たちがペレグリン島の家族に向かって手を振る様子が目に浮かぶ。島民は校舎として使っているコテージを夏のあいだだけ貸している。その後わだちのでこぼこした車道を車で上り、島一番の絶景が楽しめる断崖のてっぺんに向かうつもりだ。

ハープ館の焼け跡にもっと大きな屋敷を建てる計画が取りやめになって久しい。プールは安全面を考慮して埋め立てられた。唯一蔦《つた》の葉のからまる小塔だけが当時を偲ばせるものとして残っている。テオとアニーは毛布を敷き、美味しいワインの試飲を楽しみ、チャーリーは島の子らしく自由にそこらを駆けめぐるだろう。最後にテオは娘を抱き上げ、頭にキスをして古いトウヒの切り株まで連れていくだろう。彼は跪き、いまでもそこに散らばる浜辺の小石を拾い、耳元でささやくだろう。

「妖精さんのおうちを作ろうよ」

訳者あとがき

本作はロマンス小説の世界で幾多の賞を受け、素晴らしい作品を世に送りつづけているスーザン・エリザベス・フィリップスの最新作*Heroes Are My Weakness*の邦訳作品である。

「私の物語の世界はいわば一つの宇宙なので、ある作品に私が過去に書いた作品の登場人物が顔を出したりするのはすごく自然なこと」と語る著者の作品には以前の作品の登場人物が顔を見せたりして読者を楽しませることも少なくない。しかし、今作の登場人物はみなフレッシュな顔ぶれだ。

ヒロインの亡き母は、かつてニューヨークのマンハッタンで若く才能あるアーティストたちのパトロンを続けた芸術家たちのマドンナ。この物語のヒロインはそんなシングルマザーの子どもとして育った。幼いころから本が好きで夢見がちだった彼女は女優になることを目指し、大学で演劇を専攻した。しかし現実は虚構の世界ほど甘くはない。努力の甲斐なく夢を諦めようとしていたころ、母が重い病にかかり、他界した。彼女が母の遺産であるメイン州の離れ島にあるコテージに滞在しようとやってくるところから物語は始まる。

物語の舞台となる島はメイン州大西洋側沿岸の沖にある離島である。メイン州の地形は最終氷河期の末期に重い氷河の動きによって作り出されたものだ。入り組んだ岩や崖の多い海岸線、低くうねった山稜、内陸の深い森と美しい水流などの大自然の作り出すパノラマや、ロブスターなどの海産物でも知られている。ここに描かれる島も、夏はリゾート地として栄え、また年間を通してロブスター漁で生計を立て、海の恩恵によって存在している。

ヒロインのアニーが母から相続したのは、かつてロブスター漁師が住んでいたコテージ。母が勢いで結婚した富裕なビジネスマンと離婚する際の調停で得たものだった。その元夫の別荘が海岸にそびえる崖の上に立っており、その屋敷は現在の妻の趣味で、英国のリージェンシー時代の領主館を模した大邸宅へと改築されたものだ。こうした背景や過去とのからみもあって、読みはじめの印象としてはゴシック・ホラーの香りが漂い、著者の新境地かと思わせられる。

ここで少しだけメイン州の歴史に触れてみたい。それを語るには、アメリカ合衆国が生まれた当時のグローバルな事情にも言及しなくてはならないだろう。

人間が生活を営むこの大地は平らではない、球形なのだという大地球体説は哲学の分野ではは るか昔からあったが、それをいよいよ実際の移動、すなわち航海を通して証明できるようになったのは十五世紀だ。

世界各地で強大な文明、帝国の発展とともに植民地主義的な海外侵略が始まった。とくに旧来の経済秩序が激変し、新たな交易ルートの開拓が求められるようになっていたヨーロッパでは各国が競い合うように新天地を求めて海に乗り出していった。またそうした時代背景もあって、英国国教会から弾圧を受けていた分離派ピューリタンのうち百二名が一六二〇年、キリスト教徒にとっての理想郷を築き上げることを目的として英国のプリマスからメイフラワー号に乗船し、幾多の困難を乗り越え、現在のマサチューセッツ州プリマスにたどり着いた。彼らは、周辺の大西洋沿岸の地域、現在のニューイングランド地方に植民地を築きはじめる。

メイン州はどこよりも先に入植が行われた土地だ。ただ、その活動は過酷な気候や物資の欠乏、地元先住民との抗争により非常に苦しい戦いだったという。メイン州の標語はラテン語の〝我導く《ディリーゴ》〟。我らは先駆者であるという意味だ。まさしく開拓者によって拓《ひら》かれていった地方らしい、歴史を思い起こさせるモットーだ。この物語でも厳しい自然のなかで、助け合いながらたくましく生きる島民たちの姿が描かれる。

ヒロインは逆境のなかにある。母を亡くし頼れる親族もおらず、職がなく、当然所持金もなく、おまけに健康を害している。そして嫌な思い出しかない島で暮らすしかない、まさに夢も希望もない状況だ。暴風雪の吹き荒れる島にやってきたヒロインを待ち受けていたのは、さらなる過酷な試練と新たな出会い、新たな人生だった。このヒロインはたくましくはない。むしろお人好しすぎて他人に付け入られるような頼りないところがある。読者はそんなヒロインを応援するような気持ちで読み進むうちに、可笑しくてぷっと吹き出してしまうユーモラスなやりとりや、胸がキュンと締めつけられるような切なさ、心が温まるようなシーンに惹き込まれていくことだろう。これこそスーザン・エリザベス・フィリップスの真骨頂だ。人生にも季節がある。荒れ狂う吹雪に包まれた冬の季節が終われば、必ず春がやってくる。この島はヒロインの過去と現在を結び、未来へとつなぐ場所だったのだ。

著者は現在、次の作品を執筆中で、しかもそれは人気の〈シカゴ・スターズ〉くくりに属するらしい。私も一読者として作品が出版される日を楽しみに待ちたい。

最後に、翻訳に関して終始適切なアドバイスを提供してくださった優秀な編集者、山本則子さんにこの場を借りて感謝申し上げたい。

23 ザ・ミステリ・コレクション

その腕《うで》のなかで永遠《えいえん》に

著者　スーザン・エリザベス・フィリップス
訳者　宮崎《みやざき》　槙《まき》

発行所　株式会社 二見書房
東京都千代田区三崎町2-18-11
電話 03(3515)2311［営業］
03(3515)2313［編集］
振替 00170-4-2639

印刷　株式会社 堀内印刷所
製本　株式会社 村上製本所

落丁・乱丁本はお取り替えいたします。
定価は、カバーに表示してあります。

ISBN978-4-576-15049-9
http://www.futami.co.jp/

きらめく星のように
スーザン・エリザベス・フィリップス
宮崎槇［訳］

人気女優のジョージーは、ある日、犬猿の仲であった元共演者の俳優ブラムと再会、とある事情から一年間の結婚契約を結ぶことに…!? ユーモア溢れるロマンスの傑作

きらめきの妖精
スーザン・エリザベス・フィリップス
宮崎槇［訳］

美貌の母と有名スターの間に生まれたフルール。しかし修道院で育てられた彼女は、母の愛情を求めてモデルから女優へと登りつめていく……波瀾に満ちた半生と恋!

あの丘の向こうに
スーザン・エリザベス・フィリップス
宮崎槇［訳］

気ままな旅を楽しむメグが一文無しでたどりついたテキサスの田舎町。そこでは親友が〝ミスター・パーフェクト〟と結婚式を挙げようとしていたが、なぜか彼女は失踪して…!?

逃避の旅の果てに
スーザン・エリザベス・フィリップス
宮崎槇［訳］

理想的な結婚から逃げ出した前合衆国大統領の娘ルーシーは怪しげな男に助けられ旅に出る。だが彼は両親に雇われたボディガードだった! 二人は反発しながらも愛し合うようになるが…

ファースト・レディ
スーザン・エリザベス・フィリップス
宮崎槇［訳］

未亡人と呼ぶには若すぎる憂いを秘めた蒼い瞳のニーリーが、逞しく謎めいた男と逃避の旅で出会ったとき……

レディ・エマの微笑み
スーザン・エリザベス・フィリップス
宮崎　槇［訳］

RITA賞（米国ロマンス作家協会賞）受賞作! 意に染まぬ結婚から逃れようとする英国貴族の娘と、トーナメントに出場できなくなったプロゴルファー。評判を落としたい女と失地回復したい男の短い旅が始まる!

二見文庫　ロマンス・コレクション